孙书磊

编著

中华文化经典通识课

中国古典曲粹导读

南京师范大学出版社

图书在版编目(CIP)数据

中国古典曲粹导读 / 孙书磊编著. -- 南京 : 南京
师范大学出版社, 2025.4
(中华文化经典通识课)
ISBN 978-7-5651-5834-6

Ⅰ. ①中… Ⅱ. ①孙… Ⅲ. ①散曲-文学研究-中国
-古代 Ⅳ. ①I207.24

中国国家版本馆 CIP 数据核字(2023)第 149439 号

丛 书 名　中华文化经典通识课
书　　名　中国古典曲粹导读
编　　著　孙书磊
策划编辑　张　春
责任编辑　刘双双
出版发行　南京师范大学出版社
地　　址　江苏省南京市鼓楼区北京西路 72 号(邮编:210024)
电　　话　(025)83598919(总编办)　83598412(营销部)　83373872(邮购部)
网　　址　http://press.njnu.edu.cn
电子信箱　nspzbb@njnu.edu.cn
照　　排　南京凯建文化发展有限公司
印　　刷　江苏中山印务有限公司
开　　本　710 毫米×1000 毫米　1/16
印　　张　23.5
字　　数　397 千
版　　次　2025 年 4 月第 1 版
印　　次　2025 年 4 月第 1 次印刷
书　　号　ISBN 978-7-5651-5834-6
定　　价　78.00 元

出 版 人　张　鹏

总　序

党的十八大以来，党中央高度重视中华优秀传统文化的弘扬与传播，以期与社会主义核心价值观教育有机结合，作为凝聚民族精神、体现文化自信的强大理论和实践基础。高等学校，尤其是中文学科如何通过传承中华优秀传统文化来立德树人，在传统文化创造性转化和创新性发展方面做出突出贡献？这是需要认真思考和谋划的重大任务。

南京师范大学文学院作为东南学术重镇，素有"江南文枢"的美誉，秉承章黄学术的优良传统，具有深厚的学术积淀和广泛的学术影响，在"文化中国""江苏文脉"等重大文化工程以及南京"世界文学之都"的建设中发挥了重大作用。近年来，我们积极整合和发挥优质学术资源，按照"顶天立地"的建设方针，积极做好中华优秀传统文化的普及、推广工作，着力构建中华优秀传统文化育人体系，真正肩负起高等学校服务社会、传播文明的使命。中国古典文学是中华优秀传统文化的重要载体，在弘扬国学、传承文化和培养人文精神方面具有不可或缺的重要作用。为此，我们组建了以著名学者、教授领衔的强大编撰团队，与南京师范大学出版社共同打造了这套"中华文化经典通识课"丛书。该丛书既立足于中华传统文化经典，紧扣"经典与文化"展开作品导读；又结合特定时代的社会文化解读作家作品，从而优美生动地诠释中华优秀传统文化经典，使其既能有效地契合大学生的认识能力和学习兴趣，又能更好地提高大学生的人文素养和文学鉴赏能力。它是中华优秀传统文化育人体系建设的有机组成部分，既可作为高校人文素质教育的通识课程教材，又可作为高校文学课程的教材，亦可为一般的文学爱好者阅读使用。

当今的中国教育取得了丰硕成就，但是在其多年发展过程中，也存在着诸多积弊。其中之一是从基础教育开始，不少学生往往受填鸭式的应试教育影响，忙于应付各种形式的考试，记诵各类公式、图表和必背课文，阅读课外书籍反而被视为不务正业，长此以往就容易变成只会机械做题而缺乏真情实感、难以深刻领悟的"考试机器"。与此同时,现在的学生很少能够真正沉下心来,逐字逐句地精读文化经典,往往只是满足于死记硬背各种"条条框框",却对知识背后的深刻内涵茫然无知;能够按照标准答案,将经典书籍的思想内涵、艺术特色回答得头头是道,却可能根本没有翻看过一页书。这与整个社会功利浮躁的风气不无关系,长此以往,将会催生出许多缺乏思想、缺乏深度、人云亦云、随波逐流的泡沫。面对这一严峻的现实,我们深刻认识到必须切实改革现有的教育理念、课程体系和结构,适当增设经典导读类课程,让大学生真正亲近经典、走进经典、精读经典、领悟经典,并使其成为他们必须具有的专业基本素养。

这套丛书有别于现行的《中国古代文学史》《中国古代文学作品选》,其特色在于更加注重文本细读,通过对中华文化经典的宏观描述和代表性作品的细致赏读,由表及里,点面结合,见微知著,帮助学生切实提高人文素养和文学鉴赏能力,有效改变目前学生只注重书本知识的记诵,却不能亲近文学经典的浮而不实的状况。它有别于市场上大量诗词文赏析类书籍,在于它倾注了编选者多年学术研究和教学实践的积淀,既富含学术含量,又做到深入浅出,语言明白晓畅、优美生动,能够激发阅读美感,拉近与学生及一般大众读者的距离,进而为中华优秀传统文化的传承和推广发挥重要作用。

我们坚信,经过各位专家、教授的精心编撰,一定能够奉献出中华文化经典精品的优秀通识教材,提高广大同学和文学爱好者的文学解读和品鉴能力,同时帮助广大读者熏陶文化气息,提升人格境界,培育家国情怀,传承文明之光,使得我们中华优秀文化传统薪火相继、熠熠生辉!

高　峰

2020 年 6 月

自　序

从文体发展的角度看,曲体文学是中国古代韵文文学发展到后期所出现的新型文体。所谓唐诗、宋词、元曲,一代有一代之文学,到了元代,曲体文学作为新兴文体,已经成为当时文坛的新宠。当然,这只是在宋元戏文尚未进入文学史家视野的前提下的看法。事实上,早于元曲,两宋之交已经出现了戏文这种在宋词之外已然流行的南曲文体。自此,在宋元明清时期的文学史上,诗、词、曲、骈四种韵文文体并驾齐驱,虽在某一历史时期被人们看重的程度各不相同,但代不间断,绵延至今。

古典者,古之经典也。中国古典曲体文学,是中国古代经典的韵文学。要准确认识中国古典曲体文学成就,首先要了解其形态。中国古代文学史中的曲体包括散曲和剧曲两大类。虽然从广义上讲,古代曲体包括从先秦到清代的民歌以及清中后期出现的花部板腔体戏曲,但从古典学的角度讲,民歌和板腔体戏曲尚算不上曲体文学之经典文体。

散曲,是继词之后兴起的一种新的歌曲。作为一种新的文学样式,散曲是隶属于诗歌大类而有别于古体诗、近体诗、曲子词的一种独特形式。散曲所用的曲调,有的主要流行于黄河流域,即中原地区,被称为北曲;有的主要流行于长江中下游一带,被称为南曲。北曲源于"胡夷之曲"和北方的"里巷小曲",伴以弦乐,多慷慨激越;而南曲则源于南方"村坊小曲"和"里巷歌谣",伴以管乐,多轻柔婉转。而无论北曲散曲还是南曲散曲,在曲词的结构体式上,都可分为小令和套数两种形式。

剧曲,即用来表演戏剧的唱曲。从剧本形态讲,剧曲包括戏文、杂剧和传奇三种。就其时代发展的具体情况而言,则包括宋元南曲戏文、元代北曲杂剧、明前期文人改本戏文、明代南曲传奇、明代北曲杂剧、明代南曲杂剧、清代南曲传奇,以及清代北曲杂剧、南曲杂剧、南化北曲杂剧等。其中,主要的成就在宋元南曲戏文、元明清北曲杂剧、明清南曲传奇、明清南曲杂剧这四大方面。

散曲与剧曲都有许多堪称经典的不朽作品。这些古典曲体作品与其他文化遗产一道,构成了中国传统文化的基本内容和精神。

然而,从接受学的角度看,现代社会对古典曲体文学的接受情况堪忧。对于非专业研究的读者而言,其对中国古典文学作品的了解与学习,一般只限于诗、文、词、小说,对同为中国古典文学内容的曲体文学,则鲜有充分的认知。然而,无论从词、曲合称的角度讲,还是从戏曲、小说并称的角度言,如果缺少了曲体文学这一块,人们对中国中古以下文学、艺术的认识将会显得严重不足。中文专业的读者对中国古典曲体文学的了解基本停留在个别作家作品的散点接受上,缺乏从曲体的文体学角度的系统认识。为了普及社会读者尤其是大学生的中国古典曲体文学的基本知识与理论,兼顾培养中国语言文学、戏曲学专业及非中国语言文学、戏曲学专业两个方面的读者对中国古代曲体这一独特文体文学的鉴赏、研究能力,特编写《中国古典曲粹导读》一书。

《中国古典曲粹导读》将中国古代曲体文学的经典作品加以荟萃导赏,重点介绍中国古代曲体文体特征、曲体文学发展,对经典曲体文学作品加以导读与鉴赏。作为“中华文化经典通识课”系列丛书之一,本书将与本系列中的其他文体导读一起,完整地展示中国传统文学的经典成就,全面促进大学通识课程教材的建设。

本书与其他中国古代散曲、戏曲选读的编著相比,有以下特点。

其一,在对作品具体导赏之前,对作品所属某种曲体形态的文体特征、发展过程、主要成就等进行分类别、分层次的介绍。尤其对小令、套数、剧曲的文体特点及其演变和在不同历史时期所取得的成就做系统的分析,给读者一个系统的认识。而将小令和套数分开,讨论它们各自在不同历史时期的阶段性特点及成就,打破将小令、套数放在一起作为散曲整体论述的惯例,体现了一定的学术创新性。

其二,以赏析名曲、妙曲方式,给读者以强烈的感性熏陶,帮助读者感受曲词的美感,增强其关于曲的文学艺术修养;并注意打通古典曲词与现代音乐歌词之间继承与发展的脉络,提高读者对曲体文学历史演变的融通理解。

其三,结合作品介绍元明清散曲、剧曲的体制及其曲词在文学史上的地位,除了展示中国散曲史、中国戏曲史基本走势,还特别加强对曲体文体演变的研究角度的提示,以满足曲体研究者的需求。

其四,选取元明清时期优秀、独特的曲词,分小令编、套数编和剧曲编三大部分,先对每编的作品进行文体介绍,后以时间为序,分元、明、清三组依次导读作品,凸显对曲文文体特点和曲学史价值的说明,使导读超越一般的文句鉴赏层面,而具有更加完全的曲体学意义。较之以往单选散曲或单选剧曲的编著,本书更能给读者以完整的情感认知和理论认识。

其五,所选篇目,既考虑了不同历史时期曲体文学成就的不同比重,又考虑了曲体体制特征的广泛代表性。散曲,选小令一百一十七支,包括元代小令七十支、明代小令三十四支、清代小令十三支。套数十五套,包括元代套数六套、明代套数五套、清代套数四套。剧曲,选二十三折(出),包括元代北曲杂剧七折、南曲戏文二出、明代南曲传奇五出、北曲杂剧一折、南曲杂剧一出,清代南曲传奇六出、南化北曲杂剧一出。所选曲作涵盖了古典曲作的代表作品,从文体上看,各类主要曲体的作品都得到了很好的展现。

其六,所选作品注意体裁和风格的多样化。同时,结合曲体的文体风格,选择以本色的散曲作品和当行的剧曲作品为主。此外,散曲作品还考虑其内容以易引起青年读者共鸣的抒情述志作品为主,剧曲作品兼顾名家和个性突出的作家,并兼顾场上之作和案头之作。

其七,对作品进行校注,而非一般的注释,以确保文本的准确性,并提供学术研究的线索。现已刊行的绝大多数散曲或戏曲注释本对文本的来源不加考索,读者无从知晓其文本从何而来,对文本是否准确没有把握,编者更没有通过校勘指出某一版本所存在的错误。本书与之不同,一方面明确给出底本来源信息,另一方面则在校注部分特别增加用参校本对底本进行校勘。读者可以从这些校勘中获得相关的研究资讯,从而使本书具有突出的学术价值。

限于篇幅,本书针对不同作品所体现的不同的曲体学价值进行有侧重的导读,而非面面俱到。这既使读者很容易抓住曲作的主要特点和价值,也给读者自己扩展对作品的理解留下更大的空间。

目　录

小令编

明代小令

套数编

剧曲编

小令编

作小令，与五七言绝句同法，要蕴藉，要无衬字，要言简而趣味无穷。

——王骥德《曲律·论小令》

小令的曲体特点

　　小令，又叫叶儿，每支独立，一韵到底，相当于诗的一首，词的一阕。小令之名，起源于唐代著辞的酒令。著辞，即酒宴上即兴创作的歌词，用于行令。用作酒令的著辞，即为"著辞令"，为"小令"之名的来源。

　　小令的结构为短小的单片。每支小令都隶属于某一宫调的某一曲牌来表示其格律限定。《九宫大成南北词宫谱》共收北曲曲牌 581 个，南曲曲牌 1513 个。这些曲牌又分属于不同的宫调，其中北曲有十二宫调，南曲有九宫十三调。

　　小令曲牌所隶属的宫调，不论是北曲还是南曲，基本上都是一牌一宫。但也有一牌二隶于北曲宫调和南曲宫调者，如曲牌【一枝花】，分隶于北【南吕宫】和南【南吕宫】中，在南【南吕宫】中用作引子曲，不作过曲用，其句格也不同于北【南吕宫】的同名曲牌。亦有一牌虽隶属于两个宫调而用作三种不同的格律曲牌者，如曲牌【八声甘州】分别隶属于北【仙吕宫】、南【仙吕宫】慢词（慢词用同引子曲）和南【仙吕宫】过曲。更有一牌隶属于三种不同的宫调者，如曲牌【小桃红】分别隶属于北【越调】、南【正宫】过曲、南【越调】过曲。

　　从宫调标记历史看，最早给曲牌标记宫调的是元人，元人北曲均标具体宫调。南曲初不标宫调，后仿北曲惯例也标宫调，在制曲时将曲牌划在不同宫调填词，但在具体作品中又多不标宫调。至于宫调具体所指，学界众说纷纭，古有所谓的燕乐二十八调说、调式调高说、声情说，今有限韵说等，莫衷一是。然而，古人制定曲谱的通例还是延续元人将曲牌隶属于宫调的习惯。像清中叶王正祥编《十二律昆腔谱》和《十二律京腔谱》改用"十二律"而不用"宫调"来统摄曲牌则是例外，且这一特例并未被曲学界所广泛采纳。

　　每种曲牌都有一定的字数、句法、平仄、韵脚等规定，即所谓"句式定格"，也就是说每一曲牌都有规定的句数和基本字数，句句押韵。但在实际创作中，亦有破例现象。一支小令由若干句组构成，所谓的破例通常会在句组内发生，句组之间的关系相对稳定,只有当小令用于套曲时,才会出现小令内句组之间关系偶有变化的情况。

　　小令有两种变体,一是北曲中的带过曲,即连用两首或三首宫调相同而旋律恰能衔接的曲牌,合成一支新曲。其组合有一定规律,不能随便搭配,常见的有【雁儿落带得胜令】【沽美酒带太平令】【骂玉郎带感皇恩采茶歌】等。二是南曲中的集曲,又名泛调,其形式与北曲的带过曲相似而内容实不同。带过曲是取各曲的整体合成,曲牌名仍用各曲原名相连;集曲则摘取歌曲的零句而合成一个新曲调,另外取一新曲牌名,如【醉罗歌】是摘取【醉扶归】【皂罗袍】【排歌】三个曲牌中的一些句数而成;【金络索】是集【金梧桐】【东瓯令】【针线箱】【解三酲】【懒画眉】【寄生子】各数句而成。集曲所集曲牌数量没有限定,多者有集三十个曲牌的。而带过曲连用曲牌不能超过三支。

　　在总体上,小令打破了"诗言志"的格局,继承了词"缘情"的创作之路。在诗中述政治抱负,表达心怀天下的人生理想,而在词与小令中则抒发另一方面的真实情感,如愤世、厌世、避世的感情。这一倾向成为元、明、清文人的主要创作走向。

　　风格上,与诗比较,小令虽然近词,却雅则大雅,俗则大俗,极有"蒜酪之味"。小令在雅俗结合方面较词更为完美,常常是大俗中有大雅,将雅俗融为一体。

元代小令

元代小令的发展

元代散曲的整体发展，无论是小令还是套数，大致都可以成宗大德末年(1307)为界，约分前后两期。就小令而言，前期小令作家可分为三类。

第一类是位居官显的文人，如胡祗遹、杨果、卢挚、姚燧等。他们在诗词创作之余，偶尔填写小令，内容多写个人情怀，时露故国沦亡的淡淡哀伤。其中成就较大者为卢挚，其写景咏史曲，清新隽永。胡祗遹的小令【双调·沉醉东风】"渔得鱼心满愿足"表达的渔樵江渚的心境，也带有时代的特征。

第二类是退居在野和沉沦下僚的作家，如元好问、张养浩、白朴等。他们的小令多流露出传统文人韵文学作品闲雅、冷峻的风格。元好问的小令带有明显的文人情怀，【双调·骤雨打新荷】和【中吕·喜春来】《春宴》表达了文人赏景的脱俗情怀；张养浩【中吕·山坡羊】《潼关怀古》为取材关中地区历史的咏史之作，感慨尤深，其他讴歌隐逸与自然的作品，豪放洒脱；而白朴深受父执元好问的影响，写景小令也酷似元好问，而其【双调·庆东原】《叹世》则表现出冷观世事的态度。

第三类是关汉卿、马致远等投身于勾栏瓦肆的书会才人作家。这类作家的小令作品更表现出与诗文大相径庭的艺术旨趣。一方面，有为艺人演员量身定制的意味，如关汉卿【南吕·四块玉】《别情》对"自送别，心难舍"的离别伤感的描写具有一定脂粉气；另一方面，将小令与词的风格拉近，如马致远作品风格兼有豪放与清丽之长，有类词之创作，其小令【越调·天净沙】《秋思》为秋思题材作品的典范，有

"秋思之祖"的美誉。

以张可久、乔吉"曲中双璧"活跃于曲坛为标志,元代小令进入后期。张、乔二位为清丽派的代表。而张尤为突出,他是第一个专力写散曲的人,在散曲小令写作中运用诗词的字义、句法使散曲骚雅兼蕴,含蓄凝练。乔吉【双调·水仙子】《重观瀑布》等写景之作,出语新奇,意境开阔。

此外,这一时期还出现了薛昂夫、杨朝英、周德清、贯云石、徐再思、汪元亨、汤式等著名散曲作家。杨朝英选编元人散曲而成的《阳春白雪》和《太平乐府》二书,保存了大量元代散曲的优秀作品。这些作品的内容多不反映社会现实的严酷性,而满足于抒写作家个人某种独特的闲情逸致。

总体来说,元代散曲小令的创作,愤世乐闲与爱情闺怨的作品偏多,这反映了作者在元朝政治的统治下,无力反抗又不甘屈服,只好啸傲烟霞,寄情声色,以寻求精神自救。

【双调】骤雨打新荷（二首）^①

元好问

其 一

绿叶阴浓，遍池亭水阁^②，偏趁凉多。海榴初绽^③，妖艳喷香罗。老燕携雏弄语，有高柳鸣蝉相和。骤雨过，珍珠乱糁^④，打遍新荷。

其 二

人生有几，念良辰美景，一梦初过。穷通前定，何用苦张罗。命友邀宾玩赏，对芳樽浅酌低歌。且酩酊，任从两轮日月，来往如梭。

（杨朝英辑《朝野新声太平乐府》卷二，明刻本）

◎ 明刻本《朝野新声太平乐府》书影

【校注】

① 骤雨打新荷：北曲【双调】曲牌名，即【小石调·小圣乐】之别名。这里又作为标题。元好问制此曲后，始有此俗称，入【双调】。

② 亭：底本作"塘"，据元陶宗仪《南村辍耕录》改。

③ 海榴：石榴，古诗文中多指石榴花。因来自海外，故称。

④ 糁（sǎn）：溅。

【导读】

元好问（1190—1257），字裕之，号遗山，太原秀容（今山西忻州）人。祖系北魏拓跋氏。金宣宗兴定五年（1221）进士，历官县令、尚书省掾、左司都事等。金亡不仕，隐居乡间。散曲仅存小令九首，大都清润疏俊，开创了元曲本色派的先河。著有《遗山先生文集》四十卷等。

这两支小令的首曲描写盛夏美景。作者紧扣时令特点，抓住一连串富有特征的事物，通过丰富的色彩与热闹的声响，渲染出多姿多彩、生机勃勃的盛夏风貌。如此浓烈的"良辰美景"，为第二篇的即景抒情作了深厚的铺垫。第二篇慨叹人生苦短，描写"浅斟低歌"的生活，表现出及时行乐的思想，流露出对现实的不满和消极态度，同首篇的亮丽景色形成鲜明对比，更见其情之黯淡。"穷通前定，何用苦张罗"，反映了元代社会不合理的现实，客观上有揭露黑暗、反抗民族压迫的意义。

需要指出的是，这里由同一曲牌的两支曲子所组成的曲子，既不是带有尾声的套数，也不同于由不同曲牌所构成的带过曲，而是相当于同一曲牌连用的两支小令。受套曲押同一韵部规则的影响，小令的组曲中各曲通常也押同韵，此组曲即如此。

【中吕】喜春来·春宴（二首）

元好问

其　一

春盘宜剪三生菜①，春燕斜簪七宝钗②。春风春酝透人怀③。春宴排，齐唱喜春来。

其　二

梅残玉靥香犹在④，柳破金梢眼未开⑤。东风和气满楼台。桃杏拆⑥，宜唱喜春来。

（杨朝英辑《朝野新声太平乐府》卷四，明刻本）

【校注】

① 春盘：古代习俗。于立春这一天，将生菜、水果、春饼等装在盘内馈送亲友，称春盘。

② 春燕：少女头上戴的应时的头饰。古俗女子于"立春日，悉剪彩为燕戴之，帖宜春之字"。

③ 春酝：春酒。

④ 玉靥：指玉色的面颊。靥，酒窝。

⑤ 眼未开：早春，柳条初生的叶子似人睡眼初睁，称为"柳眼"。

⑥ 拆：裂开。这里指花儿开放。

【导读】

元好问曾写北曲【中吕·喜春来】《春宴》四首，每首末句分别结以"齐唱喜春来""宜唱喜春来""低唱喜春来""且唱喜春来"，形成音乐上的联曲体特征，这是曲体区别于诗体、词体的又一表现。这里选择前二首。

第一首，句句有"春"，用"春盘""春燕""春风""春酝"等春天的景物，紧扣主题"春宴"，层层叠叠地渲染了早春浓烈的"春息"。此曲音律流畅和谐，洋溢着春的喜气。第二首描写楼台欢宴所见的春景：残梅、柳梢、东风、桃杏，浓墨重彩地描绘了生机盎然的早春风光。尤其是一个"拆"字，给人以动的感觉，把春天写活了。

【越调】小桃红·采莲女（其三）①

杨 果

采莲人和采莲歌②，柳外兰舟过③，不管鸳鸯梦惊破。夜如何？有人独上江楼卧。伤心莫唱，南朝旧曲④，司马泪痕多⑤。

（杨朝英辑《乐府新编阳春白雪》前集卷五，元刻本）

【校注】

① 小桃红：【越调】中常用曲牌，又名【绛桃春】【武陵春】【采莲曲】【平湖乐】等。

② 和(hè)：跟着一起唱。采莲歌：《采莲曲》，原为梁武帝所作，后来仿写者颇多，南朝陈后主就曾写过此曲。

③ 兰舟：木兰舟。船之美称。

④ 南朝旧曲：一般指陈后主的《玉树后庭花》。这里的"南朝旧曲"即指小令开头的"采莲歌"一类的前朝遗曲。

⑤ 司马泪痕多：运用白居易《琵琶行》中的典故。原诗为："座中泣下谁最多？江州司马青衫湿。"这里作者以司马自况。

【导读】

杨果(1195—1269)，字正卿，号西庵，祁州蒲阴(今河北安国)人。现存小令(《采莲女》)共十一首，套数五首。文辞华丽，手法含蓄细腻，风格典雅。著有《西庵集》。

杨朝英辑《乐府新编阳春白雪》前集卷五所收杨果北曲【越调·小桃红】小令共八曲，题作【越调·小桃红】《杨西庵八段》。此为第三支曲。该曲以江楼为中心，通过楼外、楼内两个场景的对比与衬托，表现了作者的亡国之痛。开头三句极写游女们莲湖泛舟的快乐情景，她们纵情歌乐，不管是否会惊破鸳鸯梦。楼外如此热闹，而有人"独上江楼卧"。"有人"即指抒情主人公，也就是作者，被南朝遗曲"采莲歌"激起了亡国之痛，不忍再闻旧曲，因而上楼独卧，伤心泪流。李渔说："以乐景写哀，以哀景写乐，一倍增其哀乐。"这首小令以楼外为宾，以楼内为主，以楼外衬托楼内，以乐景写哀情，更见作者哀于心中的亡国之痛，同时也表现了作者对金统治者亡国的惋惜与痛恨。

【仙吕】醉中天·咏大蝴蝶[①]

王和卿

蝉破庄周梦[②]，两翅驾东风，三百座名园，一采一个空。难道风流种？唬杀寻芳的蜜蜂[③]。轻轻的飞动，把卖花人搧过桥东[④]。

（杨朝英辑《朝野新声太平乐府》卷五，明刻本）

太平乐府序

乐府本乎诗也三百篇之变至于五言有乐府有五言有歌有曲为诗之别名矣及乎制曲以腔音調滋巧盛而曲犯雜

有詩詞之分矣今中州数之曲人目之曰樂府亦以重其名也盖世所尚辭意單新是又詞之一变而去詩逾遠矣然古人作詩歌之以秦樂而八音諧神人和今詩無後論是樂府調聲按律務合音節盖徧有歌詩之遺意焉滄齋楊君有選集陽春白雪流行久矣兹又新選太平樂府一編外宫類調皆

當代朝野名筆而不復出諸編之所載者且以燕山卓氏北腔韵類冠之期於朝南同調聲和氣和而為治世安樂之音不徒莢乎秦青之喷吻也苦酸齋賈公與滄齋遊曰我酸則子當滄遂以疏之常相評今目詞手以馮滄粟為豪辣浩爛乃其所畏當首是編有詩詞之分矣今

采海粟所和白仁甫黑漆弩為之始盖嘉其字按四聲字三不苟辭壮而麗不濫不傷滄齋删存之意亦知樂府之所本本與遂為之序至正辛卯春巳西鄧于晋書

◎ 民国十八年(1929)商务印书馆影印元本《太平乐府》序文书影

【校注】

① 咏大蝴蝶：又作"咏蝶"。

② 蝉破：像蝉破蛹而出一样，描述的是蝴蝶破茧而出的过程。蝉，元陶宗仪《南村辍耕录》、明王骥德《曲律》等皆作"挣"，亦可讲得通。庄周梦：庄子，名周，战国时道家思想的代表。庄子有一次做梦，梦见自己变成一只蝴蝶，醒后他分不清自己曾经在梦里变成了蝴蝶，还是现在的自己

是由蝴蝶变成的。

　　③ 唬杀：吓死。唬，同"吓"。杀，形容事物到了极点，可作"死"。

　　④ 把卖花人搧过桥东：由宋代谢无逸《咏蝴蝶》诗句"江天春暖晚风细，相逐卖花人过桥"推衍而来。

【导读】

　　王和卿，生卒不详，大都（今北京）人。元钟嗣成《录鬼簿》称他是"学士"。与关汉卿同时，彼此交往甚密。性格开朗、诙谐，其散曲也多轻佻放达。今存小令二十一首，套数一套。

　　元陶宗仪《南村辍耕录》载："大名王和卿，滑稽挑达，传播四方。中统初，燕市有一蝴蝶，其大异常。王赋【醉中天】小令云……，由是其名益著。时有关汉卿者，亦高才风流人也，王常以讥谑加之，关虽极意还答，终不能胜。"由此可见，这首北曲小令可能是用于对关汉卿的寻芳采花风流生活的善意戏谑，但"大蝴蝶"更大程度上是暗喻世上那些依仗权势、任意欺凌妇人的"花花太岁""花花公子"这类"狂蜂浪蝶"。该小令对他们的无厌邪欲和极端恶行给予了辛辣的讽刺。曲词着力写蝴蝶之大：体大翅大、嘴大腹大、搧动风力之大。作者围绕"大"这个特征，极尽夸张之能事，才产生了滑稽可笑的效果。在鞭挞恶势力的恶行同时，给善良的读者以轻松喜悦之感。最后一句，"轻轻的飞动，把卖花人搧过桥东"，蝶本恋花逐花，当然也应追随卖花人，而这里却"把卖花人搧过桥东"，足见大蝴蝶之专横霸道，读来使人耳目一新。

【双调】沉醉东风（其二）

胡祗遹

渔得鱼心满愿足①，樵得樵眼笑眉舒②。一个罢了钓竿，一个收了斤斧③，林泉下偶然相遇，是两个不识字渔樵士大夫。他两个笑加加的谈今论古④。

（杨朝英辑《乐府新编阳春白雪》前集卷三，元刻本）

【校注】

① 渔得鱼：（渔夫）钓到了鱼。鱼，底本作"渔"，据中国国家图书馆藏清抄本《阳春白雪》改。

② 樵得樵：（樵夫）打到了柴。第一个"樵"作动词，意为"打柴"。第二个"樵"作名词，意为"柴"。

③ 斤斧：斧头。斤，斧的象形字。

④ 他：底本作"它"，据中国国家图书馆藏清抄本《阳春白雪》改。笑加加：笑呵呵。

【导读】

胡祗（zhǐ）遹（yù）（1227—1293），字绍开，号紫山，磁州武安（今属河北磁县）人。元世祖至元年间，曾任应奉翰林文字太常博士，左右司员外郎等职，后触犯权奸阿合马，出任太原路治中、济宁路总管等外官。元灭宋后，召拜翰林学士，不就。卒后赠礼部尚书。著有《紫山大全集》。今存小令十一首。

《乐府新编阳春白雪》前集卷三收有胡祗遹的两首北曲【双调·沉醉东风】。这首小令是其中第二曲，写出了渔樵生活的情趣。他旷达、自足，而又有格调。正可谓平凡而不平庸，虽是渔樵，犹为大夫。他们身在山林，心怀世界，即使不识字，也能谈今论古，评判古今人物、事件的成败得失。曲词恬淡率直，寄予了作者的人生志趣。

【中吕】阳春曲·春景①（三首）

胡祇遹

其 一

几枝红雪墙头杏，数点青山屋上屏②，一春能得几晴明？三月景，宜醉不宜醒。

其 二

残花酝酿蜂儿蜜，细雨调和燕子泥，绿窗春睡觉来迟。谁唤起，窗外晓莺啼。

其 三

一帘红雨桃花谢③，十里清阴柳影斜，洛阳花酒一时别④。春去也，闲煞旧蜂蝶⑤。

（杨朝英辑《朝野新声太平乐府》卷四，明刻本）

【校注】

① 阳春曲：北曲【中吕宫】曲牌名，又名【喜春来】。

② 数点青山屋上屏：数点青山好像屋外的屏风。

③ 红雨：桃花散落如雨。李贺《将进酒》："况是青春日将暮，桃花乱落如红雨。"

④ 洛阳花酒：唐宋时洛阳牡丹冠于天下。这里用"洛阳花酒"代指春天。

⑤ 煞：程度副词，同"杀""甚"等。

【导读】

这三首小令分别描绘初春、仲春、暮春的景色，笔触细腻，把握准确，且饱含着作者浓似春意般的情感。其中数量词的选用极精巧，如用"几枝"限定红杏，用"数点"限定青山，用"一帘"限定红雨，用"十里"限定柳阴，都准确而新颖。此外，"三月景，宜醉不宜醒"，写出了人的感受；"春去也，闲煞旧蜂蝶"，写出了自然的生机，都给读者留下深刻印象。这三支曲子在当时广为传唱，关汉卿《诈妮子调风月》杂剧第二折【五煞】中"你又不是残花酝酿蜂儿蜜，细雨调和燕子泥"句子，即源自胡祇遹【中吕·阳春曲】《春景》第二支曲子。

【越调】天净沙

严忠济

能可少活十年①,休得一日无权②。大丈夫时乖命蹇③。有朝一日天随人愿,赛当君养客三千④。

(杨朝英辑《乐府新编阳春白雪》前集卷五,元刻本)

【校注】

① 能可:宁可。元无名氏《陈州粜米》第一折:"我能可折升不折斗,你怎也图利不图名。"《武王伐纣平话》卷下:"吾能可餐刀,不顺西周!"

② 休得:不可。

③ 大丈夫:指作者自己。时乖命蹇(jiǎn):指仕途受阻。乖,违背。蹇,不顺利。

④ 赛:胜于,超过。常:通"尝"。常君:孟尝君,战国时齐国贵族,门下食客甚众,他们为孟尝君出谋划策,排忧解难。

【导读】

严忠济(? —1293),一说名忠翰,字紫芝,长清(今属山东)人,袭父爵,为东平路行军万户,曾随元世祖伐宋,后官至资德大夫中书左丞行浙江省事。所作散曲豪迈。

严忠济任职东平路时,曾向一些有钱人借贷,为他的部下臣民缴纳官税。后遭免职,债主一时纷纷前来讨债。这种有权与无权的截然不同的境况,对作者刺激很大。这首北曲曲子即写出了作者对权的看法和保权的设想。其"能可少活十年,休得一日无权"的感叹,振聋发聩。这支曲子呈现出作者散曲创作一以贯之的豪放风格。

【中吕】阳春曲·题情（其四）①

白　朴

从来好事天生俭②，自古瓜儿苦后甜。奶娘催逼紧拘钳③，甚是严④，越间阻越情忺⑤。

（杨朝英辑《朝野新声太平乐府》卷四，明刻本）

【校注】

① 阳春曲：北曲【喜春来】。底本将作者名误题作"白甫仁"。

② 好事：这里指男女情爱。俭：少。一说"俭"即"险"。

③ 拘钳：拘束，管制。

④ 甚：底本作"苗"，据中国国家图书馆藏明抄本《乐府群珠》改。

⑤ 情忺（xiān）：情投意合。忺，适意。

【导读】

白朴（1226—1306后），字太素，一字仁甫，号兰谷，陕州（今山西河曲）人，移居真定（今河北正定）。金亡后不愿出仕元朝，放情山水间以诗酒为乐。其杂剧作品见于著录者十六种，今存《墙头马上》《东墙记》《梧桐雨》三种。散曲现存小令三十七首，套数四套，风格俊爽秀美。为"元曲四大家"之一，以文采见长。

《朝野新声太平乐府》所收【中吕·阳春曲】《题情》共六首，此为其四。这首小令表达了大胆反抗包办婚姻，执着追求自由爱情的主题。全曲以纯情女子口吻道出，语言泼辣，情感热烈，塑造了一个勇敢、乐观、坚贞、顽强的叛逆女性形象。前二句类似民谚，颇有哲理意味；末句是对"瓜儿苦后甜"的诠释，是女主人公冲破封建婚姻罗网、赢得幸福婚姻的誓言。全曲用语爽快，风格刚健，酷似民歌。

【越调】天净沙·春①

白　朴

春山暖日和风，阑干楼阁帘栊②，杨柳秋千院中。啼莺舞燕，小桥流水飞红③。

（杨朝英辑《乐府新编阳春白雪》前集卷五，元刻本）

【校注】

① 天净沙：北曲【越调】曲牌名，又名【塞上秋】。

② 栊：窗户。

③ 飞红：飞花。

【导读】

作者以此曲牌共写咏四季小令两组八首。这首小令描绘了一幅明丽隽永的春色图。作者抓住时令特征，以二字为一意象，共选用十四个景物，构成了春意盎然的优美意境。有外景，有内景，有近景，有动景，有色彩，有声音，洋溢着浓浓的春的气息，抒发了作者对大自然、对生活的热爱之情。此曲选用"东钟"韵，音调宽平厚重，使灵动的春光不至于轻佻。

【双调】庆东原·叹世

白　朴

忘忧草①，含笑花②，劝君闻早冠宜挂③。那里也能言陆贾④？那里也良谋子牙⑤？那里也豪气张华⑥？千古是非心，一夕渔樵话⑦。

（杨朝英辑《乐府新编阳春白雪》前集卷三，元刻本）

【校注】

① 忘忧草：萱草，其嫩苗吃了"令人昏然入睡"（《本草纲目》），故有忘忧之名。

② 含笑花：一种常绿灌木，初夏开花，花开不满，如含笑状，故名含笑花。

③ 闻早冠宜挂：是"宜闻早冠挂"的倒装。闻早，趁早，赶早。《敦煌变文集·欢喜国王缘》："须知浮世俄尔是，闻早回心莫等闲。"挂冠，辞官的代称。

④ 陆贾：西汉人，能言善辩，常出使诸侯。两次出使南越，对安定汉初局势有极大贡献。著有《新语》等。

⑤ 子牙：姜子牙。姜姓，吕氏，吕尚，字子牙。商末周初政治家、军事家，西周开国名臣。曾垂钓于渭水之滨，得遇姬昌，被拜为太师，遂辅佐姬昌建立霸业。

⑥ 张华：字茂先，西晋文学家、政治家，年轻时多才多艺，为时人所赞赏。文学上，工于诗赋，辞藻华丽，编有中国第一部博物学著作《博物志》。

⑦ 渔樵话：语出张昇《离亭燕》："多少六朝兴废事，尽入渔樵闲话。"

【导读】

这首北曲小令以忘忧草、含笑花起兴，引出"劝君及早冠宜挂"的主题。接着连用三个反问句，表示对陆贾、姜子牙、张华三位历史人物及其功名、事业的否定。末二句照应开头，概括中间三句，收得干净利落。此曲全盘否定历史人物之功名、事业，虽说这种态度是虚无、消极的，但它从另一方面揭露了现实政治的黑暗，表明白朴不与元统治者合作的政治态度。

【南吕】四块玉·别情

关汉卿

自送别,心难舍,一点相思几时绝?凭阑袖拂杨花雪①。溪又斜,山又遮,人去也。

（杨朝英辑《朝野新声太平乐府》卷五,明刻本）

【校注】

① 阑:同"栏"。杨花雪:柳絮纷飞如雪。

【导读】

关汉卿,号已斋叟。大都(今北京)人。约生于金末,卒于元成宗大德年间(1297—1307)。我国戏剧史上伟大的戏剧家,元杂剧的奠基人,有杂剧六十三种。散曲现存小令五十二首,套数十四套。小令以活泼婉丽见长。

这首北曲小令写一位女子送别情人恋恋不舍的心态。凭栏痴望,杨花如雪,拂不去也挥不开,离愁纷纷扬扬。然而溪斜山遮,情人远去已不见踪影,只留得"一点相思几时绝",爱之深,痛之切,缠绵悱恻之态令人悄然动容。结句含蓄委婉,意犹未尽。

【双调】大德歌·春

关汉卿

　　子规啼①,不如归,道是春归人未归②。几日添憔悴,虚飘飘柳絮飞。一春鱼雁无消息③,则见双燕斗衔泥。

(杨朝英辑《乐府新编阳春白雪》前集卷四,元刻本)

【校注】

　　① 子规:杜鹃鸟,其鸣声若"不如归去"。

　　② 道是:正是。

　　③ 鱼雁:"鱼书""雁足"的合称。据传,鱼能传书,雁能捎信。

【导读】

　　作者用北曲【大德歌】曲牌写了合为一组的四首小令,分别写痴情女子在春夏秋冬四季对远方情人的思念。这首小令写暮春时节,女子思念远行未归的游子。起首三句,一连四个"归"("规"与"归"谐音),反反复复、层层叠叠、曲曲折折地凸显主人公的伤心因由"人未归"。作者选取暮春实景,以子规啼叫烘托,以柳絮虚飘自喻,结尾以双燕衔泥反衬女子"人独",又自然地回到起首的主题"人未归"。此曲手法巧妙、语言浅近而诗意浓郁。

【双调】大德歌·夏

关汉卿

俏冤家^①，在天涯，偏那里绿杨堪系马！困坐南窗下，数对清风想念他^②。蛾眉淡了教谁画^③，瘦厌厌羞带石榴花^④。

（杨朝英辑《乐府新编阳春白雪》前集卷四，元刻本）

【校注】

① 俏冤家：对爱人的昵称。

② 数：底本作"教"。他：底本作"它"。皆据中国国家图书馆藏清抄本《阳春白雪》改。

③ 蛾眉：形容女子弯弯的长眉毛。

④ 厌厌：底本作"岩岩"，据中国国家图书馆藏清抄本《阳春白雪》改，萎弱、精神不振的样子。瘦厌厌：瘦弱的样子。带：通"戴"。石榴花：这里泛指红色的花。

【导读】

这首小令表现闺怨主题。写少妇思夫，以嗔怨的口吻道出对离家在外的夫君之默默思念。全曲写得曲折生动，颇为风趣，塑造了一个幽情很深的少妇形象。时而直抒胸臆，时而含蓄婉转，声形逼肖，娇俏动人。

【双调】沉醉东风（其一）

关汉卿

　　咫尺的天南地北，霎时间月缺花飞。手执着饯行杯，眼阁着别离泪①。刚道得声"保重将息"②，痛煞煞教人舍不得。"好去者，望前程万里。"

（杨朝英辑《乐府新编阳春白雪》前集卷三，元刻本）

◎　清抄本《乐府新编阳春白雪》贯云石序文书影

【校注】

　　① 阁：同"搁"。这里指眼里"含"着泪。

　　② 将息：离别时的客套语，意谓保重身体。

【导读】

　　《乐府新编阳春白雪》前集卷三收有关汉卿所撰北曲【双调·沉醉东风】曲五

首,此为其一。这首小令写依依惜别场景。起首两句用夸张和比喻手法,抒发了强烈的伤离痛别之情。接着用白描手法摹写女主人公深情款款的举动和形态,而强忍悲痛道出的两句临别寄语,显示了女主人公温柔体贴、通情达理的另一面。这两句寄语之间的"痛煞煞",以停顿蓄繁复的感情,柔肠百转,细腻、曲折、生动。

【南吕】四块玉·闲适（其四）

关汉卿

南亩耕①，东山卧②。世态人情经历多。闲将往事思量过，贤的是它③，愚的是我，争甚么！

（杨朝英辑《朝野新声太平乐府》卷五，明刻本）

【校注】

① 南亩耕：化用《诗经·小雅·大田》"俶载南亩，播厥百谷"的诗句，说明主人公归隐后亲事农活。

② 东山卧：用东晋谢安隐居东山的典故。常用"东山高卧"形容高洁之士的隐居生活。

③ 它："他"。多见于早期白话。

【导读】

《朝野新声太平乐府》卷五选北曲【南吕·四块玉】《闲适》四首，此为其四。这首小令写归隐后回顾往事，结论是"贤的是它，愚的是我"。这二句内涵丰富，感情复杂，揭露了当时社会贤愚不分、是非颠倒的黑暗现实。由于无力改变，于是满腔愤懑浓缩为一句牢骚语喷发出来——"争甚么！"，曲折地批判了黑暗现实。此曲语言直如白话，质朴自然，体现出关汉卿散曲"不施脂粉""出之天然"的本色美。

【双调】寿阳曲·答卢疏斋①

珠帘秀

山无数,烟万缕。憔悴煞玉堂人物②。倚篷窗一身儿活受苦,恨不得随大江东去。

（杨朝英辑《朝野新声太平乐府》卷二,明刻本）

【校注】

① 寿阳曲:北曲【双调】曲牌名,又名【落梅引】或【落梅风】。卢疏斋:元代大文人卢挚,号为疏斋。

② 玉堂人物:玉堂,官署名,汉侍中有玉堂署,后世称翰林院。因翰林院为文人所居之处,元曲中多称文士为"玉堂人物"。卢疏斋做过翰林学士,这里是对他的敬称。

【导读】

珠帘秀,生卒年不详,约与关汉卿同时代。本姓朱,擅演花旦等角色,是当时著名的女伶人。又能自制散曲,今存小令、套数各一篇。文人多与珠帘秀交往,如关汉卿以【一枝花】,卢挚以【蟾宫曲】【寿阳曲】,胡祗遹以【沉醉东风】,冯子振以【鹧鸪天】等曲赠珠帘秀。

卢挚曾赠珠帘秀两首曲,即【双调·蟾宫曲】《醉赠乐府珠帘秀》、【双调·寿阳曲】《别珠帘秀》。前者云:"系行舟谁遣卿卿,爱林下风姿,云外歌声。宝髻堆云,冰弦散雨,总是才情。恰绿树南熏晚晴。险些儿羞杀啼莺。客散邮亭,楚调将成,醉梦初醒。"后者云:"才欢悦,早间别。痛煞煞好难割舍。画船儿载将春去也,空留下半江明月。"此处所选珠帘秀之曲,为其收到卢曲【双调·寿阳曲】《别珠帘秀》后,以原调回赠卢挚时所作。

曲子开头以浩大又不乏凄惶的景起,末尾以浩大且更加悲愤的景结,并以一"恨"字直抒胸臆。中间写"恨"的原因。"憔悴煞玉堂人物"是答谢卢曲"痛煞煞好难割舍"的盛情。"倚篷窗一身儿活受苦"委婉地说明了做一个歌女伶人给别人的欢乐是用自身的痛苦凝成的。正由于饱尝此痛,才有紧接着爆发出的"恨"语,恨不得投身江流,结束这被侮辱与被损害的一生。这是满含血泪的呼声,苍凉且悲壮、激烈,令人同情!

【中吕】满庭芳（其一）

姚 燧

　　天风海涛,昔人曾此,酒圣诗豪①。我到此闲登眺,日远天高②。山接水茫茫渺渺③,水连天隐隐迢迢④。供吟笑。功名事了,不待老僧招。

（杨朝英辑《乐府新编阳春白雪》前集卷五,元刻本）

【校注】

　　① 酒圣:酒中的圣贤。诗豪:诗中的英豪。

　　② 日远天高:双关语,既写登临所见,又写仕途难通。

　　③ 茫茫渺渺:形容山水相连,辽阔无边的样子。

　　④ 隐隐迢迢:形容水天相接,看不清晰、望不到边的样子。

【导读】

　　姚燧(1238—1313),字端甫,号牧庵。河南洛阳人。官至翰林学士承旨、集贤大学士。存世散曲有小令二十九首,套数一套。尤以散文见长。著有《牧庵集》。

　　《乐府新编阳春白雪》前集卷五收有姚燧所撰北曲【中吕·满庭芳】小令三首,此处所选为其一。这首小令写登高远眺。描写山水相连、水天相接的壮阔景象,气象豪迈。写景与抒情紧密结合,寓情于景,在对自然景观的咏叹中流露出对功名利禄的淡泊。写景过后,作者直抒胸臆,表明自己功成身退的思想,情调有些低沉。作者的惆怅情绪折射出对现实的不满,很有元散曲立意超拔的风格特征。

【中吕】喜春来（其四）①

姚 燧

笔头风月时时过②，眼底儿曹渐渐多③。有人问我事如何？人海阔，无日不风波。

（杨朝英辑《朝野新声太平乐府》卷四，明刻本）

【校注】

① 喜春来：底本作【阳春曲】，并自注"即【喜春来】"。

② 笔头风月：指写作生活。

③ 儿曹：儿女，这里指文坛上的新进。

【导读】

作者以北曲【喜春来】曲牌写过四首反映写作生活的小令，这是其四。此曲表达了对文士生涯的感喟。自己的一生在舞文弄墨中度过，而今儿女辈的后进新人已很多。然而人事纷多，生活坎坷。"无日不风波"用双重否定强调"不如人意"，包含着作者的感叹和心酸。这首曲从写"笔头风月"入手，随后从文字生涯的描写荡开去，直写当时官场上和文坛上的"风波"，警醒世人，感慨人生。

【越调】凭阑人·寄征衣①

姚　燧

　　欲寄君衣君不还,不寄君衣君又寒。寄与不寄间,妾身千万难。

(杨朝英辑《朝野新声太平乐府》卷三,明刻本)

◎　明天启刻本《彩笔情辞》插图

【校注】

　　① 征衣:旅行在外者的衣服。

【导读】

　　这支北曲小令写女子对征人的思念之情。曲词以"寄与不寄间"的踌躇为纠结之"曲眼",细腻地刻画了处于两难境地的女主人公的矛盾心理,表现了妻子对丈夫的思念、体贴和款款深情。语言质朴自然,直接剖白人物心理,真挚生动。卢前《论曲绝句》中评此曲"熨帖温存,缠绵尽致",强调了此曲所表达的细腻情感。在语言上,此曲凸显了元散曲直率、本色的风格,正如中国国家图书馆藏明刻本《朝野新声太平乐府》卷三此曲末批语所谓"此词大得乐府体"。

【双调】沉醉东风·秋景

卢　挚

挂绝壁松枯倒倚①，落残霞孤鹜齐飞②。四围不尽山，一望无穷水，散西风满天秋意。夜静云帆月影低，载我在潇湘画里③。

（杨朝英辑《朝野新声太平乐府》卷二，明刻本）

【校注】

① 挂绝壁松枯倒倚：出自李白《蜀道难》"连峰去天不盈尺，枯松倒挂倚绝壁"。

② 落残霞孤鹜齐飞：出自王勃《滕王阁序》"落霞与孤鹜齐飞，秋水共长天一色"。

③ 潇湘画：指宋人宋迪的《潇湘八景图》，是一组著名的平远山水画。

【导读】

卢挚（1242—?），字处道，一字莘老，号疏斋。涿郡（今河北涿县）人。元世祖中统二年（1261），为世祖侍从。后官至翰林学士承旨。散曲现存小令一百二十多首，多写闲适生活，风格婉丽。

这支北曲写潇湘秋色。前五句写黄昏之景，纵笔渲染空阔的秋景与秋意，浸得人满心满眼。后两句写静夜之景，充满诗情画意。二者有机地构成一幅有时空推移的动态的画面，传达出作者悠闲宁静而略带萧瑟的情意。

【越调】天净沙·秋思

马致远①

枯藤老树昏鸦②,小桥流水人家,古道西风瘦马③。夕阳西下,断肠人在天涯。

（周德清《中原音韵》"定格",元刻本）

【校注】

① 此曲收在元无名氏所辑《梨园按试乐府新声》、周德清《中原音韵》及明张禄所辑《词林摘艳》、蒋一葵《尧山堂外纪》等文献中,唯《尧山堂外纪》著录为马致远所作,余或著录为无名氏作,或不注撰者。

② 昏鸦:黄昏时的乌鸦。

③ 古道:旧道,这里指荒凉的小道。

【导读】

马致远(1250?—1321?),字千里,号东篱,大都(今北京)人。早年迷恋功名,未能得志。后参加"贞元书会",是元曲四大家之一,现存杂剧七种,《汉宫秋》是其代表作。散曲有后人辑录的《东篱乐府》,凡小令一百零四首,套数十七套。马致远是元代最负盛名的散曲家,被推为"曲状元"。

北曲【天净沙】《秋思》是马致远最著名的散曲之一。开头三句用九个并列名词将九种不同景物有机连缀在一起,构成一幅萧瑟苍凉的秋景。其中"枯""老""昏""古""西""瘦"六字渲染的灰冷色调与异乡的"小桥流水人家"蕴含的柔暖色调形成强烈的反差,鲜明地表现出了漂泊之凄苦。天涯游子在"夕阳西下"的背景里"断肠",烘托了孤寂无依的情怀。此曲寓秋思于如诗如画的景物白描中,情景交融,意境幽深又悠远。元人周德清《中原音韵》评此曲曰:"前三对,更'瘦''马'二字去上,极妙。秋思之祖也。"

需要特别指出的是,曲体文学的句法首层结构是句格结构,在阅读与理解时要从句格结构出发。【天净沙】的末句为二二二句式,本首曲的末句应是"断肠/人在/天涯"的句格,不能望文生义地读为"断肠人/在天涯"。

【双调】折桂令·叹世（其二）

马致远

咸阳百二山河①，两字功名，几阵干戈②。项废东吴③，刘兴西蜀④，梦说南柯⑤。韩信功兀的般证果⑥，蒯通言那里是风魔⑦？成也萧何，败也萧何⑧，醉了由它！

（杨朝英辑《朝野新声太平乐府》卷一，明刻本）

【校注】

① 咸阳：秦之国都，代指秦国。百二山河：秦由于山河险要，能以二敌百。

② 干戈：本指兵器，代指战争。

③ 东吴：指长江下游，安徽东部和江苏一带。项羽被刘邦打败，在乌江（安徽东部）自刎。

④ 刘兴西蜀：刘邦在陕西和四川一带兴起。

⑤ 梦说南柯："南柯"出自唐李公佐《南柯太守传》。"南柯一梦"喻人生虚幻，这里"梦说南柯"意为不值一谈。

⑥ 韩信：秦末淮阴人。初从项羽，后归刘邦。经萧何推荐，被刘邦拜为大将。为汉灭楚立下大功。与张良、萧何并称汉兴三杰。后被吕后所杀。兀的般：就这样。证果：这里指结果。

⑦ 蒯通：楚汉时的辩士，曾劝韩信谋反，韩信不听。风魔：疯癫。

⑧ 萧何：刘邦为"汉王"时，萧何为丞相，他举荐韩信给刘邦，使韩信建功立业；也是他替吕后出计策，把韩信骗去，将其斩首。

【导读】

《朝野新声太平乐府》卷一收有马致远所作北曲【双调·折桂令】《叹世》二首，此为其二。这首曲子写古往今来帝王将相你争我斗，其成败兴亡都因"两字功名"，到头来却是南柯一梦。还不如醉酒逍遥，任由他们去争名夺利。作者借古讽今，通过议论历史上的兴亡成败、是非恩怨，慨叹当时社会现实的丑恶无耻。"醉了由它"，以消极的姿态对帝王将相争名夺利的丑恶给予轻蔑和批判。语言通俗畅达，风格豪放。

【双调】寿阳曲·夜忆^①

马致远

云笼月，风弄铁^②，两般儿助人凄切。剔银灯欲将心事写，长吁气一声吹灭。

（杨朝英辑《乐府新编阳春白雪》前集卷二，元刻本）

【校注】

① 底本无题，据明郭勋辑《雍熙乐府》所收本补。

② 铁：底本作"雨"，不合北曲【寿阳曲】曲牌的格律，据南京图书馆藏元刊《乐府新编阳春白雪》残存本改。这里的"铁"，是"铁马"的简称，即悬挂在窗间或檐下的用铁片做成的装饰品，风吹时发出叮当之声，今称风铃。

【导读】

这首小令写闺中少妇思念远出丈夫的情形。起首便用凄切的景与声烘托了凄切的情，接着用"剔""吁""吹"三个动词细致地表现了思妇欲写又罢的矛盾心理，以及对丈夫的思念与体贴。此曲的独到之处在于：它通过典型环境与典型细节（动作）的描写，表现了少妇真挚的爱情与善良、坚忍的性格，富有生活气息和人情味。

【双调】寿阳曲·潇湘夜雨

马致远

　　渔灯暗,客梦回[①],一声声滴人心碎。孤舟五更家万里,是离人几行情泪。

(杨朝英辑《乐府新编阳春白雪》前集卷三,元刻本)

【校注】

　　① 客:指旅人。梦回:梦醒。

【导读】

　　宋代名画家宋迪曾画"潇湘八景",马致远为此写下一组北曲【双调·寿阳曲】,包括《山市晴岚》《远浦帆归》《平沙落雁》《潇湘夜雨》《烟寺晚钟》《渔村夕照》《江天暮雪》《洞庭秋月》等八首。《潇湘夜雨》一曲重点写"夜雨"给"离人"带来的思念,即通过写雨夜泛舟潇湘的旅人听到雨声,引起了其思念家乡的悲切心情。开头三句写雨声滴得梦醒后的旅人心碎,后二句进一步阐发、深入,耳中凄楚的雨声化作离人眼中凄楚的情泪。这首小令表达了那些为生活所迫而四处漂泊的断肠人的断肠情,颇具代表性。

【中吕】十二月过尧民歌·别情①

王实甫②

自别后遥山隐隐,更那堪远水粼粼? 见杨柳飞绵衮衮③,对桃花醉脸醺醺。透内阁香风阵阵,掩重门暮雨纷纷。

怕黄昏忽地又黄昏,不销魂怎地不销魂? 新啼痕压旧啼痕,断肠人忆断肠人! 今春,香肌瘦几分,搂带宽三寸④。

(周德清《中原音韵》"定格",元刻本)

【校注】

① 十二月过尧民歌:为北曲带过曲,即由【十二月】与【尧民歌】两个曲牌带过。《中原音韵》曲牌名题作【十二月尧民歌】,《尧山堂外纪》则题作【尧民歌】,据曲体格律规则改。带过曲介于小令与套数之间,但在写情状物上其风格与小令接近。

②《中原音韵》没有注撰者,据《尧山堂外纪》著录补。

③ 衮衮:同"滚滚",比喻杨柳的絮毛被风吹起在空中飞舞,就像波涛翻卷。

④ 搂带:裙带。

【导读】

王实甫(1260?—1336?),一说名德信,字实甫,大都(今北京)人。元代著名戏剧家,代表作是《西厢记》。所作散曲仅存套数二套,小令一首。

这是一首带过曲,是由同属于【中吕】的【十二月】和【尧民歌】两支曲子组成。"自别后"一段为【十二月】,"怕黄昏"一段为【尧民歌】。【十二月过尧民歌】这一组合曲体,已经成为元人常用带过曲,在运用时有时被写作【十二月兼尧民歌】,曲体含义与结构相同。

此曲最突出的特点是善于描摹景物、酝酿气氛,用以衬托并加深人物的思情。此外,这首曲子的语句也奇妙:前曲句句用叠字,有一种缠绵的情调;后曲使用连环句法,"怕黄昏忽地又黄昏"等四句,每句前后相重,字面相重而意思不相重,音韵婉转,与《西厢记》"长亭送别"中的唱词有异曲同工之妙。元人周德清说此曲"对偶、音律、平仄、语句皆妙"(《中原音韵》)。

【中吕】山坡羊·潼关怀古①

张养浩

峰峦如聚,波涛如怒,山河表里潼关路②。望西都③,意踟蹰④。伤心秦汉经行处⑤,宫阙万间都做了土⑥。兴,百姓苦;亡,百姓苦。

(杨朝英辑《朝野新声太平乐府》卷四,明刻本)

【校注】

① 山坡羊:为北曲【中吕宫】的曲牌名,与南曲【商调】之下的【山坡羊】为不同的曲牌。底本题作《潼关》,据明成化十九年边靖之刻本《云庄张文忠公休居自适小乐府》改。潼关:在今陕西潼关县,地势险要,向来是兵家必争之地。

② 山河表里:指潼关外有黄河,内有华山。

③ 西都:指长安。汉代皆以长安为西都,洛阳为东都。

④ 踟蹰:底本作"踟踌",不合韵,据明无名氏辑《乐府群珠》改。踟蹰,来回走动的样子,意为惆怅。

⑤ 经行处:经营之地,一说为作者途经之处。

⑥ 宫阙:宫殿。阙,王宫前的望楼。

【导读】

张养浩(1270? —1329),字希孟,号云庄,济南(今山东济南)人。官至礼部尚书,后特拜陕西行台中丞,出赈灾民。因积劳成疾,卒于任。有散曲集《云庄休居自适小乐府》。

这支曲子为赴任陕西行台中丞时写。作者路过潼关,目睹了难民流离失所的惨象,有感而发,愤而写下这首小令。起首二句用"聚""怒"二字准确而传神地描写潼关附近的山河,为下文抒情蓄势。结尾用八个字由怀古引出历史的结论:历代兴亡,受苦受害的总是广大人民,从而暴露了封建统治的黑暗与腐败,表达了对人民疾苦的同情。这句感喟振聋发聩,这种认识在当时是难能可贵的。

【中吕】山坡羊·述怀（其四）

张养浩

无官何患^①，无钱何惮^②？休教无德人轻缓^③。你便列朝班^④，铸铜山^⑤，止不过只为衣和饭，腹内不饥身上暖。官，君莫想；钱，君莫想。

（无名氏辑《乐府群珠》卷一，中国国家图书馆藏明抄本）

【校注】

① 患：忧虑。

② 惮：胆怯。

③ 轻缓：即轻慢，指对人不恭，怠慢他人。

④ 列朝班：排列班进行朝拜，指做高官。

⑤ 铸铜山：汉文帝时宠臣郑通，官至上大夫，得赐蜀都严道铜山，铸钱流通天下而致富。至景帝时，因事被告发，倾家荡产而饿死。

【导读】

中国国家图书馆藏明抄本《乐府群珠》共收张养浩所撰【中吕·山坡羊】《述怀》曲十首，描写世态，感叹人生。此为其四。这首小令指出宁可"无官""无钱"，但不可"无德"。此为劝世之作，作者针对世上普遍存在的逐利追名现象，教人淡泊名利，加强自身的道德修养。

【双调】殿前欢·对菊自叹①

张养浩

可怜秋，一帘疏雨暗西楼，黄花零落重阳后②，减尽风流③。对黄花人自羞，花依旧，人比黄花瘦④。问花不语⑤，花替人愁。

（张养浩《云庄张文忠公休居自适小乐府》，明成化十九年边靖之刻本）

【校注】

① 殿前欢：北曲【双调】的元人常用曲牌。对菊自叹：底本无题名，据明郭勋辑《雍熙乐府》所收本补。

② 黄花：菊花。

③ 减尽风流：减去了美好的风光。风流，这里指美好的风光。

④ 人比黄花瘦：移用李清照【醉花阴】词句。

⑤ 问花不语：仿用欧阳修【蝶恋花】词中"泪眼问花花不语"句意。

【导读】

这首曲子题目是"对菊自叹"，以菊作比，以菊映照，借景抒情。菊花遭到秋雨摧残，虽"减去风流"却"依旧"挺立，而自己在政治上遭到打击后却精神颓唐"比花瘦"，因而"自羞"。结尾用拟人手法，"花替人愁"，生动、深刻地反映了人愁之深及内心的难言之隐，手法巧妙。

【双调】落梅风（其二）①

张养浩

野鹤才鸣罢，山猿又复啼。压松梢月轮将坠，响金钟洞天人睡起②。拂不散满衣云气。

（张养浩《云庄张文忠公休居自适小乐府》，明成化十九年边靖之刻本）

【校注】

① 落梅风：为北曲【双调】的曲牌名，又名"落梅引""寿阳曲"。底本作"落梅引"。

② 响金钟：指山寺中传来的钟鼓礼乐之声。洞天人：仙人，这里指世外人。

【导读】

《云庄张文忠公休居自适小乐府》共收【双调·落梅风】曲六首，皆无题。此为其二。这首曲子内容写清淡远渺的山居生活。曲中用"鸣罢"对"复啼"，"将坠"对"睡起"，用此起彼伏来渲染孤寂的氛围。"拂不散"的正是这缭缭绕绕的无人能解的孤寂情绪。既寓情于景，又情随景生，于清幽高雅的山居生活里透露出"高处不胜寒"的苦闷情怀。末句"拂不散满衣云气"在渲染挥之不去的惆怅的同时，却又强化了对大自然仍旧依恋的心志。

【双调】折桂令·梦中作

郑光祖

半窗幽梦微茫。歌罢钱塘①,赋罢高唐②。风入罗帏,爽入疏棂③,月照纱窗。缥缈见梨花淡妆④,依稀闻兰麝余香⑤。唤起思量。待不思量,怎不思量!

（无名氏辑《乐府群珠》卷三,中国国家图书馆藏明抄本）

【校注】

① 钱塘:指杭州,古为歌舞繁华之地。

② 赋:底本作"唱",据《乐府新编阳春白雪》前集卷二改。高唐:宋玉有《高唐赋》,叙楚王梦游高唐时与巫山神女欢合之事。这里借用。

③ 棂:窗格。

④ 梨花淡妆:出自白居易《长恨歌》"玉容寂寞泪阑干,梨花一枝春带雨"。这里指梦中情人清雅美丽的脸容。

⑤ 兰麝:兰花、麝香。

【导读】

郑光祖(生卒年不详),字德辉。平阳襄陵(今山西临汾)人。元曲四大家之一,杂剧代表作是《倩女离魂》。今存小令六首,套数二首。其散曲清丽圆润,颇具特色。

这是一首记梦、言情的小令。前三句写梦境,用典故婉转地表现了梦中之乐。然而梦中欢畅,梦醒则倍觉凄凉。半梦半醒之间追忆梦中情人,真可谓芳艳悱恻,表达了对情人的一往情深,思量无限。结尾连用三个"思量",在结构上采用元人小令中常用的"半独木桥"体,用相同的词作韵脚,把"思量"这种情感反复加以咏叹,扣人心扉。通篇以"思量"起,以"思量"结,十分工巧。

从格律上讲,北曲【折桂令】的句格较为灵活,末尾四字句的句数二句、三句俱可。此曲除《乐府群珠》所收本外,尚有《阳春白雪》《北词广正谱》《九宫大成南北词宫谱》等收录。然而,三种曲选、曲谱文献所收本的末三句皆为两句"唤起思量,怎不思量",较《乐府群珠》所收本明显少了韵致。

【中吕】普天乐·平沙落雁^①

鲜于必仁

稻粱收,菰蒲秀^②。山光凝暮,江影涵秋。潮平远水宽,天阔孤帆瘦。雁阵惊寒埋云岫^③,下长空飞满沧洲^④。西风渡头,斜阳岸口,不尽诗愁。

(无名氏辑《乐府群珠》卷四,中国国家图书馆藏明抄本)

【校注】

① 平沙落雁:"潇湘八景"之一。

② 菰(gū)、蒲:皆为草本植物。秀:茂盛。

③ 惊寒:化用王勃《滕王阁序》"雁阵惊寒,声断衡阳之浦"。岫(xiù):山之峰峦。云岫:化用陶渊明《归去来兮辞》"云无心以出岫,鸟倦飞而知还"。

④ 沧洲:指湖滨广袤的沙滩。

【导读】

鲜于必仁(生卒年不详),字去矜,号苦斋,渔阳(今北京市密云区西南)人。存世散曲有小令二十九首,多为写景之作。

明无名氏所辑《乐府群珠》卷四收有鲜于必仁所撰北曲【中吕·普天乐】《湘潇八景》组曲八首,依次包括《洞庭秋月》《烟寺晚钟》《江天暮雪》《湘潇夜雨》《平沙落雁》《远浦归帆》《山市晴岚》《渔村落照》。此为其五。这首曲子写的是洞庭湖深秋初冬的季节,北雁南归,翔集于沙的情景。所写的景致很有层次。近景是菰草蒲苇,中景是山光江影,远景是水天孤帆,意境逐渐开阔,情调宁谧、舒朗。这里的"凝""涵""瘦"用得相当精炼且形象,生动地显示了画面美。静态的画面,由惊寒的雁阵打破,扇起凄怆的情味。这既是过渡,也是烘托,为"不尽诗愁"蓄势。结句情景交融,意境深远。

【仙吕】醉中天·西湖春感

刘时中

花木相思树,禽鸟折枝图。水底双双比目鱼,岸上鸳鸯户。一步步金厢翠铺①。世间好处,休没寻思②,典卖了西湖。

（无名氏辑《类聚名贤乐府群玉》卷一,中国国家图书馆藏吴梅新校过录本）

【校注】

① 金厢翠铺:反射着金光的住房,掩映着翠色的店铺。此语描绘湖岸美丽的人居环境。此句亦可理解为互文句法,句意为富丽堂皇、苍翠掩映的房屋、店铺,极言杭州城市的富贵繁华。厢,正屋两边的房屋,即"厢房",这里泛指房舍。

② 没寻思:没头脑。

【导读】

刘时中,号逋斋,洪都（今江西南昌）人,与钟嗣成同时期人。或以为刘时中即刘致,然刘致为石州宁乡（今山西中阳）人。

这首曲子先铺叙了西湖美好、华丽的盛景,选用花木、禽鸟、比目鱼、鸳鸯等意象,表现了一派亲密、和睦、吉祥的风光,说明西湖的确是"世间好处"。而这些都是为结尾的"言志"做铺垫,反衬出"休没寻思,典卖了西湖"的最终题旨。"休没寻思,典卖了西湖"是用典。此曲末有自注,曰:"宋谚,有典卖西湖之语。台谏谓之,卖了西湖,既卖则不可复。省院谓之,典了西湖,典犹可赎也。无官守言责,则无往不可。此古人所以轻视轩冕者欤?"此曲从元代的宋遗民角度用典,揭露与讽刺了南宋君臣的歌舞升平、宴安醉乐,其结果必然是"典卖西湖",葬送南方的半壁江山。宋人借西湖繁华说事,表达对南宋王朝无力甚至无意复国的不满,如林升即有《题临安邸》诗云:"山外青山楼外楼,西湖歌舞几时休。暖风熏得游人醉,直把杭州作汴州。"其意义也类同。元人十分看重宋人的这种写法,故本曲以调侃的语气用了宋人之典。

【黄钟】人月圆·山中书事①

张可久

兴亡千古繁华梦,诗眼倦天涯。孔林乔木②,吴宫蔓草,楚庙寒鸦③。数间茅舍,藏书万卷,投老村家⑤。山中何事?松花酿酒,春水煎茶。

(张可久《张小山小令》上,明嘉靖四十五年李开先辑刻本)

【校注】

① 人月圆:曲牌名,隶属于北曲【黄钟宫】,句式为上片七五、四四四,下片四四四、四四四,共十一句四韵(第二、五、八、十一句押韵)。

② 孔林:孔子及其后裔的墓地,在今山东省曲阜市城北,林广十余里,密植树木花草。

③ 吴宫:春秋时,吴王夫差为西施扩建的宫殿,名"馆娃宫",后被越国焚烧,故址在苏州林岩山上。也可指三国东吴建业(今南京)故宫。

④ 楚庙:战国时楚国的宗庙,楚国始建都于丹阳(今湖北秭归),后迁于郢(今江陵)。

⑤ 投老:到老,临老。

【导读】

张可久(1280?—1348以后),字小山,庆元(今浙江鄞县)人。仕途不得志,只做过路吏、典史、幕僚、监税等小官。平生足迹曾及湘、赣、闽、皖、苏、浙诸省,晚年久居杭州,放浪山水。他致力于写散曲,不写杂剧。有《小山乐府》六卷。今存小令八百五十五首,套数九篇,为作品传世数量最多的元散曲作家。作品内容多为欣赏山光水色和抒写个人情怀,风格清新秀丽。他的作品在当时极负盛名,明清以来一直受到诸家推重,朱权评曰:"张小山之词,如瑶天笙鹤。其词清而且丽,华而不艳,有不吃烟火食气,真可谓不羁之材。"(《太和正音谱》)。李开先将乔吉与张可久二人并称,谓"乐府之有乔、张,犹诗家之有李、杜"(《乔梦符小令序》),王骥德亦将张可久与乔吉并称,称"乔、张,盖长吉、义山之流"(《曲律》)。

这是作者晚年山居之作,内容说,走遍天涯,觉得千古兴亡,都不过繁华一梦;不如隐居山中,过清闲自在生活。作者在感慨历史的兴亡盛衰中,表达出勘破世情、厌倦风尘的人生态度和放情烟霞、诗酒自娱的恬淡情怀。

上片开头两句,站在历史的高度,概括作者对人类历史发展的认识和自己的现实感受。"千古"和"天涯"分别从时间和空间,即纵向与横向角度,总写兴亡盛衰的虚幻:一切朝代的兴亡盛衰,英雄的得失荣辱,都不过是一场梦幻,转瞬即逝。"诗眼"即诗人的观察力。作者平生足迹曾遍及湘、鄂、皖、苏、浙各省,可谓浪迹天涯,然而终其一生,只是做过路吏、扬州民务官、桐庐典史、昆山幕僚等卑微杂职,长期为了生活,为了名利,疲于奔命,而又所得甚少,这怎能不让他感到"倦"意。这个"倦"字,是作者风尘一生的真切写照。这就为后文写归隐遥设伏笔。

承其开头的阔大气势,作者紧接着具体铺叙千古繁华如梦的事实:"孔林乔木,吴宫蔓草,楚庙寒鸦"。作者游历"天涯",发现即使像孔子那样的儒家圣贤、吴王那样的称霸雄杰、楚庙那样的江山社稷,最终也如同过眼烟云,他们留下的只是苍翠的乔木、荒芜的蔓草和栖息的寒鸦!这三句鼎足对,用作者的所见印证其所识,同时也营造了一派凄凉的氛围,迫使作者寻找生命解脱的途径。

"数间"以下为曲的下片,写归隐山中的淡泊生活和诗酒自娱的乐趣。"茅舍""村家""山中",是不同于"孔林""吴宫""楚庙"这些饱含人类社会兴衰荣辱的纯自然之物境,这一方面为"山中书事"点了题,另一方面又突出隐居环境的幽静古朴、恬淡安宁:这里没有车马红尘的喧扰,而有青山白云、沟壑林泉的景致,正是"倦天涯"之后的宜人归宿。"藏书""酿酒""煎茶",写其诗酒自娱、旷放自由的生活乐趣。"万卷"书读之不尽,"松花""春水"取之不竭;饮酒作诗,读书品茶,足慰晚年。这样的生活,无疑与"孔林乔木,吴宫蔓草,楚庙寒鸦"形成了鲜明的对照。

这支小令,以时间为线索,写勘破世情而生倦,倦而归山卜居,居而恬淡适意,情感由浓而淡,由愤激而渐趋平静;全曲除开头两句外,全用形象说话,构图疏淡,用笔清雅,颇见艺术性。

【中吕】卖花声·怀古

张可久

美人自刎乌江岸①,战火曾烧赤壁山,将军空老玉门关。伤心秦汉,生民涂炭,读书人一声长叹。

(张可久《张小山小令》下,明嘉靖四十五年李开先辑刻本)

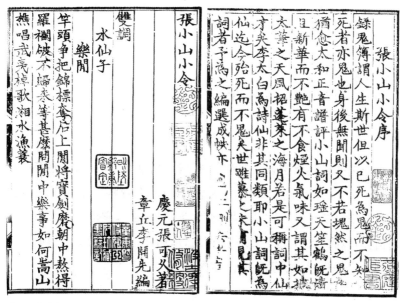

◎　明嘉靖李开先辑刻本《张小山小令》序文及首页书影

【校注】

①　美人自刎乌江岸:指项羽爱妾虞姬在项羽失败后自刎于乌江岸边。

【导读】

这首小令为《张小山小令》所收《怀古二曲》的第二支曲子。该曲先排出三个历史典故,寄寓历史兴亡之慨。由此引出"伤心"二字,揭示历次战争无论胜败,都无非是用血、火与泪铸成,而受害最深的则是广大普通百姓。此曲思想境界较高,与张养浩的《潼关怀古》有异曲同工之妙。

【中吕】迎仙客·秋夜

张可久

雨乍晴,月笼明①,秋香院落砧杵鸣②。二三更,千万声。捣碎离情,不管愁人听。

（张可久《新刊张小山北曲联乐府》下卷,南京图书馆藏清劳平甫抄本）

【校注】

① 笼明:朦胧。

② 砧(zhēn):捣衣石。杵(chǔ):捶衣棒。

【导读】

这首小令选择最具典型意义的意象,抒发离情别绪。雨后初晴的秋夜,月光朦胧,桂花飘香。这是个易让人伤感的环境。接着,作者将本不相干的"砧杵鸣"与"愁人"联系起来,称"千万声"的"砧杵鸣"直到"二三更",它仿佛只顾自己尽情地抒发思念的情怀,以致"捣碎"了"愁人"的离情,从而使"愁人"的离情得到了更加充分的烘托。曲词宁静伤感,景情合一,简洁含蓄。

【南吕】阅金经·采莲女^①

张可久

小玉移莲棹^②,阿琼横玉箫^③,贪看荷花过断桥^④。摇^⑤,柳枝学弄瓢^⑥。人争笑^⑦,翠丝抓凤翘^⑧。

（张可久《张小山小令》下,明嘉靖四十五年李开先辑刻本）

【校注】

① 阅金经:北曲【南吕宫】曲牌名,又名"金字经"。句格为五五七一五三五。句句押韵。

② 小玉:采莲姑娘姓名。移莲棹:摇动着采莲的船桨。

③ 阿琼:另一采莲姑娘。横玉箫:横拿着洞箫。玉箫,对箫的美称。

④ 断桥:西湖中的一座小桥。

⑤ 摇:摇摇晃晃地,这里指学弄瓢的形态。

⑥ 柳枝:小姑娘名。弄瓢:用瓢采莲。

⑦ 人争笑:岸上的人都喜爱地看着柳枝发笑。

⑧ 翠丝抓凤翘:柳条抓住小姑娘头上的凤凰形态的首饰。凤翘(qiáo),妇女的凤形首饰。

【导读】

这首小令写三个采莲女的采莲情景,笔墨经济又精致。其中重点写的,也是写得最生动的是年龄最小的柳枝,既正面描写她稚拙可笑的动作,又通过"人争笑"来侧面衬托,把人物的那幅憨态可掬的情状写得活灵活现。整首曲子玲珑剔透,调子轻快活泼。

【双调】折桂令·九日①

张可久

对青山强整乌纱。归雁横秋,倦客思家。翠袖殷勤,金杯错落,玉手琵琶。人老去西风白发,蝶愁来明日黄花②。回首天涯,一抹斜阳,数点寒鸦。

(张可久《张小山小令》上,明嘉靖四十五年李开先辑刻本)

【校注】

① 九日:又称重九,即重阳节。

② 蝶愁来明日黄花:化用苏轼《九日次韵王巩》"相逢不用忙归去,明日黄花蝶也愁"的意象。

【导读】

这首小令开门见山,触景生情,表达"倦"情;中间通过回忆与现实相对照,逐步渲染愁思;结尾以情寓景、移情入景、借景抒情,将"倦"思铺洒天宇。此曲结构严谨,构思巧妙。值得一提的是,作者回顾声色浮华的官场生活,连续铺排三个短语"翠袖殷勤""金杯错落""玉手琵琶",这种以点带面的写作手法,生动形象,并与"西风""斜阳"的凄凉实景形成了鲜明的对比,从而使整首小令构成的画面色彩丰富,意境悠远。

【仙吕】六幺令·自述①

乔 吉

不占龙头选②,不入名贤传。时时酒圣③,处处诗禅④。烟霞状元⑤,江湖醉仙,笑谈便是编修院⑥。留连,批风抹月四十年⑦。

(乔吉《乔梦符小令》,中国艺术研究院图书馆藏清抄李开先辑刻本)

【校注】

①【仙吕】六幺令:底本误作"正宫绿么遍";明无名氏辑《类聚名贤乐府群玉》所收本亦作"绿么遍",未标宫调名。盖因"六"与"绿"皆读作 lǜ,"么"与"幺"皆读作 yāo,音同所误。【正宫·绿么遍】与【仙吕·六幺令】句格差异很大。乔吉所撰的《自述》是按照【仙吕·六幺令】的句格填写,而非【正宫·绿么遍】,宫调与曲牌名故改。

② 龙头选:指名列榜首,中状元。

③ 酒圣:善于饮酒的人。

④ 诗禅:以诗谈禅,以禅喻诗。即以禅语、禅趣入诗。

⑤ 烟霞:指代自然风景,这里指山水间。

⑥ 编修院:编写国史的机构,即翰林院。

⑦ 批风抹月:犹言吟风弄月。批、抹,均指对诗文的修正。

【导读】

乔吉(1280—1345),字梦符,号笙鹤翁,又号惺惺道人。太原(今属山西)人。后居杭州西湖太乙宫前。终生不仕,流落江湖,纵情诗酒。散曲与张可久齐名。

此曲作者直抒胸臆,自述四十年的诗酒生涯,看似旷达逍遥,其实"笑谈"背后隐藏着怀才不遇的苦涩,故而寄情诗酒以得排遣。末尾的总结,是无奈,也是自慰,反映了一代知识分子的境遇与情怀。

【双调】折桂令·荆溪即事①

乔 吉

问荆溪溪上人家,为甚人家,不种梅花? 老树支门,荒蒲绕岸,苦竹圈笆②。寺无僧狐狸弄瓦③,官省事乌鼠当衙④。白水黄沙,倚遍阑干,数尽啼鸦。

（乔吉《乔梦符小令》,中国艺术研究院图书馆藏清抄李开先辑刻本）

【校注】

① 荆溪:流经今江苏宜兴县的小河,入太湖。

② 苦竹:江浙等地常见的一种竹。

③ 弄瓦:抛瓦、摔瓦。

④ 省事:不做什么事。当衙:坐衙门。

【导读】

此曲以问句当头:"为甚人家,不种梅花?"接着描写一派荒凉景色作答。继而再深入追究衰败原因:"寺无僧狐狸弄瓦,官省事乌鼠当衙。"以此讽刺地方吏治之腐败。而无能为力的一介文人,所能做的只是"倚遍阑干,数尽啼鸦"。

【越调】天净沙·即事（其四）

乔 吉

莺莺燕燕春春，花花柳柳真真。事事风风韵韵①。娇娇嫩嫩，停停当当人人②。

（乔吉《乔梦符小令》，中国艺术研究院图书馆藏清抄李开先辑刻本）

【校注】

① 风风韵韵："风韵"一词的重叠。风韵，指人的风度、气质、姿态，这里用来指妇女的神情体态。

② 停停当当："停当"一词的重叠。停当，妥当，指对要做的事已做好准备。

【导读】

明李开先辑《乔梦符小令》收有乔吉所撰【越调·天净沙】曲四首。此为其四。这首小令写作者重见心上人之前的独特感受和激动心情。叠字的通篇使用，是此曲语言结构的重要特点，不仅在曲中极为罕见，而且把作者因过于激动而言语重复不清，以及大千世界处处充满了美的特殊感受，淋漓尽致地表现了出来。前两句写景，后三句写人，全曲丝毫未写作者自己的心情，但又无处不在表现他的喜悦，读来使人恍惚中也有进入角色之感。

【双调】水仙子 · 重观瀑布^①

乔 吉

天机织罢月梭闲^②,石壁高垂雪练寒^③,冰丝带雨悬霄汉^④。几千年晒未干,露华凉人怯衣单^⑤。似白虹饮涧,玉龙下山,晴雪飞滩^⑥。

（乔吉《乔梦符小令》,中国艺术研究院图书馆藏清抄李开先辑刻本）

【校注】

① 作者曾作过另一首小令【水仙子】《乐清白鹤寺瀑布》,侧重于写寻仙访道。这首小令是作者再度观看白鹤寺瀑布时所作。白鹤寺瀑布,在雁荡山脚下的浙江省乐清县。

② 天机:指天上织女用的织机。月梭:将弯月看成织女用的梭子。

③ 雪练:洁白的绢。

④ 霄汉:指高空。霄,云气。汉,银河。

⑤ 怯:怕。

⑥ 晴雪:形容水珠如雪。飞滩:在沙滩上飞舞。

【导读】

这是月下观瀑布所感。开头一句"天机织罢月梭闲",巧妙地将描绘对象和描绘的时间结合起来,"一箭双雕"。然后在新奇的想象和形象的比喻中,又将视觉和触觉结合起来,给人以多方位的感染。"几千年晒未干"不仅是想象,而且带有极度的夸张。最后三句用了三个连续的比喻,进一步描绘瀑布变换的姿态,同时也写出了瀑布磅礴的气势。这气势绝不逊于李白《望庐山瀑布》所描绘的"飞流直下三千尺,疑是银河落九天"之势。读来,不但令人心旷神怡,精神振作,而且使人意志坚定,奋发向上。这首小令用"先寒"平声韵,劲健、自然。

【双调】水仙子·咏雪

乔　吉

　　冷无香，柳絮扑将来①。冻成片，梨花拂不开②。大灰泥，漫了三千界③。银棱了东大海④，探梅的心嗦难捱⑤。面瓮儿里袁安舍⑥，盐罐儿里党尉宅⑦，粉缸儿里舞榭歌台⑧。

　　　　　　　　（乔吉《乔梦符小令》，中国艺术研究院图书馆藏清抄李开先辑刻本）

【校注】

　　① 冷无香：指雪花寒冷而无香气。

　　② 冻成片，梨花拂不开：化用盛唐诗人岑参《白雪歌送武判官归京》中"忽如一夜春风来，千树万树梨花开"的意象，把雪花比为冻成片状的梨花。

　　③ 漫了：底本作"漫不了"，据元无名氏辑《类聚名贤乐府群玉》所收本改。漫，洒遍。三千界：佛家语，即三千大千世界，这里泛指全世界。

　　④ 银棱：像白银般凝固。

　　⑤ 嗦：牙齿打战。捱：忍受。

　　⑥ 面瓮：面缸。袁安：东汉人，家贫身微，曾寄居洛阳，冬天大雪，别人都外出讨饭，唯他仍自视清高，躲在屋里睡觉。

　　⑦ 党尉：党进，北宋时人，官居太尉，他一到下雪，就在家里饮酒作乐。

　　⑧ 榭：建在高土台上的敞屋，即亭子。

【导读】

　　这首咏雪曲，以漫画式的笔法，夸张地渲染了大雪纷飞的壮观景象。曲子在开头落笔处连用三个带衬字的排比句，形成"鼎足对"，由远及近，由高到低，从天空到地下，描绘出了这一场大雪的纷纷扬扬、密密麻麻、铺天盖地的迷蒙景象。这是飞雪的景观，而飞雪的寒冷则用"银棱了东大海，探梅的心嗦难捱"二句作大胆的夸饰。末三句以俗语说雅事，使飞雪别有一番情趣。这支曲子写雪想象飞腾、境界阔大，抒情含蓄蕴藉、意在言外，不有意雕饰，用语通俗，而又能将典故融于俗语之中，可谓雅俗共赏。

【双调】殿前欢·夏

薛昂夫①

柳扶疏②，玻璃万顷浸冰壶③。流莺声里笙歌度。士女相呼，有丹青画不如。迷归路，又撑入荷深处④。知它是西湖恋我、我恋西湖⑤？

（杨朝英辑《阳春白雪》卷三，中国国家图书馆藏清抄本）

【校注】

① 薛昂夫：底本作"马九皋"。孙楷第《元曲家考略续编》考证，马九皋即薛昂夫。

② 扶疏：形容柳枝茂盛，在微风中轻轻飘荡。

③ 玻璃：也作"玻黎""玻瓈"，天然水晶石一类，非今天之玻璃。冰壶：盛冰的玉壶，比喻水之洁清。

④ 迷归路，又撑入荷深处：宋代女词人李清照《如梦令》词："常记溪亭日暮，沉醉不知归路。兴尽晚回舟，误入藕花深处。争渡，争渡，惊起一滩鸥鹭。"这里是直接借用李清照词的意象和语句，表现欢快之情。

⑤ 知它是："不只是……，还是……"。

【导读】

薛昂夫，生卒年不详，名超吾，回鹘（维吾尔）人，汉姓马，故又名马昂夫。曾任三衢路达鲁花赤，晚年退出官场，隐居于杭县皋亭山一带。有诗名，曾与萨都剌相互唱和。现存小令六十五首，套数三套，风格洒脱不羁。

中国国家图书馆藏清抄本《阳春白雪》所收马九皋（薛昂夫）所撰以四季为题的【双调·殿前欢】曲有《春》《夏》《秋》《冬》四首。此为其二。这支曲子描写夏日漫游西湖的情景。西湖的夏日，风景如画，而又绝非丹青大师所能画出，极言景致之美。风景中的游客，更是如痴如醉，乐不思归。所谓不知是西湖恋我，还是我恋西湖，正表明了物我两忘，更显爱湖之深。"玻璃万顷浸冰壶"，把西湖比作万顷玻璃，比作玉壶之冰，晶莹可爱，也极美。

【正宫】醉太平·寒食① （其一）

王元鼎

珠帘外燕飞，乔木上莺啼②。莺莺燕燕正寒食，想人生有几？有花无酒难成配，无花有酒难成对。今日有花有酒有相识③，不吃呵图甚的④。

（杨朝英辑《朝野新声太平乐府》卷五，明刻本）

【校注】

①【醉太平】属于北【正宫】宫调下的曲牌，底本将之误归在北【南吕】宫调之下，据《康熙曲谱》改，以下三曲同此径改。寒食：中国古代传统节日之一，在冬至后一百零五天，即清明前一天或两天。寒食这天，家家禁火，人们带着预先准备好的熟食踏青度节。

② 乔木：高大的树木。

③ 相识：指朋友。

④ 呵：语助词。图：欲，想要。甚的：什么。

【导读】

王元鼎，生卒年不详，至治、天历（1321—1328）时官翰林学士，喜欢嘲风弄月。《南村辍耕录》《青楼集》《全元散曲》皆录有其散曲，其曲词皆华美。

杨朝英《朝野新声太平乐府》卷五收有王元鼎所撰【正宫·醉太平】曲四首。此为其一。这支小令以燕、莺、花、酒这些极富春天特征的物景，写出了春天的可爱与无奈。在众人皆出门踏青之时，抒情主人公却闭门未出。莺莺燕燕的喧闹，把春天的周而复始与时间易逝之感带给了他，使他不禁发出"想人生有几"的叹息。恰有友人来聚，面对无奈的春意与温馨的友情，何不一醉方休？整首小令，写得有虚有实，似隐还显；有情有景，情景交融。节日的美景良辰衬托了抒情主人公的愁思，而抒情主人公的愁思又反过来衬托了节日的泪里狂欢。既有诗情，又有画意，还有真切的哲理。语言畅达通俗。

【正宫】醉太平·寒食（其四）

王元鼎

花飞时雨残，帘卷处春寒。夕阳楼上望长安①，洒西风泪眼。几时捱彻恓惶限②，几时盼得南来雁，几番和月凭阑干③。多情人未还。

（杨朝英辑《朝野新声太平乐府》卷五，明刻本）

【校注】

① 长安：非实指，而是借指当时的京城元大都。

② 捱(ái)：熬日子，苦度时光。恓(xī)惶限：指孤单苦寂、凄凄惶惶的时光。限，时限。

③ 几番：几次。和月：在月光照拂下。

【导读】

杨朝英《朝野新声太平乐府》卷五收有王元鼎所撰【正宫·醉太平】曲四首。此为其四。这首小令抒发了闺中女子思念情人，盼望情人归来的一片幽情。在点明了思念之切的时间、地点之后，用特写式的笔触，描绘了相思人在夕阳西下时分，倚楼远眺，泪洒西风的情景。三句鼎足对，回顾寒食节前一段日子，闺中佳人，独守空房，切盼情人归来的情境。末一句"多情人未还"，曲尽点旨。全曲情景交融，动静互补，活脱脱地写出闺中女子的相思情怀。

【双调】清江引①

杨朝英

秋深最好是枫树叶，染透猩猩血②。风酿楚天孤③，霜浸吴江月④。明日落红多去也⑤。

（杨朝英辑《朝野新声太平乐府》卷二，明刻本）

◎ 明天启刻本《彩笔情辞》插图

【校注】

① 清江引：曲牌名，又名【江儿水】。属于北曲【双调】，除第三句元人多不叶韵，其余各句，每句叶韵，且末句须作上声韵。

② 猩猩血：指红色，诗词曲中常用以比喻红花的颜色。如陆游《雨霁春色粲然喜而有赋》中有"千缕麹尘杨柳绿，万枝猩血海棠红"句。

③ 风酿楚天孤：秋风吹起，千里楚天，寥廓孤寂。

④ 霜浸吴江月：皓月当空，秋霜濡染吴地江上的明月分外皎洁。吴江，并非指具体的吴淞江，而是与"楚地"相对的泛称。

⑤ 红：指红色的枫叶。

【导读】

杨朝英（约 1265—约 1351），号澹斋，青城（今山东高青县）人。与散曲家贯云石为知交。曾编选《阳春白雪》《太平乐府》两种散曲总集，元人散曲多赖此二书得以传世。杨维桢《周月湖今乐府序》以杨朝英与关汉卿、庾天锡、卢挚并论，称四人"今乐府最为奇巧"。今存小令二十余首，清隽、豪放风格皆有。

秋，在古人诗词曲赋中，常作为伤感之情的依托。提起"秋"，人们首先会想起"无边落木萧萧下"的萧瑟悲凉气氛。而这首小令，虽然也是通过落木来写秋，却写出了秋的美丽浓艳：燃烧的枫林，流丹的霜叶，整个秋天分外美丽。这首小令最突出的特色是作者选取最富有特征的枫叶的红色写秋色。那猩红的枫树叶是深秋最美好的所在。而一叶知秋，作者由枫叶写到整个秋天。"风酿楚天孤，霜浸吴江月"，化用唐代王昌龄《芙蓉楼送辛渐》的"寒雨连江夜入吴，平明送客楚山孤"的诗句，运用白描手法，以简洁的笔墨、工稳的对仗句式，创造了一个十分阔大而又美妙的艺术境界。尤其是"酿""浸"的使用，更显作者锤炼词语之功。透熟的秋天由秋风酿成，皎洁的明月由秋霜浸白。想象奇特而入理。"明日落红多去也"，在叙述红叶离枝的客观事实之中，表现了作者坦荡的胸怀和淡泊的情绪。在语言风格上，这首小令达到了大俗大雅完美结合的境界。

【双调】水仙子·自足①

杨朝英

杏花村里旧生涯②,瘦竹疏梅处士家③,深耕浅种收成罢。酒新篘④,鱼旋打⑤,有鸡豚竹笋藤花⑥。客到家常饭,僧来谷雨茶⑦,闲时节自炼丹砂。

(杨朝英辑《朝野新声太平乐府》卷二,明刻本)

【校注】

① 水仙子:曲牌名,又称"湘妃怨"。杨朝英辑《乐府新编阳春白雪》前集卷二即标以【湘妃怨】,并注"俗名水仙子"。

② 杏花村:唐代杜牧《清明》诗中有"借问酒家何处有,牧童遥指杏花村"句,后泛指设有酒肆的村庄。这里用以指自耕自食的安静的村落。

③ 瘦竹疏梅处士家:瘦竹和疏梅,是高人处士居住的地方。晋代张廌(zhì)种苦竹数十顷,筑屋居于其中。一日王羲之相访,张避入林中不见,被人称为"竹中高士"。疏梅,用宋代诗人林逋典故,林逋以"梅妻鹤子"而著名,是有名的西湖处士,一生爱梅,其梅花诗素享盛名,诗中有"疏影横斜水清浅"句。处士,不官于朝而居于家者。

④ 篘(chōu):用竹篾编成的滤酒。这里用作动词,过滤(酒)。

⑤ 旋:刚刚。

⑥ 豚(tún):小猪。藤花:指藤架上的新时瓜蔬。

⑦ 谷雨茶:指春茶,也就是新茶。谷雨,二十四节气之一,一般在公历的 4 月 20 日。

【导读】

这首小令叙写了世外桃源式的自给自足的隐居生活:住处有瘦竹疏梅等,吃的有新酒、鲜鱼、春茶,闲来无事炼丹服药,研读养生之道。真谓"但得静中趣,何思身外事"(张之翰《西岩集》卷一题《杨英甫郎中澹斋》诗)。曲作写作者自己并不寂寞,因为常有客、僧来用饭、茶。该小令选取隐者典型的生活内容与环境,通过直接叙述的方式,写出了自给自足的生活内容,表达了作者旷达恬静的个性和超尘脱世的愿望。曲词风格清俊飘逸。

【双调】水仙子（其三）

杨朝英

雪晴天地一冰壶①，竟往西湖探老逋②。骑驴踏雪溪桥路③，笑王维作画图。拣梅花多处提壶④。对酒看花笑⑤，无钱当剑沽⑥，醉倒在西湖。

（杨朝英辑《乐府新编阳春白雪》前集卷二，元刻本）

【校注】

① 雪晴天地一冰壶：大雪方晴，天地晶莹，举目环视，犹如在"冰壶"之中。

② 老逋：宋代诗人、处士林逋。林逋隐居西湖孤山，以种梅养鹤自娱，终身不娶，遂有"梅妻鹤子"美誉。这里借"老逋"指代梅花。

③ 骑驴踏雪：唐代诗人孟浩然有骑驴踏雪寻梅雅举，后代诗人雅士以此效仿。溪桥路：指由西泠桥去孤山的必经之路。

④ 壶：这里指酒壶。

⑤ 花笑：指梅花怒放。语本杜甫《舍弟观赴蓝田取妻子到江陵喜寄三首》其二："巡檐索共梅花笑。"巡观檐前怒放的梅花，梅花笑，人也笑。

⑥ 当（dàng）：典当。沽：买酒。

【导读】

《乐府新编阳春白雪》前集卷二所收杨朝英所撰【双调·水仙子】七首。此为其三。这首小令以踏雪探梅的行踪为线索，中间多用曲笔。如不说前往西湖探梅花，而说"竟往西湖探老逋"；不说西湖雪后风光如何美丽，而说"笑王维作画图"，讥笑像王维这样的大画家也竟然画不出西湖雪景之美；不说梅花之多，而通过"拣梅花多处"以显示梅花的繁盛，令人目不暇接。不但运用比喻、借代等修辞手法，而且最后三句连读下来，给人以豪爽之美。这支曲子体现了淡雅中的豪放风格。

【中吕】朝天子·秋夜客怀

周德清

月光，桂香，趁着风飘荡。砧声催动一天霜①。过雁声嘹亮②，叫起离情，敲残愁况③。梦家山，身异乡。夜凉，枕凉，不许愁人强④。

（杨朝英辑《朝野新声太平乐府》卷四，明刻本）

【校注】

① 砧（zhēn）声：捣衣时发出的声音。砧，捣衣石。古代诗词曲赋中，常描写女子以捣衣制衣的方式来表达对远方亲人的思念，于是砧声便成为最易引起思念的声音。一天霜：满天霜。

② 过雁声：鸿雁秋去春来，走了还有再来的时候，而且会按期返回。这里用以比喻对亲人的思念。

③ 愁况：犹言愁情。况，情形，景况。

④ 强：好强。

【导读】

周德清（1277—1365），字日湛，号挺斋，高安暇堂（今江西高安）人，是宋代词人周美成的后代。他精通音律，擅长北曲，对北曲用韵深有研究。泰定元年（1324）著成《中原音韵》一书，为研究北方音韵的专著。他也精于散曲创作。

这支曲子通过秋夜的月光、桂香、砧声、雁声，创造了一种悲凉的气氛和清幽的意境，表达了游子思念家乡的离愁别恨。作者善于写景抒情。写景，着力写动景：月光，桂香，在随风飘荡；砧声，雁声，打破深夜的沉寂。它们从视觉、嗅觉、听觉上，勾起了游子的离情愁况。

雁声之嘹亮，与愁人思乡之悲戚形成了鲜明对比。抒情，重在寓情于景，先是对异乡的秋色进行很美的描绘，然后从雁声引起离情，带出凄凉情绪，并将这情绪逐步深化。月光、砧声、霜天、过雁、凉夜、孤枕等书写秋思情景的典型意象的充分使用无疑强化了这一情绪。而关键动词如"叫起""催动""敲残"及具有张力的副词"不许"的巧妙使用，不仅使外部环境处处染上离愁的情绪，也凸显了作者的造词用语功力。另外，这首曲词协韵精当，音节铿锵，富于节奏感和音乐美。

【正宫】塞鸿秋·浔阳即景①（其一）

周德清

长江万里白如练②，淮山数点青如淀③。江帆几片疾如箭，山泉千尺飞如电。晚云都变露，新月初学扇。塞鸿一字来如线④。

（杨朝英辑《朝野新声太平乐府》卷一，明刻本）

【校注】

① 塞鸿秋：曲牌名，属北曲【正宫】，五、六两句须作对偶，最后一韵须用去声。浔阳：今江西省九江市，长江流经此地这一段又名浔阳江。其南部为著名的庐山。山水相得，不但风景优美，而且地处交通要塞，文人骚客多会于此。

② 练：白绢。

③ 淮山：淮水两边的山，此处泛指长江下游一带的山。淀：通"靛"，一种深蓝色染料。

④ 塞鸿：塞外飞来的鸿雁。

【导读】

《朝野新声太平乐府》卷一收周德清所撰【正宫·塞鸿秋】曲二首。此为其一。作者通过想象、比喻、夸张、对偶等形式，将自己的浔阳江观景所见淋漓尽致地表现出来。不仅写出了山水的色彩、姿态给人的静感，而且写出了山水的变化多端给人的动感。曲词用"先寒"声韵，除第五句外，句句押韵，让人仿佛身临其境，感受到江水浪花四溅、瀑布飞流直下之势。此外，曲词还采用了中国山水写意画的全方位透视法，构置曲词内容所表现的画面，形成全知叙事的效果，给人以江山美景尽收眼底之感。

【双调】清江引（其二）

贯云石

竞功名有如车下坡，惊险谁参破^①？昨日玉堂臣^②，今日遭残祸。争如我避风波走在安乐窝^③。

（杨朝英辑《乐府新编阳春白雪》前集卷三，元刻本）

【校注】

① 参（cān）破：佛家语，意即看得破。

② 玉堂：汉代宫殿名称，这里指翰林院。

③ 争：同"怎"。

【导读】

贯云石（1286—1324），畏吾儿（即维吾尔）族人。原名小云石海涯，因父名贯只哥，遂以贯为姓，名云石，号酸斋，又号芦花道人。初袭父职，任两淮万户达鲁花赤（地方长官），镇永州。后将官让给其弟，北上从姚燧学汉语古诗文。仁宗时，拜翰林学士，后称疾辞官归隐江南。有散曲集《酸斋乐府》，存小令七十九首，套数八套。其散曲以爽朗见长，与徐再思（号甜斋）齐名，人称"酸甜乐府"。

《乐府新编阳春白雪》前集卷三收贯云石所撰【双调·清江引】曲三首。此为其二。这首小令为作者辞官后所作，写出了对官场的惧怕和脱离官场的庆幸。开头语破天惊，把"竞功名"比成"车下坡"，其险可知。而"昨日玉堂臣"与"今日遭残祸"的对比，更直接为结句作了铺垫。曲词语句简洁，切中要害，不加修饰，体现了贯云石擅用的鲜明直爽的笔调。

【双调】蟾宫曲·送春①

贯云石

　　问东君何处天涯②？落日啼鹃③，流水桃花。淡淡遥山，萋萋芳草，隐隐残霞，随柳絮吹归那答④？趁游丝惹在谁家⑤？倦理琵琶⑥，人倚秋千，月照窗纱。

（无名氏辑《类聚名贤乐府群玉》卷四，中国国家图书馆藏吴梅新校过录本）

【校注】

　　① 蟾宫曲：曲牌名，属北曲双调，又名【折桂令】【步蟾宫】【蟾宫引】【折桂回】【天香引】【广寒秋】【秋风第一枝】等。

　　② 东君：日神，又谓春神。《史记·封禅书》注："东君，日也。"

　　③ 啼鹃：传说古蜀主望帝死后，其魂化为杜鹃，鸣声凄厉、悲伤。

　　④ 那答：元明俗语，意为那儿、那个地方。

　　⑤ 游丝：昆虫吐出的丝，因其随风飘游，故称游丝。

　　⑥ 理：指弹奏。

【导读】

　　这支小令的最大特色是使用设问句。先问春神在哪，接着回答："落日啼鹃，流水桃花。"不但点明了暮春时节，而且也流露出"无可奈何花落去"的无限伤感。第二、三个问句，没有再给出答案，实际上是不需要回答也可以自明的。"淡淡""萋萋""隐隐"三个叠词的连用，写出了作者似无而有、理而又乱的怎么也挥不去的惜春之愁。最后三句，通过对作者莫名烦忧的白描般叙述，进一步展现了作者因惜春而产生的惆怅心绪。

【双调】清江引·咏梅（其一）

贯云石

　　南枝夜来先破蕊①,泄露春消息②。偏宜雪月交③,不惹蜂蝶戏④,有时节暗香来梦里⑤。

（杨朝英辑《朝野新声太平乐府》卷二,明刻本）

【校注】

　　① 南枝:南向的花枝。破蕊:花蕾绽放。

　　② 泄露:透露。

　　③ 偏宜雪月交:偏偏适宜在雪夜初晴,明月当空的时候。雪月交,雪初晴而月当空的时候。

　　④ 戏:嬉戏。

　　⑤ 暗香:指梅。宋林逋《咏梅》:"疏影横斜水清浅,暗香浮动月黄昏。"后人遂以"暗香""疏影"代指梅。

【导读】

　　《朝野新声太平乐府》卷二收贯云石所撰【双调·清江引】曲四首。此为其一。该曲着意于梅"俏也不争春,只把春来报"(毛泽东《卜算子·咏梅》词)的高洁品格和奉献精神的赞美。与毛泽东《咏梅》立意相同。这里,梅是以人格形象出现的,读来亲切自然,让读者顿生敬慕之情。"有时节暗香来梦里",看似写梅入梦乡,实则表达了作者希望自己有梅一样的品格的愿望。情感的流露,了无痕迹。

【双调】水仙子·夜雨

徐再思

　　一声梧叶一声秋①，一点芭蕉一点愁②，三更归梦三更后③。落灯花④，棋未收，叹新丰孤馆人留⑤。枕上十年事⑥，江南二老忧⑦，都到心头。

（杨朝英辑《朝野新声太平乐府》卷二，明刻本）

◎　明天启刻本《彩笔情辞》插图

【校注】

　　① 一声梧叶一声秋：夜雨将梧桐树叶打下，发出声音，使人想到秋天的到来。借用"一叶落知天下秋"之意。

　　② 一点芭蕉一点愁：雨点打在芭蕉上发出的声音，更使人增添了一份愁闷。

　　③ 三更归梦三更后：夜半三更梦见回到了故乡，醒来时三更已过。归梦，梦归故乡。

④ 落灯花:表明夜已深。

⑤ 叹新丰孤馆人留:借用唐人马周典故。马周卑微时,曾在新丰受到旅舍主人的冷遇。

⑥ 枕上十年事:借用"一枕黄粱"典故,抒发作者心酸遭遇。唐人李泌传奇《枕中记》载,卢生在邯郸遇道人吕翁,卢生自叹贫困,吕翁将一枕头授予卢生,说:"枕此,当令子荣适如意。"时店主正蒸黄粱,卢生枕睡入梦,梦见自己娶崔氏女,举进士,累官至节度使,大破戎虏,为相十年,子孙荣贵,年逾八十而卒。醒时,店主所蒸黄粱尚未熟。

⑦ 二老:指父母亲。

【导读】

徐再思,生卒年不详,据《录鬼簿》载,其与张可久、贯云石同时。字德可,因嗜甜食,号甜斋。嘉兴人,做过嘉兴路吏。为人聪敏秀丽,擅乐府,现存小令一百零三首,多写江南自然景物与闺怨赠别,辞藻华美,精于写意绘景。风格近于张可久、乔吉,以清丽著称。

这首小令化用五代词人温庭筠词《更漏子》:"梧桐树,三更雨,不道离情正苦。一叶叶、一声声,空阶滴到明。"及宋代女词人李清照词《声声慢》:"梧桐更兼细雨,到黄昏,点点滴滴"的意境。

小令的前三句鼎足对中的每一句内,通过"一声""一点""三更"等词语的反复,形成了一种回环的乐美,其中的"一声"与"一点"更生动表达了作者缠绵的忧愁;"梧叶"与"芭蕉",既是描写的客体,也是抒情的全体,实现了情与景的交融。典故的运用,含蓄地表露了作者宦游的不幸遭遇和本曲的主旨。

【中吕】普天乐·雪滩晚钓

徐再思

水痕收,平沙冻①。千山落日②,一线西风。箬帽偏③,冰蓑重④,待遇当年非熊梦⑤。古溪边老了渔翁。得鱼贯柳⑥,呼童唤酒,醉倚孤篷。⑦

(杨朝英辑《朝野新声太平乐府》卷四,明刻本)

【校注】

① 水痕收,平沙冻:江水退潮,水波不兴,沙滩结冰。

② 千山落日:太阳落入千层远山。

③ 箬(ruò)帽:用箬竹编织的草帽。

④ 冰蓑(suō):挂满冰雪的蓑衣。

⑤ 待遇当年非熊梦:等待着像当年姜太公遇到周文王那样遇到知己。非熊,相传周文王出猎时占卜,卜辞:"所获非龙非骊,非虎非熊。"后周文王在渭水边,得遇垂钓的姜太公吕尚。人们常以"非熊"指吕尚。

⑥ 得鱼贯柳:用柳条穿起钓得的鱼。贯,穿。

⑦ 孤篷:孤零零的船篷。

【导读】

徐再思用【中吕·普天乐】曲子写了八首描写吴江风景的小令,即"吴江八景",包括《垂虹夜月》《太湖春波》《龙庙甘泉》《洞庭白云》《前村远帆》《华岩晚钟》《雪滩晚钓》《西山夕照》,均收在《朝野新声太平乐府》卷四。吴江,今属江苏苏州。

此为徐再思所撰【中吕·普天乐】"吴江八景"其七。"雪"与"晚",是该小令的描写重点。雪滩的寒冷,黄昏的静寂,为渔翁的孤独与自足绘制了一幅十分和谐的背景画面。画面中有了人的活动,才有了生机。作者的立意,也只有通过在这样如诗如画的背景中表现人物的志趣,才能得到自然的显现。该小令比柳宗元《江雪》诗"孤舟蓑笠翁,独钓寒江雪"已大有深意了。

【中吕】普天乐 · 西山夕照

徐再思

晚云收,夕阳挂。一川枫叶,两岸芦花。鸥鹭栖,牛羊下,万顷波光天图画①。水晶宫冷浸红霞②。凝烟暮景,转晖老树③,背影昏鸦④。

（杨朝英辑《朝野新声太平乐府》卷四,明刻本）

【校注】

① 万顷波光天图画:万顷波光,仿佛是一幅巧夺天工的美丽图画。

② 水晶宫冷浸红霞:清澈洁白的川水倒映着鲜红的彩霞。水晶宫,比喻水的清澈明净。

③ 转晖老树:斜阳的余晖在枯树丛间移动。

④ 背影昏鸦:暗淡的夕阳照着乌鸦的背影。

【导读】

此为徐再思所撰【中吕·普天乐】"吴江八景"其八。开头"晚云收,夕阳挂"三字句对仗,点出"夕照"的意象;再用"一川枫叶,两岸芦花"四字句对仗描绘深秋的萧条景象,与白居易《琵琶行》"枫叶荻花秋瑟瑟"有异曲同工之妙。中间用"牛羊下"点名"西山",接下去的两处比喻独特新颖。最后仿马致远《天净沙·秋思》"枯藤、老树、昏鸦"的意象,用鼎足对"凝烟暮景,转晖老树,背影昏鸦",将夕照的典型之景点到、写足。

【越调】天净沙·闲题（其一）

吴西逸

长江万里归帆，西风几度阳关①，依旧红尘满眼②。夕阳新雁，此情时拍阑干③。

（杨朝英辑《朝野新声太平乐府》卷三，明刻本）

【校注】

① 西风几度：又刮起了几次西风，指又过了几年。阳关：地名，在今甘肃敦煌西南。

② 红尘：指世俗。

③ 此情时拍阑干：自己满腹牢骚。辛弃疾《水龙吟·登建康赏心亭》："把吴钩看了，栏干拍遍，无人会，登临意。"

【导读】

吴西逸，生卒年不详。当与贯云石、乔吉等同时期人。朱权《太和正音谱》称其曲"如空谷流泉"。今存小令四十七首。

《朝野新声太平乐府》卷三收吴西逸所撰【越调·天净沙】《闲情》曲四首。此为其一。作者站在时空的极高处，考察历史，发觉江山虽如画般美丽，但点点归帆、几度西风、满眼红尘依旧。"西风几度阳关"化用唐王维《阳关三叠》诗"西出阳关无故人"句，将同是表达思乡之情的两个经典意象词汇"归帆"与"阳关"连用，于曲作起首即给读者以强大情感冲击力。"依旧"一词，饱含作者的哀怨之情，同时道出了一层哲理：青山依旧，人事已非。面对着"夕阳新雁"，作者想起多少往事。古人常用目睹归雁，来表达对往事的追忆。曲词不用"雁过也，正伤心，却是旧时相识"（李清照【声声慢】词）的习常表述，而称"新雁"，突出了即景伤怀的瞬间的情绪变化，可谓用语新巧。见雁即兴的忆往事，使作者倍觉苦愁，苦愁至极，唯有将"栏干拍遍"，以抒郁闷之情。曲词高度凝练，情感真切细腻。

【双调】水仙子·讥时[①]

张鸣善[②]

铺眉苫眼早三公[③]，裸袖揎拳享万钟[④]，胡言乱语成时用，大纲来都是烘[⑤]。说英雄谁是英雄？五眼鸡岐山鸣凤[⑥]，两头蛇南阳卧龙[⑦]，三脚猫渭水非熊[⑧]。

（蒋一葵《尧山堂外纪》卷七六，明刻本）

◎ 明刻本《尧山堂外纪》书影

【校注】

① 讥时：讽刺嘲弄现实社会。

② 张鸣善：底本及元陶宗仪《南村辍耕录》卷二八所收本均作"张明善"。据明初无名氏《录鬼

簿续编》、朱权《太和正音谱》改。

③ 铺眉苫（shàn）眼早三公：不学无术、装模作样的人早已位至三公。苫，底本及《南村辍耕录》卷二八均作"苦"，据隋树森编《全元散曲》所收本改。铺眉苫眼，挤眉弄眼，形容装腔作势，善耍手腕。三公，古时称太师、太傅、太保为三公，泛指高官。

④ 裸袖揎（xuān）拳享万钟：胡搅蛮缠的人享受万钟厚禄。裸袖揎拳，捋起袖子，露出胳膊，形容打架斗殴的样子。万钟，古时一钟为六斛四斗，指厚禄。

⑤ 大纲来：一作"大古来"，即大体上，总而言之。烘：同"哄（hǒng）"，哄骗。

⑥ 五眼鸡岐（qí）山鸣凤：五眼鸡也成了岐山的鸣凤。五眼鸡，传说中的怪鸡，比喻那些狡诈贪婪、尽干坏事的赃官污吏。岐山，山名，在今陕西省岐山县，相传这里为周朝发祥地，曾有鸑鷟（yuè zhuó）鸣于岐山。后用岐山鸣凤比喻安国兴邦的贤才。

⑦ 两头蛇：传说中的剧毒怪蛇，比喻坏人。南阳卧龙：指诸葛亮。诸葛亮在出山之前被人们称为"南阳卧龙"。这句是说恶毒之人都被当成了诸葛亮式的贤臣。

⑧ 三脚猫：比喻不干好事的奸臣贼子。非熊：底本作"飞熊"，据元陶宗仪《南村辍耕录》卷二八改。渭水非熊：指姜太公吕尚，参见徐再思【中吕】普天乐·雪滩晚钓》校注⑤。这句是说，像三脚猫这类坏人竟然成了渭水非熊姜太公吕尚。

【导读】

张鸣善，生卒年不详，名择，号顽老子，平阳（今山西临汾）人，流寓扬州。做过宣慰使司令史。著有《英华集》，杂剧有《烟花鬼》《月夜瑶琴怨》《草园阁》三种，皆佚。现存小令十三首，套数二套。朱权《太和正音谱》评曰："张鸣善之词，如彩凤刷羽。藻思富瞻，灿若春葩，郁郁焰焰，光彩万丈，可以为羽仪词林者也。诚一代之作手。"

该曲在当时流传很广，作者以漫画笔法，用调侃的口吻，对当时社会上出现的各种不合理现象冷嘲热讽，大胆辛辣，一无顾忌，读来痛快淋漓。开头和结尾两处的鼎足对句，强化了讽刺效果。《尧山堂外纪》称赞张鸣善："能填词度曲，每以诙谐讽人，听之令人绝倒。"

【南吕】金字经 · 春日湖上

王举之

山色涂青黛①,波光漾画舸②。小小仙鬟《金缕》歌③。他④,宝钗轻翠娥⑤,花阴过。暖香吹绮罗。

（无名氏辑《乐府群珠》卷二,中国国家图书馆藏明抄本）

【校注】

① 青黛:青黑色颜料。

② 舸(gě):大船。

③ 仙鬟:仙女的梳成环形的发髻,形容貌美。《金缕》歌:唐代乐府歌曲有《金缕曲》,杜秋娘有词云:"劝君莫惜金缕衣,劝君惜取少年时。有花堪折君须折,莫待花残空折枝。"这里既形容少女嗓音的美妙动听,也指少女唱《金缕曲》词,一往情深。

④ 他:"她",指少女。

⑤ 宝钗:指钗环。轻:轻淡。翠娥:古代女子以翠色描眉,故有"翠眉""翠娥"之称。

【导读】

王举之,生平不详,约为元代后期曲作家。今存小令二十三首。

元无名氏辑《类聚名贤乐府群玉》卷五误将此曲归为"张小山乐府",今依明无名氏辑《乐府群珠》卷二归在王举之名下。此曲名为写景,实则写人。那"山色涂青黛,波光漾画舸"的美丽风光,是作为人物活动环境而设置的。由"画舸"引出了画舸上的游人:那位轻盈飘香的少女。写这位少女的出场,用了"未见其人,先闻其声"的写法,可谓"先声夺人"。然后,由听觉写到视觉,再由视觉写到嗅觉,随着少女船儿由远及近,由近又远地划过,全方位感受少女甜美的歌声,楚楚的情态和沁人的暖香,给读者留下了真切的印象。

【正宫】醉太平·警世（其二）

汪元亨

憎苍蝇竞血，恶黑蚁争穴①。急流中勇退是豪杰，不因循苟且。叹乌衣一旦非王谢②，怕青山两岸分吴越③，厌红尘万丈混龙蛇④。老先生去也。

（郭勋辑《雍熙乐府》卷一七，明嘉靖四十五年刻本）

【校注】

① 恶（wù）：厌恶。

② 叹乌衣一旦非王谢：化用唐代诗人刘禹锡《金陵五题·乌衣巷》诗的诗意："朱雀桥边野草花，乌衣巷口夕阳斜。旧时王谢堂前燕，飞入寻常百姓家。"

③ 怕青山两岸分吴越：借用春秋时吴越争霸故事，先是吴王阖闾被越王勾践打败而死，阖闾之子夫差继任吴王为父报仇，打败了勾践，并把勾践带回吴宫役用，勾践卧薪尝胆，发愤图强，最终又将吴国灭掉。这里指军队战争。

④ 混龙蛇：据《佛即语录》"凡圣同居，龙蛇混杂"立意，意为大千世界鱼目混珠。

【导读】

汪元亨，生卒年不详，字协贞，号云林，又号临川佚老。元末明初饶州（今江西鄱阳县）人。做过浙江省掾（属员），徙居常熟（今江苏）。有散曲《归田录》百篇行世，全为归隐之作。所著杂剧三种，不传。今存小令百首，套数一套。

明郭勋辑《雍熙乐府》卷一七所收汪元亨所撰【正宫·醉太平】《警世》曲共二十首。此为其二。这支曲子，抒写了厌恶竞逐权力和希求洁身自好的思想感情。在写法上，善于化用前人诗句、典故。如："苍蝇竞血""黑蚁争穴"是化用马致远【双调·夜行船】《秋思》套数中"密匝匝蚁排兵，乱纷纷蜂酿蜜，闹穰穰蝇争血"的句子；"叹乌衣一旦非王谢"化用刘禹锡《乌衣巷》诗之句，都极贴切自然。对于世俗的厌恶，运用排比句式描述，以强化气势。作者晚号"临川佚老"，故以"老先生"自谓。最后以"老先生去也"一语刹尾，给人一种戛然而止、态度决绝、毫无顾忌之感。

【南吕】骂玉郎过感皇恩采茶歌·叙别①

钟嗣成

【骂玉郎】从来别恨曾经惯,都不似这今番。汪洋闷海无边岸。痛感伤,谩哽咽②,空嗟叹。【感皇恩】倦听阳关③,懒上征鞍。口慵开④,心似醉,泪难干。千般懊恼,万种愁烦。这番别,明日去,甚时还?【采茶歌】晚风闲,暮云残,鸾笺欲寄雁惊寒⑤。坐处忧愁行处懒,别时容易见时难⑥

（杨朝英辑《朝野新声太平乐府》卷五,明刻本）

◎　明天启刻本《彩笔情辞》插图

【校注】

① 骂玉郎过感皇恩采茶歌:带过曲名,由【骂玉郎】【感皇恩】【采茶歌】三支曲子组成。

② 谩哽咽:暗自啜泣。谩,隐瞒,轻慢,这里是暗自的意思。

③ 倦听阳关：没有精神再听送别曲。阳关，阳关曲，词用唐代诗人王维《送元二使安西》诗句，又称为"阳关三叠"。

④ 口慵开：懒得开口说话。慵（yōng），懒。

⑤ 鸾笺欲寄雁惊寒：想要托雁寄封信来，雁又怕冷不落地。鸾笺，带花纹的纸，多为女子所用或用以寄女子的信笺，这里指信。雁惊寒，语出唐王勃《滕王阁序》"雁阵惊寒"。

⑥ 别时容易见时难：借用南唐后主李煜《浪淘沙》词句。

【导读】

钟嗣成（约 1279—约 1360），号丑斋，大梁（今河南开封）人，寄居杭州。累试不第，又不愿为吏，于是全力于著作。与元曲家交游甚广，至顺元年（1330）著成《录鬼簿》一书，记载元代一百五十余名曲家的生平和剧作目录。曾作杂剧七种，均不传。散曲极富，今存小令五十余首，套数一套。

钟嗣成爱写系列组曲，《朝野新声太平乐府》卷五即收其所撰"四时佳兴"（《春》《夏》《秋》《冬》）、"四景"（《风》《花》《雪》《月》）、"四福"（《富》《贵》《福》《寿》）、"四情"（《悲》《欢》《离》《合》）、"四别"（《叙别》《恨别》《寄别》《忆别》）等五组系列。"四别"分别从离别的叙、恨、寄、忆四个过程写离愁别恨。此曲为其一。剧作的"从来别恨曾经惯"至"空嗟叹"句为骂玉郎曲，"倦听阳关"至"甚时还"句为感皇恩曲，"晚风闲"至"别时容易见时难"句为采茶歌曲。这首带过曲从当前恨别心境写起，写到当初别离的依依不舍，最后又回到"坐处忧愁行处懒"的现实。情感的抒发，一波浓似一波，波波曲折。"鸾笺"一词点明了前文一直未予披露的别情性质：与一位女子的别离。元曲中多写女子离别后的愁苦，而像这样直接写男子伤别的曲子还是极少见的。

【中吕】山坡羊·道情（其二）①

宋方壶

青山相待②，白云相爱③，梦不到紫罗袍共黄金带④。一茅斋⑤，野花开，管甚谁家兴废谁成败？陌巷箪瓢亦乐哉⑥！贫，气不改。达⑦，志不改。

（杨朝英辑《朝野新声太平乐府》卷四，明刻本）

【校注】

① 道情：本指道士所唱之曲，这里表示该曲内容涉及绝情离俗。

② 相待：指山势的屹立对峙。

③ 相爱：指云的相互依恋。

④ 梦不到紫罗袍共黄金带：连做梦也不会去想那些功名利禄。紫罗袍，官服，位居高官者衣紫色服。黄金带，贵官所系的衣带。

⑤ 茅斋：草屋。

⑥ 陌巷箪（dān）瓢：语出《论语·雍也》，"一箪食，一瓢饮，在陌巷，人不堪其忧，回也不改其乐，贤哉回也"。这是孔子称赞弟子颜回安贫乐道的话。箪，用竹子做的食具。瓢，用葫芦做的饮具。

⑦ 达：飞黄腾达。

【导读】

宋方壶，生平不详，名子正，号方壶。华亭（今上海市松江）人。尝于华亭莺湖辟室若干间，四面开大型方窗，昼夜长明，如洞天状，名曰方壶，因此为号。今存小令十三首，套数五套。

《朝野新声太平乐府》卷四共收宋方壶所撰【中吕·山坡羊】曲二首。此为其二。这首曲子表达了作者甘居陌巷、贫贱不移的处世态度。写景、述志与抒情，并举辉映，写景为述志作铺垫，抒情又是述志的延伸。

【中吕】红绣鞋 · 客况①

宋方壶

雨潇潇一帘风劲,昏惨惨半点灯明。地炉无火拨残星②。薄设设衾剩铁③,孤另另枕如冰。我却是怎支吾今夜冷④?

(杨朝英辑《朝野新声太平乐府》卷四,明刻本)

【校注】

① 红绣鞋:曲牌名,又称【朱履曲】。客况:行旅中客居的境况。

② 残星:比喻火炉里将灭未灭的点点火光。

③ 薄设设:北方方言,形容很薄。衾剩铁:化用唐代诗人杜甫《茅屋为秋风所破歌》"布衾多年冷似铁"诗句。衾,被子。

④ 支吾:对付,经受住。

【导读】

该曲构思缜密,描写井然有序。作者由外向内、自上而下地安排旅中寄居苦况的典型意象:帘外的凄风苦雨,室内的昏暗灯光,地下少若残星的炉火,床上直如冰铁的枕衾。最后一笔"我却是怎支吾今夜冷",以反问句式,画龙点睛,揭示主题。在句法上,"雨潇潇""昏惨惨""薄设设""孤另另"叠字词连用,与李清照《声声慢》词"寻寻觅觅,冷冷清清,凄凄惨惨戚戚"有异曲同工之处。"一帘风劲"与"半点灯明",不但形象真切,而且对仗工整。"拨残星""衾剩铁"的比喻也好,而且"剩"字远比"似"字更易表现寒冷,是见作者的用字凝练之功。

【中吕】朝天子·咏景（其四）①

汤　式

落花，落花，红雨纷纷下②。东风吹透绿窗纱，散满秋千架。忙唤梅香③，休教踏踏④，步苍苔拾瓣花。爱他，爱他，擎托在鲛绡帕⑤。

（郭勋辑《雍熙乐府》卷一八，明嘉靖十五年刻本）

【校注】

① 朝天子：曲牌名，属北曲【中吕】宫，又名【谒金门】。

② 红雨似纷纷下：似红色的雨，纷纷落下。

③ 梅香：元明杂剧、小说、散曲中常用作婢女的通称。

④ 踏（chǎ）：踩踏。

⑤ 擎（qíng）：向上托起。鲛绡帕：形容女子的手帕。鲛绡，传说中鲛人所织的绡。《述异记》："南海出鲛绡纱，泉室（即鲛人）潜织，一名龙纱。"

【导读】

汤式，生卒年不详，字舜民，号菊庄，今浙江象山人，一说宁波人。曾任县吏，后落魄江湖间。明成祖即位时，曾为其文学侍从，颇受宠幸。作杂剧二种，俱不存。所作散曲极多，今存散曲集《笔花集》。

此曲收入《雍熙乐府》，未署作者。据原藏天一阁明抄本汤式《笔花集》，归入汤式名下。共四首，此为其四。该曲运用两组意象。一组为落花（红雨）、东风、苍苔；一组为小窗纱、秋千架、鲛绡帕。前一组为自然之物，通过少女的眼睛构成暮春景象：落花本无生命，在少女眼里却充满了灵气；东风不因吹送落花而可恶，相反却使人感到风的轻柔；花虽谢了，但阶前的苔藓则更见其碧绿了。后一组意象与少女的日常生活有关：小窗纱是她感受春的窗口；秋千架是她平时玩乐的场所，现在却因花铺落地，而舍不得去使用；鲛绡帕本即洁物，少女用以擎托落花，是为了使落花"质本洁来还洁去"（《红楼梦》林黛玉《葬花词》）。两组意象组合在一起，完整地表现了少女爱花、惜春，对大自然无限向往的情怀。

【正宫】醉太平·讥贪狠小取者

无名氏

夺泥燕口①,削铁针头②,刮金佛面细搜求③。无中觅有,鹌鹑嗉里寻豌豆④,鹭鸶腿上劈精肉,蚊子腹内刳脂油。亏老先生下手⑤。

(李开先《一笑散》,中国国家图书馆藏清抄本)

【校注】

① 夺泥燕口:从燕子口里夺泥。

② 削铁针头:从针尖上削铁。

③ 刮金佛面:从塑造的佛像脸上刮金。

④ 嗉(sù):同"嗉",鸟类喉咙下存食物的地方,如鸡嗉子。

⑤ 老先生:底本作"哥哥",据明李开先《词谑》所收本改。

【导读】

本曲作者不详。明陈所闻辑《新镌古今大雅北宫词纪》外集卷五注"元人作",明李开先《词谑》所收本注"无名氏作"。曲作主题鲜明,《词谑》谓"讥贪狠小取者",即讥讽贪图小便宜且心狠手辣的人。为了达到讽刺的目的,作者运用了漫画式的夸张手法,连续从六个方面把贪小利者的贪婪举动形象地描绘出来。然后,用"亏老先生下手",一针见血地给予揭露,又似当头棒喝,揭示了本曲的主旨。

【中吕】朝天子·自述（其一）

无名氏

不读书有权，不识字有钱，不晓事倒有人夸荐①。老天只恁忒心偏②，贤和愚无分辨。折挫英雄，消磨良善，越聪明越运蹇③。志高如鲁连④，德过如闵骞⑤，依本分只落的人轻贱。

（郭勋辑《雍熙乐府》卷一八，明嘉靖四十五年刻本）

【校注】

① 夸荐：夸奖，举荐。

② 恁（nèn）：如此。忒（tè）：特，太。

③ 运蹇（jiǎn）：命运不顺利。蹇，不顺利。

④ 鲁连：鲁仲连，战国时齐国高士。

⑤ 闵骞（qiān）：名损，字子骞，春秋时鲁国人，孔子弟子，居德行科，少为后母所苦，冬月，后母以芦花为子骞作衣，而为其所生二子衣以棉絮，父知其情，欲休后母。子骞求父曰："母在一子骞，母去三子单。"父遂止，后母感悟，遂将三子如一。

【导读】

本曲作者不详。明郭勋辑《雍熙乐府》卷一八不注撰者。明陈所闻辑《新镌古今大雅北宫词纪》外集卷五注元人作。这支曲子以说理的口吻，直截了当地对当时贤愚不辨，只重权力和金钱，不重品行修养等社会现状给予有力揭露和批判。真率中肯，情绪激愤，体现了元曲中大俗一类风格。

【正宫】醉太平

无名氏

堂堂大元①，奸佞专权②。开河变钞祸根源③，惹红巾万千④。官法滥⑤，刑法重，黎民怨。人吃人，钞买钞⑥，何曾见？贼做官，官做贼，混愚贤⑦。哀哉可怜！

（陶宗仪《南村辍耕录》卷二三，明成化十年刻本）

【校注】

① 大元：大元朝。

② 佞(nìng)：邪恶奸诈、谄媚取宠之人。

③ 开河变钞祸根源：开浚黄河，变更钞法，是引起祸患的根源。开河，元顺帝至正四年(1344)夏，连日暴雨，黄河决口，两岸十多郡县受灾，人民流离失所，直到至正十一年(1351)，朝廷才命贾鲁为宣抚官，组织几十万人治理黄河。但官吏乘机搜刮民财，引起群众的普遍不满。变钞，至正十年(1350)因至元宝钞不断跌价，改铸至正通宝钱，钱钞兼用，引起物价暴涨。

④ 红巾：指元末起义的红巾军，规模发展至几十万人。

⑤ 滥：过度，过分。

⑥ 钞买钞：元朝发行过几种纸币，一种纸币发行不久，因无信用，不断跌价，因而出现倒卖新旧钞的私人贩子。

⑦ 愚贤：底本作"贤愚"，不合韵，据台北新文丰出版公司1984年版《丛书集成新编》所收本改。

【导读】

本曲作者不详。《南村辍耕录》云此曲"不知谁所造，自京师以至江南，人人能道之。古人多取里巷之歌谣者，以其有关于世教也。今此数语，切中时病"。这是一支极有采风价值的名曲。此曲大胆揭发元末统治者，谴责权奸，指斥官僚，理直气壮，义正词严。唯其这类无名氏，才敢引吭高歌，大加挞伐。曲用"先寒"平声韵，响彻云霄。

【商调】梧叶儿·嘲谎人①

无名氏

东村里鸡生凤,南庄上马变牛。六月里裹皮裘。瓦垄上宜栽树②,阳沟里好驾舟③。瓮来大肉馒头④,俺家的茄子大如斗。

（郭勋辑《雍熙乐府》卷一七,明嘉靖四十五年刻本）

【校注】

① 梧叶儿:曲牌名,属北曲【商调】,又名【知秋令】【碧梧秋】。嘲谎人:嘲讽吹牛撒谎的人。

② 瓦垄:瓦房上的瓦脊。

③ 阳沟:屋檐下流水的明沟。

④ 瓮来大肉馒头:像瓮一样大的肉馒头。

【导读】

本曲作者不详。明郭勋辑《雍熙乐府》卷一七收录此曲,但未注作者。明陈所闻辑《新镌古今大雅北宫词纪》外集卷五注元人作。先直接让说谎者的谎言"登台亮相",不攻自破。对其说谎嘴脸一直未予描写,但一个"俺"字最后点明,所有这些谎言都是说谎者自己在那儿说出来的,那么他的那副恬不知耻、喷唾飞沫的尊容,也就可以想见,这真是一副生动可笑的说谎图。

【仙吕】寄生草（其四）

无名氏

有几句知心话，本待要诉与他。对神前剪下青丝发①，背爷娘暗约在湖山下②。冷清清，湿透凌波袜③，恰相逢和我意儿差④。不剌⑤，你不来时还我香罗帕。

（无名氏辑《梨园按试乐府新声》卷下，元刻本）

【校注】

① 青丝发：黑发。

② 湖山：古代戏曲、小说中常用"湖山"指男女约会地点。

③ 湿透凌波袜：指夜晚露水打湿了袜子。凌波袜，曹植《洛神赋》："凌波微步，罗袜生尘。"后人多用"凌波"形容女子步履的轻盈，用"凌波袜"作为女子袜子的美称。

④ 恰相逢：恰巧。和我意儿差：与我闹别扭，闹意见，意谓对方变心。

⑤ 不剌：属元曲中的"话搭头"，即带白，用于句前，歌唱时轻声快速念过。表示下句意思与上句不同。这里可以理解为：既然如此，那么。

【导读】

本曲作者不详。元无名氏辑《梨园按试乐府新声》卷下收录一组无名氏所撰【仙吕·寄生草】曲四首，内容与语词有一定的关联。此为其四。这支小令写耽于情网中的女子，在勇敢地向对方展示情意不久，却意想不到地受到打击的情绪。曲词以女子自叙的口吻，十分真实、细腻。全曲化用汉乐府民歌《有所思》的意象："有所思，乃在大海南。何用问遗君？双珠瑇瑁簪，用玉绍缭之。闻君有他心，拉杂摧烧之。摧烧之，当风扬其灰。从今以往，勿复相思！相思与君绝！鸡鸣狗吠，兄嫂当知之。妃呼豨！秋风肃肃晨风飔，东方须臾高知之。"

【正宫】塞鸿秋

无名氏

爱它时似爱初生月①,喜它时似喜看梅梢月,想它时道几首【西江月】②,盼它时似盼辰钩月③。当初意儿别④,今日相抛撇⑤,要相逢似水底捞明月。

（无名氏辑《梨园按试乐府新声》卷中,元刻本）

【校注】

① 它:同"他",以下第二句、第四句同此,不赘。

② 西江月:词牌名。

③ 辰钩:星名,这种星很难见到。元曲中每用来形容盼等佳期。

④ 别:特别好。

⑤ 相:不是"相互",而是偏指一方。抛撇:抛弃。

【导读】

这首小令巧妙地以"月"为线索,根据不同的情感,变化"月"的情态和含义。"月"也是中心意象,包蕴主旨,生动形象地表现了女主人的种种心情。五个句末的"月"字也给全篇带来了回旋、流畅的音律美。

明代小令

明代小令的发展

据谢伯阳所编《全明散曲》的统计，明代散曲的作家和作品的数量都超过了元代。

明代小令创作的兴盛，与明代社会的文化氛围有关，且其发展有明显的阶段性。

明初文化控制严密，散曲小令作品不多，除了由元入明的汪元亨、汤式等几个作家还继续唱着叹世的调子以外，就只有藩王朱有燉赏花观景、风月闲情之作，占据曲坛。

弘治、正德、嘉靖、隆庆时期，社会矛盾加深，小令创作涌现大批作家和具有社会意义的作品。康海、王九思、李开先等追步关、马，以豪放恣纵的语言，写叹世乐闲的思想，流露出对官场黑暗、人情险恶的不满。唐寅、王磐、杨慎、黄峨、金銮、沈仕等，都取法张、乔，多用清丽委婉的笔调写闺阁风情、山川景物。而陈铎、冯惟敏和薛论道更是一时名家。陈铎散曲集《滑稽馀韵》一百三十多首，取材于都市生活，将工匠、苦力、相士、巫师、媒人、号兵、皂吏等形形色色人物的形象写出，形式通俗朴素，全用市井口语，风趣有韵味。冯惟敏作品数量多，题材广泛，风格朴实干净，豪爽奔放，深得元人三昧，其【北双调·折桂令】《刈谷有感》《刈麦有感》给人们留下深刻印象。薛论道将塞上风光和军旅生活写入散曲中，开阔了明代散曲作家的视野。与陈铎小令风格相似，朱载堉【中吕·山坡羊】《钱是好汉》和《说大话》二支小令以漫画式语言刻画了市井人物的个性,间接反映了当时社会底层人们的风情。

万历之后至明末,散曲小令创作中出现了梁辰鱼、沈璟、陈所闻、王骥德、卜世臣、赵南星、冯梦龙等作家,此时小令一方面深受词缘情创作倾向的影响,多写浮艳之情,另一方面,又多接受当时流行的民间小曲影响,如冯梦龙、赵南星等人的小令,其作品能够写出真情实感。此外,小令好用南曲曲牌,使小令成为南曲小令。这些特点在赵南星【双调·锁南枝带过罗江怨】《丁未苦雨》中表现较为集中,该曲即用南曲集曲曲牌填写的小令,直接采用民间小曲里的对话结构,写为雨所苦的夸张式情景。

【中吕】朱履曲·咏剡溪棹雪[①]

朱有燉

乘兴去虽然美话,兴阑归也自犹他[②]。着梢公怎地不嗟呀[③]？忍着饥催去棹[④],捱着冷又还家。把一个老先生埋怨煞[⑤]。

(朱有燉《诚斋乐府》,明宣德刻本)

【校注】

① 朱履曲:曲牌名,即【红绣鞋】,属北【中吕】。底本作"珠履曲",据《康熙曲谱》改。底本未标宫调名,据曲谱补。剡(shàn)溪:水名,流经剡县(今浙江嵊州)。棹(zhào):船桨。

② 兴阑:兴尽。

③ 嗟呀:叹息。

④ 催去棹:指催着开船。

⑤ 把一个:底本作为衬字,刻作小字。

【导读】

朱有燉(dùn)(1379—1439),号诚斋,又号锦窠老人。明太祖第五子周定王朱橚长子,袭封周王,谥号宪,世称"周宪王"。自小求学于名师,通晓音律。作有杂剧31种,均存。所作散曲多为吟风弄月之作,但音调谐协,流传颇广,有《诚斋乐府》。

南朝宋刘义庆《世说新语·任诞》载:"王子猷居山阴,夜大雪,眠觉,开室,命酌酒,四望皎然。因起彷徨,咏左思《招隐》诗,忽忆戴安道。时戴在剡,即便夜乘小船就之。经宿方至,造门不前而返,人问其故,王曰:'吾本乘兴而行,兴尽而返,何必见戴!'"本曲即咏此典故。这种放诞任性本为历来文人所传为美谈,但作者却从那位替王子猷撑船的老艄公角度,批判了这种任性作为。曲词的立意,与一首明代民歌相同:"送情人直送到丹阳路,你也哭,我也哭,赶脚的也来哭。赶脚的你哭是因何故？道是:'去的不肯去,哭的只管哭;你两下里调情也,我的驴儿受了苦!'"(《竹枝词》)

【中吕】朝天子·媒人

陈 铎

这壁厢取吉①,那壁厢道喜,砂糖口甜如蜜。沿街绕巷走如飞,两脚不沾地。俏的矜夸②,丑的瞒昧③,损他人安自己。东家里怨气,西家里后悔,常带着不应罪④。

(陈铎撰、汪廷讷订《坐隐先生精订滑稽馀韵》,明万历三十九年环翠堂刻本)

【校注】

① 这壁厢:这边。下句"那壁厢"则谓那边。

② 矜夸:自己夸讲。俏的矜夸:意谓把美的夸得更美。

③ 瞒昧:隐瞒,遮掩。丑的瞒昧:对丑的加以掩盖。

④ 不应罪:不应有的折磨。

【导读】

陈铎(约1458—1951),字大声,号秋碧,下邳(今江苏邳州)人,徙家南京。作品极丰,曲集有《滑稽馀韵》《月香亭稿》《秋碧轩稿》等,词集有《草堂馀韵》,另有杂剧传奇三种。散曲集《滑稽馀韵》以城市居民生活为题材,集中反映和描绘了市民各阶层的人物风貌,在元明散曲中是不可多得的。

"父母之命,媒妁之言"是封建社会男女婚姻的法则。媒人作为一根纽带,靠三寸不烂之舌牵连起一对不曾接触的男女,这种婚姻的幸与不幸与媒人当初之花言巧语休戚相关。这首小令十分生动地刻画了媒人典型的言行,到结尾再点出由之带来的悲剧,并从个中凸显媒人损人利己的"丑角"形象。作者对媒人罪恶的揭露,也是对封建礼教的抨击。

【商调】黄莺儿（其四）①

唐　寅

　　秋水蘸芙蓉②，雁初飞山万重。行人道路佳人梦③。朝霜渐浓，寒衣细缝，剪刀牙尺声相送④，韵叮咚，谁家砧杵⑤，敲向月明中。

（唐寅撰、何大成辑《唐伯虎先生外编续刻》卷九，明万历刻本）

【校注】

① 黄莺儿：曲牌名，分属于北曲【商角调】和南曲【商调】。此为南曲【商调】。

② 秋水蘸芙蓉：秋天的湖水滋润着荷花。蘸，沾湿，这里意为滋润。芙蓉，荷花。

③ 行人道路佳人梦：丈夫奔波在道途中，妻子只能在梦中和他相会。

④ 牙尺：镶嵌着象牙或兽骨的尺子。

⑤ 砧（zhēn）杵（chǔ）：捣衣用的石板和棒槌。古诗词曲赋多以"砧杵"为意象寄托相思。

【导读】

　　唐寅（1470—1523），江苏吴县人，字伯虎，一字子畏，号六如居士。性颖异，诗文尚才情，与徐贞卿等四人合称"吴中四才子"。尤以善画名，著有画谱、画集。有《六如居士集》，散曲有《六如曲集》和《伯虎杂曲》。

　　明唐寅《唐伯虎先生外编续刻》卷九"附伯虎杂曲"收有【黄莺儿】四首，无题名。此为其四。这首曲以秋景起，渲染了离别的悲伤氛围。"秋水蘸芙蓉"喻指女子因相思而以清泪洗芙蓉面；"雁初飞山万重"喻指男子离家远行。到第三句"行人道路佳人梦"，直接使前二者融合，然而地点却是在"梦"中，可见相别之痛、相思之深。下文从声响角度描绘女子为出门的丈夫缝制寒衣，殷勤而细密，缝进了对丈夫的满腔挚爱与牵挂，女子的感情由此得到细针密缕的表现，生动且含蓄深沉。

【中吕】朝天子·咏喇叭①

王 磐

喇叭,锁哪②,曲儿小,腔儿大③。官船来往乱如麻,全仗您抬声价④。军听了军愁,民听了民怕,那里去辨甚么真共假⑤?眼见的吹翻了这家,吹伤了那家,只吹的水净鹅飞罢⑥。

(王磐《王西楼先生乐府》,明嘉靖三十年张守中刻本)

【校注】

① 咏喇叭:《北宫词纪》题作《咏舟中喇叭》。

② 锁哪:唢呐,喇叭的别称。喇叭、唢呐在这里借指宦官。当时宦官刘瑾当权,常派宦官到各地搜刮民财。

③ 曲儿小,腔儿大:比喻宦官地位低,却装腔作势、气焰嚣张。

④ 全仗你抬身价:敲锣打鼓来耀武扬威。

⑤ 那:"哪"。真共假:真是奉旨出行还是宦官矫诏出差。

⑥ 水净鹅飞罢:比喻民财全被搜刮干净。

【导读】

王磐(约1470—1530),字鸿渐,号西楼。《北宫词纪》著录其表字为舜耕。江苏高邮人。著有《西楼乐府》。他的散曲虽多抒写闲适之作,但有些较深刻地反映了社会现实。作品以白描见长,保存了曲的"里巷之声"的特色。

这首小令乃讽喻之作,借咏喇叭来嘲讽宦官刘瑾狐假虎威、虚张声势、盘剥百姓的丑恶行迹,因巧用比喻手法而使形象鲜明生动,活泼爽利。此曲文字通俗,叙述平实,在漫不经心的调侃中暗含深刻寓意。

【中吕】满庭芳·失鸡

王 磐

平生淡薄①。鸡儿不见,童子休焦②。家家都有闲锅灶,任意烹炮③。煮汤的贴他三枚火烧④,穿炒的助他一把胡椒,到省了我开东道⑤。免终朝报晓⑥,只睡到日头高。

（王磐《王西楼先生乐府》,明嘉靖三十年张守中刻本）

【校注】

① 平生淡薄:平生不追求功名利禄,生活恬淡,不为世俗名利所困扰。

② 休焦:不要焦急。

③ 烹炮(páo):烧煮食物。

④ 贴:白白地送给。火烧:烧饼。

⑤ 到:同"倒"。东道:东道主。

⑥ 终朝(zhāo):每天早晨。

【导读】

此曲与【中吕·朝天子】《咏喇叭》一样都是小题寓深意。开头"平生淡薄"四字作为主题,开门见山。接下去写"失鸡"之后如何淡泊豁达。鸡被盗去,作者非但不气恼,反而很庆幸,因为这样可以避免做东请客的麻烦,也可以不再被鸡的报晓所聒噪。当然这一想法的思想基础是"家家有闲锅灶,任意烹炮"。为此,他可以在失鸡之后,甘心情愿地再倒贴盗贼"三枚火烧""一把胡椒"。豁达大度,不斤斤计较个人得失到如此地步,是元明清散曲同一主题的极端表现。这种近似于无是无非的超脱,恐怕只有到清代李汝珍《镜花缘》中的君子国才能被接受、推广。

【双调】蟾宫曲·元宵①

王 磐

听元宵,往岁喧哗,歌也千家,舞也千家。听元宵,今岁嗟呀②,愁也千家,怨也千家。那里有闹红尘香车宝马③?只不过送黄昏古木寒鸦。诗也消乏④,酒也消乏。冷落了春风,憔悴了梅花。

（王磐《王西楼先生乐府》,明嘉靖三十年张守中刻本）

【校注】

① 蟾宫曲:底本作"古调蟾宫",据《康熙曲谱》改。元宵:旧历正月十五日为元宵节。古时每逢元宵节夜,在城市家家户户都悬挂彩灯,放焰火,男女老少都出来逛灯。

② 嗟呀:叹息的意思。

③ 闹红尘香车宝马:指元宵节晚上热闹的场面。香车宝马,指装饰华贵的车马。

④ 消乏:消失了。

【导读】

元宵佳节,本是最热闹,最有兴致的时刻,但作者笔下的今年元宵,却格外惨淡。何以如此?作者并未点明。但我们从曲词"往岁""今岁"的对比和叠词的使用中,已经真真切切地感受到了明代每况愈下的危局。

【正宫】醉太平·南斋漫兴（其七）①

康　海

　　坐珠帘小轩②，歌《白雪》朱弦③。呼儿展纸写诗篇，愧才疏思浅。吟风弄月佳无限④，行眠立盹情非倦⑤。看山玩水兴悠然⑥，这清闲似仙。

（康海《沜东乐府》卷一，明嘉靖三年康浩刻本）

【校注】

　　① 漫兴：随感。

　　② 坐珠帘小轩：坐在挂有珠帘的小室中。轩，有窗槛的长廊或小室。

　　③ 白雪："阳春白雪"，琴曲名，传为春秋时音乐家师旷所作，后世分为《阳春》《白雪》两曲，《阳春》取万物知春、和风澹荡之意，《白雪》取凛然清洁、雪竹琳琅之意。都为高雅音乐。

　　④ 吟风弄月：歌吟风花雪月。

　　⑤ 行眠立盹：走路时睡觉，站着打盹，形容与世无争。倦：厌倦，厌烦。

　　⑥ 兴：兴致。

【导读】

　　康海（1475—1540），字德涵，号对山、沜东渔父，陕西武功人。弘治十五年（1502）状元，任翰林院修撰。为救李梦阳，曾求助于宦官刘瑾，后刘瑾被杀，因有党附之嫌而被免官。归家后，以山水声伎自娱。殁后家境萧然，唯留下大小鼓三百副。有诗文集《对山集》，杂剧《中山狼》。又擅散曲创作，有散曲集《沜东乐府》，今存小令二百余首，套数三十余篇。

　　明康海《沜东乐府》卷一所收【正宫·醉太平】《南斋漫兴》共八首。此为其七。这支曲子唱出了作者闲适生活的恬淡情趣。先用四幅生活画面铺叙：珠帘弦歌、吟风弄月、立盹行眠、玩水看山，将欲歌便歌、欲行便行的无拘无束的生活充分渲染，然后用"这清闲似仙"，画龙点睛，给读者留下深刻印象。

【黄钟】四时花·闺怨①

王九思

　　愁杀闷人天。见楼儿上，窗儿外，皓月斜穿②。更阑③，芙蓉帐冷春梦寒。鸳鸯枕儿闲半边④，觉来时愁万千⑤。粉容憔悴，懒贴翠钿⑥。香肌瘦损罗带宽⑦。咫尺在目前⑧，悄没个捎书人便⑨，奈天远地远⑩，山远水远人远。

　　　　　　　　（胡文焕辑《群音类选》清腔卷三，明万历文会堂刻本）

◎　明天启刻本《彩笔情辞》插图

【校注】

　　① 四时花：曲牌名，为南曲集曲，由【黄莺儿】【皂罗袍】【金凤钗】等曲牌组成。底本归在【黄钟宫】，并注："系十三腔入高平调。"《康熙曲谱》作"四季花"，归在【羽调】。

　　② 穿：穿行。

③ 更(gēng)阑:夜已深。阑,尽。

④ 鸳鸯枕儿闲半边:成双的鸳鸯枕头如今只有一人孤眠。

⑤ 觉来时:醒来时。

⑥ 翠钿:古代女子的一种头饰。

⑦ 香肌瘦损罗带宽:相思使身体瘦弱,腰带也显得宽松了。

⑧ 咫尺:距离很近。咫,古代以八寸为咫。

⑨ 捎:底本作"稍",据文意改。

⑩ 奈:无奈。

【导读】

王九思(1468—1551),字敬夫,号渼陂,一号碧山,陕西鄠县人。弘治九年(1496)进士,任吏部郎中。正德中,宦官刘瑾伏诛,因涉嫌为刘瑾党,被降为寿州周知。与康海同里、同官,又同以"瑾党"而被谪,归田后与康海相聚,征歌度曲以自慰。著有《渼陂集》《碧山新稿》《碧山诗馀》《碧山乐府》等。

此曲为南曲【黄钟·画眉序】《闺怨》套数第三支曲。集曲是抽几个曲牌的个别句式组成的新曲式。这个集曲写一位女子在情人远去之后的思念。曲子从女子的具体生活写起,着力在生活细节上刻画女子的相思之苦,真实而细腻。其中选用了许多典型意象与意境,如闺楼、孤窗、斜月、更阑、芙蓉帐、鸳鸯枕、粉容、香肌、翠钿、罗带等,使女子的形象历历在目。末句"奈天远地远,山远水远人远",缠绵而含蓄。

【南吕】懒画眉·春日闺中即事①

沈　仕

东风吹粉酿梨花,几日相思闷转加②。偶闻人语隔窗纱,不觉猛地浑身
乍③。却原来是架上鹦哥不是他④!

(顾曲散人辑《太霞新奏》卷十四,明天启七年刻本)

【校注】

① 懒画眉:曲牌名,属南【南吕】宫,曲调幽雅,宜于抒写闲适、幽艳心情。

② 转加:加强,加重。

③ 乍:冲动,兴奋的意思。

④ 却原来是:底本作衬字。鹦哥:鹦鹉。

【导读】

沈仕(1488?—1521?),字懋学,一字子登,号青门山人,仁和(今浙江杭州)人。生于富门,但性情疏放,弃科举,漫游山水。能诗善画。所作散曲风格秾丽,多写男女艳情,当时称为"青门体"。有散曲集《唾窗绒》。

这支曲子先写闺中少妇思念的产生、加深和听到"情人"声音的激动、兴奋。然后,用"却原来是架上鹦哥不是他"一语点破。闺中少妇的失望痛苦可想而知,而她的相思之情也更见其深。这种蓄势结构,把少妇的情态十分巧妙地表现了出来。

【南吕】懒画眉·春怨

沈　仕

倚阑无语掐残花[①]，蓦然间春色微烘脸上霞[②]。相思薄倖那冤家[③]，临风不敢高声骂，只教我指定名儿暗咬牙[④]。

（顾曲散人辑《太霞新奏》卷十四，明天启七年刻本）

【校注】

① 阑：同"栏"。残花：落花。

② 蓦然间：底本作衬字，意为突然之间。春色微烘上脸霞：指脸上起了红润。

③ 薄倖：又作"薄幸"，薄情，负心。冤家：古代戏曲、民歌中女子常用来指给自己带来苦恼而又割舍不下的情人。

④ 只教我：底本作衬字。

【导读】

此曲与前选曲同为明顾曲散人辑《太霞新奏》卷一四所收的两支南曲【南吕·懒画眉】。对情人的似恨而实爱，是本曲女主人公的情感。这支曲子的最大特色是细节描写。通过"掐残花"、脸红、咬牙低骂等外部细节动作、表情的描写，表现了处于旧时代中思妇丰富的内心世界。另外，"残花"有暗示女主人公青春易逝的象征意义。

【商调】黄莺儿①

杨　慎

客枕恨邻鸡②，未明时，又早啼，惊人好梦回三千里③。星河影低④，云烟望迷。鸡声才罢鸦声起。冷凄凄，高楼独倚，残月挂天西。

（杨慎《陶情乐府》卷四，明嘉靖三十年刻本）

【校注】

① 黄莺儿：这是南曲。底本未标宫调名，据《康熙曲谱》补。

② 客枕恨邻鸡：客居他乡睡梦正酣时，可恨邻家的鸡将觉惊醒。

③ 惊人好梦回三千里：从远在三千之外的归乡好梦中惊醒。

④ 星河影低：天空的银河已低斜。星河，银河。影低，指月已西斜，天已经亮了。

【导读】

杨慎（1488—1559），字用修，号升庵，四川新都县人。他学问渊博，诗文词曲皆负盛名。有《升庵集》行世，散曲有《陶情乐府》。

杨慎曾因向明世宗直言进谏，谪戍云南永昌三十余年。这是作者写他在谪地思念家乡的曲子，在一个较完整的情节里曲折生动地写出了他深沉、凄凉的怀乡情。开篇写被邻鸡惊醒归乡之梦的悲怆心情。远居谪地，难得在梦中与家人团聚，偏又被鸡吵醒，不由不生"恨"。此"恨"从深层来看则是"恨"自己的不幸遭遇及其造成者，抒发了怨愤之情。接着写醒后倚楼，"鸡声才罢鸦声起"，环境不由人，接二连三地予以打击。"残月挂天西"，无法再度圆满的"残月"一如自己凋残的归乡梦，冷凄凄的，"这次第，怎一个'愁'字了得！"，此曲融情于景，构成了一个谪戍者思乡难忍又难耐的凄切意境。

【中吕】驻马听·和王舜卿舟行四咏（其三）①

杨　慎

明月中天，照见长江万里船。月光如水，江水无波，色与天连②。垂杨两岸净无烟，沙禽几处惊相唤③。丝缆停牵，乘风直上银河畔④。

（杨慎《陶情乐府》卷二，明嘉靖三十年刻本）

【校注】

① 底本未标宫调名，此曲【驻马听】为南曲【中吕】宫过曲，作单曲用，与北曲【双调】之【驻马听】格律不同。宫调名据《康熙曲谱》补。王舜卿：杨慎友，他写有一首舟行曲，这是杨慎和他的曲。

② 色与天连：水色与天光连成一片。

③ 沙禽几处惊相唤：几处沙滩上的水鸟，被江中行舟惊醒而相互啼叫。

④ 丝缆停牵：停止拉纤。

【导读】

明杨慎《陶情乐府》卷二收有【中吕·驻马听】《和王舜卿舟行四咏》四首。此为其三。这首曲写月下行舟所见的江天景色，色调净朗，格调欢畅。作品从静与动两个角度描绘宁静优美的现实画面，继而笔锋陡转，转入高昂的抒怀"乘风直上银河畔"，洋溢着浪漫主义的情调，也使作品的境界更加开阔。这首曲蕴含着作者开阔的胸襟和凌云的志向。曲中毫无感伤气息，与他谪后的曲子相比，显出其谪前的豪迈与开朗。

【商调】黄莺儿·新霁^①

金 銮

　　细雨卷轻雷,趁西风,过小溪。夕阳芳草浑无际^②。浮云片时,长空万里。江城独立生愁思。拂虹霓^③,模糊老眼^④,还当作上天梯。

(金銮《萧爽斋乐府》卷下,明万历环翠堂刻本)

【校注】

　　① 黄莺儿:曲牌名,北曲【商角调】、南曲【商调】均有此牌。此处所选【黄莺儿】属于南曲【商调】。新霁:雨后初晴。

　　② 浑无际:无边无际。浑,浑然。

　　③ 拂虹霓:拂拭彩虹。

　　④ 模糊老眼:老眼昏花,看起来模模糊糊。

【导读】

　　金銮(约1486—约1574),字在衡,号白屿,甘肃陇西人。侨居南京。性任侠,善交游,来往于淮阳两浙间。有散曲集《萧爽斋乐府》,收小令一百三十三首,套数二十四套。

　　这首小令既写出了雨后新晴的景色,又写出了作者经历风雨之后仍怀才不遇的些微伤感。末句把虹霓"当作上天梯"更有作者终不因伤感而累的自嘲味道。此外,在景物描写上也很别致。如细雨本应是因风雷而至,但作者偏偏说"细雨卷轻雷,趁西风,过小溪"。景物顿时可爱起来。

【南吕】罗江怨·寄远①

黄　峨②

【香罗带】空亭月影斜。东方既白③，金鸡惊散枕边蝶④。长亭十里，唱阳关也⑤。【一江风】相思相见，相见何年月？泪流襟上血⑥。愁穿心上结⑦，鸳鸯被冷雕鞍热⑧。

（张楚叔、张旭初辑《白雪斋选订乐府吴骚合编》卷二，明崇祯十年刻本）

【校注】

①　罗江怨：南曲【南吕】曲牌，一名【罗带风】，为【香罗带】与【一江风】集成。源自民间曲调，明中叶开始在湖广一带流行，内容多表现对情人的怨念，被明卓人月称为"我明一绝"。寄远：寄给远方人，这是黄峨寄给他被贬云南的丈夫的曲子。

②　底本及《吴骚二集》属"杨夫人"，《名媛诗纬雅集》注"黄氏"，即杨慎夫人黄峨。《陶情乐府》收录此曲作为杨慎之作。

③　既：已经。

④　金鸡惊散枕边蝶：晨鸡将我从梦中叫醒，我梦见丈夫遇到大赦。金鸡，一语双关，一指晨鸡，一指大赦。古代大赦时，竖长杆，顶上立金鸡，集合罪犯，鸣鼓宣读赦令。枕边蝶，借用庄周梦中化蝶故事，指好梦。

⑤　长亭十里，唱阳关也：在十里长亭相别。唱阳关，唱《阳关曲》，过去此曲用作送别。

⑥　泪流襟上血：泪流成血，染红了衣襟，言悲痛已极。

⑦　心上结：指同心结。用锦带制成的菱形连环回文结，表示团结友谊或爱情。

⑧　鸳鸯被冷雕鞍热：我这里孤眠被冷，你在外边终日奔波。雕鞍热，因长时间骑马，雕花的马鞍变热。

【导读】

黄峨（1498—1569），字秀眉，四川遂宁（今属四川）人，明代女作家，杨慎之妻，世称杨夫人。博通经史，能诗文，善书札。杨慎谪戍云南时，她以"寄外诗（写给丈夫的诗）知名当时"。散曲有《杨夫人词曲》。

这首小令，写出了作者思念戍边的丈夫的殷切心情。曲词多用虚笔，打破时空限制。相思时而于梦里，时而在想象中。环境的渲染与典故的运用，处处关涉相思，而又自然不着痕迹。真是有情有景，水乳交融，思念之情不言自明。

【商调】黄莺儿·苦雨（其一）^①

黄　峨^②

积雨酿轻寒。看繁花，树树残。泥途满眼登临倦。云山几盘，江流几湾。天涯极目空肠断。寄书难，无情征雁，飞不到滇南^③。

（许宇辑《词林逸响》花卷，明天启三年萃锦堂刻本）

【校注】

① 此【黄莺儿】亦为南曲【商调】曲牌。

② 底本及《吴骚二集》《南音三籁》《尧山堂外纪》《名媛诗纬雅集》等均属"黄夫人"即黄峨。《陶情乐府》收录此曲作为杨慎之作。

③ 滇：指云南一带。这里指作者丈夫杨慎被贬的云南永昌卫。

【导读】

明许宇辑《词林逸响》花卷收黄峨所撰【黄莺儿】《苦雨》四首。此为其一。《词林逸响》以"风卷""花卷""雪卷""月卷"之目分四卷，前二卷选载明人散曲套数，后二卷选录元明传奇散出。许宇虽从套数角度选入【黄莺儿】《苦雨》四首，但四首之间皆用同一曲牌填词，既无尾声，亦无引曲，不具有南曲套数的曲牌组合特点，当以小令视之。

这首小令，由眼前景写到想象中丈夫的远谪行旅，再写相思之情鸿雁难传。由近及远，由景而情，由现实到想象，过渡自然，相得益彰。所用鸿雁传书意象，使情景结合达到了完美境地。本曲句句饱含一位妻子对谪戍边地丈夫的缠绵悱恻的温情。

【双调】落梅风（其一）^①

黄　峨

　　楼头小，风味佳^②。峭寒生雨初风乍。知不知对春思念他？背立在海棠花下。

（《杨升庵先生夫人乐府词馀》卷二，明刻本）

◎　明天启刻本《彩笔情辞》插图

【校注】

　　① 落梅风：底本作"落梅花"，据谢伯阳编《全明散曲》所收本改。

　　② 风味：风韵。

【导读】

　　《杨升庵先生夫人乐府词馀》收录黄峨所撰【落梅风】无题组曲四首。此为其一。本曲用初春季节明丽灿烂的海棠和背立楼头默默不语的情影相衬托，含蓄地表现了伤春怀远之情。结尾"背立在海棠花下"一句，能够引起读者丰富的联想。

【仙吕】傍妆台（其十四）

李开先

醉醺醺，瓮中干了玉壶春①。劝君莫作千年调②，苦了百年身③。唾津咽却心头火④，泪点休湮枕上痕⑤。拳头硬，胳膊村⑥，得饶人处且饶人。

（李开先《中麓小令》，中国国家图书馆藏清抄本）

【校注】

① 玉壶春：酒名，这里泛指酒。

② 调：打算、筹划。

③ 百年身：指人的一生。

④ 唾津咽却心头火：用唾液压下心头的怒火。唾津，唾液。

⑤ 泪点休湮枕上痕：不要用新的泪水再湿了枕上的旧泪痕。元王实甫《西厢记·张君瑞庆团园》："我将这新痕把旧痕湮透。"湮（yīn），"洇"，湿。

⑥ 村：簇、狠。

【导读】

李开先（1501—1568），字伯华，号中麓，山东章丘人。嘉靖进士，官至太常寺少卿。曾上疏抨击朝政，罢官家居近三十年。以诗文、散曲称于世。著述有《中麓闲居集》《中麓小令》、传奇《宝剑记》、院本杂剧《园林午梦》等。另有《词谑》，除品评一些散曲、杂剧外，还保存了一些明代戏曲史料。

《中麓小令》又名《李开先【傍妆台】百曲》，共收李开先所撰小令一百首。此为其十四。这首小令表达了作者务实、豁达与宽容的处世哲学，但不是干巴巴的说教，而是通过形象表现的。那"醉醺醺"的姿态、咽唾息怒的动作、擦干泪水与放下挥动胳膊的细节，无一不在向读者申明作者的人生态度。语言通俗平实，易于接受。

【双调】蟾宫曲·四景闺词（其一）①

冯惟敏

正青春人在天涯，添一度年华，少一度年华。近黄昏数尽归鸦，开一扇窗纱，掩一扇窗纱。雨丝丝，风剪剪②，聚一堆落花，散一堆落花。闷无聊，愁无耐③，唱一曲琵琶，拨一曲琵琶。业身躯无处安插④，叫一句冤家⑤，骂一句冤家。

（冯惟敏《海浮山堂词稿》卷三，明嘉靖四十五年刻本）

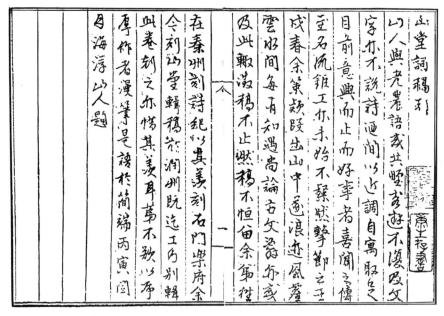

◎ 明嘉靖四十五年刻本《海浮山堂词稿》自序书影

【校注】

① 底本未标宫调名。【蟾宫曲】属北曲【双调】，据《康熙曲谱》补。

② 剪剪：略带寒冷的风拂过。金代张翰《再过回公寺》之"轻寒剪剪侵驼褐"，以及清曹雪芹《红楼梦》第七十六回之"轻寒风剪剪"等句，即用此义。

③ 无耐：无奈。

④ 业身躯：积孽的身体。业，同"孽"，罪恶。

⑤ 冤家：对似恨实爱、给自己带来苦恼而又舍不得离开的情人的昵称。

【导读】

冯惟敏（1511—1580），字汝行，号海浮，山东临朐人。诗文雅丽，词曲尤为著名。刻有《海浮山堂词稿》《击筑馀音》。《艺苑卮言》称其"北调独为杰出，无不曲尽，止用本色过多，北音太繁"。

《海浮山堂词稿》卷三"击节馀音"之"杂曲"类收冯惟敏《四景闺词》四首，标"【蟾宫】《四景闺词》"。此为其一。古来闺词大多为怨词，此曲也是触景伤情地抒写离别之恨，但因其表达方式的巧妙和独特，而别具风味。开头直接点明"人在天涯"辜负了闺中人的"青春"年华，表现出抒情女主人公的忧怨之情与率直之性。紧接而下的是一连串有变化的叠词，构成每一层中相反相成的两种意境，如"添"与"少"、"开"与"掩"、"聚"与"散"、"唱"与"拨"等，细致深入地描摹了闺中女子独守空房又爱又恨的矛盾及难耐的愁闷心情。相较李清照的《声声慢》，在凄凉中更显一份娇俏之气。结尾的"叫"与"骂"更是淋漓尽致地刻画了闺中女子对爱情的痴狂，对"在天涯"的"薄情人"的思念与牵挂。此曲情调悠扬，旋律回环往复，读来颇有情趣。

【双调】折桂令·刈谷有感（其一）^①

冯惟敏

自归来农圃优游^②，麦也无收，黍也无收。恰遭逢饥馑之秋^③，谷也不熟，菜也不熟。占花甲偏憎癸酉^④，看流行正到奎娄^⑤。官又忧愁，民又漂流。谁敢替老百姓担当，怎禁他一例诛求^⑥！

（冯惟敏《海浮山堂词稿》卷二，明嘉靖四十五年刻本）

【校注】

① 刈：收割。

② 圃：种植蔬菜、花果、苗木的园地。优游：悠闲自得。

③ 馑：农事歉收。

④ 占花甲偏憎癸酉：癸酉年是个令人憎厌的年头（遭遇饥荒）。占，占卜。花甲，干支相配，六十年为一花甲，这里指年头。

⑤ 看流行正到奎娄：天灾流行到山东一带。奎娄，二十八星宿中的奎宿，娄宿。我国古代把地上的州域和天上的星宿相配，奎娄二宿的分野是鲁地，即作者的家乡山东一带。

⑥ 一例：一律，同等。诛求：索要，强制征收。

【导读】

《海浮山堂词稿》卷二"归田小令"收北曲【双调·折桂令】《刈谷有感》二首。此为其二。冯惟敏的散曲作品具有较丰富的内容和深刻的思想，一些还涉及官吏的横暴、人民的疾苦、社会的黑暗，特别是以相当大的散曲篇幅来关注天灾人祸中的农民，提高了散曲的战斗力。这支曲用平实朴质的语言勾勒了农民在天灾人祸中生活无着的世相，并发出了强烈的责问："谁敢替老百姓担当？"具有强烈的社会批判性，揭露了官府吏役不顾百姓死活的"一例诛求"。

【仙吕】月儿高·闺情（其五）①

冯惟敏

月缺重门静②，更残五夜永③。手托芙蓉面④，背立梧桐影。瘦损伶仃⑤，越端相越孤另⑥。抽身转入，转入房栊冷⑦。又一个画影图形，半明不灭灯⑧。灯，花烛杳无凭⑨！一似灵鹊儿虚枭，喜蛛儿不志诚⑩。

（冯惟敏《海浮山堂词稿》卷二，明嘉靖四十五年刻本）

【校注】

① 月儿高：底本标为【月儿高】，实为【二犯月儿高】，为南曲【仙吕】犯调，句格灵活。

② 重（chóng）：多层。

③ 五夜：五更。永：时间长。

④ 芙蓉面：比喻美人容颜。

⑤ 伶仃：孤独的样子。

⑥ 端相：仔细看，又作"端详"。

⑦ 房栊：窗棂。

⑧ 又一个画影图形，半明不灭灯：从灯光里照出她的影子。

⑨ 灯，花烛杳无凭：古时的灯心余烬结成花形为喜事的预兆。这里写闺妇因盼望丈夫不见归来，故说杳无凭。杳（yǎo），深远。

⑩ 一似灵鹊儿虚枭，喜蛛儿不志诚：像喜鹊叫、蜘蛛结网主有喜事的说法，也同样的不可信。虚枭，白叫。枭，呼叫。不志诚，不老实。

【导读】

《海浮山堂词稿》卷二"归田小令"收有南曲【仙吕·月儿高】《闺情》八首。此为其五。这支闺情曲写得婉转蕴藉，很有李清照《声声慢》词"寻寻觅觅，冷冷清清，凄凄惨惨戚戚"之境。前面大部分，在写景中抒情，后面用对世俗说法的质疑，间接点明相思之情。全曲情景相生，无一处说相思，然无一处不在写相思。

【双调】庆宣和·爽约（其二）①

高应玘

竹叶风筛金佩摇②，泪眼偷瞧。疑是听琴那人到③。错了，错了！

（高应玘《醉乡小稿》，明嘉靖刻本）

【校注】

① 庆宣和：北曲【双调】曲牌，末二句一般要重复，产生轻倩风趣的韵味。爽约：失约。

② 竹叶风筛金佩摇：竹叶被风吹动，发出如同金佩摇动的声音。筛，筛动。金佩，襟带上饰金的佩物。佩，古代系于衣带的装饰品。

③ 听琴那人：指曾经偷听我弹琴的情人。

【导读】

高应玘(qǐ)，字仲子，号笔峰，山东章丘人。生卒年月不详，是李开先弟子，生活于嘉靖年间，以贡生为元城县丞。有杂剧《北门锁钥》、诗集《笔峰诗草》、散曲集《醉乡小稿》等。

《醉乡小稿》收有【双调·庆宣和】《爽约》二首。此为其二。这首小令是一位女子等待情人来赴约的特写，从元王实甫《西厢记》"隔墙花影动，疑是玉人来"诗意化出，人物情感细致，形象动人。

【双调】水仙子·愤世（其一）

薛论道

翻云覆雨太炎凉①,博利逐名恶战场②,是非海起波千丈。笑藏着剑与枪③,假慈悲论短说长。一个个蛇吞象④,一个个兔赶獐⑤,一个个卖狗悬羊⑥。

（薛论道《林石逸兴》卷三,明万历十六年刻本）

【校注】

① 翻云覆雨太炎凉:翻手为云,覆手为雨,世道人心,冷暖无常。

② 博利逐名恶战场:博取名利,人生好比一场恶战,你争我夺,尔虞我诈。

③ 笑藏着剑与枪:笑里藏刀。

④ 蛇吞象:人心不足,如同蛇要吞象。

⑤ 兔赶獐:追名逐利,互相争胜,如同兔赶獐。

⑥ 卖狗悬羊:挂羊头卖狗肉,欺骗别人。

【导读】

薛论道(约 1531—约 1600),字谭德,号莲溪,别署莲溪居士,定兴(今河北省易县)人。幼年丧亲,中年贫困,弃文从军,守边三十年,官至指挥金事。后因遭排挤,辞官归里。不久,又起用,任神枢参将,后称疾隐退。有散曲集《林石逸兴》,题材广泛,感情真挚。

《林石逸兴》收有【双调·水仙子】《愤世》四首。此为其一。此曲表达了作者对朝廷内部的纷争感到无比厌恶和愤恨。曲词用比喻和夸张手法,把官场争斗说成是"恶战场""是非海",把官员之间的争斗说成是"蛇吞象""兔赶獐""卖狗悬羊",不但准确形象,而且一针见血。"一个个"的重复使用,更加表达了作者的憎恶之情。

【中吕】山坡羊·钱是好汉

朱载堉

　　世间人睁眼观见，论英雄钱是好汉。有了他诸般趁意，没了他寸步也难。拐子有钱，走歪步合款①。哑叭有钱②，打手势好看。如今人敬的是有钱，蒯文通无钱也说不过潼关③。实言④，人为铜钱，游遍世间。实言，求人一文，跟后擦前⑤。

（谢伯阳辑《全明散曲》转录路工《明代歌曲选》，齐鲁书社 1994 年版）

【校注】

　　① 走歪步合款：走歪步也合乎走路的样子。款，格式，样子。

　　② 哑叭：哑巴。

　　③ 蒯（kuǎi）文通无钱也说不过潼关：如果没有钱，连蒯文通那样的善辩之士也过不去潼关。蒯文通，蒯通，楚汉时辩士。潼关，自古以来是重要关口，往来行人须接受检查，守关人常借机勒索，没有钱的人，是很难过关的。

　　④ 实言：说实话。

　　⑤ 跟后擦前：窜前跳后，形容对人摇尾乞怜的样子。

【导读】

　　朱载堉（yù）（1536—?），字伯勤，号句曲山人，自称"狂生"。明宗室郑恭王朱厚烷之子。因王族内讧，其父获罪系狱，遂筑土室于宫门外，独居十九年。父死后，不继王位，专心研究乐律、历学、数学等。著有《乐律全书》《吕律正论》。擅长散曲，民间流传广泛，道光年间，被人收编成集，名《醒世词》。

　　金钱崇拜，非始自今日，古已然之。这首曲子就是讽刺一些人对金钱的崇拜。有了钱，是非可颠倒，美丑可易位；没了钱，将寸步难行。曲子以诙谐的笔调，寓真实于夸张之中，道出了世态炎凉、人情冷暖，都将唯"钱"这个好汉是瞻这一现实。尤其是最后的两个"实言"引出的事实，更加引人深思。

【中吕】山坡羊·说大话^①

朱载堉

我平生好说实话。我养个鸡儿,赛过人家马价^②。我家老鼠,大似人家细狗^③。避鼠猫儿,比猛虎还大。头戴一个珍珠,大似一个西瓜。贯头簪儿^④,长似一根象牙。我昨日在岳阳楼上饮酒,昭君娘娘与我弹了一曲琵琶^⑤。我家下还养了麒麟,十二个麒麟下了二十四匹战马。实话,手拿凤凰与孔雀厮打。实话!喜欢我慌了^⑥,跰一跰^⑦,跰到天上,摸了摸轰雷,几乎把我吓杀^⑧。

(谢伯阳辑《全明散曲》转录路工《明代歌曲选》,齐鲁书社 1994 年版)

【校注】

① 说大话:说谎,吹牛。

② 赛过人家马价:比人家的马还贵。

③ 细狗:小狗。

④ 贯头簪儿:别头发的簪儿。

⑤ 昭君娘娘:王嫱,字昭君,汉元帝时选入宫廷,值匈奴呼韩邪单于入朝求美人为阏氏,元帝以昭君赐之,戎服乘马,怀抱琵琶出塞。

⑥ 喜欢我慌了:我高兴极了。

⑦ 跰(piàn)一跰:抬高腿向上跨一跨。跰,迈腿向上跨。

⑧ 吓杀:吓死。

【导读】

凡说谎吹牛的人,都爱用"实话"来掩盖其谎言。本支曲子正抓住了这一特点,以夸张虚构的笔法,对喜欢说大话的人,给予有力的讽刺。作者让说大话的人,站在读者面前表演说谎,就无异于将毫无价值的东西当众撕毁给人看,从而产生强烈的喜剧效果。而对于说大话的人来说,第一人称的使用,将会使其既受到讽刺,又无法辩驳。可谓一箭双雕。

【仙吕】醉罗歌·题情三阕（其一）^①

史　槃

难道难道丢开罢？提起提起泪如麻。欲诉相思抱琵琶，手软弹不下。一腔恩爱，秋潮卷沙；百年夫妇，春风翦花^②。耳边厢^③，枉说尽了从良话。他书难信，我见已差。虎狼狠不过这冤家^④！

（陈所闻辑《新镌古今大雅南宫词纪》卷四，明万历刻本）

【校注】

① 醉罗歌：曲牌名，属南曲【仙吕宫】的集曲，由【醉扶归】【皂罗袍】【排歌】三曲摘句组成。

② 百年夫妇，春风翦花：指百年夫妇的愿望，如同春风中的落花，不再现实了。翦，剪除。

③ 耳边厢：耳边。厢，旁边。

④ 虎狼狠不过这冤家：虎狼也没有这冤家心狠。

【导读】

史槃(pán)(1531—1630)，字叔考，会稽（今浙江绍兴）人，徐渭门生，工于词曲，并能登场演出。作传奇、杂剧十余种，今存《樱桃记》等三种。今存小令、套数十余首。

陈所闻辑《南宫词纪》收史槃【仙吕·醉罗歌】《题情三阕》。此为其一。这支曲子是一位从良妓女诉说爱情的不幸。运用典型意象，描写了该女子与恋人久已不见之后的由思念而期盼，进而担忧，直至嗔怒的真实、细腻的情感起伏过程。抱琵琶，为古典文学常用意象，表达女子离别相思，或喻指女子改嫁他人，用于此曲，暗含女主人公因相思而对未来从良愿望的担忧。曲词本色当行，充满悲怨情感，反映了所有妓女的共同命运，十分感人。

【中吕】驻马听·拜岳墓①

陈所闻

独秉精忠②，誓返銮舆未奏功③。只落得湖留孤冢④，山结愁云，树咽悲风。游人洒泪拜行宫⑤，怎怪那朱仙遥望旌旗恸⑥！试问奸雄⑦，流芳遗臭，孰轻孰重？

（陈所闻辑《新镌古今大雅南宫词纪》卷五，明万历刻本）

【校注】

① 拜：拜谒。岳墓：岳飞墓，在杭州西湖栖霞岭南。

② 秉：持有，坚持。

③ 誓返銮舆未奏功：宋金对峙时，宋徽宗、宋钦宗二帝被金俘获，岳飞积极抗战，决心迎回二帝还朝，但由于秦桧等投降派的百般阻挠，最终非但未能成功，而且身陷囹圄，被迫害致死。銮舆，帝王后妃所乘车子，代指皇帝，即徽、钦二帝。

④ 冢：坟墓。

⑤ 行宫：帝王出京后的临时住处，这里指岳飞墓。

⑥ 朱仙：宋代四大名镇之一，在今河南省开封市西南，岳飞曾追击金兵至此，被秦桧指使宋高宗用十二道金牌召回。恸（tòng）：极度悲哀而大哭。

⑦ 奸雄：指秦桧之流。

【导读】

陈所闻，字荩卿，浙江仁和人。生卒年不详，嘉靖二十五年（1546）举人，曾任玉山知县，后卜居莫愁湖畔，与名士流连诗酒。善词曲，今存小令一百六十多首，套数五十六套。编选《北宫词纪》《南宫词记》两部散曲集。

北曲【双调】和南曲【中吕】皆有【驻马听】，此处所选为南曲。这首小令，将悲壮的历史化为可以感触的环境，"湖留孤冢，山结愁云，树咽悲风"，使人真真切切感受到岳飞被害后天地同悲之恸。结尾运用反问，对秦桧之流的批判，简洁有力。

【双调】折桂令·硖山晚别^①

陈与郊

两船儿分载离愁,云懒西飞,水恨东流。昨夜兰房^①,今宵桂楫^②,甚日琼楼^③?撒不下虹霓舞袖^④,带将回烟雨眉头。柳岸沙洲,有限留连^⑤,无限绸缪^⑥。

（陈与郊《隅园集》卷十八,明万历四十五年至天启元年赐绯堂刻本）

【校注】

① 硖（xiá）山:山名,在浙江海宁东,西有硖石镇,为海宁县治。

② 兰房:女子居住房屋。

③ 桂楫:桂木做的船桨。

④ 甚日琼楼:什么时候才得相会于琼楼。

⑤ 虹霓舞袖:指歌女。虹霓,疑代指古舞曲《霓裳羽衣曲》。舞袖,代指舞蹈的歌女。

⑥ 有限留连:指分别的人无法多待一会儿。

⑦ 绸（chóu）缪（móu）:形容情意缠绵。

【导读】

陈与郊（1544—1611）,字广野,号禺阳、玉阳仙史,或署高漫卿、任诞轩,浙江海宁人。万历进士,累官至太常寺少卿。有诗文集《苹川集》、《隅园集》（附有散曲）,杂剧《昭君出塞》《文姬入塞》《袁氏义犬》,传奇《詅痴符》。今存小令五十八首,套数七篇。题材多抒写愁怨与闲适,善于白描,词语清俊而不软媚。

【折桂令】为北曲【双调】曲牌,《隅园集》卷十八收录【折桂令】一组四首,分别题为《凤林晓妆》《硖山晚别》《梅溪午梦》《圣水秋期》,第一首标【折桂令】,后三首分别标【前腔】,这是误将北曲当作南曲。本曲写作者离开家乡时与歌女的别情。运用对举、鼎足手法,写出男女双方的不同境况、相同离情。作者在选词用语上着实下了功夫,"载""懒""恨"三字的使用,使景物染上了浓浓的愁意。全曲景情融合,伤情浓郁。检《康熙曲谱》中【折桂令】曲牌的句格,"昨夜兰房,今宵桂楫"二句末字为韵位。从格律上讲,虽然"房""楫"出韵了,但由于该曲牌的韵位较密,所以在音律上依然给人很和谐的感觉。

【南吕】一江风·见月^①

王骥德

　　月华明^②，偏管人孤另^③，后会茫无定。信难凭，两处思量，今夜私相订：天边见月生，低低叫小名；我低低叫也，你索频频应^④。

（冯梦龙辑《太霞新奏》卷十四，明崇祯刻本）

【校注】

　　① 一江风：南曲【南吕】宫的曲牌。

　　② 月华：月光。

　　③ 偏管人孤另：只管让人形影孤零。

　　④ 索：须。

【导读】

　　王骥德（？—1623），字伯良，号方诸生，秦楼外史，会稽（今浙江绍兴市）人。少时曾师事徐渭，与汤显祖、沈璟、吕天成等友善，精研曲学，著有《曲律》。散曲有今人辑本《芳诸馆乐府》，存小令约五十首，套数三十余套。

　　这是一首见月怀人小令。构思巧妙，让一位女子月下与远方情人在意念中私约：面月呼名，对方须应，将一位多情女子的痴绝与憨绝，活灵活现地展现在读者面前。

【南吕】懒画眉·翻戴九灵咏插秧妇①

卜世臣

青袱蒙头点村妆②,手学蜻蜓掠水忙③,细分春雨绿成行④。山歌新样腔难仿,羞杀扬鞭陌上郎⑤。

（冯梦龙辑《太霞新奏》卷十四,明崇祯刻本）

【校注】

① 懒画眉:南曲【南吕】的曲牌。戴九龄:戴良,号九灵山人,世称戴九灵,为元末明初大儒。

② 青袱蒙头点村妆:青青的包头巾蒙着头,一副村妇模样的装扮。点,装点、装扮。

③ 手学蜻蜓掠水忙:插秧动作轻快,如蜻蜓掠水。

④ 细分春雨绿成行:在春雨中把秧分插成一行一行。

⑤ 扬鞭陌上郎:路上经过的骑马的男子。陌(mò),田间小路,泛指一般的路。

【导读】

卜世臣,生卒年不详,字大荒,号蓝水、大荒逋客。浙江秀水（今嘉兴）人。为谨守吴江派格律的戏曲作家,有传奇《冬青记》一种。散曲有新辑本《卜大荒散曲》,约存小令、套数二十余首。

戴九灵曾写有《插秧妇》诗:"青袱蒙头作野妆,轻移莲步水云乡。裙翻蛱蝶随风舞,手学蜻蜓点水忙。紧束暖烟青满地,细分春雨绿成行。村歌欲和声难调,羞杀扬鞭马上郎。"这支曲子将戴九灵的七律诗《插秧妇》转化为南曲【南吕·懒画眉】曲子。原诗将艰苦的劳动诗化了,翻曲根据【懒画眉】格律,在原诗的基础上进一步精简语句。将原诗"手学蜻蜓点水忙"改为"手学蜻蜓掠水忙",一字之改,更加彰显插秧女子娴熟而飞动的神采。"细分春雨绿成行",形象地写出田间插秧的忙而不乱的情景。末句化用了汉乐府民歌《陌上桑》所写的美丽、勤劳、自尊的劳动女子秦罗敷故事,在字面所显示的对插秧女子山歌才华的颂扬之外,还含蓄地表达了对农村劳动妇女高尚人格的尊重。在以闺情、闲适、隐逸、离别、写景为主要题材的元明清曲中,这首小令保持了原诗题材、旨趣的别具一格。翻作之法,可拓宽曲体创作的取材空间,具有特别的意义。

【双调】锁南枝带过罗江怨·丁未苦雨①

赵南星

将天问,要怎么?旱时节盼雨闸定法②,没情雨破着功夫下③。溜街忽流忽剌④,涮房屋扑提扑塌⑤。湿渌渌逃命何方遄⑥?阎王殿挤坏了功曹⑦,古佛堂推倒了那吒⑧。神灵说:"我也淋的怕。"哭啼啼哀告天爷,肯将人尽做鱼虾⑨?勾唎勾唎饶了罢⑩!

(赵南星《芳茹园乐府》,明末刻本)

【校注】

① 锁南枝带过罗江怨:由【锁南枝】和【罗江怨】组成的带过曲。丁未:明神宗万历三十五年(1607)。苦雨:苦于雨灾。

② 旱时节盼雨闸定法:天旱时盼雨却不下。闸定法,截水的闸门牢牢锁定。

③ 破着功夫下:指雨下个不停。

④ 忽流忽剌:形容水到处乱流的样子。

⑤ 涮(shuàn):以水冲刷。扑提扑塌:形容大水冲击房屋的声音。

⑥ 湿渌渌逃命何方遄:人们满身湿透,到处找地方逃避。遄(chuán),迅速。

⑦ 功曹:指庙中判官。

⑧ 那吒:又作哪吒,佛教中的护法神名。

⑨ 肯:岂,难道。

⑩ 勾唎勾唎:口语,即够啦够啦。

【导读】

赵南星(1550—1627),字梦白,号侪鹤,别号清都散客。高邑(今河北元氏)人。官至吏部尚书,为东林党重要人物。天启年间,以反对宦官魏忠贤,被谪戍代州,病卒。有散曲集《芳茹园乐府》,收小令三十八首,套数八套。多用民间小曲形式,笔意酣畅淋漓。

该曲用浪漫主义创作方法,描写雨水给人们造的灾难与痛苦。问天与告天,表现了作者对深受水灾之苦的百姓的深切同情。本曲语言俚俗朴讷,在明代曲家中实属罕见。

【双调】玉抱肚·赠书①

冯梦龙

频频书寄,止不过叙寒温,别无甚奇②。你便一日间千遍书来,我心中也不嫌聒絮③。书呵,原非要紧好东西,为甚一日无他便泪垂?

(冯梦龙辑《太霞新奏》卷十四,明崇祯刻本)

【校注】

① 书:书信。

② 止不过:即只不过。

③ 聒絮:唠叨,也作"絮聒"。

【导读】

冯梦龙(1574—1646),字犹龙,一字子犹,或作耳犹,号姑苏词奴,又号顾曲散人、墨憨子,别署龙子犹。吴县(今属江苏省)人。曾任寿宁知县,不久去官。清兵渡江时,参加过抗清活动,死于故乡。受市民思想影响,他重视小说、戏曲及其他通俗文学,毕生致力于通俗文学的编辑和刊行工作。其文学才能表现在多方面,有诗、戏曲、小说、散曲和杂著。曾自评其散曲:"子犹诸曲绝无文采,然有一字过人,曰真。"

等待书信的感觉是美好的、幸福的。接到书信启封的一刻,让人不禁激动;而等不到书信的失落与伤悲,又是让人那样的揪心。这支曲子,以朴素的语言,运用对话和拟人的方法,真实地写出了等待书信的细腻感觉。而这支曲子的真正主题,则在于通过对亲人书信的殷切盼望,倾诉深深的思念之情。以曲笔表现主题。

挂枝儿·喷嚏①

董斯张②

对妆台，忽然间打个喷嚏，想是有情哥思量我。寄个信儿③，难道他思量我刚刚一次④。自从别了你，日日泪珠垂。似我这等把你思量也，想你的喷嚏儿常似雨。

（冯梦龙辑《挂枝儿》想部三卷，明刻本）

【校注】

① 挂枝儿：民间小曲，明天启以后流行，内容多为恋情。
② 底本篇末注："此篇乃董遐周所作。"
③ 思量：想念。
④ 刚刚一次：仅仅一次。

【导读】

董斯张（1586—1628），字然明，号遐周，别署借庵、瘦居士。乌程（今浙江吴兴）人。监生。与冯梦龙、董其昌、茅维等交游甚深。著有《静啸斋集》《吴兴备志》《广博物志》《吴兴艺文补》等。冯梦龙将【挂枝儿】《喷嚏》一曲的著作权归董斯张，是可信的。

冯梦龙在《挂枝儿》想部三卷所收该曲篇末评曰："遐周旷世才人，亦千古情人。诗赋文词，靡所不工。其才，吾不能测之，而其情则津津笔舌下矣。愿言则嚏，一发于诗人，再发于遐周。遂使无情之人，喷嚏亦不许打一个，可以人而无情乎哉？"冯梦龙在该曲题下注"题亦奇"。据民间俗说，当一个人被别人思念时，就要打喷嚏。这支曲子就是利用这个传说，巧妙构思。由自己打喷嚏，用一问一答方式推想对方"喷嚏儿常似雨"，天真可爱。语言可谓大俗，但与大雅言词同妙。

挂枝儿·分离

无名氏

要分离,除非是天做了地。要分离,除非是东做了西。要分离,除非是官做了吏①。你要分时分不得我,我要离时离不得你。就死在黄泉,②也做不得分离鬼!

(冯梦龙辑《挂枝儿》欢部二卷,明刻本)

【校注】

① 吏:官府的衙吏。古代官、吏有区别,官相当于今天的行政长官,即政务性公务员;吏相当于今天的政府办事员,即事务性公务员。

② 黄泉:指阴间。

【导读】

这支曲子抒写了主人公对爱情的执着与坚信。使人不禁想起汉东府民歌《上邪》:"上邪! 我欲与君相知,长命无绝衰。山无陵,江水为竭,冬雷阵阵,夏雨雪,天地合,乃敢与君绝!"《上邪》表达了死而后已的爱情,而本首曲子表达的却是死而不已的坚定信念:"就死在黄泉,也做不得分离鬼!"爱情更为执着。

锁南枝·风情^①

无名氏^②

傻俊角^③,我的哥。和块黄泥儿捏咱两个:捏一个儿你,捏一个儿我。捏的来一似活托^④,捏的来同床上歇卧。将泥人儿摔碎,着水儿重和过。再捏一个你,再捏一个我。哥哥身上也有妹妹,妹妹身上也有哥哥!

（陈所闻辑《新镌古今大雅南宫词纪》卷六,明万历刻本）

【校注】

① 锁南枝:民间小曲,明中叶开始流行。

② 底本未署撰者,而注"汴省时曲"。

③ 傻俊角:女子对情人的昵称。

④ 活托:活脱脱,言其形象悄似。

【导读】

此处所选的【锁南枝】,是一首民间小曲,其句格较为自由,不同于南曲【双调】所属的【锁南枝】曲牌较为严整的句格结构。这是《新镌古今大雅南宫词纪》卷六所选无名氏【锁南枝】《风情》二首其一。该曲刻画了一位女子爱恋情人的深情。重新捏人儿,使"哥哥身上也有妹妹,妹妹身上也有哥哥",立意新颖。虽然语言明白如话,但爱恋对方至极的情感已足够含蓄深厚,真挚感人。

清代小令

清代小令的发展

　　与明代散曲作家、作品的规模相比，清代散曲的创作表现出了式微的趋势。清代小令和套数的创作都是如此。即便是处于发展的颓势状态，清代小令创作的发展也有自己的特色。

　　清初，像沈自晋【南羽调·胜如花】《避乱思归》这样记录离乱中的生活，表达苍凉沉痛之感的作品，在遗民作家中很有代表性。但这样的作家、作品在非遗民的作家队伍中却为数不多。

　　清朝前期，受政治气候打压和清词盛情的影响，小令创作更加走上了脱离现实的形式主义道路，曲的词化现象较为明显，毛莹【正宫·玉芙蓉】、尤侗【南吕·罗江怨】《旅思》的词化倾向就十分明显。

　　清中叶后，随着昆腔的衰落，散曲又逐渐脱离音乐而成为徒诗的一种。王景文【双调·折桂令】《登望有感》、赵庆熺【中吕·驻云飞】《冬日早起》即为徒诗化小令的代表。

　　相比较明代小令，清代小令创作呈现出以下三个特点：

　　其一，题材范围进一步扩大。像曹雪芹的小令可以写任何题材的内容，其【红楼梦曲】组曲皆为作者的自度曲。《红楼梦》中的小令使我们认识到，小令发展到乾隆前期已经成为文人可以任意写各种题材使用的自由文体，到了清代，即便不是对音乐很娴熟的文人也可以自度曲。此外，金农也有自己的《黄葵花》，并直接将曲牌命名为【自度曲】,这是中国曲学史上所罕见的。

其二,小令注重捕捉生活小景,情味隽永。如金农【自度曲】《黄葵花》、厉鹗【双调·清江引】《花港观鱼》如同尖新小巧的写景诗的意味。

其三,多为南曲小令,且乐于用集曲小令。如尤侗【南吕·罗江怨】《旅思》所用的曲牌【罗江怨】即由【香罗带】和【一江风】犯集而成。沈谦【仙吕入双调·江头金桂】《孤山吊小青墓作》所用的曲牌【江头金桂】即为【五马江儿水】【金字令】【桂枝香】三曲相犯之后的集曲。

清代小令的突出作家,除了上述诸位之外,还有吴绮、洪昇、孔尚任、石韫玉、徐旭旦、林以宁、许光治等人,作家虽然尚不算少,但小令发展已不复从前的盛况。

【羽调】胜如花·避乱思归①

沈自晋

　　思燕玉,忆楚萍,老去愁饥畏冷②。蓦然间塞鼓烽烟③,顷刻来飘蓬断梗④,博得个孤舟贫病⑤。捱一番朝惊晚惊,又一番风行雨行。数点秋萤,早六花飞迸⑥。遏不住鲈乡归兴⑦。盼西流可是江城?盼西流可是江城?

　　　　　　　(沈自晋《鞠通乐府》之《黍离续奏》,中国国家图书馆藏吴梅旧藏抄本)

◎　中国国家图书馆藏吴梅旧藏抄本《鞠通乐府》书影

【校注】

　　① 胜如花:为南曲【羽调】曲牌。底本未标宫调名,据本书体例及《康熙曲谱》补。

　　② 思燕玉,忆楚萍,老去愁饥畏冷:因年老愁饥畏冷而思暖身充饥之物。杜甫《独坐》诗:"暖老须燕玉,充饥忆楚萍。"燕玉,燕地所产的一种美玉,据说夏寒冬温,故思用以暖身。楚萍,指粗粝的食物。

　　③ 塞鼓烽烟:指战争。

　　④ 飘蓬断梗:比喻流离失所。

⑤ 博得个：落得个。

⑥ 六花：雪花。其状为六角形，故称。

⑦ 遏不住：禁不住。鲈乡归兴：指思乡之情。《晋书·张翰传》载，苏州人张翰因思念家乡所产的菰菜、莼羹和鲈鱼而弃官归隐。

【导读】

沈自晋(1583—1665)，字伯明，号西来，又号长康，晚号鞠通生。江苏吴江人。弱冠补博士弟子员，明亡弃去，隐居吴山。为沈璟之侄。善度曲，尤精音律。词尚家风，无门户之见。将沈璟《南九宫十三曲谱》增补为《南词新谱》。有散曲集《鞠通乐府》行世，内收小令七十首，套数十八套。

《鞠通乐府》署"鞠通生漫笔"，自注"甲申以后作"。此处"甲申"，即明崇祯十七年(1644)，亦即清顺治元年。可见，该散曲集所收作品皆为明亡之后而作。该曲于标题《避乱思归》之下自注"寓子昂村东"。"子昂"，疑唐代诗人陈子昂。作者通过对"朝惊晚惊""风行雨行"切身遭遇的描写，反映了清兵南下给人民带来流离失所的苦况。风格低回沉郁。典故的运用，了无痕迹，准确精当。该曲曲律严整，正如《鞠通乐府》该曲末所评曰"无一字不合律，则曲非草草所就可知"。

【仙吕】解醒乐·偶作①（其一）

沈自晋

觑传奇喜巧镌图像②，最堪憎妄肆评量③。只合从头按拍无疏放，一入览便成腔。那得胡圈乱点涂人目④，漫假批评玉茗堂⑤！坊间伎俩⑥，更莫辨词中衬字，曲白同行⑦。

（沈自晋《鞠通乐府》之《越溪新咏》，中国国家图书馆藏吴梅旧藏抄本）

【校注】

① 解醒乐：集曲曲牌名，系集【解三酲】【大胜乐】两调部分乐句而成，其中前四句为【解三酲】，后五句为【大胜乐】。该集曲属于南曲【仙吕】宫，底本未标宫调名，据本书体例及《康熙曲谱》补。

② 觑（qù）：细看。传奇：泛指戏曲剧本。

③ 妄肆评量：指胡乱评点。

④ 胡圈乱点：也指胡乱评点。圈、点，两种评点方法。

⑤ 漫假批评玉茗堂：指假托玉茗堂评点的戏曲刻本。漫，任意。玉茗堂，明代戏曲家汤显祖所居的堂名。

⑥ 坊间：指民间刻书铺子。

⑦ 更莫辨词中衬字，曲白同行：指刊刻得正衬不识，曲白不分。

【导读】

《越溪新咏》，自注"丁亥以后作"。可知，该曲作于清顺治四年（1647）之后。该曲标题之下自注："窃笑词家煞风景事。"共三首，此为其一。煞风景，比喻败兴的事情。明代后期，随着书籍出版的商品化，书籍的刊刻质量越来越让人担忧，更令曲家作者深感，这是"煞风景"的事。该曲就针对戏曲作品刊刻的胡乱圈点、正衬不识、曲白不分以及假托名人评点等现象，加以揭露。直叙的语言，表现了作者义愤的情绪，读来掷地有声。

【仙吕入双调】玉抱肚·社集沈若一斋中醉后戏作（其二）^①

毛 莹

　　年华荏苒^②，隙中驹何堪着鞭^③。赖君家有酒如渑^④，任他们有笔如椽^⑤。此身不是玉堂仙^⑥，字挟风霜不值钱^⑦。

（毛莹《晚宜楼集》"杂曲"，北京大学图书馆藏清抄本）

【校注】

　　① 玉抱肚：南曲【仙吕入双调】曲牌，为犯调，即合【仙吕】与【双调】而成一新调。底本未标宫调名，据本书体例及《康熙曲谱》补。社集：古代文人喜结社，社团成员的集会，即社集。

　　② 荏（rěn）苒（rǎn）：时间渐渐过去。

　　③ 隙中驹：白驹过隙，形容光阴过得极快。《庄子·知北游》："人生天地间，若白驹之过隙，忽然而已。"着鞭：加鞭。

　　④ 有酒如渑：形容酒多。此处借用《左传·昭公十二年》"有酒如渑"语。渑（shéng）：古水名，在山东。

　　⑤ 有笔如椽：有一支像椽木那样的大笔，用以称赞别人有文才。这里是反语。椽（chuán），尾梁上的木条。

　　⑥ 玉堂仙：唐宋以后，称翰林院为玉堂。翰林学士，即称玉堂仙。

　　⑦ 字挟风霜：犹言文字能够流露出作者饱经风霜的沧桑感。

【导读】

　　毛莹，初名培征，字堪光，一字休文，晚号大休老人、净因居士。江苏松陵（今吴江）人。明诸生。入清不应试。工古文辞，穷居自适，屏迹松陵褉湖之滨，结庐唱和，日事吟咏，多交方外人士。亲友敦劝应试，终不听。萧闲送老。卒年八十余。有《晚宜楼集》《竹香斋词稿》。清徐达元《黎里志》卷九"人物四"有其小传。《晚宜楼集》收有其散曲集《晚宜楼杂曲》一卷，存小令三十一首、套数五套。

　　《晚宜楼集》"杂曲"所收【玉抱肚】《社集沈若一斋中醉后戏作》共二首，此为其二。此曲感叹人生易逝，知用难遇。最后二句"此身不是玉堂仙，字挟风霜不值钱"，揭露了文以人贵而非人以文贵的不合理现象，对当时文人社会地位低下的不满与讥讽，可谓入木三分。曲词以醉态的口吻，叙述真实的现状，讽喻效果更佳。

【南吕】罗江怨·旅思①

尤　侗

【香罗带】乡关道路遥②，思归梦劳。相思写尽题倦标，怕听邻院夜吹箫也③。又铜壶暗滴④，疏钟乱敲，纱窗月影和闷摇。【一江风】偷掩鲛绡⑤，莫向孤帏照。秋鸿唳几宵，春莺唤几朝，都说道江南好！

（尤侗《百末词馀》，《太史尤悔庵西堂全集》，清康熙二十五年刻本）

【校注】

① 罗江怨：一名《罗带风》，为南曲【南吕】下属的【香罗带】【一江风】两支曲牌相犯而成。底本未标宫调名，据本书体例及《康熙曲谱》补。

② 乡关：指故乡。唐崔颢《黄鹤楼》："日暮乡关何处是？烟波江上使人愁。"

③ 怕听邻院夜吹箫也：暗用李白《春夜洛城闻笛》"此夜曲中闻折柳，何人不起故园情"诗意。

④ 铜壶：指漏壶，古代一种计时器，以滴水计时。

⑤ 鲛绡：神话中的人鱼（鲛人）所织的轻绡。

【导读】

尤侗（1618—1704），字同人，一字展成，号西堂，一号艮斋、悔庵。江苏长洲（今苏州）人。清顺治拔贡，康熙时举博学鸿词科，授翰林院检讨，三年乞假归。隐居林下二十余年，称"东南老宿"。诗文、戏曲皆工。著有《西堂文集》《西堂诗集》《鹤栖堂集》及杂剧、传奇集《西堂乐府》（又名《西堂曲腋》）、词集《百末词》、散曲集《百末词馀》等。存小令二十八首，套数二套。风格以清丽为主。

此为南曲集曲小令，具有明显的南曲托景抒怀风格。这支曲子，选择具有典型意义的景物，如归梦、赋词、箫声、滴壶、月影、鲛绡等，表达久客异地的游子欲归不得的酸苦之情。情景相生，细致动人。唐白居易《忆江南》诗："江南好，风景旧曾谙，日出江花红胜火，春来江水绿如蓝。能不忆江南。"本曲末三句即化用该诗意象与旨意，透过"秋鸿唳几宵，春莺唤几朝"的对比，增强了"都说道江南好"的说服力，使情感得到了延伸，主题得到了深化。

【仙吕入双调】江头金桂·孤山吊小青墓作①

沈 谦

【五马江儿水】青山夕照,芳魂何处招? 只见寒烟碧树,乱水斜桥,嫩桃花风外飘。【金字令】想着你听雨无聊②,临波独笑③。直弄得红啼绿怨,翠减香消,今来教人空泪抛!【桂枝香】怪苍天恁狠④,怪苍天恁狠! 生他才貌,将他啰唝⑤。漫心焦,如今几个怜文采,只是卿卿没下梢⑥?

(沈谦《东江别集》卷五,清康熙十五年仁和沈氏刻本)

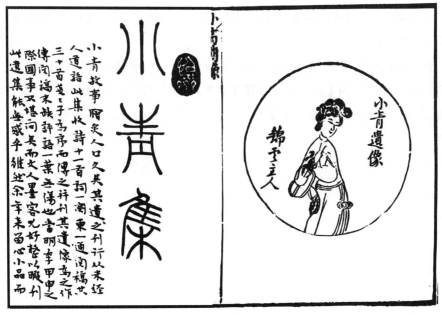

◎　明末刻本《小青集》题记书影及小青像插图

【校注】

① 江头金桂:为南曲【仙吕入双调】过曲,此调以【五马江儿水】为主,而别犯【金字令】【桂枝香】二曲。孤山:在西湖的后湖和外湖之间,和其他山不相连接,故名。小青:冯小青,名玄玄,明江都(今扬州)人,为杭州冯姓士人之妾,能诗画。遭大妇妒恨,软禁西湖孤山别业,郁郁而死,年

仅 18 岁。死后葬于孤山。小青的悲惨事迹在明末颇为传述,吴炳《疗妒羹》传奇和徐士俊《春波影》杂剧,即写其事。

② 听雨无聊:冯小青曾题《牡丹亭》诗:"冷雨幽窗不可听,挑灯闲看《牡丹亭》。人间亦有痴于我,岂独伤心是小青。"此处即化用该诗意。

③ 临波独笑:化用冯小青"瘦影自临春水照"句意。

④ 恁(nèn):那么。

⑤ 啰唣:这里指伤害、磨难。

⑥ 卿卿:对人亲昵的称呼,这里指小青。下梢:结果。

【导读】

沈谦(1620—1670),字去矜,别号研雪子,浙江仁和(今杭州)人。崇祯十五年(1642)补县学生。明亡,以医为业,绝口不谈时事。于诗、古文、词曲无不工,尤精于音韵之学和戏曲理论。与弟子洪昇交好。晚年筑东江草堂为退隐之地,因号东江。有杂剧《庄生鼓盆》、传奇《兴福宫》等多种。散曲集有《东江别集》,收小令七十四首,套数二十套。

作者凭吊小青坟冢,感慨小青身世,不仅满怀同情,而且为小青发出"怪苍天恁狠"的强烈抗议。其中【五马江儿水】【金字令】两部分写小青幽闭西湖的遭际,情景交融,营造了悲凉气氛;【桂枝香】部分为诗人的直抒胸臆。两部分之间过渡自然,浑然一体。

【正宫】醉太平①

朱彝尊

瞎儿放马，纸虎张牙，寒号虫时到口吱喳，尽由他自夸。假词章赚得长门价②，老面皮写入瀛洲画③，秃头发簪了上林花④，被旁人笑杀。

（朱彝尊《曝书亭删馀词》之《叶儿乐府》，清光绪二十九年长沙叶氏刻本）

【校注】

① 醉太平：北曲【正宫】曲牌名，底本未标宫调名，据本书体例及《康熙曲谱》补。

② 假词章赚得长门价：借用西汉司马相如替陈皇后作《长门赋》，得到黄金百斤的典故。词章，文章。

③ 写入瀛洲画：跻身于名流之中。唐太宗为网罗人才，作文学馆，以杜如晦、房玄龄等十八人为学士，号十八学士。当时谓之"登瀛洲"。

④ 上林：西汉长安的上林苑，这里泛指御花园。

【导读】

朱彝尊(1629—1709)，字锡鬯，号竹垞，别号醧舫，晚称金风亭长、小长芦钓鱼师，浙江秀水(今嘉兴)人。康熙十八年(1679)应博学鸿词科，授检讨，后因事革职。归家专心著述。通经史，工诗词。词推崇姜夔、张炎，为浙西派创始人。主持文坛近五十年，诗与王士祯齐名，有"南朱北王"之称。著有《曝书亭集》，编有《词综》《明诗综》。《曝书亭集》收散曲集《叶儿乐府》，载小令四十三首。清光绪二十九年(1903)叶德辉据杨继振旧藏朱彝尊妾徐姬手抄本《曝书亭词》，辑得朱彝尊佚曲十六首，是为《曝书亭删馀词》之《叶儿乐府》。朱彝尊散曲小令清新俊爽，饶有韵味。

本曲以白描手法，勾勒出专靠信口雌黄、吹牛撒谎起家的骗子嘴脸。语言轻爽利落，用典不着痕迹。

自度曲·黄葵花①

金 农

秋在花枝上,花枝随转,偏向着朝阳夕阳。玉人最爱新凉②,靥微黄③。风前小病,病也何妨!

(金农《冬心先生自度曲》,清乾隆刻本)

【校注】

① 自度曲:指在旧有曲调外,自行谱制新的曲牌。黄葵花:葵花,黄色,总是向着太阳开。

② 玉人:这里比喻葵花。

③ 靥(yè):面颊上的微涡。指面颊。

【导读】

金农(1687—1764),字寿门,又字司农、吉金,号冬心,浙江钱塘(今杭州)人。喜游历,客扬州最久。不屑仕进。乾隆元年(1736)荐举博学鸿词,入京未就而返。有《冬心先生集》《续集》《补遗》等。散曲集有《冬心先生自度曲》,收自度曲五十四首。又《冬心集拾遗》收自度曲一首。

这首小令,将黄葵花比成因小病而脸黄的玉人,新颖别致,为前人所未道。"风前小病"很能够把其高细的茎、沉重的花,在风中摇曳的姿态写出。首句"秋在花枝上",以有形写无形,给人以触手可摸的感觉。

【双调】清江引·花港观鱼①

厉　鹗

　　东风倚阑花似雪②,小汉分鳞鬣③。鱼将花吐吞,花逐鱼明灭。人生不如鱼乐也。

（厉鹗《樊榭山房续集》卷十"词乙",清光绪十年振绮堂刻本）

【校注】

　　① 清江引:北曲【双调】曲牌。花港观鱼:西湖十景之一,和断桥遥遥相对。

　　② 阑:"栏"。

　　③ 汊:水岔出的地方。鳞鬣(liè):指鱼。

【导读】

　　厉鹗(1692—1752),字太鸿,号樊榭,浙江钱塘(今杭州)人。少家贫,性不苟合。康熙五十九年(1720)举人,后屡试不第,专心著述。博学工诗词,为浙西词派重要作家。著有《樊榭山房集》(包括《诗集》《续集》《文集》《集外诗》《集外词》《集外曲》)、《宋诗纪事》、《辽史拾遗》等,与查为仁同撰《绝妙好词笺》。《樊榭山房续集》卷十"词乙",自注"北乐府小令附",存北曲小令八十二首。

　　"花港观鱼"一景最美处在于有花、有鱼。这首小令即紧扣"花""鱼"二字展开描写。一、二两句分别写花、鱼,点题。中间两句"鱼将花吐吞,花逐鱼明灭",写出花、鱼各得其乐与相互嬉戏的融融气氛。最后一句揭示主题,寓意深刻。结构上按起、承、转顺序安排,既写出了观赏时的喜悦,又流露出观赏后的惆怅。另外,拟人方法的运用,增强了景物的生动性;动词"倚"和"分"的使用也极有新意。

【正宫】醉太平·题村学堂图

厉 鹗

村夫子面孔①，渴睡汉形容②。周遭三五岁儿童③，正抛书兴浓。探雏趁蝶受朋侪哄④，参军苍鹘把先生弄⑤，甘罗项橐笑古人聪⑥。不乐如菜佣⑦。

（厉鹗《樊榭山房续集》卷十"词乙"，清光绪十年振绮堂刻本）

【校注】

① 村夫子：指村塾先生。

② 渴睡汉：嗜睡汉。形容：指外貌。

③ 周遭：周围。

④ 侪（chái）：同辈，同类人。

⑤ 参军苍鹘：参军、苍鹘为唐宋参军戏的两个脚色，以滑稽诙谐的表演取胜。参军戏表演，又叫"弄参军"。弄，是嘲弄之意。

⑥ 甘罗：战国时楚人，十二岁做吕不韦家臣。自请出使赵国，说服赵王割五城给秦，并把所攻取的部分燕地分给秦，因功封为上卿。项橐（tuò）：春秋时人，相传他七岁时就能驳倒孔子而为之师。

⑦ 不乐如菜佣：不如种菜的仆人那么快乐。

【导读】

这首北曲小令写的是村童闹学。村塾里，冬烘先生、顽皮学童，个个惟妙惟肖，生动逼真。读来使人不禁想起汤显祖《牡丹亭》中"闹塾"一出戏，又会让人联想到鲁迅先生笔下"三味书屋"中的那群师生。结句"不乐如菜佣"，表明了作者追求纯真无忌的生活理想。

红楼梦曲·终身误①

曹雪芹

都道是金玉良姻②,俺只念木石前盟③。空对着,山中高士晶莹雪④;终不忘,世外仙姝寂寞林⑤。叹人间美中不足今方信,纵然是齐眉举案⑥,到底意难平⑦。

(曹雪芹《脂砚斋重评石头记》,中国国家图书馆藏清乾隆己卯抄本)

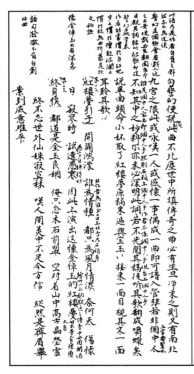

◎　清乾隆己卯抄本《脂砚斋重评石头记》书影(左)和清光绪己卯淮浦居士刻本《红楼梦图咏》贾宝玉图像(右)

【校注】

① 终身误:为作者自度曲曲牌。

② 金玉良缘:指贾宝玉和薛宝钗的婚姻。

③ 木石前盟:指贾宝玉与林黛玉的恋爱。因宝玉前生神瑛侍者和黛玉前生绛珠仙子(草)结下缘分,故称"前盟"。

④ 山中高士晶莹雪:指薛宝钗。高士,超俗的人,多指隐士。

⑤ 世外仙姝(shū)寂寞林:指林黛玉。姝,美女。

⑥ 齐眉举案:形容夫妻互相敬重,指宝钗婚后敬重宝玉。案,古时托起食物的盘子。《后汉书·梁鸿传》载,梁鸿妻子孟光,特别贤惠,给丈夫送饭时总是把端饭的盘子举得与眉毛一样高,以示尊敬。

⑦ 意难平:心思不能平静,感情过不去。指宝玉无法忘怀黛玉。

【导读】

曹雪芹(1715—1763),名霑,字梦阮,号雪芹,又号芹溪、芹圃。祖籍辽阳(今属辽宁省),一说丰润(今属河北省),先世原是汉族,后成满洲正白旗"包衣"。祖父曹寅为江宁织造,为清初著名文人,藏书甚多。雪芹生于南京。父曹頫继任江宁织造不久,获罪抄家。雪芹晚年迁居北京郊区,贫病交加而死。有小说《红楼梦》稿本传世。

《红楼梦》第五回写贾宝玉梦游太虚幻境,在喝了"千红一窟"茶和"万艳同杯"酒后,听了警幻仙姑为他安排的一套《红楼梦曲》。这些曲子皆为作者自度曲,曲目根据人物命运而定。曹雪芹在小说《红楼梦》第五回中,用《红楼梦曲》十四首概括人物命运。此是"引子"曲之后的第一支曲子。所谓"终身误",所误者岂止宝玉一人,黛玉、宝钗的一生也同样被耽误。这首曲子从贾宝玉角度,咏唱宝玉、宝钗和黛玉三人的悲剧命运,揭示了宝玉心中的无限痛苦。语气徐纡深沉,充满伤感。底本己卯本《石头记》此曲的眉批云:"语句泼撒,不负自创北曲。"其实,《红楼梦曲》曲曲皆是如此,显示了作者对北曲创作的娴熟把握。

红楼梦曲·枉凝眉①

曹雪芹

　　一个是阆苑仙葩②，一个是美玉无瑕③。若说没奇缘④，今生偏又遇着他⑤；若说有奇缘，如何心事终虚化⑥？一个枉自嗟呀⑦，一个空劳牵挂；一个是水中月，一个是镜中花⑧。想眼中能有多少泪珠儿？怎经得秋流到冬尽，春流到夏！

（曹雪芹《脂砚斋重评石头记》，中国国家图书馆藏清乾隆己卯抄本）

◎　清乾隆己卯抄本《脂砚斋重评石头记》书影（左）和清光绪己卯淮浦居士刻本《红楼梦图咏》林黛玉图像（右）

【校注】

　　① 枉凝眉：为作者自度曲曲牌。"枉凝眉"意为白白地皱眉头，命运如此无情，任何的追悔、叹

息、痛苦、遗憾,均无济于事。

　　② 阆(làng)苑:仙境的花园。葩(pā),花。

　　③ 瑕(xiá):玉上的疵点。

　　④ 奇缘:美好的姻缘。

　　⑤ 他:从黛玉角度说,指宝玉;从宝玉角度说,指黛玉。

　　⑥ 虚化:幻灭,一切空。

　　⑦ 嗟(jiē)呀:悲叹。

　　⑧ 水中月、镜中花:"虚幻"的形象说法。

【导读】

　　这支曲子为《红楼梦曲》"引子"之后的第二支曲,排在《终身误》曲之后,为专咏宝玉和黛玉的爱情悲剧。既是宝玉、黛玉相互间的倾诉,又是他们对于封建包办婚姻的分别控诉。字句之间,饱含着血泪。全曲用了暗喻之法,阆苑仙葩暗指前生为绛株仙草的林黛玉,美玉无瑕暗指前生为神瑛侍者的贾宝玉。运用对举、假设和反问、设问等手法,渲染环境,烘托气氛,抒发感情,达到了浑然天成的艺术境界。

　　《红楼梦》写林黛玉在前生为绛珠仙草时得到神瑛侍者的浇灌,遂发誓来生要以泪水还他。于是在现世中,林黛玉经常在贾宝玉面前哭泣,故此曲有"想眼中能有多少泪珠儿? 怎经得秋流到冬尽,春流到夏"之唱。这体现了《红楼梦》高超的意象使用与人物关系设置。

【双调】折桂令·登望有感

王景文

　　我高登百尺层楼①，手掬沧溟②，目瞰神州③。一任尔赋似班张④，诗如李杜⑤，文如韩欧⑥。倘不得朱衣相就⑦，究何殊白璧空投。好酌轻瓯⑧，静对群鸥。一带沙洲，几只渔舟。

（王景文《红豆曲》卷上，北流十万卷楼1934年刻本）

【校注】

　　① 层楼：高楼。

　　② 掬：用手捧（水）。沧溟（míng）：指大海。

　　③ 瞰（kàn）：俯视。

　　④ 一任：任凭。尔：你，这里是作者自称。班张：汉代的班固和张衡。班有《两都赋》，张有《二京赋》。

　　⑤ 李杜：唐代诗人李白、杜甫，分别代表我国浪漫主义和现实主义诗歌创作的巅峰。

　　⑥ 韩欧：唐代的韩愈、宋代的欧阳修，唐宋散文八大家的代表。

　　⑦ 倘：倘若，如果。朱衣相就：穿上朱衣，指做了官。唐宋时，四、五品官员穿绯衣，称朱衣，这里泛指官服。

　　⑧ 瓯（ōu）：盛酒器。

【导读】

　　王景文，字维新，号竹一，容县（今属广西）人。生卒年不详。嘉庆十五年（1810）举人。历任武宣、平乐、泗城教谕。著有《乐律辨正》《海棠词》《菉猗园初稿》《峤音》《宦草》《十省游草》《天学钩钤》等。散曲集则有《红豆曲》，存小令三十八首，套数三十一套。

　　这首小令，写登高望远，抒发怀才不遇的感慨。情感充沛，大气磅礴，为清代散曲中少见的风格豪放的曲子。很有李白歌行体诗《蜀道难》之气象及苏轼词【念奴娇】《赤壁怀古》的豪放气概。曲词四处合璧对，一处鼎足对，均为工整对仗，用来写景抒情，使景深情浓，兼有音乐美感。

【双调】折桂令①

许光治

芭蕉绿上窗纱,日日梅风②,落尽余花。且门锁葳蕤③,栏开录曲④,帘卷丫叉。深碧垂杨乳鸦⑤,丛青芳草鸣蛙。又换韶华⑥,煮茧香中,处处缫车⑦。

（许光治《江山风月谱》,蒋光煦编《别下斋丛书》,清道光刻本）

【校注】

① 折桂令:底本作"清江引",据曲词实际句格判断,当为曲牌【折桂令】,故依《康熙曲谱》改。

② 日日梅风,落尽余花:风一天天地将梅花吹落,此时梅花已经落尽。

③ 葳(wēi)蕤(ruí):形容草木茂盛的样子。

④ 录曲:玲珑曲折的样子。此句化用黄景仁《忆余杭·夜起》词云"录曲红栏欹断沼"意。

⑤ 乳鸦:幼鸦。

⑥ 韶华:指美好的时光。

⑦ 缫(sāo)车:抽茧出丝所用的器具。

【导读】

许光治(1811—1855),字龙华,号羹梅、穗嫣,浙江海宁人。廪贡生。少时颖悟。弱冠后,以授徒为生,旁涉诸艺。著有《放吟》《声画诗》《红蝉香馆集》等。散曲集有《江山风月谱》,存小令五十三首。

许光治作曲学张可久,偏向清润华美一路。这首小令就体现这一特点。该曲写初夏时节的乡村风光和农人生活。语言轻丽,描绘细致,动词"绿上""锁""开""卷"都极形象地写出了夏日的浓浓绿意和勃勃生机。"日日梅风,落尽余花",用语更妙:吹梅之风既已点出,所落"余花"为何花,也就不言自明了。"煮茧香中,处处缫车"的农人生活,给夏初的优美风景,又添一道亮色,确不可少。

套数编

　　套数之曲，元人谓之乐府，与古之辞赋、今之时义同一机轴，有起有止，有开有阖，须先定下间架，立下主意，排下曲调，然后遣句，然后成章。

　　　　　　　　　　　　——王骥德《曲律·论套数》

套数的曲体特点

曲分散曲和剧曲。散曲分小令和套数。套数，又称散套，是以曲牌联缀的音乐结构为基础的韵文学形式，要求联缀的曲牌同属于一个宫调，不仅每支曲牌句句押韵，还要求所有曲牌都押同一韵部。当然，如用元人周德清所编《中原音韵》考察元人曲作，我们就会发现，元人曲作也偶有临近韵部之间的通押现象，即所谓的"借韵"。

北曲的剧曲，采用一折一宫调一套曲一韵的形式。南曲的剧曲，可用套曲形式，也可不用套曲形式。北曲剧曲和南曲剧曲中用套曲形式者，可统称为剧套。

套数和剧套，其文体都用曲牌联套的结构方式。区别在于前者是非代言体，而后者是代言体。详言之，套数，属于非代言的叙事文体，内容中通常不出现具体的故事人物，即便有具体的故事人物，这些人物也不使用脚色来扮演；而剧套，则是用于戏曲演出时所唱的套曲，属于代言体文体，它通过脚色行当来装扮剧中的人物，代剧中人物来叙人物之事。

与小令的简单片式结构比较，套数是一种结构较为复杂的散曲体式。它吸收宋大曲、转踏、诸宫调等曲牌联套的方法，把同一宫调至少两支以上的曲子联缀起来，首尾一韵，并有尾声。南曲套数对于宫调、用韵和尾声的使用会有较大的灵活性（详见下文论述）。

元末出现的南北合套，把宫调相同的南北两种曲调交错使用，并形成一定格式，是一种特殊的套数形式。

从曲牌的南北曲属性看，由于套数是使用若干小令组合而成的，而小令音乐有北曲、南曲之分，所以套数也分北曲、南曲。也就是说，套数有北曲套数与南曲套数之别。二者的组套方式不同。

先看北曲套数。

北曲套数较南曲套数的结构更为严格。这在首曲和尾曲的选择使用以及中间用曲的选择与排列次序上,都有体现。

被北曲套数使用的曲牌存在是否均可用于小令和套数的问题。北曲曲牌在小令和套数中的被使用情况,可以分为五种情形:小令和套数均使用的曲牌,小令专用的曲牌,套数专用的曲牌,剧套专用的曲牌,套数和剧套均可使用的曲牌。大致来说,元初曲牌使用较为灵活,元后期新兴的曲牌多只用于小令,不大用于套数。

构成北曲套数的曲牌必须隶属于同一宫调的不同曲牌。同一曲牌在一个套数中使用时,可以根据需要叠用,叠用时以【幺篇】或【幺】作标识。由于"幺"字在古代又可被写作"么"(读作 yāo),所以又可被写作【么篇】或【么】。

虽然理论上,北曲套数的首曲可用该宫调下的任何曲牌,但实际上可用作套数首曲的曲牌极其有限。常见的同时可作套数、剧套的首曲有:【黄钟宫】之【醉花阴】,【正宫】之【端正好】,【仙吕宫】之【点绛唇】【八声甘州】,【南吕宫】之【一枝花】,【中吕宫】之【粉蝶儿】,【越调】之【斗鹌鹑】【梅花引】,【双调】之【新水令】【五供养】,【商调】之【集贤宾】,【商角】之【黄莺儿】等。另有一些曲牌可用作上述这些宫调的套数首曲,不用作这些宫调的剧套首曲。而【般涉调】之【哨遍】【耍孩儿】,【大石调】之【念奴娇】【六国朝】,【小石调】之【恼杀人】等仅用作套数的首曲,此三个宫调不用于剧套。由此可见,用作套数首曲的数量多于用作剧套首曲的数量。这也意味着,剧曲联套的要求较为严格。

北曲套数中不同宫调的尾声曲,没有统一确定的句格,都通常标为【尾】【收尾】【煞尾】【随尾】等。"煞",是"收煞"之意,表示套数结束。尾声曲如需叠用,则标【煞尾】,叠用几支尾声,就标几【煞】,通常又按照倒计数的方式标记,如【四煞】【三煞】【二煞】【一煞】【尾】。

北曲套数在首曲与尾声曲之间的若干曲牌的组合,有相对稳定的结构关系。即前后曲牌联缀的次序是相对稳定的。如【正宫】套中【滚绣球】【倘秀才】的连用,【快活三】【朝天子】【四边静】的连用;【南吕宫】套中【骂玉郎】【感皇恩】【采茶歌】的连用等。北曲套数中偶有"借宫",即某一宫调套数"借"其他宫调曲牌入套的现象。

再看南曲套数。

南曲的套曲意识不是很强。南曲最早见于宋元戏文的剧曲中,此时基本是灵活散用不成套的单曲。这就是高明在《琵琶记》开场中所说的"也不寻宫数调"现象。元人写套数用北曲。南曲套数则出现在明代。

南曲套数的首曲、联缀曲和尾曲也有自己的特点。首曲,又称"引子",通常标作【引子】或【引】。由于可作引子的曲牌不论宫调,由某些曲牌充当,且不必将全部句格填写出来,往往只填开头的数句即可,所以有时又标记为该曲牌的具体曲牌名。引子在演唱时,只点鼓板,不和弦管。

引子之后、尾曲之前的联缀曲,又称"过曲"。过曲,既可以用作联缀曲,又可以用作引子。过曲在联缀曲中使用的前后次序像北曲套数那样也有相对稳定性,而常用的套内曲组数量相对较少。南曲套数的尾声曲使用,没有北曲套数尾声曲那么复杂。

与南曲剧套比较,南曲套数对于引子、过曲、尾声的限定较少,有时不用引子而一开始就直接使用过曲。此外,用作引子、过曲的若干曲牌也不一定非得是同一宫调不可。但是,为了使之成为一个套数,引子、过曲、尾声的所有韵脚都必须押同一韵部之韵。尾声则不是必要之曲。

元代套数

元代套数的发展

元代套数的发展走势,与小令大致相当,也是以成宗大德末年(1307)为界,约分前后两期。前后期作家的套数作品成就差别较大,后期套数创作的总体成绩不如前期。

前期套数创作有四大突出特点。

一是前期作家的创作题材更为多样。举凡市井平民的生活琐事、喜怒哀乐,文人士大夫的闲情逸致、对景伤怀,乃至曲家自己的思古幽情、放浪形骸等,都可一一入曲。

二是普遍追求调侃生活甚至以丑为美的极度夸张的喜剧风格,最具元曲幽默风趣的意味。如杜仁杰【般涉调·耍孩儿】《庄家不识勾栏》、关汉卿【南吕·一枝花】《不伏老》、马致远【般涉调·耍孩儿】《借马》、睢景臣【般涉调·哨遍】《高祖还乡》等。

三是套曲唱词的口语化现象比较突出。上述描摹庄稼汉口吻的《庄家不识勾栏》《高祖还乡》,模拟吝啬鬼口吻的《借马》和老捐客口吻的《不伏老》等,自不待言,即便被称为“曲状元”的马致远所写的《秋思》套数也不同于其所写的同名小令凝练雅致的书面语,而是使用了大量的日常口语。口语化是元曲本色语言的基本表现。

四是写实性的作品很多,能够为我们提供大量有关元代社会生活内容和人们精神面貌的资料。如杜仁杰的《庄家不识勾栏》为后世保存了元代勾栏演戏的珍贵史料,而关汉卿的《不伏老》则向我们展示了元代下层文人调侃生活、自我嘲弄的精神状态。

后期套数创作的选材,则集中在作家抒写个人苦闷的内心感受或冷眼旁观的生活态度。其艺术风格也发生了转移,由前期的幽默本色一变而为清丽超拔。如张可久、乔吉即为后期最重要的清丽派代表,他们的套曲与其小令都显得很清丽,而张可久尤为突出。张可久套曲于清丽之中又含蕴藉,是其套曲较乔吉套曲更显稳重的原因。

元代套曲的曲体结构,较明清两代呈现出更加丰富多彩的样式。如睢景臣【般涉调·哨遍】《高祖还乡》用了一支首曲【哨遍】、一支联缀曲【耍孩儿】及六支尾曲。从曲牌功能上讲,此套的首曲、联缀曲、尾曲都是齐全的,但联缀曲只有一支,而尾曲则有六支。张可久【南吕·一枝花】《湖上晚归》在曲体结构上只由一支首曲【一枝花】、一支联缀曲【梁州】、一支【尾】共三支曲子构成,成为最为精致的套曲。可见,元人写套曲可谓游刃有余,不拘格套。

【般涉调】耍孩儿·庄家不识勾栏①

杜仁杰

【耍孩儿】风调雨顺民安乐，都不似俺庄家快活。桑蚕五谷十分收②，官司无甚差科③。当村许下还心愿，来到城中买些纸火④。正打街头过⑤，见吊个花碌碌纸榜⑥，不似那答儿闹穰穰人多⑦。

【六煞】见一个人手撑着椽做的门⑧，高声的叫"请请"，道"迟来的满了无处停坐"。说道"前截儿院本《调风月》⑨，背后么末敷演《刘耍和》"⑩。高声叫："赶散易得，难得的妆哈。"⑪

【五煞】⑫要了二百钱放过咱，入得门上个木坡⑬，见层层叠叠团圞坐⑭。抬头觑将是个钟楼模样⑮，往下觑却是人旋窝⑯。见几个妇女向台儿上坐⑰，又不是迎神赛社⑱，不住的擂鼓筛锣。

【四煞】一个女孩儿转了几遭，不多时引出一伙。中间里一个央人货⑲，裹着枚皂头巾，顶门上插一管笔⑳，满脸石灰更着些黑道儿抹㉑。知它待是如何过？浑身上下，则穿领花布直裰㉒。

【三煞】念了会诗共词，说了会赋与歌，无差错。唇天口地无高下，巧语花言记许多。临绝末㉓，道了低头撮脚㉔，爨罢将么拨㉕。

【二煞】一个妆做张太公，它改做了小二哥㉖。行行行说向城中过㉗。见个年少的妇女向帘儿下立，那老子用意铺谋待取做老婆㉘。教小二哥相说合，但要的豆谷米麦，问甚布绢纱罗㉙！

【一煞】教太公往前那不敢往后那㉚，抬右脚不敢抬左脚，翻来复去由它一个㉛。太公心下实焦燥，把一个皮棒槌则一下打做两半个㉜，我则道脑袋天灵破㉝，则道具词告状㉞，划地大笑呵呵㉟。

【尾】我则被一胞尿，爆的我没奈何㊱。刚捱刚忍更待看些儿个㊲，枉被这驴颓笑杀我㊳！

（杨朝英辑《朝野新声太平乐府》卷九，明刻本）

【校注】

① 般涉调：宫调名。耍孩儿：曲牌名，在本套曲中为首曲。【般涉调】套曲最常见的是北曲"【耍孩儿】——【煞】（多少不拘）——【尾声】"。庄家不识勾栏：庄稼汉不认识剧场。庄家，庄稼汉，农民。勾栏，宋元时期演出杂耍、戏剧的场所。

② 十分收：大丰收。

③ 官司：官府。差科：差役和捐税。

④ 纸火：指香烛、纸钱之类。

⑤ 打：从。街：街上。

⑥ 花碌碌纸榜：指戏剧演出的海报。花碌碌，既指纸榜颜色之多，也指所写字之多。

⑦ 那答儿：那里。闹穰穰：热闹的样子。

⑧ 椽（chuán）：本为尾梁上承瓦片的木条，这里指勾栏门上的横档。

⑨ 院本：金元时行院演剧所用的脚本，以滑稽、歌舞为主，由末泥、引戏、副净、副末、装孤五个脚色演出。《调风月》：院本演出的剧，内容见下面【二煞】【一煞】。

⑩ 么（yāo）末：宋杂剧发展到后期的一种演出形式，演情节较为复杂的故事。《刘耍和》：么末的一个剧目。

⑪ 赶散：随时到各处唱的演出的小戏班。妆哈：装哈，指在勾栏里正规的演出。

⑫ 煞：底本无，据前文补。以下【四煞】【三煞】【二煞】【一煞】同。

⑬ 木坡：指观众坐的木阶梯看台。

⑭ 团圞（luán）坐：围成圆形的圈。圞，底本作"栾"，据文意改。

⑮ 觑（qù）：看。将：语气助词，无意义。钟楼模样：指戏台。

⑯ 人旋窝：指拥挤的观众。

⑰ 见几个妇女向台儿上坐：当时的戏剧演出，伴奏的女艺人坐在前台中间靠后的座位（即东床）上。

⑱ 迎神：古代习俗，每逢神诞，用仪仗、鼓乐迎神像出庙，周游街巷，叫迎神。赛社：古代于农事完毕后，以酒食祭祀田神，饮酒作乐，叫赛社。

⑲ 央人货：殃人货，即害人精。这里指副净。

⑳ 顶门上插一管笔：指头上插着翎毛之类的饰物。

㉑ 满脸石灰更着些黑道儿抹：指副净脸上的涂面化妆。黑道儿，黑色的条纹。抹，涂抹。

㉒ 花布直裰（duō）：用花布做的道服。直裰，类似和尚或道士穿的一种长袍。

㉓ 临绝末：到了最后。

㉔ 道了低头撮脚：说唱完了低头收脚。撮，收。

㉕ 爨（cuàn）罢将么拨：爨演完了，紧接着就演杂剧。爨，宋杂剧、金院本（正杂剧）开头前的

一段小演唱,也叫艳段。么,么末,指杂剧。拨,拨弄,搬演。

㉖ 小二哥:元曲中常见的对店伙计一类人的称呼。

㉗ 行行行说:边走边说。

㉘ 铺谋:设计。

㉙ 但要的豆谷米麦,问甚布绢纱罗:是说不管彩礼多少,他都可以拿出来。

㉚ 那:同"挪"。

㉛ "教太公往前那不敢往后那"三句:写小二哥捉弄张太公,肆意地摆布他。

㉜ 皮棒槌:一种后台道具,槌头用软皮包棉絮做成,打时不会痛。

㉝ 则道:只说,即以为。天灵:头盖骨。

㉞ 具词:备办讼词。

㉟ 划(chǎn)地大笑呵呵:平白地大笑了一场。划地,平白地。

㊱ 爆:胀。

㊲ 刚捱刚忍更待看些儿个:是说本想勉强忍着尿再看一会儿。刚,勉强。

㊳ 驴颓:骂人的话。

【导读】

杜仁杰(1201? —1283?),字仲梁,号止轩;原名之元,字善夫。济南人。金正大(1224—1231)中隐居内乡(在今河南)山中。元初屡征不起,谢表中有"惟愿学陆龟蒙,拜赐江湖散人之号"句,世称杜散人。才学宏博,善谐谑。散曲仅存小令一首,套数三套,多写市井生活,好用通俗口语。

这套曲用庄稼汉自述的口吻,写其进城看戏的所见所闻。不但保存了一些珍贵的戏曲史资料,而且风趣幽默,艺术突出,例如在构思上紧扣"庄家"和"不识"两个特征,惟妙惟肖,极具喜剧色彩。

【南吕】一枝花·不伏老①

关汉卿②

【一枝花】攀出墙朵朵花③,折临路枝枝柳。花攀红蕊嫩,柳折翠条柔。浪子风流。凭着我折柳攀花手,直煞得花残柳败休④。半生来折柳攀花,一世里眠花卧柳。

【梁州】我是个普天下郎君领袖⑤,盖世界浪子班头⑥。愿朱颜不改常依旧,花中消遣,酒内忘忧。分茶攧竹⑦,打马藏阄⑧,通五音六律滑熟⑨,甚闲愁到我心头!伴的是银筝女银台前理银筝笑倚银屏,伴的是玉天仙携玉手并玉肩同登玉楼,伴的是金钗客歌金缕捧金樽满泛金瓯⑩。你道我老也暂休,占排场风月功名首,更玲珑又剔透⑪。我是个锦阵花营都帅头⑫,曾玩府游州。

【隔尾】子弟每是个茅草岗沙土窝初生的兔羔儿乍向围场上走⑬,我是个经笼罩受索网苍翎毛老野鸡蹅踏的阵马儿熟⑭。经了些窝弓冷箭蜡枪头⑮,不曾落人后。恰不道"人到中年万事休"⑯,我怎肯虚度了春秋。

【尾】我是个蒸不烂、煮不熟、捶不匾、炒不爆、响珰珰一粒铜豌豆⑰,恁子弟每谁教你钻入他锄不断、斫不下、解不开、顿不脱、慢腾腾千层锦套头⑱。我玩的是梁园月⑲,饮的是东京酒⑳,赏的是洛阳花㉑,攀的是章台柳㉒。我也会吟诗,会篆籀㉓,会弹丝㉔,会品竹㉕;我也会唱鹧鸪㉖,舞垂手㉗;会打围㉘,会蹴踘㉙;会围棋,会双陆㉚。你便是落了我牙,歪了我口㉛,瘸了我腿,折了我手,天赐与我这几般儿歹症候㉜,尚兀自不肯休㉝。则除是阎王亲自唤,神鬼自来勾,三魂归地府,七魄丧冥幽㉞。天那,那其间才不向烟花路儿上走㉟!

(郭勋辑《雍熙乐府》卷十,明嘉靖四十五年刻本)

【校注】

① 不伏老:不承认自己已经老了。

② 底本于【一支花】下注"汉卿不伏老",《彩笔情辞》《北词广正谱》俱作关汉卿作。

③ 攀出墙朵朵花:宋叶绍翁《游园不值》诗:"春色满园关不住,一枝红杏出墙来。"后人常以出

读书人志气英豪，更有那三般儿堪画堪描：一箇在
蓝桥上采，马难行；一箇在霸陵桥，驴冻倒；一箇在
山阴溪访友，风骚乐陶陶。朝心头无事，开怀抱，且歌
讴，且欢笑。细听红粧品玉箫，满饮羊羔。□吟寛汗漫
归蓬岛，醉眼朦胧，却嗔着娇滴滴兵姬，耳遶廂道。
折了竹稍，埋没了画桥，门外青山顿然老。
败休。半生来折柳攀□，一世里眠□卧柳。

【一枝花】 汉卿不伏老

攀出墙朵朵花，折临路枝枝柳。攀红蕊嫩，柳折翠
条柔，浪子风流。凭着我折柳攀花手，直熬得□残柳
箇普天下郎君领袖，盖世界浪子班头。愿朱颜未颜不改，
常依旧，巷中消遣，酒内忘忧。分茶擷竹，打马藏阄，通
五音六律滑熟，甚闲愁到我心头？伴的是银筝女，银
台前理银筝，笑倚偎。伴的是玉天仙，携玉手，并玉
肩，同登玉楼。伴的是金钗客，歌金缕，捧金樽，满泛金
瓯。你道我老也，暂休。占排场都帅头，曾翫府游州
别透我是箇锦阵花营都帅头，曾翫府游州
弟每是箇茅草岗，沙土窝初生的兔羔儿乍向围场
上走，我是箇经笼罩，受索网苍翎毛老野鸡蹅踏的
阵马儿熟，经了些窝弓冷箭蜡枪头，不曾落人后，恰

◎ 明嘉靖四十五年（1566）刻本《雍熙乐府》书影

墙花暗指妓女。下句的"临路柳"也是一样意思。

④ 煞：损伤。底本作"熬"，据《彩笔情辞》改。

⑤ 郎君：元曲中常用以指爱冶游的花花公子。

⑥ 班头：头目，行业中的头脑人物。

⑦ 分茶擷竹：也见《紫云亭》《扬州梦》二剧，都是当时勾栏中的技艺。分茶，泡茶的一种巧艺。擷竹，即画竹，《百花亭》杂剧第一折有"撇兰擷竹，写字吟诗"语，同剧第二折有"洒银钩，守彩筹，擷兰擷竹"语，并可证。

⑧ 打马：古代博戏之一种，宋李清照《打马图序》："按打马世有二种：一种一将十马者，谓之关西马；一种无将二十马者，谓之依经马。"可略见其形制，今已失传。藏阄（jiū）：藏钩，一种猜别人手中藏物的游戏。

⑨ 五音六律：指音乐。五音，中国音乐五声音阶中的五个音级，即宫、商、角、徵、羽。六律，十二律中的阳声各律，即黄钟、太簇、姑洗、蕤宾、夷则、无射。

⑩ 金缕：唐曲调名，即《金缕衣》。又，词调《贺新郎》亦名《金缕曲》。金瓯：指酒杯。

⑪ "你道我老也暂休"三句：意说要在花柳场中占排场作首领，必须十分灵活，你老了就应该退出。这是假设一个年轻子弟对他说的话，作为下文反击的张本。宋元时称戏剧或其他技艺演出为"做场"或"做排场"。

⑫ 锦阵花营：花柳丛中，指娼妓优伶队伍。都帅头：指总领一切队伍的统帅。

⑬ "子弟每"句:子弟,元曲中常用以指妓院的嫖客。每,们。子弟们指上文说他老了的人。乍,初。围场,事先围好的打猎场所。

⑭ 蹅(chǎ)踏:踩踏。阵马儿:成阵,战阵。

⑮ 窝弓:猎人埋在草丛里猎兽的弓箭。蜡枪头:蜡做的枪头,比喻中看而不中用。王实甫《西厢记》中红娘讥讽张生是个"银样蜡枪头",即用此义。

⑯ 恰不道:"却不道"。

⑰ 匾:通"扁"。铜豌豆:宋元市语,对风月场中老狎客的代称。

⑱ 恁:你们。锦套头:美丽的圈套,妓女迷惑人的手腕。

⑲ 梁园:汉代梁孝王的园子,在今河南开封附近。这里指汴京。

⑳ 东京:指宋代都城汴京(今开封)。

㉑ 洛阳花:洛阳多花,牡丹尤著名。

㉒ 章台柳:章台,汉代长安街名。唐诗人韩翃娶妓柳氏,后出外,置柳都下,三年,寄以词云:"章台柳,章台柳,昔日青青今在否? 纵使长条似旧垂,也应攀折他人手。"这里泛指娟妓。

㉓ 篆籀(zhòu):篆与籀本都是古代书体名,"篆"在这里作动词用。

㉔ 弹丝:演奏弦乐器。

㉕ 品竹:演奏管乐器。

㉖ 鹧鸪:指【瑞鹧鸪】【鹧鸪天】等曲调。

㉗ 垂手:指《大垂手》《小垂手》等古舞。

㉘ 打围:打猎。

㉙ 蹴踘:古代一种踢球游戏。

㉚ 双陆:古代一种类似下棋的游戏。"我也会吟诗"至"会双陆",底本作"我也会围棋,会蹴踘,会打围,会插科,会歌舞,会吹弹,会咽作,会吟诗,会双陆",出韵较多,据《彩笔情辞》改。

㉛ 口:底本作"嘴",据《彩笔情辞》改。

㉜ 歹症候:恶疾。这里指上面提到的爱好和技艺。

㉝ 尚兀自:尚且,仍然。

㉞ 冥幽:阴间。

㉟ 烟花路儿:指勾栏妓院。

【导读】

在内容上,这套曲子既可以看作作者关汉卿的生活写照,也可以看作元代绝大多数文人生活与情趣的集中体现。"蒸不烂、煮不熟、捶不匾、炒不爆、响珰珰一粒铜豌豆"般的性格,与"向烟花路儿上走"的生活,在元代文人中很具代表性。在艺术上,该套曲体现出元曲的豪放与朴素的风格及关汉卿的本色特征。

【般涉调】耍孩儿·借马

马致远

【耍孩儿】近来时买得匹蒲梢骑①,气命儿般看承爱惜②。逐宵上草料数十番,喂饲得膘息胖肥③。但有些秽污却早忙刷洗,微有些辛勤便下骑④。有那等无知辈,出言要借,对面难推。

【七煞】懒设设牵下槽⑤,意迟迟背后随,气忿忿懒把鞍来鞴⑥。我沉吟了半晌语不语⑦,不晓事颓人知不知⑧?它又不是不精细,道不得它人弓莫挽⑨,它人马莫骑。

【六煞】不骑呵面棚下凉处拴,骑时节拣地皮平处骑。将青青嫩草频频的喂。歇时节肚带松松放,怕坐的困尻包儿款款移⑪。勤觑着鞍和辔⑫,牢踏着宝镫⑬,前口儿休题⑭。

【五煞】饥时节喂些草,渴时节饮些水。着皮肤休使粗毡屈⑮,三山骨休使鞭来打⑯,砖瓦上休教隐着蹄⑰。有口话你明明记:饱时休走,饮了休驰。

【四煞】抛粪时教干处抛,尿绰时教净处尿⑱,拴时节拣个牢固桩橛上系⑲。路途上休要踏砖块,遇水处不教践起泥。这马知人意⑳,似云长赤兔㉑,如翼德乌骓㉒。

【三煞】有汗时休去檐下拴,渲时休教浸着颓㉓。软煮料草铡底细㉔。上坡时款把身来耸,下坡时休教走得疾。休道人忒寒碎㉕,休鞭飐着马眼㉖,休教鞭擦损毛衣。

【二煞】不借时恶了弟兄㉗,不借时反了面皮。马儿行嘱付丁宁记㉘:鞍心马户将伊打,"刷"子去刀莫作疑㉙。则叹的一声长吁气,哀哀怨怨,切切悲悲。

【一煞】早晨间借与它,日平西盼望你,倚门专等来家。柔肠寸寸因他断,侧耳频频听你嘶。道一声好去,早两泪双垂。

【尾】没道理没道理,忒下的忒下的㉚。恰才说来的话君专记,一口气不违借与了你。

(杨朝英辑《朝野新声太平乐府》卷九,明刻本)

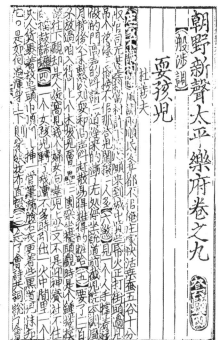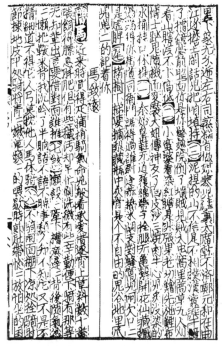

◎　明刻本《朝野新声太平乐府》书影

【校注】

① 蒲梢:汉伐大宛,得千里马,马名蒲梢。

② 气命儿般:像性命一样。看承:看待。

③ 膘(biāo)息:膘,指牛马等牲畜腹部;息,原意为呼吸,借指胸部。

④ 辛勤:这里指马劳累。

⑤ 懒设设:犹言懒洋洋,磨蹭的样子。

⑥ 鞴(bèi):底本作"背",据《雍熙乐府》改。装配马鞍。

⑦ 语不语:想说又不说。

⑧ 顽人:骂人的话。

⑨ 道不得:岂不闻。

⑩ 煞:底本无,据前文补。以下【五煞】【四煞】【三煞】【二煞】【一煞】同。

⑪ 尻(kāo)包儿:屁股。款款:慢慢地。

⑫ 觑:看。辔(pèi):套在马头的嚼子和缰绳。

⑬ 宝镫:挂在马鞍两旁的脚镫。

⑭ 前口儿:疑指马嚼子,又称马勒口。休题:不要用力向上拉。

⑮ 着皮肤休使粗毡屈：不要让粗毡子折叠在马的皮肤上。着皮肤，贴着皮肤。粗毡，指马垫。屈，未伸直，即铺得不平。

⑯ 三山骨：马后背近股处的骨骼。

⑰ 砖瓦上休教隐着蹄：不要让马蹄陷入砖瓦之中。隐，陷入，看不见。

⑱ 尿绰：指放尿。

⑲ 桩橛：木桩。

⑳ 知人意：懂得人意。

㉑ 云长赤兔：三国时蜀将关羽，字云长，骑一匹著名的赤兔马。

㉒ 翼：底本作"翊"，据文意改。翼德乌骓：三国时蜀将张飞，字翼德，他骑一匹著名的乌骓马。

㉓ 湢：这里指为马洗浴。颓：雄马的生殖器。

㉔ 铡：底本作"前"，据《雍熙乐府》改。铡底细：切得碎。

㉕ 忒寒碎：过于寒酸琐碎。

㉖ 颩（diū）：甩，打。《西厢记》："颩了僧伽帽。"闵遇五曰："颩，音丢，义同。"《刘知远诸宫调》："李洪义到此恨心不舍，待一棒拦腰颩做两截。"在戏曲小说中，"一颩人马"之颩，音 biāo（标）；"明颩颩"之颩，音 diū（丢），与此处音义并同。

㉗ 恶：得罪。

㉘ 马儿行（háng）：在马儿跟前。行，跟前，那里，是指示方位的词，一般用在名词或代名词后面。

㉙ "鞍心马户将伊打"二句：这两句是当时勾栏里的行话，叫拆白道字。马户合写是"驴"字，"刷"字去了立刀旁是"吊"字（同"屌"），"驴屌"是骂人的话。两句合起来是说：那个坐在鞍心上打你（指马）的人，毫无疑问，一定是个"驴屌"。伊，底本作"衣"，据《雍熙乐府》改。这里作"你"讲。

㉚ 下的：忍心。

【导读】

这套曲子刻画了一个爱马如命者的形象。他本不愿借马，但碍于面子，只好勉强相借。词以代言体形式，让马主人以第一人称向读者讲述事情缘起和自己的心情，并通过与朋友（【六煞】【五煞】【四煞】【三煞】【尾】）、与马（【二煞】【一煞】）的对话，在细节上进行合理的夸张，把一位借马者不借不行，借又不甘，借时难以分舍的心理揭示无遗。语言朴素当行，充满了生活气息。

【双调】夜行船·秋思

马致远

【夜行船】百岁光阴一梦蝶①，重回首往事堪嗟。昨日春来，今朝花谢。急罚盏夜阑灯灭②。

【乔木查】秦宫汉阙，都做了蓑草牛羊野。不恁渔樵无话说③。纵荒坟，横断碑，不辨龙蛇④。

【庆宣和】投至狐踪与兔穴，多少豪杰⑤！鼎足三分半腰折，魏耶？晋耶⑥？

【落梅风】天教富，莫太奢。无多时，好天良夜⑦。看钱奴硬将心似铁，空辜负锦堂风月⑧。

【风入松】眼前红日又西斜，疾似下坡车⑨。晓来清镜添白雪，上床和鞋履相别⑩。莫笑鸠巢计拙⑪，葫芦提一恁妆呆⑫。

【拨不断】利名竭，是非绝，红尘不向门前惹⑬。绿树偏宜屋角遮，青山正补墙头缺⑭。竹篱茅舍。

【离亭宴歇】蛩吟一觉才宁贴⑮，鸡鸣万事无休歇。争名利何年是彻⑯！密匝匝蚁排兵，乱纷纷蜂酿蜜，闹穰穰蝇争血⑰。裴公绿野堂⑱，陶令白莲社⑲。爱秋来那些：和露摘黄花，带霜烹紫蟹，煮酒烧红叶。人生有限杯，几个登高节⑳？嘱付俺顽童记者㉑：便北海探吾来，道东篱醉了也㉒。

（蒋一葵《尧山堂外纪》卷六八，明刻本）

【校注】

① 百岁光阴一梦蝶：指人生百年，犹如一梦。一，底本作"如"，据《梨园按试乐府新声》改。梦蝶，见王和卿【醉中天】《咏大蝴蝶》注。

② 急罚盏夜阑灯灭：意说要赶快喝酒，不然时间就晚了（即人生快完了）。罚盏，指喝酒。古人喝酒，没有喝完的，要罚饮。

③ 不恁渔樵无话说：意说如秦汉宫殿不变为荒草废墟，渔夫、樵子就没有话题可说了。不恁，不如此。张昇【离亭燕】词："多少六朝兴废事，尽入渔樵闲话。"

④ "纵荒坟"三句：意说到处是荒坟，坟上还横七竖八地留着些残碑，已经辨别不清那上面歌

尧山堂外紀卷六十八　七

馬致遠

馬致遠，號東籬，大家。鳳德輝《詞記》謂：漢卿如瓊筵醉客，名致遠如朝陽鳴鳳……

馬致遠雙調秋思，放逸宏麗而不離本色，押韻尤妙，元人稱為第一，真不虛也。夜行船　百歲光陰如夢蝶，重回首往事堪嗟，昨日春來今朝花謝，急罰盞夜闌燈滅。喬木查　秦宮漢闕，都做了衰草牛羊野，不恁漁樵無話說，縱荒墳橫斷碑，不辨龍蛇。投至狐蹤與兔穴，多少豪傑，鼎足三分半腰折，魏耶晉耶。慶宣和　天教富莫太奢，無多時好天良夜，看錢奴硬將心似鐵，空辜負，錦堂風月。風入松　眼前紅日又西斜，疾似下坡車，曉來清鏡添白雪，上床和鞋履相別，莫笑鳩巢計拙，葫蘆提一……

宜人有咏指甲得勝今一闋……

◎　明刻本《尧山堂外纪》书影

功颂德的文字了。龙蛇，秦汉时的篆书盘屈曲折，故用龙蛇形容。

⑤"投至狐踪与兔穴"二句：意说等到坟墓成为狐兔出没之所的时候，已经不知消磨了多少豪杰。投至，等到。

⑥"鼎足三分半腰折"三句：承上，意说不管是三国还是魏晋的英雄，都免不了半道腰折的命运。鼎足，指魏、蜀、吴三国分立，如鼎之三足。

⑦"天教富"四句：奉劝富人中的过奢者当心好景不长。

⑧"看钱奴硬将心似铁"二句：奉劝富人中的吝惜者莫辜负生活享受。锦堂风月，指富贵人家的生活享受。

⑨"眼前红日又西斜"二句：意说日子过得很快。

⑩"晓来清镜添白雪"二句：意说老了还不要紧，恐怕死亡就要到来了。白雪，指白发。上床和鞋履相别，僧家说大修行人上床就与鞋履相别，意指他们能轻视生死。

⑪巢鸠计拙：相传斑鸠性拙，不会做巢，常占据喜鹊的巢来居住。

⑫葫芦提：糊糊涂涂。妆呆：装呆。

⑬红尘：指世俗的牵缠、纠葛。

⑭青山正补墙头缺：意为墙头缺处可见青山。

⑮蛩（qióng）：蟋蟀。一觉：一睡。宁贴：安稳。

⑯ 彻:完,尽。

⑰ 穰穰:通"攘攘",纷乱的样子。

⑱ 裴公绿野堂:唐代裴度平淮蔡有功,封晋国公,主朝政三十年,后因宦官专权,在洛阳筑绿野草堂居住,不问世事。

⑲ 陶令白莲社:晋高僧慧远在庐山结白莲社,研讨佛理,曾邀陶渊明参加,陶曾作彭泽县令,故称陶令。

⑳ 登高节:农历九月初九的重阳节,又叫重九节。古代民间有重九登高的习惯,故名。

㉑ 记者:记着。

㉒ "便北海探吾来"二句:意说不管谁来看我,都说我醉了不能出见。北海,指东汉孔融,他在献帝时曾做北海相,性好客,常聚友宴饮,为当时名士。辛弃疾《一枝花·醉中戏作》词:"怕有人来,但只道今朝中酒。"与此意近。

【导读】

马致远擅写秋思题材作品,人称"秋思之祖"。除了小令《【越调】天净沙·秋思》外,这个套数也是马致远的秋思代表作。这套曲子抒发了他对人生的看法和态度:人生如梦,不必纷争,最好是隐居田园,享受自然与清闲。虽然调子低沉,但【离亭宴歇】中"密匝匝蚁排兵,乱纷纷蜂酿蜜,闹穰穰蝇争血"所反映的勾心斗角的社会现实,却也有振聋发聩的作用。该曲曲调典雅,对仗工整,声调匀称和谐。此为元代套数中难得的代表之作。明蒋一葵《尧山堂外纪》称赞曰:"马致远【双调·夜行船】《秋思》,放逸宏丽,而不离本色,押韵尤妙。元人称为第一,真不虚也。"

【般涉调】哨遍·高祖还乡①

睢景臣

【哨遍】社长排门告示②，但有的差使无推故③。这差使不寻俗④。一壁厢纳草除根⑤，一边又要差夫⑥：索应付⑦。又言是车驾，都说是銮舆，今日还乡故⑧。王乡老执定瓦台盘⑨，赵忙郎抱着酒葫芦⑩。新刷来的头巾⑪，恰糨来的绸衫⑫：畅好是妆么大户⑬。

【耍孩儿】瞎王留引定火乔男女⑭，胡踢蹬吹笛擂鼓⑮。见一彪人马到庄门⑯，匹头里几面旗舒⑰：一面旗白胡阑套住个迎霜兔⑱，一面旗红曲连打着个毕月乌⑲，一面旗鸡学舞⑳，一面旗狗生双翅㉑，一面旗蛇缠葫芦㉒。

【五煞】红漆了叉，银铮了斧㉓。甜瓜苦瓜黄金镀㉔。明晃晃马镫枪尖上挑㉕，白雪雪鹅毛扇上铺㉖。这几个乔人物，拿着些不曾见的器仗，穿差些大作怪衣服。

【四煞㉗】辕条上都是马，套顶上不见驴㉘。黄罗伞柄天生曲㉙。车前八个天曹判㉚，车后若干递送夫㉛。更几个多娇女㉜，一般穿着，一样妆梳㉝。

【三煞】那大汉下的车，众人施礼数。那大汉觑得人如无物。众乡老展脚舒腰拜，那大汉挪身着手扶。猛可里抬头觑㉞，觑多时认得，险气破我胸脯。

【二煞】你身须姓刘，你妻须姓吕㉟。把你两家儿根脚从头数㊱：你本身做亭长耽几盏酒㊲，你丈人教村学读几卷书，曾在俺庄东住；也曾与我喂牛切草，拽坝扶锄㊳。

【一煞】春采了桑，冬借了俺粟，零支了米麦无重数㊴。换田契强秤了麻三秤，还酒债偷量了豆几斛。有甚胡突处㊵，明标着册历㊶，见放着文书㊷。

【尾声】少我的钱，差发内旋拨还㊸；欠我的粟，税粮中私准除㊹。只道个刘三，谁肯把你揪捽住？白甚么改了姓㊺，更了名，唤做汉高祖！

（杨朝英辑《朝野新声太平乐府》卷九，明刻本）

【校注】

① 高祖:指汉高祖刘邦。

② 社长:元代乡村组织,五十家为一社,选乡绅为社长。排门:挨家挨户。告示:通知。

③ 但有的:所有的。无推故:不得借故推脱。

④ 不寻俗:不平常。

⑤ 一壁厢:一边,一方面。除根:底本作"也根",据明郭勋辑《雍熙乐府》改。有人认为"除根"是"输粮"之误。

⑥ 差夫:摊派劳役。

⑦ 索:须要。

⑧ 车驾、銮舆:都是皇帝所坐的车子,常用作皇帝的代称。

⑨ 瓦台盘:瓦制的托盘。

⑩ 忙:底本作"外",据《雍熙乐府》改。酒葫芦:装酒的葫芦。

⑪ 新刷来的:刚洗刷了的。

⑫ 恰糨(jiāng)来的:刚刚洗浆了的。糨,同"浆",衣服洗净后打一层米汁在上面,晒干后熨平。

⑬ 畅好是:真正是。妆么:装模作样。大户:有财势的人家。

⑭ 王留:元曲中常用的乡下人名字。乔男女:不三不四的人。

⑮ 胡踢蹬:某村人的诨名。

⑯ 彪(biāo):通"彪",量词,用于军队人马。

⑰ 匹头里:当头,迎头。舒:展开。

⑱ 白胡阑:白色的环。"胡阑"是"环"的合音。迎霜兔:白兔。这句指月旗(相传月中有兔捣药)。由此以下至【四煞】曲,都是写乡民眼中所见的仪仗。

⑲ 红曲连:红色的圈,指太阳。"曲连"是"圈"的合音。毕月乌:乌鸦。这句指日旗(相传太阳里有三脚乌)。

⑳ 鸡学舞:指凤凰旗。

㉑ 狗生双翅:指飞虎旗。

㉒ 蛇缠葫芦:指龙戏珠旗。

㉓ 银铮:银镀。

㉔ 甜瓜苦瓜黄金镀:指金瓜锤。

㉕ 明晃晃马镫枪尖上挑:指朝天镫。

㉖ 白雪雪鹅毛扇上铺:指鹅毛宫扇。

㉗ 煞:底本无,据前文补。以下【五煞】【四煞】【三煞】【二煞】【一煞】同。

㉘ 套顶:驾车时套在牲口脖子上的曲木。

㉙ 黄罗伞:指皇帝乘舆的车盖,形状像一把弯柄大伞。

㉚ 天曹判:天上的判官。这里指皇帝侍从人员。

㉛ 递送夫:指奔走服侍的人。

㉜ 多娇女:指宫女。

㉝ 妆梳:底本作"梳妆",失韵,据《雍熙乐府》改。

㉞ 猛可里:突然间。

㉟ 你妻须姓吕:刘邦的妻子叫吕雉,即吕后。须,本来,当是。

㊱ 根脚:根底。

㊲ 你本身做亭长耽几盏酒:据《史记·高祖本纪》载,刘邦年轻时做过泗水亭长,喜欢喝酒。亭长,秦时十里为一亭,亭有亭长。耽,嗜好。

㊳ 拽(zhuài):拉。坝:通"耙",一种农具。

㊴ 无重数(chóng shǔ):数不清。

㊵ 胡突:糊涂。

㊶ 明标着册历:明白记载在账册上。

㊷ 文书:指借据一类。

㊸ 差发内旋拨还:在官差钱内扣除。差发,当官差。当时人民要被征发当官差,有钱的人可用钱雇人代替。旋,随即。

㊹ 私准除:暗中批准扣除。

㊺ 白:平白地,无缘无故地。

【导读】

睢景臣,生卒年不详,一作舜臣,字景贤,扬州人。自幼好学,仕途多舛。嗜好音律,曾写《屈原投江》等杂剧,皆不传;散曲今存套数三套。

元人钟嗣成《录鬼簿》睢景臣条载:"维扬诸公,俱作《高祖还乡》套数,惟公【哨遍】制作新奇,诸公者皆出其下。"本套曲确系元曲名篇,以一位老农的眼光,观察审视汉高祖刘邦发迹的前后形象。其构思巧妙,语言幽默、辛辣。其中,对于汉高祖早年劣迹的数落,既打破了人们心目中天子神圣的形象,又表现了古代封建制度下难能可贵的大胆精神。在古代社会,该套曲可谓石破天惊之作。

【南吕】一枝花·湖上晚归

张可久

【一枝花】长天落彩霞,远水涵秋镜①。花如人面红,山似佛头青②,生色围屏③。翠冷松云径,嫣然眉黛横④。但携将旖旎浓香,何必赋横斜疏影⑤。

【梁州】挽玉手留连锦英,据胡床指点银瓶⑥。素娥不嫁伤孤另⑦。想当年小小⑧,问何处卿卿⑨?东坡才调,西子娉婷,总相宜千古留名⑩。吾二人此地私行,六一泉亭上诗成⑪。三五夜花前月明⑫,十四弦指下风生⑬。可憎⑭,有情。捧红牙合和伊州令⑮。万籁寂,四山静,幽咽泉流水下声⑯,鹤怨猿惊。

【尾】岩阿禅窟鸣金磬⑰,波底龙宫漾水精⑱。夜气清,酒力醒;宝篆销⑲,玉漏鸣⑳。笑归来仿佛二更,煞强似踏雪寻梅灞桥冷㉑。

(张可久《张小山小令》下,明嘉靖四十五年李开先辑刻本)

◎ 明天启刻本《彩笔情辞》插图

【校注】

① 远水涵秋镜:宽阔的湖面像明亮的镜子一样。

② 佛头青:深青色。宋林逋《西湖》诗:"晚山浓似佛头青。"

③ 生色围屏:湖光山色像设色的画屏一样美丽。

④ "翠冷松云径"二句:指在松林中走,看到远山前横。嫣然,美好的样子。眉黛,用青黑色画的眉,这里指山。

⑤ 横斜疏影:指梅花。宋林逋《梅花》诗:"疏影横斜水清浅,暗香浮动月黄昏。"

⑥ 胡床:交椅,或称交床,一种可以折叠的轻便绳床。指点银瓶:意为索酒喝。唐杜甫《少军行》:"指点银瓶索酒尝。"

⑦ 素娥:嫦娥,传说她偷吃了西王母给后羿的不死之药,奔往月宫,成为月中仙子。

⑧ 小小:苏小小,南齐钱塘名妓。

⑨ 卿卿:古代说话时称对方为"卿",后多以"卿卿"称所爱的女子。

⑩ "东坡才调"三句:苏轼《饮湖上初晴后雨》诗有"欲把西湖比西子,淡妆浓抹总相宜"。这里化用苏轼诗意,认为美人才子,合当千古留名。婷婷,指女子姿态优美。

⑪ 六一泉:在孤山南,是苏轼为纪念自号"六一居士"的欧阳修而命名的。

⑫ 三五夜:阴历十五的晚上。

⑬ 十四弦:古代弦乐器。宋孟珙《蒙鞑备录》:"国王出师,亦以女乐随行,率十七八美女,极慧黠,多以十四弦等弹大官乐,拍子为节,甚低,其舞甚异。"

⑭ 可憎:爱极之词,即"可爱"。

⑮ 红牙:红色的拍板。伊州令:乐曲名。

⑯ 幽咽泉流水下声:形容乐声像水流幽咽。唐白居易《琵琶行》:"幽咽泉流冰下难。"

⑰ 岩阿:山岩曲处。禅:底本作"蟾",据《太平乐府》改。禅窟:"禅师窟",指佛寺。

⑱ 波底龙宫漾水精:这句用龙宫在水中荡漾,形容湖上建筑的倒影。水精,水晶。

⑲ 宝篆:结成篆字形状的黛香。

⑳ 玉漏:古代以铜壶滴水作计时器,称漏;水不断从一个铜壶滴到下一个铜壶,发出声响,故说"玉漏鸣"。

㉑ 踏雪寻梅灞桥冷:传说唐诗人孟浩然爱雪,曾说诗思在灞桥风雪中的驴子背上,所以雪天骑驴到灞桥欣赏梅花。

【导读】

明代李开先推崇此曲为"古今绝唱"。它描写了封建文人的理想生活:携美人游西湖,从黄昏到深夜,两人一起观花、赏月、饮酒、赋诗、弹琴、唱曲,景美、人美、情更美。曲词优美隽永,化用前人诗句不留痕迹,自铸新词做到贴切和谐,体现了张可久曲词的蕴藉圆润之美。

明代套数

明代套数的发展

明代散曲作家和作品的数量都超过了元代。明人对于套数的创作热情也超越了元人。

与元代套数尽为北曲的情况不同，明代套数既有北曲套数，也有南曲套数。总体趋势是，明初赓续有元一代的北曲套数创作惯性，套数创作依然填写北曲。

但与元代北曲套数不同的是，明初作家的文学修养普遍较高，其套数填写的文学手段和风格也多样化。如王磐的北曲套数【南吕·一枝花】《久雪》，写大雪"眩昏柳眼，勒绽梅腮"，不仅运用了很形象的拟人化手法，而且还具有妩媚的风格。该曲说冰雪"遮蔽了锦重重禁阙宫阶，填塞了绿沉沉舞榭歌台。把一个正直的韩退之拥住在蓝关，将一个忠节的苏子卿埋藏在北海，把一个廉洁的袁邵公饿倒在书斋"，其语言又于工丽之中蕴含着典雅与豪放。

随着南曲传奇在明中叶的猬兴，南曲杂剧受之影响而开始出现。在南曲传奇和南曲杂剧的合力影响下，南曲套数也逐渐开始流行。

如果说明初的套数创作无论在曲体还是内容、风格上总体与元末一脉相承，那么，明中叶的套数创作可以说是一个全新的起点。此时，曲中的悲凉慷慨、思古幽情已开始退场，取而代之的是作家对社会生活的关心、对自己人生命运的抒写。此时的南曲套数中心在苏州，这与同时期苏州地区戏曲的发达有着密不可分的关系。苏州曲坛套数的清丽、艳雅风格一直影响到晚明，并渐次发展为明末的浓艳和流丽。

与南曲剧曲比较,明后期南曲套数创作表现出更多的灵活性。如梁辰鱼的南曲套数【黄钟·啄木儿】《题幽闺女郎》所用的曲牌,除了【尾声】外,只有【啄木儿】和【卖花声带归仙洞】不用同一宫调的曲牌,前曲南【黄钟宫】过曲,后曲属于南【羽调】近词。这套曲子不按惯例用引子曲,过曲也不属于同一宫调,显示了该套数打破了一般南曲套数曲牌组合的传统。此外,【卖花声带归仙洞】为南曲带过曲。南曲很少用带过曲,这也是南曲套数灵活性的表现。

由于明中后期的套数多用南曲,而南曲与民间曲调的关系更为密切,所以此时的南曲套数还自然地出现了以下两个特点:一是具有一定的娱乐功能,染上难以避免的浮艳气。二是更贴近生活,真情实感的作品较多,不再像元代和明前期的北曲套数那样对现实生活进行扭曲式的调侃。

就知名作家而言,嘉、隆之后至明末,南曲套数的创作以梁辰鱼、沈璟、冯梦龙、施绍莘等作家为最有影响。而施绍莘有散曲"集大成"者之誉,不仅其套数数量之多冠于元、明两代,而且其南曲套数的遣词之清丽圆润、表意之曲折回环,也已对一般南曲套数作了提升,最终促使明末南曲套数在回归文人化的道路上达到了空前的水平。

【南吕】一枝花·久雪

王 磐

【一枝花】乱飘来燕塞边①，密洒向程门外②。恰飞还梁苑去③，又舞过灞桥来④。攘攘皑皑⑤，颠倒把乾坤碍⑥，分明将造化埋。荡磨的红日无光，隈逼的青山失色⑦。

【梁州⑧】冻的个寒江上鱼沉雁杳，饿的个空林中虎啸猿哀，不成祥瑞翻成害。浸伤垄麦，压损庭槐；眩昏柳眼，勒绽梅腮。遮蔽了锦重重禁阙宫阶，填塞了绿沉沉舞榭歌台。把一个正直的韩退之拥住在蓝关⑨，将一个忠节的苏子卿埋藏在北海⑩，把一个廉洁的袁邵公饿倒在书斋⑪。哀哉，苦哉！长安贫者愁无奈。猛惊猜，忒奇怪，这的是天上飞来的冷祸胎，遍地下生灾。

【尾声】有一日赫威威太阳真火当头晒，有一日暖拍拍和气春风滚地来，就有那千万座冰山一时坏。扫同云四开⑫，现青天一块，依旧晴光瑞烟霭。

(王磐《王西楼先生乐府》，明嘉靖三十年张守中刻本)

【校注】

① 燕塞：指边塞。燕(yān)，先秦时期北方诸侯国名，指北方边地。塞，边塞。

② 密洒向程门外：宋程颐门人杨时、游酢一日往见颐，遇大雪，颐瞑目而坐，二人侍立不去，等颐醒来，两人才辞别，门外已雪深一尺。

③ 梁苑：汉梁孝王刘武所筑之园。南朝谢惠连《雪赋》，写梁孝王在雪中游兔园，后人因称梁苑为雪苑，或兔园。

④ 灞桥：桥名，在长安东。唐郑綮说："诗思在灞桥风雪中驴子上。""灞桥风雪"因此成为诗人常用的典故。

⑤ 攘攘：纷乱。皑(ái)皑：洁白。

⑥ 颠倒：这里意为真正。

⑦ 隈(wēi)逼：迫使。

⑧ 梁州：《北宫词纪》作"梁州第七"。

⑨ 把一个正直的韩退之拥住在蓝关：唐代诗人韩愈，字退之，因谏唐宪宗迎佛骨，被贬为潮州

久雪

乱飘来燕塞边洒向程门外恰飞还梁苑去又舞过灞桥来攘、皓、颠倒把乾坤碰分明将造化埋澄磨的红日无光遏过的青山失色 梁州 冻的筒寒江上鱼沉鴈杳饿的筒空林中虎啸猿哀不成 梁州

祥瑞翻成害浸伤垅麦憔损庭槐眩昏柳眼勤绽梅腮遮蔽了锦重、禁阙宫墙之拥作在蓝关将台把一筒正直的韩退之拥将一筒忠节的苏子卿埋藏在北海把一筒廉洁的袁邵公饿倒 二

在书斋哀哉若哉长安贫者慈无奈猛惊猜感奇怪 尾声 这的是天上飞来的冷祸胎遍地下生灾有一日赫威、太阳真火当头晒有一日暖拍拍和气春风滚地来就有那千万座冰山一时坏扫同云四开现青天一块依旧晴光瑞烟霭

四围玛瑙城五色琉璃洞千寻云母塔万座水晶宫锦绣重、影晃的乾坤动光摇的世界红平空中火树苍开平地上金莲瓣渰 梁州 活漤、金鳌出

元宵

◎ 明嘉靖三十年（1551）刻本《王西楼先生乐府》书影

刺史，侄孙韩湘送行，时值大雪。韩愈写《左迁到蓝关示侄孙湘》一诗给他，中有"雪拥蓝关马不前"句子。

⑩ 将一个忠节的苏子卿埋藏在北海：西汉苏武，字子卿，奉命出使匈奴被扣，匈奴贵族多方威胁诱降，把他迁到北海（今贝加尔湖）边牧羊，苏武餐雪吞毡，坚持十九年不屈。

⑪ 把一个廉洁的袁邵公饿倒在书斋：东汉袁安，字邵公，他饿倒书斋的事见乔吉【双调·水仙子】《咏雪》注⑥。

⑫ 同云：《诗经·小雅·信南山》："上天同云，雨雪雰雰。"朱熹《诗经集传》："同云，云一色也。将雪之候如此。"因以为降雪之典。

【导读】

《北宫词纪》卷四收有此曲，题作《苦雪》。这套曲子构思奇妙。雪景给人们的感受一般来说是美好的，因为它不但是丰年的征兆，而且银装素裹，是纯洁的象征。但本曲却将观照的视点放在大雪给人们带来的灾难上。作者用夸张手法极写大雪的淫威，这又使人们不禁联想到贪婪而暴虐的当权者。因此，本曲具备了双重主题。结尾，写有朝一日太阳出来，"千万座冰山一时坏"，给饱受大雪侵害的人们指明了希望。本曲创造性地运用拟人手法，增强了形象的感染力，如写大雪"浸伤垅麦，压损庭槐，眩昏柳眼，勒绽梅腮"，皆发前人所未发，出语惊人。

【南吕】一枝花·对驴弹琴

冯惟敏

【一枝花】知音自古稀,感物非容易①。名琴偏爱抚,大耳不曾习②。思忆颜回,怎入驴肝肺?难通草肚皮③!俺这里勾打吟揉④,他那里前跑后踢⑤。

【梁州】他支蒙着两耳朵长勾一尺⑥,俺摩弄着七条弦弹了三回。子见他仰天大叫乔声气⑦,吓的宫商错乱⑧,聒的音律差池⑨。忽的难调玉轸⑩,兀的怎按金徽⑪。张果老赴不的瑶池佳会⑫,孟浩然顾不的踏雪寻梅⑬。他也懂不的崔莺莺待月眠迟,他也省不的卓文君飞凤求匹⑭,他也晓不的牧犊子晚景无妻⑮。看伊⑯,所为,秋风灌耳空淘气,不知音不达意。这的是世间能走不能飞,草券一张皮⑰。

【尾】看了他粗愚痴蠢村沙势⑱,似不的禾黍秋风听马嘶,怎怪他不解其中无限意。不遇着子期,谁知道品题⑲?俺索把三尺丝桐收拾起⑳。

(冯惟敏《海浮山堂词稿》卷一,明嘉靖四十五年刻本)

【校注】

① 感物非容易:使别的东西受到感动不是件容易事。

② 大耳不曾习:指驴子不会听琴。

③ "思忆颜回"三句:弹一首思贤曲,驴子是无论如何不会理解的。颜回,孔子弟子,世称孔门弟子贤人之首。

④ 勾打吟揉:琴的四种弹奏手法。揉,底本误作"猱",据文意改。

⑤ 跑:同"刨"。

⑥ 支蒙:竖起。勾:同"够"。

⑦ 子:副词,表示限制,相当于"只"。乔声气:指声音难听。乔,宋元时骂人的话,有恶劣、败坏的意思。

⑧ 宫商错乱:同下句的"音律差池"都是指弹错了音调。

⑨ 差池:错误。

⑩ 玉轸:弦乐器上转动弦线的轴叫"轸",琴轸多镶以玉或贝壳,故称玉轸。

⑪ 金徽:琴面上标志音阶的圆点叫"徽",多用贝壳或金属制成,故称金徽。

⑫ 张果老:传说中的道教八仙之一,他骑的是驴子。瑶池:传说中西王母所居之处,她常在那里设宴招群仙赴会。

⑬ "孟浩然"句:据说孟浩然曾在风雪天骑着驴子到灞桥寻梅。以上六句是说,被驴子仰天大叫一吓,什么事情都做不成了。

⑭ 卓文君飞凰求匹:汉临邛富商卓王孙女卓文君寡居在家,司马相如过饮于卓氏,奏《凤求凰》一曲,以琴心挑之,文君夜奔相如,同归成都。

⑮ 牧犊子晚景无妻:牧犊子,战国齐宣王时人,年五十无妻,作《雉朝飞》曲以自伤。(晋崔豹《古今注·音乐》)以上三句是说驴子不懂得曲意。

⑯ 伊:它,指驴子。

⑰ 草券一张皮:相传有秀才卖驴,起草一张卖券,写满了三张纸,还不见一驴字。全句意说草拟一张卖契就可把它卖了。

⑱ 村沙势:粗野、恶劣的样子。

⑲ "不遇着子期"二句:传说古代善弹琴的伯牙,只有钟子期能理解他的曲意。品题,评论、评价。

⑳ 三尺丝桐:指琴。因琴身多为桐木所造,而张以丝弦。

【导读】

本曲作于明隆庆四年(1570)作者任保定通判之时,因事而作。《海浮山堂词稿》卷一该套曲题下有冯惟敏所撰小序,云:"有人观古诗,摘句之工者揭壁间,凡数联。其友过,见壁上句,怒裂之,拂衣去。主人问故,谢焉。友忿然曰:'汝何诟我之甚哉?'主人笑而解之:'是何与君事也?'其人愈忿,不顾而去。然竟不知其躁妄。而摘句者亦不能自白,以至绝交。尝以语余,资一捧腹。鄙谚之言,有类于此,是以君子慎所与也。"这套曲子借"对牛弹琴"一语立意,旨在告诫世人"慎所与",避免与不合适的人交流论事。表面上,此曲尽情描写了对驴弹琴的徒劳与扫兴,字里行间流露出对驴子"粗愚痴蠢"的怨恨和无奈;实际上,借题发挥,以极本色的语言,将世间"驴肝肺""草肚皮"之辈骂尽。

【黄钟】啄木儿·题幽闺女郎①

梁辰鱼

【啄木儿】谁家女，两髻丫②，满脸娇羞将破瓜③。听清声如柳外雏莺④，觑香鬟似日里寒鸦⑤。选良姻不便轻婚嫁，守清规常自甘孤寡，好似一朵藏风叶底花。

【卖花声带归仙洞】独闲房栊有谁欢狎，伴侣相邀暂同戏耍。绣鞋刚三寸些儿大，细腰身捻就无一把。避东风帘多下。步花径栏槛狭。防人觑常惊吓。荆棘抓裙衩⑥，倒闪在荼蘼架⑦。勾引得嫩枝咿哑。讨归寻空蟏仗旧家，巢燕引入窗纱。

【尾声】这多娇真无价。若还情愿到人家，准备日夜烧香供养他。

（梁辰鱼《续江东白苎》卷下，明末刻本）

◎ 明天启刻本《彩笔情辞》插图

【校注】

① 黄钟：底本作"商调"，检《康熙曲谱》，该套数第一支曲【啄木儿】实际句格与【黄钟宫·啄木儿】同，故据曲谱改。底本题下自注"此套出《商辂三元记》戏文'春归后，花正卉'，同调"。

② 髻丫：古代女子的一种发型，束发于左右两侧。

③ 破瓜：俗以十六岁女子为"破瓜"。《通俗编·妇女·破瓜》："'瓜'字，破之为'二八'字，言其二八十六岁耳。"

④ 听清声如柳外雏莺：听她清脆悦耳的声音，如同柳外的雏莺。

⑤ 觑香鬟似日里寒鸦：看她的发鬟如同日暮时青色的寒鸦。觑（qù），看。

⑥ 衩：底本作"轵"，据文意改。

⑦ 荼蘼：一种藤状植物，在古代散曲、戏曲作品中多用以描写女子优雅的生活环境。

【导读】

梁辰鱼（约 1519—约 1591），字伯龙，号少白、少伯，别署仇池外史。昆山（今属江苏）人。以例贡为太学生。任侠好游，足迹遍布吴楚之间，一度寓居金陵。工诗，曾组织"鹭峰诗社"，与曹大章、张凤翼、潘之恒等相唱和。尤精音律。江西人魏良辅在昆山、太仓一带将古调昆山腔改造为昆腔"水磨调"，梁辰鱼为之作《浣纱记》传奇，并首次用"水磨调"昆曲演唱之，为昆曲唱腔与传奇文本的结合树立了榜样，促使昆曲演唱和传奇创作迅速走向繁盛。其戏曲作品，除《浣纱记》传奇外，尚有杂剧《红线女》《红绡》，另著有《梁国子生集》《江东二十一史弹词》及散曲集《江东白苎》等。

描摹闺容闺情，专力为歌女写曲，是梁辰鱼的专长。为此，他在当时的曲界广受歌女们的敬仰与追慕，赢得了"三日不见伯龙，以为大不幸"的老曲师的至高荣誉。这首小令正能体现梁辰鱼的曲作擅描女子情态的风格特点及纤巧尖新的艺术成就。该曲描写少女的秀丽、端庄和娇羞，描绘生动，比喻贴切。而首曲收尾句"好似一朵藏风叶底花"这一比喻，不仅写出了少女的娇态，而且更写出了她的神态。现代著名诗人徐志摩《沙扬娜拉》诗中"最是那一低头的温柔，像一朵水莲花不胜凉风的娇羞"的著名诗句，就是化用了这个比喻。

这套南曲套数的前两支曲子不属于同一宫调，【啄木儿】属于南【黄钟宫】过曲，【卖花声带归仙洞】则属于南【羽调】近词。与北曲套数相比，显然南曲套数对于曲牌的选择使用更为自由。

【仙吕入双调】步步娇·菊花①

施绍莘

【步步娇】老圃先生闲心计②,粗了黄花事③,东篱插几枝。老雨枯风,自然高寄④,全不怕霜欺。变炎凉也只是无趋避⑤。

【江儿水】可有幽深意,偏生古秀姿⑥。比佳人较没胭脂腻⑦,比诗人倒没寒酸气⑧,比仙人尚少云霄志,但落莫田园居士⑨。满地黄金,依旧有寒儒风致⑩。

【清江引】甘心野蒿同腐死⑪,岂有人间意。自从三径栽⑫,渐移入朱门里⑬。多应怪渊明老人多事矣⑭。

(施绍莘《秋水庵花影集》卷三,明末刻本)

◎ 明末刻本《秋水庵花影集》书影

【校注】

① 仙吕入双调：为了使乐曲增加变化，宫调之间可以相犯。此为南曲【仙吕宫】和【双调】相犯。

② 老圃先生：种花的老先生，作者自指。

③ 粗了黄花事：粗粗地栽培上一些菊花。粗了，粗粗地完成。

④ 自然高寄：天然而寄情高远。自然，天然，天生如此。高寄，谓寄情高远，不随世俗，陆龟蒙《幽居赋》："彼濩落而无容，且萧条而高寄。"

⑤ 变炎凉也只是无趋避：言世态炎凉的变化都不去追逐或回避。趋，追逐、趋附。避，回避、避开。

⑥ 可有幽深意，偏生古秀姿：具有幽远深深的意态，古朴秀美的姿容。

⑦ 比佳人较没胭脂腻：和佳人一样的美丽，却没有佳人那种用脂粉装饰的痕迹。

⑧ 比诗人倒没寒酸气：像诗人一样的高雅，却没有诗人的那种寒酸气。

⑨ 落莫：冷落，被遗忘。

⑩ 满地黄金，依旧有寒儒风致：洒落得满地如同黄金般的花瓣，却依旧有贫寒儒士的风雅。

⑪ 甘心野蒿同腐死：甘心同野草一起腐烂死去。野蒿，一种野生植物，这里泛指野草。

⑫ 三径：指隐士所居的田园，陶潜《归去来辞》："三径就荒，松菊犹存。"

⑬ 渐移朱门里：逐渐被移到豪富之家去栽种。朱门，豪富之家，因其门涂以红色，故称朱门。

⑭ 渊明老人：陶潜（渊明）。

【导读】

施绍莘(1581—1640)，字子野，号峰泖浪仙，松江华亭（今上海市）人。少负隽才，胸怀大志，但屡试不第，遂放浪声色，建园林，置丝竹，优游山水，以诸生老此一生。晓音律，有《秋水庵花影集》五卷（散曲四卷、诗馀一卷）传世。

这套短曲赞美了和菊一样经风傲霜而仍能保持高洁风骨的人，并进一步将秋菊与人比较：比佳人美，却没有佳人的胭脂气；比诗人高洁，却没有诗人的寒酸味；不像仙人志在云霄，倒像被人遗忘了的田园居士。以菊喻人，以人比菊，人菊辉映，相得益彰。在此过程中，作者始终以菊自况。

《秋水庵花影集》所收此套曲末附冲如评与沈璟所撰跋语。其中，冲如评曰："萧闲简远，不染一尘。非旷世高怀，落笔岂能如此。"沈璟赞曰："咏物之难，难于洒脱。此词正得之笔墨之外。"

【仙吕】傍妆台·自叙

夏完淳

【傍妆台】客愁新,一帘秋影月黄昏。几回梦断三江月,愁杀五湖春①。霜前白雁樽前泪,醉里青山梦里人。(合)英雄恨,泪满巾。响丁东玉漏声频②。

【前腔】两眉颦,满腔心事向谁论? 可怜天地无家客,湖海未归魂。三千宝剑埋何处? 万里楼船更几人③! (合)英雄恨,泪满巾。何年三户可亡秦④!

【不是路】极目秋云,老去秋风剩此身。添愁闷,闷杀我楼台如水镜如尘。为伊人,几番抛死心头愤,勉强偷生旧日恩⑤。水鳞鳞,雁飞欲寄衡阳信,素书无准,素书无准⑥。

【掉角儿序】我本是西笑狂人⑦。想那日束发从军,想那日霸角辕门,想那日挟剑惊风,想那日横槊凌云。帐前旗,腰后印;桃花马,衣柳叶,惊穿胡阵⑧。(合)流光一瞬,离愁一身。望云山,当时壁垒⑨,蔓草斜曛⑩。

【前腔】盼杀我当日风云,盼杀我故国人民,盼杀我西笑狂夫,盼杀我东海孤臣。月轮空,风力紧。夜如年,花似雨,英雄双鬓。(合)黄花无分,丹黄几人⑪。忆当年,吴钩月下⑫,万里风尘。

【余音】可怜寂寞穷途恨,憔悴江湖九逝魂⑬,一饭千金敢报恩⑭。

(庄师洛辑《夏节愍全集》卷八附"词馀",清嘉庆十二年刻本)

【校注】

① "几回"二句:怀念自己的故乡和战斗过的地方。三江,是吴江、钱塘江、浦阳江;五湖,是具区、彭蠡、洮滆、青草、洞庭,这里都是泛指。

② 玉漏:古代一种计时器。丁东:叮咚,玉漏滴水声。

③ "三千宝剑"二句:怀念在一起战斗过的吴志葵、吴易(yáng)部下的抗清战士。

④ 三户:《史记·项羽本纪》:"楚虽三户,亡秦必楚也。"反映了当时楚国人民反秦复国的愿望。

⑤ "为伊人"三句:意说为报君国大仇,故忍辱偷生。抛死,犹言拼死,将死亡置之度外。

⑥ "水鳞鳞"四句:意说欲与在西南的永历抗清政权联系而不可能。相传衡阳之南有回雁峰,

雁飞至此即折返。素书,书信,又称尺素。

⑦ 西笑狂人:西望长安而笑,指对帝都的思慕。桓谭《新论·祛蔽》:"人闻长安乐,则出门西向而笑。"

⑧ "想那日"以下九句:回忆抗清军中的生活。霸角,不知所指,疑画角之误。辕门,军营的门。横槊,横戈。桃花马,白毛红点的马。衣柳叶,似应作"柳叶衣"。

⑨ 当时壁垒:指旧时防御建筑物。

⑩ 曛:落日的余光。

⑪ "黄花无分"二句:暗示自己不久即要牺牲,不能再在篱边赏菊,登高插茱萸。王维《九月九日忆山东兄弟》:"遥知兄弟登高处,遍插茱萸少一人。"

⑫ 吴钩:古代吴地所造的一种弯形的刀,后泛指锋利的刀剑。

⑬ 九逝魂:指思念故国、多次回到故乡的灵魂。《楚辞·九章·抽思》:"郢路之辽远兮,魂一夕而九逝。"

⑭ 一饭千金:用《史记·淮阴侯列传》韩信以千金报答漂母一饭之恩的故事。这里指以死报效家国。

【导读】

夏完淳(1631—1647),原名复,字存古,号小隐、灵首(一作灵胥),华亭(今上海市)人。七岁能诗文,有"神童"之誉。十四岁追随父亲夏允彝、老师陈子龙起兵抗清。允彝兵败自杀,又与陈子龙等倡义,受鲁王封为中书舍人,参谋太湖吴易军事。吴易兵败被执而死后,完淳仍为抗清奔走,事露被捕。于南京痛骂洪承畴,遭杀害,年仅十七岁。清乾隆四十一年(1776)赐谥号"节愍"。所作的诗文词曲等于清嘉庆十二年(1807)由庄师洛辑为《夏节愍全集》。嘉庆年间吴省兰辑有《夏内史集》,收入吴氏听彝堂刻《艺海珠尘·匏集》。今重编为《夏完淳集》。散曲存小令三首,套数二套。

这套曲子写从军生活的回忆、身陷囹圄的悲痛、国仇未报的愤恨和以身殉国的决心。悲凉慷慨,长歌当哭。曲词有写景、抒情,又有叙述、议叙,表达方式多样,抒情气氛浓厚。语言雅致精粹,既能自然流畅地化用前人诗意与典故,又能悉心炼字,自铸伟词。这是一篇充满郁愤、感人至深的力作。

清代套数

清代套数的发展

  清代散曲的作家和作品的数量及成就，都远不及元明两代。

  从曲体形态的呈现上看，清代套数出现两个极端情况，一部分曲家特别喜爱填写北曲套数，另一部分曲家则表现出对南曲套数的钟爱。

  喜爱北曲套数者，奉元人北曲套数为圭臬，追求复古。追求元曲风味，在清中叶之后较为突出。如徐旭旦【双调·新水令】《旧院有感》、仲振履【双调·新水令】《羊城候补曲》即为格律严格的北曲套数，显示出曲家对元明以来的北曲套数创作传统的坚守。

  钟爱南曲套数者，又可分作两类。一类曲家，较为重视南曲套数套曲化的严谨性，如尤侗【仙吕·醉扶归】《秋闺》、林以宁【越调·小桃红】《忆外》是较为整饬的南曲套数。当然，这样的曲作更多体现为其案头阅读的文学成就，而非清唱的音乐成就。

  另一类曲家填写南曲套数，深受南曲传奇剧曲的影响，更加讲究曲唱时的实用性。对于散曲而言，由于缺乏人物形象的塑造，所以，如果篇幅过长，演唱时间过久，则接受起来较为困难。为此，这部分曲家对于短套的使用较多，如范驹【南吕·恋芳春】《哀风潮》、王景文【小石调·骤雨打新荷】《浔郡郊步》则为短小的套曲，其引曲、过曲的选用高度自由，对于【前腔】及"合前"的使用已经与剧曲几无二致。

  还要特别指出四点：一是有清一代词学发达，套曲少用衬字、语言艳冶的词化现象自清初就开始出现,并伴随着套曲的发展,一直延及晚清。如尤侗【仙吕·醉扶归】《秋闱》、徐旭旦【双调·新水令】《旧院有感》等。二是如同清代文人习惯将诗词用作文人交流工具一样,散曲的套数文体也经常被用在文人雅集唱和及序跋书写中。如范覃撰【南吕·宜春引】套数为秦城《如意珠》传奇题词。三是套数创作呈盛势,多擅长叙事抒情并重,布局匀称。沈自晋【南羽调·胜如花】《避乱思归》、【仙吕·解酲乐】《偶作》、沈谦【仙吕入双调·江头金桂】《孤山吊小青墓作》、朱彝尊【正宫·醉太平】、厉鹗【正宫·醉太平】《题村学堂图》等,都有明显的叙事成分。四是近代套数抒写闲情逸致的显现还较为突出。如陈栩北曲套数【南吕·一枝花】《题孙翰香小灵鹫山馆图》和南曲套数【商调·二郎神】《闺怨》等。

【越调】小桃红·忆外①

林以宁

【小桃红】暗风萧瑟起林皋,卷得那一天的同云罩也。看空闺中朱门欲闭转无聊,飞霰乱飘飖。咱便有凤笙吹,倩谁调②;熏炉暖,同谁靠也。怎当他竹上梅梢,共夜漏③,一声声生生的把魂销④。

【下山虎】画楼晚眺,想着前朝,把手阳关道⑤。柳垂嫩条,转眼是暮景冬天,六花裛裛⑥。我这里重重绣幕交,尚然几冻倒;他那里伴凄凉一敝貂,冒雪冲寒去,病余体劳,想杀伊人天际遥。

【五般宜】咱为你担愁思,瘦成楚腰;咱为你尘封镜,翠眉懒描;咱为你清泪透鲛绡⑦。待要向游子寄语,晚云缥缈,天涯去了,如何是好。须知道总贫困相依,胜黄金身畔绕。

【五韵美】寄来的平安报,声声劝我休懊恼,道相逢应须在春杪⑧。刀环尚杳⑨,怎不教伤人怀抱!幸得个新诗句,格调高。灯影下,还细细将伊意儿寻讨。

【山麻秸换头】梦忆着燕山道⑩,望着那滚滚黄河,堪渡轻桡⑪。今宵,谁将那倩女的魂灵相召⑫?怎安排一腔心事,半眶清泪,千种情苗!

【江神子】多君才思高,更和那卫玠丰标⑬,使人梦想魂劳。垆头春暖酿新醪⑭,待归来和他倾倒。

【尾声】孤帏片影寒风悄,残雪里一灯相照,还只索和衣儿睡到晓⑮。

(林以宁《墨庄词馀》,清康熙刻本)

【校注】

① 外:旧时妻子称丈夫叫"外"或"外子"。诗人的丈夫是钱肇修。关于他们的夫妻之爱,唱和之乐,《钱塘县志·名臣》有这样的记载:"钱肇修,字石臣,号杏山。学问渊博,工诗。年四十游燕,辇下公卿皆折节与交。登辛未(康熙三十年)进士,授河南洛阳令,擢监察御史,直声大振。平居性恬淡,不治生产,公余辄读书。妻林以宁,亦工诗。方宰河阳日,衙斋萧散,熏炉茗椀,则夫妇

夜漏一聲蓉蓉生生的把魂銷

暗風蕭瑟起林皋捲得那一天的同雲羃羃也看空
閨中朱門欲閉轉無聊飛霰亂飄韛的便有鳳笙
吹倩誰謗熏爐媛同誰蓻也怎當他竹上梅梢共

下山虎
墨莊詞餘
卷一

畫樓睍睆想著前朝把手陽關道柳亜嫩條轉眼
是蓦景冬天六花氣裊我這裏重重繡幕交尚然
幾凍倒他那里件妻凉一敝貂胥雪衝寒去病餘

憶勞想殺伊人天際遙
五般宜
咱爲你擔愁思瘦成楚腰咱爲伱塵封鏡翠眉顰
描咱爲你清淚透皴絹待要向逆子寄語晚雲黄

金身哗遞
五韻美
移天涯去了如何是好須知道總貧困相依勝黄

寄來的平安報弊弊勒勃我休悵惆道相逢應須在
春杪刀環尚杳怎不敎傷人懷抱幸得簡新詩句

墨莊詞餘
憶外
小桃紅

◎ 清康熙刻本《墨庄词馀》书影

唱酬，为士林佳话。"

② "凤笙吹"二句：用萧史弄玉事。相传秦穆公之女弄玉喜爱吹箫，后与善吹箫的仙人萧史结为夫妻。萧史每日教她吹箫，作凤鸣之声，能把凤凰引到他们的住处凤台。几年以后，他们都随凤凰飞去。这里化用典故，暗指夫妻的美好生活。倩，请。

③ 夜漏：古代一种利用等时滴水原理制作的计时器。

④ 生生：活活的，活生生的。

⑤ 把手：执手。阳关道：指送别的地方。

⑥ 六花：雪花，六角形。

⑦ 鲛绡：传说南海中鲛人（人鱼）所织之绡。常用以指女子所用的手帕。

⑧ 春杪：春末。

⑨ 刀环尚杳：还乡之期尚远。

⑩ 燕山道：指北京。

⑪ 桡(ráo)：划船的桨。

⑫ 倩女：元郑光祖杂剧《倩女幽魂》，写张倩女思念爱人王文举魂魄离躯。事本《太平广记·陈玄祐离魂记》。这里是诗人的自况。召：招。

⑬ 卫玠：晋朝人，字叔宝，风神秀异。这里指钱肇修。

⑭ 垆头：安置酒具的地方。醪(láo)：酒。

⑮ 只索：只得。

【导读】

　　林以宁(1655—?),字亚清,浙江钱塘(今杭州)人。洪昇表弟钱肇修妻。擅书画,尤长墨竹。与其姑顾之琼(玉蕊),均工诗文骈体。玉蕊曾集合当地能诗女子,包括以宁在内的"蕉园五子",组成蕉园诗社。以宁婚后继续姑志,重组蕉园七子社。以宁著有《墨庄诗钞》《墨庄文钞》《凤箫楼集》及《芙蓉峡》传奇等。另有散曲集《墨庄词馀》,存套数十二套。

　　这是一套南曲套数。描写闺情之作,绝大多数出自男子之手,虽有不少作品为女子设想细致,但总不免有隔靴搔痒之感。本套曲出自一位极具才情与灵性的女子之手,其情感之深挚细腻,笔法之纤巧迂回,是男性作品无法比拟的。作品从"悔教夫婿觅封侯"立意,将笔触拓开,从目之所能及、心之所能感的多角度,抓住典型意象,写出满眼满心的相思和"黯然销魂者,惟别而已"的忧郁气氛,十分感人。

　　用南曲写闺阁思远,是明清曲体文学的重要传统。在林以宁之前,曲学界流行的"青门体"为文人的香艳风格,乃文人的无病呻吟。相比较,真正的女性曲家的闺情作品则是能够细腻感人的。林以宁的《忆外》一套足以证之。

【双调】新水令·旧院有感①

徐旭旦

【北新水令】山松野草带花挑，猛抬头翠楼来到②。荒烟留废垒，剩水积空壕。亭苑萧条，还对着夕阳道。

【驻马听】野火频烧，绕屋长松多半消；牛羊群跑，买花小使几时逃？鸽翎蝠粪满堂抛，枯枝败叶当阶罩。谁洒扫，牧儿拾得菱花照③。

【沉醉东风】横白玉阑干柱倒，堕红泥燕落空巢。碎鸳鸯瓦片多④，烂翡翠窗棂少，舞西风黄叶飘摇。直入阳台一路蒿，住几个乞儿饿殍⑤。

【折桂令】问秦淮旧日窗寮⑥，破纸迎风，坏槛当潮，目断魂消。当年粉黛⑦，何处笙箫。罢灯船端阳不闹，收酒旗重九无聊。白鸟飘飘，绿水滔滔⑧。嫩黄花有些蝶飞，新红叶无个人瞧。

【沽美酒】你记得跨青溪半里桥⑨，旧红板没一条，秋水长天人过少。冷清清的落照，剩一树柳弯腰。

【太平令】行到那旧院门何用轻敲，也不怕小犬哞哞⑩。无非是枯井颓巢，不过些砖苔砌草。手种的花条柳梢，尽意儿采樵⑪，这黑灰是谁家厨灶？

【离亭宴带歇拍煞】俺曾见红楼翠馆莺啼晓，秦淮水榭花开早，谁知道容易冰消。眼看他起高楼，眼看他宴宾客，眼看他楼塌了。青苔碧瓦堆，曾睡风流觉，百十年兴亡看饱。乌衣巷不姓王⑫，莫愁湖鬼夜哭⑬，凤凰台栖枭鸟⑭。残山梦最真，旧境丢难掉，不信这风流换稿。把俺那汉宫春，一幅幅记到老。

【清江引】大泽深山随处找，预备嫦娥巧。抽出五言诗，取开三弦调，把几个白衣山人尽走了⑮。

（徐旭旦《世经堂乐府钞》，清康熙刻本）

【校注】

① 旧院：南京秦淮歌妓聚居的地方，前面对着武定桥，后门在钞库街，和贡院（旧时举行乡试、

会试的场所)隔河相对。

　　② 翠楼:指妓院。

　　③ 菱花:指镜。古代以铜为镜,背而多铸纹如菱花,故名。

　　④ 鸳鸯瓦:屋瓦一俯一仰扣合在一起叫"鸳鸯瓦"。

　　⑤ 饿莩(piǎo):饿死的人。

　　⑥ 寮(liáo):小屋。

　　⑦ 粉黛:指歌妓。

　　⑧ 绿:底本作"线",据文意改。

　　⑨ 青溪:三国吴赤乌四年(241)在建业城东南凿东渠,称为青溪。其发源于南京钟山西南,屈曲穿过南京市区流入秦淮河,长十余里。

　　⑩ 哗哗:犬吠声。

　　⑪ 尽意儿:尽心地,随心所欲地。

　　⑫ 乌衣巷:在今南京市东南。从东晋以来,王、谢两大世族都住在这里。

　　⑬ 莫愁湖:在今南京市水西门外。

　　⑭ 凤凰台:故址在南京市南面。以上三句写江山换主,景物非,旧院的繁华已沦丧无遗。

　　⑮ 白衣山人:指隐于渔樵的明代遗老。

【导读】

　　徐旭旦(1659—1720),字浴咸,号西泠,别署圣湖渔父,浙江钱塘(今杭州)人。小有名气,曾为大将军尚善幕僚。康熙十八年(1679)复荐举博学鸿词。不久,河督靳辅荐其开中河,工成后补兴化县丞,提升知县。康熙四十九年(1710)升广东连平知州。工诗擅曲,有两套曲子为孔尚任《桃花扇》借用。著有《世经堂初集》《世经堂诗词集》及《灵秋会》杂剧、《芙蓉楼》传奇。另有散曲集《世经堂乐府钞》四卷,存小令三十四首,套数五十套。

　　这套北曲描写秦淮旧院的荒凉景象,抒发对南明王朝覆亡的感慨。作品以大笔渲染,从细节刻画,语言流利畅达,风格苍凉慷慨,大有黍离之悲,深切感人。此曲被孔尚任略加改动,用作《桃花扇》传奇末出"余韵"中苏昆生所唱结束曲【哀江南】,渲染了全剧的悲凉气氛。

【南吕】恋芳春·哀风潮①

范 驹

【恋芳春】颠沛何辜，听闻犹骇，浮天卷地潮来。大抵秋风七月，生怕成灾。不道今年恁快②，只通夜东南风大漫堤界。苦了江滩海涯，一例湮埋。

【懒画眉】闻道掀翻雪山堆③，六十里中狂击排。死人无处觅尸骸，便觅得也无棺盖。顷刻存亡一可哀④。

【前腔】闻道千声万声来，潮仗风威走疾雷。呼号惨震隔阴霾⑤，屋宇如浮芥⑥。得命无家一可哀。

【前腔】闻道官衙报凶灾，蠲赈今谁循吏哉⑦。棉花无粒豆无藠⑧，籽种拚称贷⑨。剜肉医疮一可哀。

【前腔】闻道催租主人来，鞭扑从教拚命挨。釜中无米灶无柴⑩，妇子多疲惫。忍饿完租一可哀。

【解三醒】叹原田早荒无奈，望沙田加倍秋获。竟白茫茫一片成江海，更不抵早粮熟再。只说那退潮三日沙犹陷，可知道灌水千塍草没荄⑪。吾庐在，尚且风掀瓦去，雨进窗来。

（范驹《藿田集》卷十三，《染月山房全集》，清道光十二年重刻本）

【校注】

① 风潮：飓风的俗称。娄元礼《田家五行·论风》："春秋之交大风，谓之风潮。"

② 不道：不料。恁(nèn)：这么。

③ 掀翻雪山堆：指掀起巨浪。

④ 存亡：偏义复词，指"亡"。

⑤ 阴霾(mái)：天空阴沉。

⑥ 芥：芥草。

⑦ 蠲(juān)：指减免租税。赈(zhèn)：救济。循吏：指遵纪守法的官吏。

⑧ 藠(jiē)：指豆茎。

⑨ 拚(pàn)：舍弃，不顾惜。

⑩ 釜(fǔ):锅。

⑪ 塍(chéng):田间的界路。荄(gāi):泛称植物的根。

【导读】

范驹(1764？—1798),字昂千,号霍田,江苏如皋人。乾隆四十九年(1784)皇帝南巡,召试列二等。乾隆五十四年(1789)膺拔萃科。英年早逝,为时人所惜。范驹幼早慧,口授古歌行一过辄不忘。能文,尤工诗词。著有《霍田集》,内附杂剧《送穷》。存套数十四套。

该曲写了一场飓风过后农村的凄惨景象:家毁、人亡、饥荒、催租,使本已困苦不堪的人民雪上加霜。作者饱蘸浓墨,以真挚深沉的感情对灾区人民给予极大的同情。题材新颖,设语简朴。中间连用四支【懒画眉】曲,以"一可哀"句作结,渲染了灾情的凄凉氛围,给读者留下了深刻印象。

需要特别说明的是,在末曲【解三酲】次句"望沙田加倍秋获"的末字之后,底本特意注"叶",即指出该字是押韵之字。如果放在官话系统中看,"获"字一般读"郭胡切"(《说文解字》),则在本曲中显然是出韵了。但"获"字亦可读作"胡陌切"(《类篇》),而"陌"韵在《中原音韵》中归在"皆来韵"之"入声作去声",在本曲中如作这样读,则为叶韵,所以底本此处特为标注"叶"。"胡陌切"之读,极为少见。用少见之读入韵,显示了作家在文字音韵学上的深厚造诣。从曲体文学发展的角度看,将文字学、音韵学的研究造诣用之于散曲创作,是曲体文学发展到清乾隆时期的一种新的创作现象,反映了曲体创作在乾嘉学风之初就已受到这一学风影响的史实,应该引起学界和读者的注意。

【双调】新水令·羊城候补曲①

仲振履

【新水令】省垣需次最无聊②,况南荒蛮疆海峤③。十年寒士苦,万里故乡遥。抖擞青袍,叹头衔七品县官小。

【驻马听】此恨难消,乍出京来甜似枣;这才知道,一身到此系如匏④。三分西债利难饶,零星小账盈门讨。心暗焦,常常把跎子虚空跳⑤。

【乔牌儿】您因官热闹,俺为官烦恼。投闲置散无依靠,悔当初心大高。

【雁儿落】到如今长班留的少⑥,公馆搬来小。知单怕与名⑦,拜客愁抬轿。

【得胜令】三顿怎能熬,七件开门少⑧。盒剩新朝帽,箱留旧蟒袍⑨。萧条,冷清清昏和晓;煎熬,眼巴巴暮又朝。

【庆东原】上衙门蜂争闹,望委牌似蚁着热盘熬⑩。坐官厅还故意高谈笑:有的说出洋捕盗,有的说雁塔名标⑪,有的说恭逢大挑⑫,有的说学司马题桥⑬,有的说因公挂误,引见重来到⑭。

【乔木查】正说时首台来到了⑮,忙向旁边靠,又一会六大三阳都已到⑯。无限跟班,笑语喧嚣。

【搅筝琶】俺已向边旁靠,奈从者势偏豪。争路走双手交推,站地立更抛人在脑。俺只得背着脸,扭着腰,暗里鏖糟⑰。休恼,没有威权敢自骄?是个闲曹⑱!

【沉醉东风】停一会手版纷纷俱下了⑲,值堂吏肚挺声高,说现任官入内堂,候补官请回轿。看他形景心如捣,奈一个番钱不在腰⑳,也只得强从容少安毋躁㉑。

【滴滴金】说朔望逢期,黎明行礼,要站班各庙㉒。一见心慌了,算蜡烛难赊,点心又欠,如何能早! 待不去呵,又愁他上宪着恼。

【折桂令】听谯楼五鼓初交㉓,黑地仓皇,觅套寻袍。急唤茶汤,无人来舀,叫跟班还故意伸腰。宁耐他哝哝絮叨㉔:一个说米少难熬,一个说鞋破难跑。才急得满肚鏖糟，又气得满腹咆哮。

【雁儿落带得胜令】前回旧宪行，此日新官到。送迎两处忙，没个闲钱钞。花地路非遥⑤，小艇价偏高。促坐人三五，慌忙趁早潮。摇摇，巴到船相靠；弯腰㉖，何曾站得牢。

【落梅风】穷愁积，豪气消，说难完百般薅恼㉗。客中闷愁犹未了，待归休盘缠何靠。

【沽美酒】挈眷的尚祇将柴米焦㉘，那离家的更关心骨肉抛，但听得故里年荒便魂掉了。还有那双亲迈老，怕做蔡中郎哭沟壑爹娘饿莩㉙。

【太平令】却幸的时清晏，外夷无扰㉚，恤寒酸圣主恩高㉛，纾拥挤上司公道㉜，协和衷寅寮关照㉝。我曹慢焦，且熬，终有日雷封传报㉞。

【锦上花】问甚谁卑谁高，谁迟谁早倒。不如吊古长歌，满斟浊醪㉟。啸一声万丈虹霓，舞一回双鬓萧骚。耐着牢骚，忍着粗豪，也只当来访苏韩到惠潮㊱。

【尾声】穷通算来难预料㊲，只有天知道。安命无烦恼，守分休轻躁，几曾见候补官儿闲到老。

（缪艮汇纂《文章游戏三编》卷三，清同治四年刻本）

【校注】

① 羊城：也叫五羊城，广州的别称。传说古有五仙人，乘五色羊执六穗秬至此，故名。候补：清制，没有补授实缺的官员在吏部候选后，吏部再汇列呈请分发的官员名单，根据职位、资格、班次，每月抽签一次，分发到某一部或某一省，听候委用。羊城候补：在广州听候补缺委用。

② 省垣（yuán）：省城。垣，城。需次：候补。

③ 南荒：指南方僻远荒凉的地方。峤（qiáo）：山尖而高。

④ 系如匏（páo）：《论语·阳货》记孔子说："吾岂匏瓜也哉！焉能系而不食？"后世因用以比喻长期不得出仕，或久任微职，不得迁升。

⑤ 把跎子虚空跳：谓以谎言搪塞讨账者。焦循《易馀籥录》卷十八："凡人以虚语欺人者，谓之跳跎子；其巧甚虚甚者，则为飞跎。"飞跎，本广陵语，今扬州还有"跳空心跎子"的说法。

⑥ 长班：指跟班的仆人。

⑦ 知单怕与名：知单，指婚丧喜庆的单帖，被邀请者接到后，都要在上边写一"知"字，退还主人，故称"知单"。签了字就要送礼，因此说"怕与名"。

⑧ 七件：指日常生活中必需的七件东西，柴、米、油、盐、酱、醋、茶。

⑨ 蟒袍:官服上绣蟒的袍。清制,皇子、亲王等亲贵以及一品至七品官皆穿蟒袍(《清通志·器服略》)。

⑩ 委牌:也称挂牌,一省府以下官员的任免由布政使主持,对这些官员的委任,就在布政使衙门前揭示出来。

⑪ 雁塔名标:雁塔题名。唐玄宗为母后长孙氏在长安东南曲江水建慈恩寺,后寺旁建有雁塔,以收藏经像。神龙(唐中宗年号)以来,进士登科,皇帝赐宴曲江上,宴后,皆期集于雁塔下题名。后因以指文人登科及第。

⑫ 大挑:清代制度,举人经过会试三科后,可以到京参加王大臣的面试。挑取一等的以知县任用,二等的以教职任用。六年举行一次。

⑬ 学司马题桥:《太平御览》引《华阳国志》载,司马相如初入长安,题升仙桥桥柱曰:"不乘高车驷马,不过汝下也!"

⑭ 引见:清制,京官在五品以下,外官在四品以下,由于任用、京察、保举、学满留用等,上任以前,文员由吏部,武官由兵部派员分批引着去见皇帝,报告姓名、年岁、籍贯。也有现任官员经上级的保举而引见的。

⑮ 首台:对府、道以上官员的尊称。

⑯ 六大三阳:指六房、三班。清代州、县官署里有吏、户、礼、兵、刑、工六房和皂、壮、快三班,分别由胥吏和差役承当。

⑰ 鏖糟:方言,指心里不舒畅。

⑱ 闲曹:闲散的官吏。

⑲ 手版:与"笏"同类,上朝时记事于其上,以免遗忘。这句指散衙。

⑳ 番钱:外国银元。

㉑ 少安:稍安。

㉒ "朔望逢期"三句:意说每逢夏历的初一(朔)日与十五(望)日,要举行朝谒之礼。

㉓ 谯楼(qiáo):城门上瞭望的楼。五:底本及清光绪元年、二年刻本皆作"王",据大达图书供应社 1935 年《梦笔生花后集》改。五鼓:五更天。

㉔ 宁耐:忍耐。絮叨:啰唆。

㉕ 花地:在广州市西南,珠江南岸,以产花著名。旧时多在这里迎送官员。

㉖ 弯:底本及清光绪元年、二年刻本皆作"湾",据文意改。

㉗ 薅(hāo)恼:方言,后悔、气恼。

㉘ 挈眷的:指携带家属的官员。衹:只。

㉙ 蔡中郎哭沟壑爹娘饿莩:指南戏《琵琶记》中的蔡伯喈,中状元后招赘于牛相府,而父母却饿死在家里。饿莩(piáo),通"饿殍",饿死的人。

㉚ 清晏:河清海晏。黄河水清了,大海平静,形容天下太平。

㉛ 恤(xù):体恤,周济。

㉜ 纾(shū):解除。

㉝ 寅寮:指在一处做官的同僚。

㉞ 雷封传报:指得到升迁的好消息。

㉟ 醪(láo):浊酒。

㊱ 苏韩到惠潮:苏,苏轼,曾贬谪惠州;韩,韩愈,因谏阻唐宪宗迎佛骨,贬为潮州刺史。惠潮,泛指广东。

㊲ 穷通:仕途不顺为穷,仕途畅达为通。

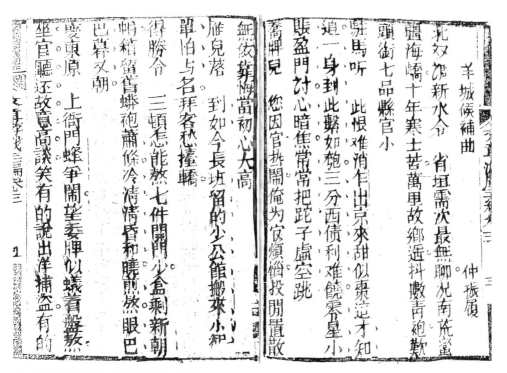

◎　清同治四年(1865)刻本《文章游戏三编》书影

【导读】

仲振履(1759—1823),字临侯,号云江、柘庵,别署群玉山樵、览岱庵木石老人,泰县(今江苏泰州)人。嘉庆十三年(1808)进士,曾官广东兴宁知县、南澳同知。著有《咬得菜根堂诗文稿》《弃馀稿》《虎门揽胜》《家塾迻言》,并撰《双鸳祠》《冰绡帕》传奇等。散曲仅见此一篇。

这套北曲套数,以作者亲身经历和感受写候补官境地的窘迫:候补的焦灼,生活的凄凉,迫送的纷扰,值班的尴尬。虽然曲终奏雅,给人以希望,但宦海沉浮、人情冷暖,都已形象毕现。该曲不但具有强烈的感染力,而且具有一定的历史认识价值,尤其对于研究作者仲振履的行实与思想有一定的价值,正如底本所载缪艮于曲末所评:"宦海浮沉,亦复备尝诸苦。作者穷形尽相,曲曲描摹,知非过来人不能道。"本曲选材别致,用语本色当行,深得元曲三昧。

剧曲编

戏曲者，谓以歌舞演故事也。

——王国维《戏曲考原》

剧曲的曲体特点

剧曲，即用于戏剧表演的舞台演唱之曲，又称戏曲。没有唱曲，也就不存在中国古典戏曲。剧曲的曲体因戏曲文体形态不同而有不同的特点。

一、南曲戏文之曲体

现存最早的戏曲是南曲戏文。南曲戏文，简称南戏，又称戏文、温州杂剧、永嘉杂剧等，产生于两宋之交的浙江温州、福建泉州、福建福州等地区。它是在宋杂剧的基础上发展起来的。

南戏为长篇戏曲。其剧本篇幅规模，少则二三十出，多则五十多出。在音乐结构上，南戏采用曲牌联缀方式，用南曲曲牌，一支曲牌的韵脚字要押韵，但押韵较为宽松，临近韵部可以通押，一出不必严押一韵。不必只用一个宫调的曲牌，通常一出戏会用几个宫调的曲牌，按照宫调大致分组编排。

曲词由扮演剧中人物的脚色演唱。脚色有生、旦、净、丑、末、外、贴等七种，其中以生、旦为要，同一脚色在同一本戏中可扮演几个人物。受当时经济条件的限制，舞台上的道具也会用脚色来临时装扮，装扮道具时脚色不唱曲。南戏的演唱方式较自由，上场脚色皆可唱，可独唱、对唱、合唱，视剧情而定。

文本在描述舞台动作、音响效果时，早起南戏用"介"表示脚色所做的动作。后期南戏受北曲杂剧影响，会连用"科介"甚至"科"来表示动作。

宋元两代流行于南方的南戏，是早期南戏。到了明初，文人不重视南戏，甚至歧视，即徐渭《南词叙录》说的"士大夫罕有留意者"，这使南戏发展受到影响。对南戏有兴趣的个别文人会将宋元南戏拿来加工改造。这部分的明人改本戏文会在唱词的曲律上更加追求格律严整，用韵上充分使用官话语言，并提炼唱词的文学性，使之雅化。

二、北曲杂剧之曲体

北曲杂剧,是在宋金杂剧的基础上发展起来,在金元时产生并兴盛的演唱北曲的套曲戏曲。

北曲杂剧的体制与南曲戏文区别较大。通常,一本北曲杂剧的结构由四折和一个楔子组成。四折的每一折用一个北曲套曲,即所谓的北曲剧套。套内所有曲牌同属于一个宫调,按照首曲、联缀曲和尾声曲的次序排列,其中联缀曲之间的次序也大致固定,不能随意前后调换位置。组成一套剧曲的曲牌数量较多,一般在十多支。所以,规模较为庞大。楔子,不是必须有的结构部分。楔子一般放在第一折之前,用以交代人物、背景,或连接两折内容,作为过场戏。楔子数量不多,大多为一个楔子,偶有两个楔子。这样的结构显得比较紧凑,但限制了剧情的充分展开,于是,有的元杂剧作品突破了这一模式,不限于四折。如王实甫的《西厢记》用五本连演二十折二个楔子。

一套曲内的每个曲牌都押同一韵部的韵字,偶有出韵也在临近韵部之间通押,即所谓的一韵到底。由于一套曲要用的韵字很多,所以填写的难度很大。当然,这也是能够吸引文人参与填写北曲杂剧的所在。

北曲杂剧的脚色分为四大类。末类,包括正末、冲末、外末、小末;旦类,包括正旦、外旦、副旦、小旦、搽旦;净类,包括净、丑;杂类,包括孛老(老汉)、孤(官员)、俫儿(儿童)、驾(皇帝)等。从脚色的名称看,北曲杂剧杂类的脚色名称介于行当与现实人物之间,其脚色化的程度不高。脚色的动作和舞台效果用"科"表示。到了明清两代,北曲杂剧受南曲戏文、传奇的影响,也会用"介"作为科介提示语。

北曲杂剧的演唱要求很高,由一个脚色演唱,或正旦,或正末。由正旦唱的剧本叫"旦本",由正末唱的剧本叫"末本",其他脚色只能参与宾白,不能演唱。加上正旦、正末通常不同时出现在一个剧本中,所以北曲杂剧的舞台演出很像是主唱脚色的个人演唱会。从戏剧舞台表演的冷热均衡来说,这样的演唱方式会使演唱者累得要死,其他不能参加演唱的脚色闲得要命,用今天的戏剧观念看,是极不合理的。然而,这却从另一个角度说明元代的北曲杂剧在当时的主要功能还是曲唱,而非演戏。这也就是王国维特别强调元杂剧的成就主要在"文章而已"的原因,以及将"元曲"拿来与"唐诗""宋词"放在中国古代曲体韵文学发展线索上并列而论的根源。

三、南曲传奇之曲体

南曲传奇是在南曲戏文的基础上发展而来的,流行于明中后期和清代的隶属于南曲系统的长篇戏曲形式。

南曲戏文到了明初被文人改造和模仿,其体制逐渐脱离早期戏文的民间演出状态,其剧本体制的规范化和音乐体制的格律化都越来越强。但在明中叶文人大规模介入之前,南曲依然没有达到文人所希望的那种严整程度。到了明嘉靖年间,魏良辅改革昆山腔为"水磨调"昆曲时,为了配合昆曲依字声行腔的需要,文人对南曲戏文形式的改造达到了前所未有的强度。最终在以下方面取得了突破,从而实现了使戏文从南戏到传奇的转变。

一是规范文本形态。早期戏文不分卷,不分出,未标出目。传奇开始分卷,一般分上下两卷。分出,上下卷的出数相等。明中后期传奇的出数普遍在四五十出,明末清初开始缩短,一般在三十多出,清康熙中叶之后一度又恢复到四五十出的规模。标出目,出目一开始多采用四字句,后倾向于使用二字句概括。

二是规范开场形式。北曲杂剧没有戏外人物在剧情开始前上场报幕,南曲戏文和南曲传奇则有,即所谓的"副末开场"。早期戏文有时没有副末开场,即便有,副末开场时也不总是念两首词。传奇则统一改用副末上场念两首词,一首交代剧情大意,一首点名剧作主旨倾向,并标以"副末开场"或"开场""始末""大纲"等。在出次编排上,有的传奇将副末开场编为第一出,有的则不编。

三是规范曲律结构。南曲加强对引曲、过曲、尾曲的配合使用,不偏用一种。引曲有时有多支。过曲中的套曲形式使用增多,体现南曲的剧曲套曲的繁复性。

四是突出曲牌声情属性。不同的曲牌具有不同的声情。传奇创作中特别注意过曲与声情之间的联系,对于用作生旦所唱的"细曲"和用作净丑所唱的"粗曲"的选用有较为严格的惯例。如【仙吕宫】中【光光乍】【铁骑儿】【番鼓儿】只用作粗曲,【皂罗袍】【胜葫芦】【一封书】【解三酲】等可用作粗曲,亦可用作细曲等,在分配曲牌给脚色演唱时,强调其区别度和辨识度。

五是严格用韵。虽然明初官方曾制定《洪武正韵》作为南曲戏文填词的参考韵书,但明中开始的传奇创作却普遍接受沈璟的建议,参考元代周德清采用"入派三声"方式编写的《中原音韵》。其中,对于入声韵的使用受到多数传奇作家的重视,表明传奇曲体格律更加规范。

六是细化脚色。相对于传奇剧情的复杂性,早期戏文的七个脚色显然不能完全满足叙事和演唱的需要。为此,传奇对脚色进行扩张,将每一行当都进行细化,如生脚分为正生、小生,旦脚分出正旦、贴旦、老旦等。在昆曲舞台上,生、旦行就更各分出六七种。

七是确立昆曲声腔尊霸地位。早期南戏演唱所用声腔很多,至元末时有所谓的"四大声腔"(余姚腔、海盐腔、弋阳腔、昆山腔)之说。明初戏文所用声腔,也还是以四大声腔为主。到了隆庆年间,梁辰鱼第一次使用魏良辅改革后的昆曲将其创作的《浣纱记》搬上戏曲舞台。此后,用昆曲演唱传奇剧本几成不二之选。当然,一部传奇剧本的创作可以只要遵照曲律即可,演唱时可以付诸多种声腔。

四、南曲杂剧之曲体

明中叶,在北曲杂剧流行的同时,受南曲戏文的影响,开始出现了南曲杂剧。南曲杂剧具有以下特点。

一是用南曲曲牌填写曲词,且不必按套曲形式填写。

二是不受一本四折的限制,场次少则一出(折),多则十一出(折)。

三是脚色采用南曲中的脚色概念,如扮演男主角的用"生",而不是"正末"。

四是演唱方式灵活,各个角色都可演唱,而不再是一脚主唱。

南曲杂剧是文人剧作家对南曲戏文、传奇和北曲杂剧综合使用的结果,旨在用更加灵活的艺术形式来表达自己的某些独特感受,所以,其以抒情和议论为主要目的,而非以叙事为主要目的。

五、南化北曲杂剧之曲体

南化北曲杂剧,是没有充分南化的北曲杂剧。由于其尚未得到充分的南化,所以,它不同于南曲杂剧,也不再是典型的北曲杂剧。

南化北曲杂剧多出现在清代。其特点是,如果单从一折戏的文本看,该折戏用北曲曲牌按套曲格式填词,由一脚主唱,则是较为典型的北曲杂剧。但是,全剧并不是一本四折的结构规模,而通常是一两出(折),且演唱的脚色是南曲戏文、传奇所用的生、旦等脚色,而非北曲杂剧所用的正末、正旦。

元代剧曲

元代剧曲的发展

中国古典剧曲,在经历了原始社会歌舞、先秦歌舞与俳优、汉代百戏、唐代戏弄等诸艺术因素的长期发展与融合之后,在宋金时代形成了雏形——宋杂剧和金院本。但比较成熟的较早的剧曲形式则是宋元南曲戏文,简称"南戏"。

早期宋元南戏现存较完整者,有《永乐大典》中所收的戏文三种,即《张协状元》《小孙屠》《宦门子弟错立身》,皆出自书会才人之手,作者不可考。后期南戏以柯丹邱《荆钗记》、永嘉书会才人《刘知远白兔记》、施惠《拜月亭》和无名氏《杀狗记》合称为"宋元四大南戏",在戏曲史上享有盛名。而元末高明的南戏《琵琶记》,则是南戏后期的杰作,不仅代表了南戏艺术上的最高成就,而且在剧本形式上为明清的南曲传奇奠定了基础。

元代是中国剧曲第一个繁盛阶段,因为不仅有了南戏,而且更重要的是出现了具有现实斗争意义的北曲杂剧的繁荣。元代北曲杂剧,即一般所说的"元杂剧",在金元时产生并兴盛。金元统治者都是北方少数民族,对汉人实行高压政策,这是促使元杂剧盛行的主要原因。元杂剧最早产生于河北真定、山西平阳一带,也是在宋金杂剧基础上发展起来的。

元杂剧最出色的作家是"关、王、马、郑、白"等人。周德清《中原音韵》将关(汉卿)、郑(光祖)、白(朴)、马(致远),列为"元曲四大家"。

元杂剧创作的发展可分为前后两期。前期自金末元初至元至正年间,是元杂剧发展的黄金时代，杂剧主要流行于北方，其创作、演出的重镇主要有元代都城大都、河北真定、山西平阳等地。此时，名家荟萃，作品纷呈，是元杂剧百分之八十的成就所在。关汉卿、王实甫、马致远、白朴、纪君祥、康进之、宫大用等都是这一时期的代表作家。

关汉卿是元杂剧最杰出的本色派作家，而且是一位多产作家，共写六十多种杂剧，其杂剧作品主要有公案剧、历史剧、爱情婚姻剧三大类，公案剧的代表《窦娥冤》、历史剧的代表《单刀会》《哭存孝》、爱情婚姻剧《拜月亭》《救风尘》《调风月》《望江亭》等，都充满了强烈的斗争精神和反抗意识。

王实甫是元杂剧文采派的代表，曲作风格被朱权《太和正音谱》称为"花间美人"，其代表作《西厢记》激励一代代青年勇敢去追求自由爱情。需要说明的是，周德清所称的"元曲四大家"并不包括王实甫，应该是因为周氏是从散曲成就和风格的角度所论，并未考虑王实甫剧曲《西厢记》。

马致远现存七种剧中的《汉宫秋》是写王昭君的著名悲剧，该剧虽是历史题材剧，但并不完全按照历史事实来写，而是将历史上的汉强番弱写成番强汉弱，以表达作者对蒙元统治的不满，代表了元代广大汉族受众的广泛情绪。白朴的《梧桐雨》作为著名历史题材悲剧，写唐明皇与杨贵妃的生欢死别，直接影响到清代洪昇《长生殿》的创作；而其喜剧《墙头马上》所刻画的很有个性的李千金是中国古典文学女性画廊中的光彩形象。

此外，纪君祥的《赵氏孤儿》被王国维称为"大悲剧"，在性格悲剧中渗透着命运悲剧的成分，突破了中国传统悲剧单一的性格悲剧写法，叙事具有一定的超前性。康进之是一位以写水浒剧而著名的元杂剧作家，其《李逵负荆》是现存元人水浒剧中最优秀的作品。宫大用作为学者型剧作家，所写的《七里滩》代表了元中叶杂剧创作的"文化化"倾向。

元杂剧进入后期，其流行的区域主要在南部地区，中心主要有杭州、扬州等地。随着元王朝统治势力的南扩，元代北曲杂剧的作家如关汉卿、马致远等人也都到过浙江。离开了北方的剧作家的杂剧创作，渐失早期的锐气，作品渐趋平淡。

在后期影响较大的杂剧作家中，郑光祖、乔吉等人成就较为突出，其作品多写婚姻爱情题材，文辞优美。如郑光祖的《倩女离魂》采用了现实主义与浪漫主义相结合手法，对后世影响很大。

（一）北曲杂剧

窦娥冤

关汉卿

第三折

（外扮监斩官上①，云）下官监斩官是也。今日处决犯人，着做公的把住巷口②，休放往来人闲走。（净扮公人，鼓三通、锣三下科）（刽子磨旗③、提刀，押正旦带枷上。（刽子云）行动些④，行动些，监斩官去法场上多时了。（正旦唱）

【正宫·端正好】没来由犯王法，不堤防遭刑宪，叫声屈动地惊天！顷刻间游魂先赴森罗殿，怎不将天地也生埋怨？

【滚绣球】有日月朝暮悬，有鬼神掌著生死权。天地也只合把清浊分辨，可怎生错看了盗跖颜渊⑤？为善的受贫穷更命短，造恶的享富贵又寿延。天地也，做得个怕硬欺软，却元来也这般顺水推船⑥。地也，你不分好歹何为地？天也，你错勘贤愚枉做天！哎，只落得两泪涟涟。

（刽子云）快行动些，误了时辰也。（正旦唱）

【倘秀才】则被这枷纽的我左侧右偏，人拥的我前合后偃⑦，我窦娥向哥哥行有句言⑧。（刽子云）你有甚么话说？（正旦唱）前街里去心怀恨，后街里去死无冤，休推辞路远。

（刽子云）你如今到法场上面，有甚么亲眷要见的，可教他过来，见你一面也好。

（正旦唱）

【叨叨令】可怜我孤身只影无亲眷，则落的吞声忍气空嗟怨。（刽子云）难道你爷娘家也没的？（正旦云）止有个爹爹，十三年前上朝取应去了，至今杳无音信。（唱）蚤已是十年多不睹爹爹面。（刽子云）你适才要我往后街里去，是什么主意？（正旦唱）怕则怕前街里被我婆婆见。（刽子云）你的性命也顾不得，怕他见怎的？（正旦云）俺婆婆若见我披枷带锁赴法场餐刀去呵，（唱）枉将他气杀也么哥，枉将他气杀也么哥⑨。告哥哥，临危好与人行方便！

（卜儿哭上科⑩，云）天那，兀的不是我媳妇儿⑪！（刽子云）婆子靠后。（正旦云）既是俺婆婆来了，叫他来，待我嘱付他几句话咱。（刽子云）那婆子，近前来，你媳妇要嘱付你话哩。（卜儿云）孩儿，痛杀我也！（正旦云）婆婆，那张驴儿把毒药放在羊肚儿汤里，实指望药死了你，要霸占我为妻。不想婆婆让与他老子吃，倒把他老子药死了。我怕连累婆婆，屈招了药死公公，今日赴法场典刑⑫。婆婆，此后遇着冬时年节，月一十五，有瀽不了的浆水饭⑬，瀽半碗儿与我吃；烧不了的纸钱，与窦娥烧一陌儿⑭。则是看你死的孩儿面上！（唱）

【快活三】念窦娥葫芦提当罪愆⑮，念窦娥身首不完全，念窦娥从前已往干家缘；婆婆也，你只看窦娥少爷无娘面。

【鲍老儿】念窦娥伏侍婆婆这几年，遇时节将碗凉浆奠；你去那受刑法尸骸上烈些纸钱⑯，只当把你亡化的孩儿荐。（卜儿哭科，云）孩儿放心，这个老身都记得。天那，兀的不痛杀我也！（正旦唱）婆婆也，再也不要啼啼哭哭，烦烦恼恼，怨气冲天。这都是我做窦娥的没时没运，不明不暗，负屈衔冤。

（刽子做喝科，云）兀那婆子靠后⑰，时辰到了也。（正旦跪科）（刽子开枷科）（正旦云）窦娥告监斩大人，有一事肯依窦娥，便死而无怨。（监斩官云）你有什么事？你说。（正旦云）要一领净席，等我窦娥站立；又要丈二白练⑱，挂在旗枪上⑲：若是我窦娥委实冤枉，刀过处头落，一腔热血休半点儿沾在地下，都飞在白练上者。（监斩官云）这个就依你，打甚么不紧⑳。（刽子做取席站科，又取白练挂旗上科）（正旦唱）

【耍孩儿】不是我窦娥罚下这等无头愿㉑，委实的冤情不浅；若没些儿灵圣与世人传，也不见得湛湛青天。我不要半星热血红尘洒，都只在八尺旗枪素练悬。等他四下里皆瞧见，这就是咱苌弘化碧㉒，望帝啼鹃㉓。

（刽子云）你还有甚的说话？此时不对监斩大人说，几时说那？（正旦再跪科，云）大人，如今是三伏天道，若窦娥委实冤枉，身死之后，天降三尺瑞雪，遮掩了窦娥尸首。（监斩官云）这等三伏天道㉔，你便有冲天的怨气，也召不得一片雪来，可不胡说！（正旦唱）

【二煞】你道是暑气暄，不是那下雪天；岂不闻飞霜六月因邹衍㉕？若果有一腔怨气喷如火，定要感的六出冰花滚似绵㉖，免着我尸骸现；要什么素车白马㉗，断送出古陌荒阡㉘！

（正旦再跪科，云）大人，我窦娥死的委实冤枉，从今以后，着这楚州亢旱三年㉙！

（监斩官云）打嘴！那有这等说话！（正旦唱）

【一煞】你道是天公不可期，人心不可怜，不知皇天也肯从人愿。做甚么三年不见甘霖降？也只为东海曾经孝妇冤㉚。如今轮到你山阳县。这都是官吏每无心正法㉛，使百姓有口难言。

（刽子做磨旗科，云）怎么这一会儿天色阴了也？（内做风科，刽子云）好冷风也！

（正旦唱）

【煞尾】浮云为我阴，悲风为我旋，三桩儿誓愿明题遍。（做哭科，云）婆婆也，直等待雪飞六月，亢旱三年呵，（唱）那其间才把你个屈死的冤魂这窦娥显！

（刽子做开刀，正旦倒科）（监斩官惊云）呀，真个下雪了，有这等异事！（刽子云）我也道平日杀人，满地都是鲜血，这个窦娥的血都飞在那丈二白练上，并无半点落地，委实奇怪。（监斩官云）这死罪必有冤枉。早两桩儿应验了，不知亢旱三年的说话，准也不准？且看后来如何。左右，也不必等待雪晴，便与我抬他尸首，还了那蔡婆婆去罢。（众应科，抬尸下）

（臧懋循辑《元曲选》壬集下，明万历刻本）

◎　明万历刻本《元曲选》所收《窦娥冤》插图

【校注】

① 外："外末"的省称，指正末以外的次要角色。在明清戏曲中逐渐成为专演老年男子的脚色名称。

② 做公的：衙门里的皂隶。

③ 磨旗：挥动旗子开路。《东京梦华录》卷七《驾登宝津桥》："次一人路旗出马，谓之开道。"

④ 行动些：走呵。

⑤ 错看了盗跖颜渊：颜渊是孔子的著名贤弟子，盗跖是春秋时的奴隶起义首领，封建统治阶级习惯上把他看成"盗贼"。"错看"，臧本原作"糊突"，今从《古名家杂剧》本改。

⑥ 元来：原来。

⑦ 偃（yǎn）：仰面倒下。

⑧ 哥哥行（háng）：哥哥那里。行，指示处所的语助词，一般用在人称名词后面。

⑨ "枉将他气杀也么哥"二句：这二句照例要重叠，这是【叨叨令】的定格，并在后面加"也么哥"三字。"也么哥"，表示感叹的语气词。这支曲子和后面的【快活三】【鲍老儿】二曲以及中间一段夹白，充分表现了窦娥的善良性格。

⑩ 卜儿：脚色名，常扮老年女子。这里扮蔡婆。

⑪ 兀（wù）的：指示词"这"，带惊讶口气。

⑫ 典刑：执刑。

⑬ 㳻（jiǎn）：倾、倒之意，这里是浇奠酒浆。

⑭ 一陌儿：一百个纸钱。陌是古时一百钱的总称。

⑮ 葫芦提：糊里糊涂，不明不白。罪愆（qiān）：罪过。

⑯ 烈：烧。

⑰ 兀那：指示代词，犹言"那"。兀，语气词，有强调之意。

⑱ 白练：白绢。

⑲ 旗枪：杆子上装有枪头的旗子。

⑳ 打甚么不紧：没有什么要紧。

㉑ 罚下：发下。无头愿：以头颅相拼的誓愿。

㉒ 苌（cháng）弘化碧：苌弘，传说中周朝的忠臣。碧，青绿色的美石。《庄子·外物》："苌弘死于蜀，藏其血，三年而化为碧。"

㉓ 望帝啼鹃：望帝是古代传说中的蜀王，他被逼传位给臣子后化成杜鹃鸟，日夜悲啼。事见《华阳国志·蜀志》。

㉔ 三伏：初伏、中伏、末伏，是一年中最炎热的时候。天道：天气。

㉕ 飞霜六月因邹衍：传说燕惠王时邹衍蒙冤，夏五月时天下霜。事见《太平御览》十四引《淮

南子》。

　　㉖ 六出冰花:指雪花,因雪花是六瓣的。

　　㉗ "要什么素车白马"二句:素车白马是古人送葬时乘坐的。

　　㉘ 断送:指送葬。

　　㉙ 亢旱:大旱、久旱。

　　㉚ 东海曾经孝妇冤:汉代东海郡孝妇被诬逼死婆婆。遭斩,郡中枯旱三年。(事见《汉书·于定国传》)

　　㉛ 每:们。

【导读】

　　《窦娥冤》是关汉卿公案剧的代表作。

　　《汉书·于定国传》载,"东海有孝妇,少寡,亡子,养姑甚谨,姑欲嫁之,终不肯。姑谓邻人曰:'孝妇事我勤苦,哀其亡子守寡。我老,久累丁壮,奈何?'其后姑自径死,姑女告吏:'妇杀我母。'吏捕孝妇,孝妇辞不杀姑。吏验治,孝妇自诬服。具狱上府。于公以为此妇养姑十余年,以孝闻,必不杀也。太守不听,于公争之,弗能得,乃抱其具狱,哭于府上,固辞疾去。太守竟论杀孝妇。郡中枯旱三年,后太守至,卜筮其故,于公曰:'孝妇不当死,前太守强断之,咎党在是乎?'于是太守杀牛自祭妇冢,因表其墓,天立大雨,岁熟。郡中以此大敬重于公。""东海孝妇"故事,自汉代以来在民间广为流传。关汉卿《窦娥冤》杂剧即由此演化而来。

　　全剧共四折一楔子。写山阳县书生窦天章因无力偿还蔡婆高利贷,把七岁的女儿窦娥送给蔡婆作童养媳以抵债。窦娥长大后与蔡婆儿子成婚,婚后两年丈夫病逝。蔡婆向赛卢医索债,被赛卢医骗至郊外谋害。恰被流氓张驴儿父子撞见。赛卢医惊慌逃走。张驴儿父子得知蔡婆家中只有媳妇一人时,便强迫蔡婆招其父子入赘。回到家中,遭到窦娥的坚决反抗。蔡婆有病,张驴儿将毒药放到羊肚儿汤里,试图毒死蔡婆,霸占窦娥。不料,蔡婆把羊肚儿汤让给张驴儿老子吃了,张驴儿老子被毒死。张驴儿继续胁迫窦娥,窦娥不屈。张驴儿便以"药死公公"罪名告到官府,贪官桃杌横加迫害,窦娥为不连累婆婆,屈打成招,被斩。后窦天章考取进士,官至肃政廉访使,考察山阳吏治。窦娥冤魂向父亲倾诉。窦天章查明事实,惩治恶人。窦娥之冤得以昭雪。作者通过窦娥悲剧,深刻揭露了元王朝的黑暗和人民所蒙受的灾难,体现了作者对苦难中人民的深切同情。

　　这里所选的第三折,写窦娥法场被斩,重点写窦娥临刑前与婆婆的泣别,及对官吏贪赃枉法的控诉,表现了窦娥对亲人无微不至的关怀和对恶势力坚强不屈的反抗。通过不同情感的对比,丰富了窦娥的性格和形象,也使美者更美,丑者更丑。窦娥就刑前的"三桩儿誓愿":血染白练、雪飞六月、亢旱三年,是对恶势力的极大控诉,也体现了作品浪漫主义与现实主义完美结合的艺术风格,给人们留下了深刻印象。本折窦娥唱曲凄怆悲壮,催人泪下,尤其是开头的【端正好】【滚绣球】两支曲子,窦娥撕心裂肺的抢地呼天,不知感动过多少正直观众、读者为之一掬热泪:"没来由犯王法,不堤防遭刑宪,叫声屈动地惊天!""有日月朝暮悬,有鬼神掌著生死权,天地也只合把清浊分辨,可怎生错看了盗跖颜渊,""地也,你不分好歹何为地?天也,你错勘贤愚枉做天!哎,只落得两泪涟涟。"句句真情不妄,字字本色当行。

单刀会

关汉卿

第四折

(鲁肃上^①,云)欢来不似今朝,喜来那逢今日?小官鲁子敬是也。我使黄文持书去请关公^②,欣喜许今日赴会,荆襄地合归还俺江东^③。英雄甲士已暗藏壁衣之后^④,令江上相候,见船到便来报我知道。(正末关公引周仓上^⑤,云)周仓,将到那里也?(周云)来到大江中流也。(正末云^⑥)看了这大江,是一派好水呵!(唱)

【双调·新水令】大江东去浪千叠,引着这数十人,驾着这小舟一叶。又不比九重龙凤阙^⑦,可正是千丈虎狼穴。大夫心别^⑧,我觑这单刀会似赛村社^⑨。

(云)好一派江景也呵!(唱)

【驻马听】水涌山叠,年少周郎何处也^⑩?不觉的灰飞烟灭,可怜黄盖转伤嗟^⑪。破曹的樯橹一时绝^⑫,鏖兵的江水犹然热^⑬,好教我情惨切^⑭!(云)这也不是江水,(唱)二十年流不尽的英雄血!

(云)却早来到也,报伏去^⑮。(卒报科)(做相见科)(鲁云)江下小会,酒非洞里之长春^⑯,乐乃尘中之菲艺^⑰,猥劳君侯^⑱,屈高就下,降尊临卑,实乃鲁肃之万幸也!(正末云)量某有何德能,着大夫置酒张筵?既请必至。(鲁云)黄文,将酒来。二公子满饮一杯^⑲。(正末云)大夫饮此杯。(把盏科)(正末云)想古今咱这人过日月好疾也呵!(鲁云)过日月是好疾也。光阴似骏马加鞭,浮世似落花流水。(正末唱)

【胡十八】想古今立勋业,那里也舜五人^⑳、汉三杰^㉑?两朝相隔数年别,不付能见者^㉒,却又早老也。开怀的饮数杯,(云)将酒来。(唱)尽心儿待醉一夜。(把盏科)

(正末云)你知"以德报德,以直报怨"么^㉓?(鲁云)既然将军言"以德报德,以直报怨",借物不还者为之怨^㉔。想君侯文武全材,通练兵书,习《春秋》《左传》,济拔颠危,匡扶社稷,可不谓之仁乎?待玄德如骨肉^㉕,觑曹操若仇雠^㉖,可不谓之义乎?辞曹归汉,弃印封金^㉗,可不谓之礼乎?坐服于禁^㉘,水淹七军^㉙,可不谓之智乎?

且将军仁义礼智俱足，惜乎止少个"信"字，欠缺未完。再若得全个"信"字，无出君侯之右也㉚。（正末云）我怎生失信？（鲁云）非将军失信，皆因令兄玄德公失信。（正末云）我哥哥怎生失信来？（鲁云）想昔日玄德公败于当阳之上㉛，身无所归，因鲁肃之故，屯军三江夏口㉜。鲁肃又与孔明同见我主公㉝，即日兴师拜将，破曹兵于赤壁之间㉞。江东所费钜万，又折了首将黄盖㉟。因将军贤昆玉无尺寸地㊱，暂借荆州以为养军之资；数年不还。今日鲁肃低情曲意，暂取荆州，以为救民之急；待仓廪丰盈，然后再献与将军掌领。鲁肃不敢自专，君侯台鉴不错㊲。（正末云）你请我吃筵席来，那是索荆州来？（鲁云）没、没、没，我则这般道孙刘结亲㊳，以为唇齿，两国正好和谐。（正末唱）

【庆东原】你把我真心儿待，将筵宴设，你这般攀今览古，分甚枝叶？我根前使不着你"之乎者也""诗云子曰"，早该豁口截舌㊳！有意说孙、刘，你休目下番成吴、越㊵！

（鲁云）将军原来傲物轻信㊶！（正末云）我怎么傲物轻信？（鲁云）当日孔明亲言：破曹之后，荆州即还江东。鲁肃亲为代保㊷。不思旧日之恩，今日恩变为仇，犹自说"以德报德，以直报怨"！圣人道："信近于义，言可复也"㊸。"去食去兵，不可去信"㊹。"大车无𫐐，小车无𫐐，其何以行之哉"㊺？今将军全无仁义之心，枉作英雄之辈。荆州久借不还，却不道"人无信不立"㊻！（正末云）鲁子敬，你听的这剑界么㊼？（鲁云）剑界怎么？（正末云）我这剑界，头一遭诛了文丑㊽，第二遭斩了蔡阳㊾，鲁肃呵，莫不第三遭到你也？（鲁云）没、没，我则这般道来。（正末云）这荆州是谁的？（鲁云）这荆州是俺的。（正末云）你不知，听我说。（唱）

【沉醉东风】想着俺汉高皇图王霸业㊿，汉光武秉正除邪51，汉献帝将董卓诛，汉皇叔把温侯灭52，俺哥哥合情受汉家基业53。则你这东吴国的孙权，和俺刘家却是甚枝叶？请你个不克己先生自说54！

（鲁云）那里甚么响？（正末云）这剑界二次也。（鲁云）却怎么说？（正末云）这剑按天地之灵，金火之精，阴阳之气，日月之形；藏之则鬼神遁迹，出之则魑魅潜踪；喜则恋鞘沉沉而不动，怒则跃匣铮铮而有声。今朝席上，倘有争锋，恐君不信，拔剑施呈。吾当摄剑55，鲁肃休惊。这剑果有神威不可当，庙堂之器岂寻常56。今朝索取荆州事，一剑先交鲁肃亡。（唱）

【雁儿落】则为你三寸不烂舌，恼犯我三尺无情铁。这剑饥餐上将头，渴饮仇人血57。

◎ 民国四年(1915)富华图书馆刻本《改良全图缀白裘十二集全传》一集所收《单刀会》插图(左)　清雍正三年(1725)《脉望馆抄校本古今杂剧》所收《单刀会》书影(右)

【得胜令】则是条龙向鞘中蛰[48]，唬得人在座间呆[49]。今日故友每才相见，休着俺弟兄每相间别[50]。鲁子敬听者，你心内休乔怯[51]，畅好是随邪[52]，吾当酒醉也。

（鲁云）臧宫动乐[53]。（臧宫上，云）天有五星，地攒五岳[54]。人有五德，乐按五音。五星者：金、木、水、火、土。五岳者：常、恒、泰、华、嵩。五德者：温、良、恭、俭、让。五音者：宫、商、角、徵、羽[55]。（甲士拥上科）（鲁云）埋伏了者。（正末击案，怒云）有埋伏也无埋伏？（鲁云）并无埋伏。（正末云）若有埋伏，一剑挥之两段！（做击案科）（鲁云）你击碎菱花[56]。（正末云）我特来破镜[57]！（唱）

【搅筝琶】却怎生闹炒炒军兵列[58]，休把我拦当者[59]。（云）当着我的，呵呵！（唱）我着他剑下身亡，目前流血！便有那张仪口、蒯通舌[70]，休那里躲闪藏遮。好生的送我到船上者[71]，我和你慢慢的相别。

（鲁云）你去了到是一场伶俐[72]。（黄文云）将军，有埋伏里。（鲁云）迟了我的也。（关平领众将上[73]，云）请父亲上船，孩儿每来迎接里[74]。（正末云）鲁肃，休惜殿后[75]。（唱）

【离亭宴带歇指煞⑯】我则见紫袍银带公人列，晚天凉风冷芦花谢，我心中喜悦。昏惨惨晚霞收，冷飕飕江风起，急飚飚云帆招惹⑰。承管待、承管待，多承谢、多承谢。唤梢公慢者，缆解开岸边龙，船分开波中浪，棹搅碎江心月⑱。正欢娱有甚进退，且谈笑不分明夜⑲。说与你两件事，先生记者：百忙里趁不了老兄心⑳，心急且里倒不了俺汉家节㉑。（下）

（《脉望馆抄校本古今杂剧》，清雍正三年何煌据元刻本抄校）

【校注】

① 鲁肃：据《三国志·吴书》，鲁肃为三国时吴国名将，字子敬，临淮东城（今安徽省定远县东南）人。自周瑜起兵时投吴，曾力主与刘备联合抗曹，为孙权政权中的重要谋士之一。周瑜死后，代瑜统兵，任偏将军、横江将军等。

② 黄文：为剧中虚构的人物。

③ 荆襄：指荆州、襄阳一带，今属湖北省。合：该。江东：指今安徽芜湖、江苏南京以东的长江南岸地区，三国时期为孙权东吴政权根据地。

④ 壁衣：装饰墙壁的帷幕。

⑤ 周仓：民间传说中关羽的部下。

⑥ 正末：底本作"正"，据上文改。下同。

⑦ 九重：多重，九为概数。龙凤阙：指皇宫中皇帝居所。

⑧ 心别：想法不同。

⑨ 赛村社：古代农村于"社日"举行的热闹的迎神赛会。社，社日，祭祀土地神的节日，分春社和秋社。汉以后一般以立春和立秋后第五个戊日作为社日，间或有四时致祭者。

⑩ 周郎：周瑜（175—210）。据《三国志·吴书》，周瑜，字公瑾，庐江舒县（今安徽庐江西南）人。三国时吴国名将。他协助孙策、孙权建立了东吴政权，在孙刘联合拒曹的赤壁之战中，他是主要谋略者和指挥者，因其24岁时即被授予建威中郎将，世称"年少""周郎"。

⑪ 黄盖：据《三国志·吴书》，黄盖为三国时吴国将领，字公覆，零陵泉陵（今湖南省零陵县北）人，跟从孙坚起兵，又先后辅佐孙坚之子孙策、孙权，官中郎将、偏将军等。转伤嗟：民间传说，在赤壁之战中，周瑜用打黄盖的"苦肉计"，大破曹军。

⑫ 曹：曹操，字孟德，沛国谯县（今安徽省亳县）人。三国时期的政治家、军事家、著名诗人。据《三国志·魏书》之《武帝纪》，曹操出身于官宦家庭，东汉末以镇压黄巾起义起家，后挟天子以令诸侯，削平各地割据势力，逐渐统一了北方，成了汉献帝的丞相，后封为魏王。其子曹丕称帝后，被追尊为武帝。樯橹：指战船。樯，船樯。橹，船桨。一时绝：指赤壁之战结束，江上恢复平静。

⑬ 犹：底本作"由"，据元刊本改。

⑭ 教：底本作"交"，"教"字的俗写。

⑮ 报伏：通报，禀报。

⑯ 酒非洞里之长春：谓酒非神仙饮的好酒。长春，仙酒名。道教把神仙居所称为洞天。

⑰ 乐乃尘中之菲艺：谓无甚仙乐伴奏，只有人间的普通技艺。菲，菲薄。以上二句为鲁肃的谦词。

⑱ 猥（wěi）劳：使动词，使（你）受辱、劳累。猥，为谦词，犹言"辱"。君侯：指关羽，因其曾被封为汉寿亭侯。

⑲ 二公子：指关羽。刘备、关羽、张飞曾结拜为兄弟，关羽排行第二，故如此称呼。

⑳ 舜五人：舜五臣。据《论语·泰伯》孔颖达注，指上古帝王虞舜的五位贤臣禹、稷、契、皋陶、伯益。

㉑ 汉三杰：指辅佐汉高祖刘邦的张良、萧何与韩信。

㉒ 不付能：甫能，刚刚。不，为发语助词，无义。付，通"甫"。

㉓ 以德报德，以直报怨：语出《论语·宪问》，意为对于有恩德于自己的人，要以德去报答；对于于自己有怨恨的人，也要以诚正的态度去对待。

㉔ 为（wéi）：是。

㉕ 玄德：刘备，字玄德，涿郡涿县（今河北省涿州）人。据《三国志·蜀书》，刘备以镇压黄巾起义起家，后得诸葛亮的辅佐，逐渐强大起来。赤壁之战后，刘备以荆州为根据地，西取巴蜀，建立了蜀汉政权。死后谥昭烈帝。

㉖ 雠（chóu）：对手，仇敌。

㉗ 弃印封金：指关羽念与刘备的兄弟之谊，谢绝曹操挽留，放弃重礼，辞去官职，设法投归刘备。

㉘ 坐服：不费力气就使之降服。于禁：三国时魏国名将，字文则，泰山巨平（今山东泰安西南）人。据《三国志·魏书》，于禁做过济北相鲍信的部属，后得曹操的赏识与重用，封为益寿亭侯，屡建战功，官至左将军。此句指关羽击败于禁统领的七路兵马，保住了樊城。

㉙ 水淹七军：民间传说，曹操命于禁为统领，庞德为先锋，攻樊城，关羽决襄江之水淹没七路兵马，生擒庞德。

㉚ 无出君侯之右：没有比关羽更厉害。古代以右为上。

㉛ 当阳：县名，在湖北省西部。据《三国志·蜀书·先主传》，刘备曾兵败当阳。

㉜ 三江夏口：又称沔口、汉口，位于汉水入长江口处。

㉝ 孔明：诸葛亮，字孔明，琅琊阳都（今山东沂南县）人。三国时著名的政治家、军事家。据《三国志·蜀书》，诸葛亮初隐于南阳之隆中（今湖北襄阳西），后辅佐刘备建立并巩固蜀汉政权，官至丞相，封武乡侯，世称诸葛武侯。

㉞ 赤壁：在今湖北嘉鱼东北的长江南岸。建安十三年（208），刘备与孙权合力会战曹操，大破曹军于此，三足鼎立局面由此而形成。

㉟ 折：底本作"拆"，为"折"误写，意为损失。

㊱ 昆玉:兄弟。

㊲ 台:对对方的尊称。鉴:明察、判断。

㊳ 我则这般道:我不过是这样说说罢了。孙刘结亲:孙权与刘备结亲。据《三国志·吴书》,孙权,字仲谋,吴郡富春(今浙江富阳)人,继承父孙坚基业,巩固吴国政权,与曹魏、蜀汉形成三分之势。《三国志·蜀书·先主传》载:"先主为荆州牧,治公安。权稍畏之,进妹固好。"经民间增饰,此事演绎为刘备招亲,娶孙权妹孙尚香。

㊴ 豁口截舌:意为多嘴讨嫌,应割开嘴巴,截断舌头。

㊵ 番:同"翻"。番成吴越:吴、越是春秋时两个毗邻而又敌对的国家。这里用吴越之间的关系比孙刘之间的关系,意思是双方的关系很快由亲和转为了敌对。

㊶ 傲物轻信:盛气凌人,不讲信义。

㊷ 代保:代为担保。

㊸ 信近于义,言可复也:语出《论语·学而》,意为信义一见于言,一见于行动,后者可验证前者。

㊹ 去食去兵,不可去信:语出《论语·颜渊》,意为宁愿无粮草无武器,也不可言而无信。

㊺ 大车无輗(ní),小车无軏(yuè),其何以行之哉:语出《论语·为政》。意为人无信誉便是枉活。輗、軏都是车辕与车衡衔接的关键,没有它们车就无法套牲口行走。古时以牛车为大车,以马车为小车。

㊻ 人无信不立:语出《论语·颜渊》。原文为"自古皆有死,民无信不立"。

㊼ 剑界:剑鸣响。

㊽ 文丑:三国时袁绍的大将。

㊾ 蔡阳:三国时曹操的大将。

㊿ 汉高皇图王霸业:汉高祖刘邦灭秦降楚,建立大汉王朝。

(51) 汉光武秉正除邪:东汉光武帝刘秀剪除王莽,复兴汉室。

(52) 汉皇叔:刘备,按刘氏宗谱,他是汉献帝的叔辈,故云。温侯:吕布,据《三国志·魏书吕布传》,吕布原为董卓部将,后为曹操和刘备擒杀。

(53) 合情:情理应该。

(54) 不克己先生:指鲁肃。"克己复礼为仁"出自《论语·颜渊》。剧中鲁肃总拿儒家"克己"一套说辞向关羽索要荆州,批评刘备、关羽做不到"克己",关羽方以"不克己先生"讥讽鲁肃。

(55) 摄剑:拔剑。

(56) 庙堂之器:皇室或朝廷的器用。关羽极言自己剑器之高贵。

(57) 饥餐上将头,渴饮仇人血:化用岳飞【满江红】词"壮志饥餐胡虏肉,笑谈渴饮匈奴血"句意。上将,高级将领。

(58) 龙:喻剑。蛰:动物冬眠,潜伏起来不食不动的状态,喻剑藏鞘中。

(59) 座:底本作"坐",据元刊本改。

(60) 相间别:互相猜忌,产生隔阂。

(61) 乔怯:佯装恐惧。

(62) 畅好:恰好。随邪:随和,有放松之意。邪,通"耶",语助词。

(63) 臧宫:杂剧中虚构的掌管乐队的人物。

(64) 攒(zǎn):积聚。

(65) 徵:作五音名时,读 zhǐ。羽:既是五音名,又是关羽名字,这里是鲁肃传达给伏兵的暗语。

(66) 菱花:指镜。古代铜镜上往往饰以菱花图案,故名。

(67) 破镜:双关语,兼指打破真镜、蜀吴关系破裂、鲁肃。鲁肃字子敬,以"镜"谐音"敬"。

(68) 闹炒炒:闹吵吵。

(69) 当:同"挡"。

(70) 张仪口、蒯(kuǎi)通舌:张仪与蒯通均为历史上能言善辩者。张仪为战国魏人,曾说服当时六国以连横事秦。蒯通为秦汉之际范阳人,韩信曾用其计平定齐地。

(71) 好生的:北方方言,犹言"好好的"。

(72) 一场伶俐:一次干净利落的行动。

(73) 关平:关羽之子。

(74) 里:同"哩"。

(75) 殿后:处在大军的最后,起断后、保护前军的作用。此为关羽讥讽鲁肃,犹言难为你做我的殿后,护送我离开。

(76) 煞:底本作"然",据元刊本改。

(77) 急飐(zhǎn)飐:风急速吹动的样子。

(78) 棹(zhào)搅碎江心月:桨在水面划动,搅碎映在水中的月影。棹,船桨。

(79) 明夜:白天和晚上。

(80) 趁:同"称"。

(81) 心急且:"心急切"。倒不了俺汉家节:以苏武杖汉节牧羊,卧起操持之事表明自己坚守汉家(刘备所代表的蜀汉政权)气节。

【导读】

关汉卿《单刀会》杂剧是著名的历史剧,后世简称《刀会》。

全剧四折。该剧有元刊本,题《古杭新刊的本关大王单刀会》。另有清雍正三年(1725)何煌据元刻本抄校《脉望馆抄校本古今杂剧》,题名亦云《古杭新刊的本关大王单刀会》,并自注云"雍正乙巳八月十日用元刻本校"。既是"校",那么对底本的修改应是不多的。但从内容看,元刊本宾白、科介很少,而脉望馆本却很完整。此外,曲词方面二者差别也很大。据此则知,脉望馆本所据底本"元刻本"应是与现行元刊本内容有较多出入的另一种刻本。可见,该剧的元刻本不止一种。

《单刀会》写鲁肃为要回曾借给刘备的荆州,特意邀请为刘备驻守荆州的西蜀大将关羽前来东吴赴宴,希望能够在宴会上要挟关羽交还荆州。可以想象,这场宴会无异于"鸿门宴",双方都心知肚明。为此荆州方面,就关羽是否要去赴宴问题展开了争论,虽然关羽的手下文武众人都极力阻止关羽赴会,但关羽不但决定如约赴会,而且更是做出惊人的决定——单刀赴会。即便形势异常紧张,然而剧作的叙事重点不在于描写双方剑拔弩张的气势,而在于着力表现关羽的英雄气概。关羽力排众议,坚持单刀赴会,即充分展示了关羽的英雄主义精神。而东吴方面的表现同样也是围绕着极力烘托和塑造关羽的英雄形象而展开。剧作在关羽出场之前,通过乔公和司马徽在鲁肃面前对关羽这位大英雄的极口称赞,未见其人先闻其声地为受众提供了对关羽的英雄气概的期待目标,为第四折专写关羽赴会一节的排场做了充足的铺垫。第四折描写关羽在赴会过程中大义凛然,以自己的稳若磐石的气魄与定力以及大无畏精神震慑住以鲁肃为代表的东吴势力,是前三折蓄势而发的必然结果,也是受众最期待见到的局面,体现了剧作叙事设计的精巧。

在排场上,第四折写关羽只带周仓和几个随从,驾一叶小舟过江,并在宴会上通过激烈的辩论,充分展示了关羽维护汉室基业的决心和威武的气魄,最后顺利回到荆州驻地,使关羽的孤胆英雄形象跃然于纸上。

在曲词上,该折在关羽一上场就安排其立在船头,面对滔滔江水,唱了【新水令】【驻马听】这两支颇具豪放风格的曲子。民间称关羽为"关帝"。清代杨恩寿《词馀丛话》卷二就此评曰:"所谓《单刀会》者,余固习见之也。第二支演帝登舟后,掀髯凭眺,声情激越,不减东坡'酹江月'。当场高唱,几欲裂铁笛而碎唾壶。"关羽念唱"这也不是江水,二十年流不尽的英雄血",将慷慨悲凉之气渲染得淋漓尽致。此二曲从苏轼词【念奴娇】《赤壁怀古》脱化而出,却又能在苏词基础上发挥曲体铺排扬厉的特点,将悲怆的情感抒发得更加激越,并将这一情绪一直推延到折末,给受众以充分的冲击,并在冲击达到高潮时戛然而收,不免令人浮想联翩。

《单刀会》是后世昆曲的重要剧目,其中的第四折也被称为经典的昆曲折子戏。影响所及,京剧和其他地方戏也都将《单刀会》第四折戏搬上了舞台。关羽能成为戏曲舞台上光彩夺目的形象,与《单刀会》第四折的传播有着密切的关系。

汉宫秋

马致远

第三折

（番使拥旦上①，奏胡乐科②，旦云）妾身王昭君③，自从选入宫中，被毛延寿将美人图点破④，送入冷宫；甫能得蒙恩幸⑤，又被他献与番王形像。今拥兵来索，待不去，又怕江山有失；没奈何将妾身出塞和番。这一去，胡地风霜，怎生消受也！自古道：红颜胜人多薄命，莫怨春风当自嗟⑥。（驾引文武内官上⑦，云）今日灞桥饯送明妃⑧，却早来到也。（唱）

【双调·新水令】锦貂裘生改尽汉宫妆，我则索看昭君画图模样⑨。旧恩金勒短⑩，新恨玉鞭长。本是对金殿鸳鸯，分飞翼，怎承望！

（云）您文武百官计议，怎生退了番兵，免明妃和番者。（唱）

【驻马听】宰相每商量，大国使还朝多赐赏。早是俺夫妻恓惶⑪，小家儿出外也摇装⑫。尚兀自渭城衰柳助凄凉⑬，共那灞桥流水添惆怅。偏您不断肠，想娘娘那一天愁都撮在琵琶上⑭。（做下马科）（与旦打悲科）

（驾云）左右慢慢唱者，我与明妃饯一杯酒。（唱）

【步步娇】您将那一曲阳关休轻放⑮，俺咫尺如天样⑯，慢慢的捧玉觞⑰。朕本意待尊前捱些时光⑱，且休问劣了宫商⑲，您则与我半句儿俄延着唱⑳。

（番使云）请娘娘早行，天色晚了也。（驾唱）

【落梅风】可怜俺别离重，你好是归去的忙。寡人心先到他李陵台上㉑。回头儿却才魂梦里想，便休题贵人多忘㉒。

（旦云）妾这一去，再何时得见陛下？把我汉家衣服都留下者。（诗云）正是：今日汉宫人，明朝胡地妾㉓；忍着主衣裳，为人作春色㉔！（留衣服科）（驾唱）

【殿前欢】则甚么留下舞衣裳，被西风吹散旧时香。我委实怕宫车再过青苔巷，猛到椒房㉕，那一会想菱花镜里妆㉖，风流相，兜的又横心上㉗。看今日昭君出塞，几时似苏武还乡㉘？

（番使云）请娘娘行罢，臣等来多时了也。（驾云）罢罢罢！明妃，你这一去，休怨朕

躬也㉒。(做别科,驾云)我那里是大汉皇帝!(唱)

【雁儿落】我做了别虞姬楚霸王㉚,全不见守玉关征西将㉛。那里取保亲的李左车,送女客的萧丞相㉜?

(尚书云)陛下不必挂念。(驾唱)

【得胜令】那里也架海紫金梁㉝,枉养着那边庭上铁衣郎。您也要左右人扶侍,俺可甚糟糠妻下堂㉞!您但提起刀枪,却早小鹿儿心头撞。今日央及煞娘娘,怎做的男儿当自强!

(尚书云)陛下,咱回朝去罢。(驾唱)

【川拨棹】怕不待放丝缰,咱可甚鞭敲金镫响㉟。你管燮理阴阳㊱,掌握朝纲,治国安邦,展土开疆;假若俺高皇㊲,差你个梅香㊳,背井离乡,卧雪眠霜,若是他不恋恁春风画堂㊴,我便官封你一字王㊵。

(尚书云)陛下,不必苦死留他,着他去了罢。(驾唱)

【七弟兄】说甚么大王、不当、恋王嫱㊶,兀良㊷!怎禁他临去也回头望。那堪这散风雪旌节影悠扬,动关山鼓角声悲壮。

【梅花酒】呀!俺向着这迥野悲凉㊸。草已添黄,兔早迎霜㊹。犬褪得毛苍,人搠起缨枪㊺,马负着行装,车运着糇粮㊻,打猎起围场㊼。他、他、他,伤心辞汉主;我、我、我,携手上河梁㊽。他部从入穷荒㊾;我銮舆返咸阳㊿。返咸阳,过宫墙;过宫墙,绕回廊;绕回廊,近椒房;近椒房,月昏黄;月昏黄,夜生凉;夜生凉,泣寒螀㌀;泣寒螀,绿纱窗;绿纱窗,不思量!

【收江南】呀!不思量,除是铁心肠;铁心肠,也愁泪滴千行。美人图今夜挂昭阳㌁,我那里供养,便是我高烧银烛照红妆㌂。

(尚书云)陛下,回銮罢,娘娘去远了也。(驾唱)

【鸳鸯煞】我只索大臣行说一个推辞谎,又则怕笔尖儿那火编修讲㌃。不见他花朵儿精神,怎趁那草地里风光?唱道伫立多时㌄,徘徊半晌,猛听的塞雁南翔,呀呀的声嘹亮,却原来满目牛羊,是兀那载离恨的毡车半坡里响㌅。(下)

(番王引部落拥昭君上,云)今日汉朝不弃旧盟,将王昭君与俺番家和亲。我将昭君封为宁胡阏氏㌆,坐我正官。两国息兵,多少是好。众将士,传下号令,大众起行,望北而去。(做行科)(旦问云)这里甚地面了?(番使云)这是黑龙江,番汉交界去处。南边属汉家,北边属我番国。(旦云)大王,借一杯酒望南浇奠,辞了汉家,长行去罢。(做奠酒科,云)汉朝皇帝,妾身今生已矣,尚待来生也。(做跳江

◎ 明万历刻本《元曲选》所收《汉宫秋》插图

科)(番王惊救不及,叹科,云)嗨!可惜,可惜!昭君不肯入番,投江而死。罢、罢、罢!就葬在此江边,号为青冢者。我想来,人也死了,枉与汉朝结下这般仇隙,都是毛延寿那厮搬弄出来的。把都儿㊳,将毛延寿拿下,解送汉朝处治,我依旧与汉朝结和,永为甥舅,却不是好?(诗云)则为他丹青画误了昭君,背汉主暗地私奔;将美人图又来哄我,要索取出塞和亲。岂知道投江而死,空落的一见消魂㊴。似这等奸邪逆贼,留着他终是祸根;不如送他去汉朝哈喇㊵,依还的甥舅礼,两国长存。(下)

(臧懋循辑《元曲选》甲集上,明万历刻本)

【校注】

① 番使:外族或外国使节,这里指匈奴使节。

② 胡乐:北方或西北少数民族音乐。

③ 王昭君:《汉书·元帝纪》及《汉书·匈奴传》载,王昭君本为南郡秭归庄农人家女子,姓王氏,名嫱(嫱),字昭君。汉元帝入宫,封为贵妃。竟宁元年(前33)赐匈奴呼韩邪单于,出塞和亲。抵达匈奴后,被封为宁胡阏(yān)氏(zhī)。昭君与呼韩邪单于共同生活三年,生一子。建始二年(前31),呼韩邪单于去世,王昭君向汉廷上书求归,汉成帝敕令"从胡俗",依游牧民族收继婚制,

复嫁呼韩邪单于长子复株累单于,两人共同生活十一年,育有二女。鸿嘉元年(公元前 20 年),复株累单于去世,且糜胥继任为搜谐若鞮单于。两年不到,王昭君病逝。

④ 毛延寿将美人图点破:东晋《西京杂记》载,毛延寿是汉代宫廷画师,因王昭君在应选中不肯行贿,毛延寿将王昭君的画像有意画丑,使其得不到君王临幸。

⑤ 甫能:才能够。

⑥ 红颜胜人多薄命,莫怨春风当自嗟:这是欧阳修《和王介甫明妃曲二首》(其二)中的成句。

⑦ 驾:汉代皇帝出行,有大驾、法驾、小驾。唐制以帝出行称"驾"。此代指汉元帝。又,元杂剧中扮演天子的角色称"驾",亦称"驾头",有所谓"驾头杂剧"。

⑧ 灞桥饯送明妃:灞桥,亦作"霸桥",在长安东灞水上。汉唐以来,长安人送客东行,多在此折柳赠别。饯送,饯别,以酒食送行话别。明妃,王昭君,晋人避司马昭讳,称昭君为明君。

⑨ 则索:只得。

⑩ 金勒:金饰的带嚼口的马络头。

⑪ 悒(yì)怏(yàng):忧郁不快。

⑫ 摇装:或作"遥装"。明姜准《岐海琐谈》载,民间风俗,远行者择吉日出门,亲友送至江边,被送者上船稍行即返,另日再正式出发,称为摇装。

⑬ 渭城衰柳:用王维《送元二使安西》中"渭城朝雨浥轻尘,客舍青青柳色新"二句意。渭城在今陕西省咸阳东。

⑭ 都撮(cuō)在琵琶上:都凝聚在琵琶乐曲之中。撮,指演奏古乐器的一种指法,引申为将感情凝聚起来。

⑮ 三曲阳关:王维《送元二使安西》被后世谱作送别时所唱之曲,因诗中有"劝君更尽一杯酒,西出阳关无故人"句,故所谱之曲被称作《阳关三叠》曲。

⑯ 咫:原作"只",据孟称舜《古今名剧合选·酹江集》所收本改。

⑰ 玉觞:玉杯,泛指酒杯。

⑱ 尊:同"樽",酒杯。

⑲ 劣了宫商:音乐演奏得不好。宫商,我国古代五声音阶为宫、商、角、徵、羽,称以其中宫、商作为音乐的代称。

⑳ 俄延:拖延。

㉑ 李陵台:在今内蒙古自治区波罗城,传为汉代名将李陵与匈奴激战的地方。李陵,陇西成纪(今甘肃秦安)人,字少卿,名将李广之孙。武帝时为骑都尉,率军征战匈奴,兵败而降。

㉒ 题:说、提起。

㉓ 今日汉宫人,明朝胡地妾:此二句出于李白《王昭君》诗。

㉔ 忍着主衣裳,为人作春色:此二句出于宋陈师道《妾薄命》诗。

㉕ 椒房:汉代后妃居所用花椒子和泥涂壁,取其温暖而有香气,兼取椒多子之意。

㉖ 菱花镜:古代铜镜名。镜多为六角形或背面刻有菱花者,故名菱花镜。

㉗ 兜的：犹陡的，突然之意。

㉘ 苏武还乡：《汉书·苏武传》载，汉武帝时，苏武出使匈奴，匈奴迫其投降。苏武守节不屈，被流放于北海（今贝加尔湖）牧羊，啮雪吞毡，手不离杖节（代表使臣身份之旄节），被禁十九载始得还朝。

㉙ 朕躬：皇帝亲自，这里是汉元帝的自称。

㉚ 别虞姬楚霸王：《史记·项羽本纪》载，楚汉相争时，项羽在垓下为刘邦大败，在乌江突围时自杀。突围之前，他歌《垓下歌》，与自己的爱姬虞姬诀别。

㉛ 玉关：玉门关。征西将：指西汉将领破奴。破奴曾从卫青征讨匈奴，封为从骠侯。

㉜ 取保亲的李左车，送女客的萧丞相：这里是汉元帝讽刺文武大臣除了送亲做媒之外，别无用处。李左车，秦末谋士，初依赵王武臣，后归韩信。萧丞相，萧何，随刘邦起义，官至丞相。

㉝ 那里也架海紫金梁：底本作"他去也不沙架海紫金梁"，据孟称舜《古今名剧合选·酹江集》所收本改。元人杂剧常以"擎天白玉柱，架海紫金梁"比喻国家的栋梁之材。这里是说无处寻到栋梁之材，表达了对群臣的不满。

㉞ 糟糠妻下堂：指富贵发迹后弃妻。糟糠妻，贫贱时共患难之妻。糟糠，指饮食之粗粝。下堂，指休弃。《后汉书·宋弘传》："臣闻贫贱之知不可忘，糟糠之妻不下堂。"

㉟ 鞭敲金镫响：元人杂剧常用"鞭敲金镫响，人唱凯歌回"来形容胜利归来。

㊱ 燮（xiè）理：协同治理，多指宰相的职责。

㊲ 高皇：指汉高祖刘邦。

㊳ 梅香：宋元戏曲以及话本中对婢女的通称。

㊴ 恁（nín）：你，您。宋元方言。

㊵ 一字王：以一字为封的王号。清袁枚《随园随笔·官职》载，辽代封王用一个字的，地位最尊，如赵王、魏王。金、元仅亲王得封。两个字的则为次一等的郡王，如兰陵郡王。汉代并无此制，这里是借用。

㊶ 大王、不当、恋王嫱：这是一句三韵结构句法。

㊷ 兀良：衬词，无义。

㊸ 迥野：辽阔的原野。

㊹ 兔早迎霜：底本作"色早迎霜"，据《雍熙乐府》改。元人习惯用"迎霜兔"指白兔。这里指早已下了一层白霜。

㊺ 搠（shuò）：刺。

㊻ 糇（hóu）粮：干粮。

㊼ 打猎起围场：是说四面合围而猎，北方少数民族亦指军事演习活动。

㊽ 携手上河梁：《昭明文选》所收《李少卿与苏武诗》诗有"携手上河梁，游子暮何之"句，惜别之意。

㊾ 部从：步从，指跟从的部下随行人员。

(50) 銮舆：皇帝乘坐的车子，因上有銮铃，故称。咸阳：故址在今咸阳市东北二十里，渭水以北，汉元帝曾改称新城、渭城，这里指宫廷。

(51) 寒螿(jiāng)：通释寒蝉。萨都剌《满江红·金陵怀古》词："玉树歌残秋露冷，胭脂井坏寒螿泣。"螿，似蝉而小，青赤色。

(52) 昭阳：汉宫昭阳殿。

(53) 高烧银烛照红妆：苏轼《海棠》诗有"只恐夜深花睡去，故烧高烛照红妆"句。戏曲中多以喻洞房花烛之夜。

(54) 我只索大臣行说一个推辞谎，又则怕笔尖儿那火编修讲：我只要在大臣们面前说句推托的话，又怕编修官（史官）们借题发挥。只索，底本作"煞"，据孟称舜《古今名剧合选·酹江集》所收本改。火，同"伙"。编修，官名，负责修国史的官员。

(55) 唱道：亦作"畅道"，恰好之意。

(56) 兀那：那。兀，发语词，起加重语气的作用。

(57) 阏氏：汉代匈奴单于、诸王妻的统称。《汉书·元帝纪》："赐单于待诏掖庭王嫱为阏氏。"

(58) 把都(dū)儿：蒙古语勇士、武士的音译。或作"把都""拔都""拔突""霸都""巴图鲁""把河秃儿"等。

(59) 消魂：失魂落魄的样子。

(60) 哈喇(lā)：蒙古语音译，杀头、杀掉的意思。

【导读】

《汉宫秋》是马致远杂剧的代表作。

全剧四折一楔子。剧写汉元帝时，中大夫毛延寿奉旨选采民女，选中王昭君。但昭君因拒向毛延寿行贿而被图形丑陋，元帝按图临幸，昭君无缘得见元帝。昭君凄苦哀怨，弹琴抒怀，为元帝无意遇到，发现昭君其实十分美丽。在元帝得知真相而欲处置毛延寿时，毛延寿闻风逃到匈奴，并重新给昭君图形，这次将昭君画得很美，并将昭君画像贡献给匈奴呼韩邪单于，怂恿单于索昭君和亲。单于大军压境，元帝十分烦恼。为息干戈，昭君情愿出塞和亲，元帝忍痛割爱，将昭君送与单于。昭君行至番汉交界的黑水河，投水而死。单于愤而将毛延寿移交汉朝惩处。剧作间接表达了作者对元朝统治的不满，反映了元代汉族人民在"人分四等"的种族歧视政策下普遍的民族情绪。

该剧虽属历史剧，但其叙事有诸多改变史实之处。如，历史上，在汉元帝时期汉朝与匈奴的形势是汉强番弱，剧作改为番强汉弱；毛延寿虽是历史上的真实人物，但是其身份不是中大夫，而是宫廷画工；王昭君在历史上到了匈奴，为单于生了子女，最后殁于匈奴，并非如剧中所写自投番汉交界的黑水河。所有这些改编，都是为了将剧作的矛盾冲突集中于反抗外族压迫的这一主题。

这里所选的第三折，写汉元帝送别王昭君过程中的痛苦和送别后回宫过程中的悲伤。一方面，汉元帝痛斥文武群臣的无能，"你管燮理阴阳，掌握朝纲，治国安邦，展土开疆；假若俺高皇，差你个梅香，背井离乡，卧雪眠霜，若是他不恋恁春风画堂，我便官封你一字王"（【川拨棹】），"我做了别虞姬楚霸王，全不见守玉关征西将。那里取保亲的李左车，送女客的萧丞相"（【雁儿落】）。另一方面，又重点表达了对昭君的依依不舍和无尽思念。而正是群臣的无能导致了昭君出塞，元帝对昭君的思念越深，作品所表达的反抗外族压迫的主题则越突出。元帝与昭君，两处相思，一样忧伤。该剧《元曲选》本题目为"沉黑江明妃青冢恨"，正名曰"破幽梦孤雁汉宫秋"，题目和正名分别从王昭君与汉元帝这两位主人公的角度高度概括了作品的主旨。

在艺术上，这出戏有以下几点尤其值得肯定：

其一，凄凉的意境美。【七弟兄】【梅花酒】【收江南】三曲描绘了汉元帝送走昭君，返回咸阳宫中的凄凉场景。通过汉元帝的想象，为受众补填了昭君离开汉廷后踏上塞外凄凉异域的境况。而【梅花酒】一曲运用大量持续的顶针手法把元帝触目所见的悲凉景象描绘出来，营造了感人的凄凉意境。

其二，强烈的抒情性。整个一折戏，都是汉元帝的内心独白，充分抒发了元帝对于昭君的深爱，对于群臣的不满，对于国家命运的反思。这十分契合古代文人的惜美之情和家国情怀，这里的汉元帝俨然就是一位极为感伤的文人。"不思量，除是铁心肠；铁心肠，也愁泪滴千行"（【收江南】），这样的曲词呈现了明显的文人化的抒情特征。正因为如此，剧作很容易引起古代文人的共鸣。突出的抒情特征使该剧具有强烈的感染力。明人祁彪佳《远山堂曲品》所谓"向见元人《汉宫秋》剧，觉染指一脔，犹有余味"，也正是从这一角度而言。

其三，浓郁的诗化表达。马致远善于写小令，尤其擅写秋思题材，其小令【天净沙】《秋思》被后世誉为"秋思"之祖。"黯然销魂者，唯别而已矣！"（江淹《别赋》）而按照中国古代文学的意象传统，最易表达别情的乃在"乍秋风兮暂起"（江淹《别赋》）之时。《汉宫秋》第三折特将昭君出塞的季节安排在秋季，此时"迥野悲凉。草已添黄，兔早迎霜。犬褪得毛苍，人搦起缨枪，马负着行装，车运着穈粮，打猎起围场"（【梅花酒】），元帝的唱词采用古代诗化的经典文学意象，怎能不勾起读者伤怀与同情？

其四,快速的音乐节奏。此折唱词的填写很能够注意音乐性,尤其【梅花酒】,一句紧似一句,步步为营向前推进:"他、他、他,伤心辞汉主;我、我、我,携手上河梁。他部从入穷荒;我銮舆返咸阳。返咸阳,过宫墙;过宫墙,绕回廊;绕回廊,近椒房;近椒房,月昏黄;月昏黄,夜生凉;夜生凉,泣寒蛩;泣寒蛩,绿纱窗;绿纱窗,不思量!"此曲的节奏感特别强,把元帝的忧伤和悲愤写足写强,凸显了曲词的音乐感染力。

其五,悲愤顿挫的语言风格。明人孟称舜在选辑《古今名剧合选》时,将《汉宫秋》作为三十种具有类似豪放词风格的元明杂剧作品的第一种,列入"酹江集",并在《酹江集》眉批中写道:"读《汉宫秋》剧,真若孤雁横空,林风肃肃,远近相和。前此惟白香山浔阳江头《琵琶行》可相伯仲耳。"

其六,末本戏的主唱方式对上述诸项特征与效果发挥了关键性的作用。安排正末扮汉元帝演唱,有其独特的艺术效果。元帝身为帝王,对国家命运的担忧,对昭君出塞的思考,是在古代社会中最有说服力的,比安排王昭君唱的旦本戏更容易将番强汉弱情势下元代汉族人普遍的民族情绪表现得更加充分。这也正是该剧在元代乃至后世能够始终备受欢迎的主要原因之一。

墙头马上

白　朴

第三折

(裴尚书上,云)自从少俊去洛阳买花栽子回来①,今经七年。老夫常是公差,多在
外,少在里。且喜少俊颇有大志,每日只在后花园中看书,直等功名成就,方才娶
妻。今日是清明节令,老夫待亲自上坟去,奈畏风寒,教夫人和少俊替祭祖去咱。
(下)(裴舍引院公上②,云)自离洛阳,同小姐到长安七年也。得了一双儿女,小厮
儿叫做端端,女儿唤做重阳。端端六岁,重阳四岁,只在后花园中隐藏,不曾参见
父母,皆是院公伏侍,连宅里人也不知道。今日清明节令,父亲畏风寒,我与母亲
郊外坟茔中祭奠去。院公在意照顾,怕老相公撞见。(院公云)哥哥,一岁使长百
岁奴③。这宅中谁敢题起个"李"字④!若有一些差失,如同那赵盾便有灾难,老汉
就是灵辄扶轮⑤,王伯当与李密叠尸⑥,为人须为彻⑦。休道老相公不来,便来呵,
老汉凭四方口,调三寸舌,也说将回去。我这是蒯文通、李左车⑧。哥哥,你放心,
倚着我呵,万丈水不教泄漏了一点儿。(裴舍云)若无疏失,回家多多赏你。(下)
(正旦引端端、重阳上,云)自从跟了舍人来此呵,早又七年光景,得了一双儿女。
过日月好疾也呵!(唱)

【双调·新水令】数年一枕梦庄蝶⑨,过了些不明白好天良夜。想父母关山途
路远,鱼雁信音绝。为甚感叹咨嗟,甚日得离书舍?

【驻马听】凭男子豪杰,平步上万里龙庭双凤阙;妻儿真烈,合该得五花官诰
七香车⑩。也强如带满头花,向午门左右把状元接;也强如挂拖地红⑪,两头
来往交媒谢。今日个改换别,成就了一天锦绣佳风月。

(云)我掩上这门,看有甚人来此。(院公持扫帚上,云)哥哥祭奠去了,嫂嫂跟前回
复去咱。(见科,云)嫂嫂,舍人祭奠去了。院公特地说与嫂嫂得知。(正旦云)院
公可要在意者,则怕老相公撞将来。(院公云)老汉有句话敢说么?今日清明节,
有甚节令酒果,把些与老汉吃饱了,只在门首坐着,看有甚的人来。(旦与酒肉吃
科)(院公云)夜来两个小使长把墙头上花都折坏了,今日休教出来,只教书房中
耍,则怕老相公撞见。(正旦唱)

【乔牌儿】当拦的便去拦，我把你个院公谢。想昨日被棘针都把衣袂扯，将孩儿指尖儿都挮破也⑫。

（端端云）奶奶，我接爹爹去来。（正旦云）还未来哩！（唱）

【么篇】便将球棒儿撇⑬，不把胆瓶藉⑭。你哥哥⑮，这其间未是他来时节，怎抵死的要去接？

（院公云）我门口去吃了一瓶酒，一分节食，觉一阵昏沉。倚着湖山睡些儿咱⑯！（端端打科）（院公云）唬杀人也。小爷爷！你要到房里耍去。（又睡科，重阳打科）（院公云）小奶奶，女孩家这般劣！（又睡科，二人齐打介）（院公云）我告你去也，快书房里去！（裴尚书引张千上，云）夫人共少俊祭奠去了，老夫心中闷倦，后花园内走一遭去，看孩儿做下的功课咱。（见院公云）这老子睡着了。（做打科）（院公做醒、着扫帚打科，云）打你娘，那小厮⑰！（做见慌科）（尚书云）这两个小的是谁家？（端端云）是裴家。（尚书云）是那个裴家？（重阳云）是裴尚书家。（院公云）谁道不是裴尚书家花园，小弟子还不去！（重阳云）告我爹爹、奶奶说去。（院公云）你两个采了花木，还道告你爹爹、奶奶去？跳起恁公公来也，打你娘！（两人走科）（院公云）你两个不投前面走，便往后头去？（二人见旦科，云）我两人接爹爹去，见一老爹，问是谁家的。（正旦云）孩儿也，我教你休出去，兀的怎了⑱！（尚书做意科，云）这两个小的，不是寻常之家。这老子其中有诈，我且到堂上看来。（正旦唱）

【豆叶儿】接不着你哥哥，正撞见你爷爷。魄散魂消，肠慌腹热，手脚獐狂去不迭⑲。相公把拄杖掂详⑳，院公把扫帚支吾㉑，孩儿把衣袂掀者。

（尚书云）咱房里去来。（到书房，正旦掩门科）（尚书云）更有谁家个妇人？（院公云）这妇人折了俺花，在这房内藏来。（正旦唱）

【挂玉钩】小业种把拢门掩上些㉒，道不的跳天搅地十分劣。被老相公亲向园中撞见者，唬的我死临侵地难分说㉓。（尚书云）拿的芙蓉亭上来。（正旦唱）氲氲的脸上羞㉔，扑扑的心头怯；喘似雷轰，烈似风车。

（院公云）这妇人折了两朵儿花，怕相公见，躲在这里。合当饶过，教家去。（正旦云）相公可怜见，妾身是少俊的妻室。（尚书云）谁是媒人？下了多少钱财？谁主婚来？（旦做低头科）（尚书云）这两个小的是谁家？（院公云）相公不合烦恼合欢喜。这的是不曾使一分财礼㉕，得这等花枝般媳妇儿，一双好儿女，合做一个大筵席。老汉买羊去。大嫂，请回书房里去者。（尚书怒科，云）这妇人决是娼优酒肆之家！（正旦云）妾是官宦人家，不是下贱之人。（尚书云）嗉声！妇人家共人淫

奔,私情来往,这罪过逢赦不赦㉖。送与官司问去,打下你下半截来。(正旦唱)

【沽美酒】本是好人家女艳冶,便待要兴词讼发文牒㉗,送到官司遭痛决。人心非铁,逢赦不该赦。

【太平令】随汉走怎说三贞九烈,勘奸情八棒十挟。谁识他歌台舞榭,甚的是茶房酒舍。相公便把贱妾,栲折下截,并不是风尘烟月。

(尚书云)则打这老汉,他知情。(张千云)这个老子,从来会勾大引小。(院公云)相公,七年前舍人哥哥买花栽子时,都是这厮搬大引小,着舍人刁将来的。(张千云)老子攀下我来也。(尚书云)是了,敢这厮也知情!(正旦唱)

【川拨棹】赛灵辄,蒯文通,李左车;都不似季布喉舌㉘,王伯当尸叠。更做道向人处无过背说,是和非须辩别。

(尚书云)唤的夫人和少俊来者。(夫人、裴舍上,见科)(尚书云)你与孩儿通同作弊,乱我家法。(夫人云)老相公,我可怎生知道?(尚书云)这的是你后园中七年做下的功课!我送到官司,依律施行者。(裴舍云)少俊是卿相之子,怎好为一妇人,受官司凌辱,情愿写与休书便了。告父亲宽恕。(正旦唱)

【七弟兄】是那些劣憋㉙,痛伤嗟也,时乖运蹇遭磨灭㉚。冰清玉洁肯随邪㉛,怎生的拆开我连理同心结!

(尚书云)我便似八烈周公㉜,俺夫人似三移孟母㉝,都因为你个淫妇,枉坏了我少俊前程,辱没了我裴家上祖。兀那妇人,你听者:你既为官宦人家,如何与人私奔?昔日无盐采桑于村野㉞,齐王车过见了,欲纳为后同车。而无盐曰:"不可,禀知父母,方可成婚;不见父母,即是私奔。"呸!你比无盐败坏风俗,做的个男游九郡,女嫁三夫㉟。(正旦云)我则是裴少俊一个。(尚书怒云)可不道"女慕贞洁,男效才良"㊱;"聘则为妻,奔则为妾"㊲。你还不归家去!(正旦云)这姻缘也是天赐的。(尚书云)夫人,将你头上玉簪来。你若天赐的姻缘,问天买卦㊳,将玉簪向石上磨做了针儿一般细。不折了,便是天赐姻缘;若折了,便归家去也。(正旦唱)

【梅花酒】他毒肠狠切,丈夫又软揣些些㊴,相公又恶噷噷乖劣㊵,夫人又叫丫丫似蝎蜇㊶。你不去望夫石上变化身,筑坟台上立个碑碣㊷。待教我谩憋憋㊸,愁万缕,闷千叠;心似醉,意如呆;眼似瞎,手如瘸;轻拈掇㊹,慢拿捻。

【收江南】呀!珓叮珰掂做了两三截㊺,有鸾胶难续玉簪折,则他这夫妻儿女两离别。总是我业彻㊻,也强如参辰日月不交接㊼。

(尚书云)可知道玉簪折了也,你还不肯归家去?再取一个银壶瓶来,将着游丝

◎　明万历刻本《元曲选》所收《墙头马上》插图

系住,到金井内汲水。不断了,便是夫妻;瓶坠簪折,便归家去。(正旦云)可怎了也!(唱)

【雁儿落】似陷人坑千丈穴,胜滚浪千堆雪。恰才石头上损玉簪,又教我水底捞明月。

【得胜令】冰弦断,便情绝;银瓶坠,永离别。把几口儿分两处,(尚书云)随你再嫁别人去,(正旦唱)谁更待双轮碾四辙㊼。恋酒色淫邪,那犯七出的应拼舍㊽;享富贵豪奢,这守三从的谁似妾㊾!

(尚书云)既然簪折瓶坠,是天着你夫妻分离。着这贼丑生与你一纸休书,便着你归家去。少俊,你只今日便与我收拾琴剑书箱,上朝求官应举去。将这一儿一女收留在我家。张千,便与我赶离了门者!(下)(裴舍与旦休书科)(正旦云)少俊、端端、重阳,则被你痛杀我也!(唱)

【沉醉东风】梦惊破情缘万结,路迢遥烟水千叠。常言道有亲娘有后爷,无亲娘无疼热。他要送我到官司,逞尽豪杰。多谢你把一双幼女痴儿好觑者,我待信拖拖去也㊿。

(云)端端、重阳,儿也!你晓事些儿个,我也不能勾见你了也!(唱)

【甜水令】端端共重阳,他须是你裴家枝叶。孩儿也啼哭的似痴呆,这须是我子母情肠,厮牵厮惹,兀的不痛杀人也!

【折桂令】果然人生最苦是离别,方信道花发风筛,月满云遮。谁更敢倒凤颠鸾,撩蜂剔蝎,打草惊蛇?坏了咱墙头上传情简帖㉛,拆开咱柳阴中莺燕蜂蝶㉜。儿也咨嗟,女又拦截,既瓶坠簪折,咱义断恩绝!

　　(张千云)娘子,你去了罢!老相公便着我回话哩。(正旦云)少俊,你也须送我归家去来。(唱)

【鸳鸯煞】休把似残花败柳冤仇结,我与你生男长女填还彻。指望生则同衾,死则共穴。唱道题柱胸襟,当垆的志节㉝,也是前世前缘,今生今业。少俊呵,与你干驾了会香车㉞,把这个没气性的文君送了也!(下)

　　(裴舍云)父亲,你好下的也。一时间将俺夫妻子父分离,怎生是好?张千,与我收拾琴剑书箱,我就上朝取应去。一面瞒着父亲,悄悄送小姐回到家中,料也不妨。

　　(诗云)正是:石上磨玉簪,欲成中央折。井底引银瓶,欲上丝绳绝。两者可奈何,似我今朝别。果若有天缘,终当做瓜葛。(下)

　　　　　　　　　　　　　　　　(臧懋循辑《元曲选》乙集下,明万历刻本)

【校注】

① 栽子:秧子,植物的幼苗。

② 裴舍:裴少俊。舍,"舍人"的简称,对权贵子弟的昵称。

③ 一岁使长(zhǎng)百岁奴:宋元民间习用语,意谓尽管主人年幼,也能使唤年老的奴仆。使长,主人。

④ 题:谈及。

⑤ "如同那赵盾"二句:事见《左传·宣公二年》。晋灵公要谋杀赵盾,赵盾出逃。灵公武士灵辄为报答赵盾救命之恩,帮助赵盾脱险。民间将脱险这一情节敷衍为赵盾坐车的一个轮子事先被奸臣屠岸贾破坏,灵辄扶起坏了的轮子,推车送赵盾出逃。

⑥ 王伯当与李密叠尸:隋唐之际,李密先反隋,后降唐又反唐,终被李世民杀死。王伯当为李密手下大将,当李密死于山阴中时,王誓不降唐,跳涧自尽,与李密尸体叠在一起。《孤本元明杂剧》中有《四马投唐》,京剧中也有《断密涧》。

⑦ 为(wèi)人须为(wèi)彻:帮助人,务必要帮助到底。

⑧ 蒯文通、李左车:二人均为秦汉间的辩士。

⑨ 梦庄蝶:《庄子·齐物论》载,庄周梦见自己化为蝴蝶,醒后以为自己是由蝴蝶变化而成的。

⑩ 五花官诰七香车:谓妇女身价高贵。五花官诰,朝廷给命妇册封的文书。据宋代宋敏求

《春明远朝录》载,凡官诰堂用五色金花线绘书写。七香车,古代贵妇人所乘之车,用有香气的木料制成,故云。《渊鉴类函》引曹操《与大尉杨彪书》云:"今赠足下……画轮四望通幰七香车一乘。"

⑪ 拖地红:古代妇女结婚时所披的红披风。

⑫ 挝(zhuā):同"抓"。

⑬ 撇:乱扔。

⑭ 藉:顾惜。

⑮ 你哥哥:你父亲。唐宋元风俗,母亲对子女称他们的父亲为哥哥。

⑯ 湖山:太湖石做的假山。

⑰ 小厮:小家伙。

⑱ 兀的:这个。

⑲ 獐狂:同"张皇",谓惊惶失措。不迭:不止。

⑳ 掂详:端详、揣摩之意。

㉑ 支吾:搪塞。

㉒ 小业种:犹言"小孽种",父母骂孩子的话。"业"本为佛家语。拢门:疑为"栊门",即房门。

㉓ 死临侵:呆滞而无生气的样子。临侵,语助词,无意义。

㉔ 氲氲的:水气浮动的样子。这里指脸上的羞赧之色。

㉕ 的是:确实是。

㉖ 逢赦不赦:罪很大,以至于遇到特赦令时也不能给予赦免。

㉗ 文牒:案卷,公务文书。

㉘ 季布喉舌:季布为楚汉时辩士,《史记·季布栾布列传》:"楚人谚曰:'得黄金百,不如得季布一诺。'"此是李千金埋怨院公之语,因院公曾夸下海口,以灵辄、王伯当自许。

㉙ 劣憋:鲁莽、暴躁之意。

㉚ 时乖运蹇(jiǎn):时运不好。乖,不顺利。蹇,一足偏废,引申为不顺利。磨灭:折磨、欺侮。

㉛ 随邪:放肆。

㉜ 八烈周公:意不详。王季思主编《中国戏曲选》认为,《古名家杂剧》本"周公"作"周士",据此则疑此处用八义士为赵氏存孤的故事。

㉝ 三移孟母:汉刘向《列女传·母仪·邹孟轲母传》载,战国时孟轲年幼,家住墓地附近,经常模仿出殡和埋棺以为戏耍。孟母便移家至集市附近,孟轲便又学起了做生意。最后孟母迁居至学校旁,孟轲才开始向学,习礼让之事,终成大儒。

㉞ 无盐:传说故事人物,即钟离春,丑女,有才德,曾自谒齐宣王,面责其淫奢腐败,宣王感动,立为王后。

㉟ 男游九郡,女嫁三夫:宋元市井常用语,多见于元人杂剧中。这里偏指"女嫁三夫",指女子不贞节。

㊱ 女慕贞洁，男效才良：直接引用《千字文》中句子。

㊲ 聘则为妻，奔则为妾：语出《礼记·内则》。

㊳ 问天买卦：以占卜结果来听天由命。

㊴ 软揣：懦弱无能。

㊵ 相公：这里是对宰相的俗称，指裴尚书。嗽（xǐn）：叹词，表示申斥或禁止。底本本折后注"嗽，歆上声"。乖劣：乖戾凶狠。

㊶ 望夫石上变化身，筑坟台上立个碑碣：民间传说，一女子眺望远方，等候丈夫归来，丈夫久而未归，女子遂化为石，人称"望夫石"；赵贞女贤惠孝顺，公婆死后，无钱殓葬，遂用罗裙包土，修筑坟台。这二句是李千金在模仿裴尚书的口吻。

㊷ 谩惩惩：慢慢地不高兴做的样子。从这句开始的以下几句是模拟磨簪的过程。

㊸ 拈掇（niǎn）：拿起掂量。

㊹ 珬（jī）叮珰：象声词。

㊺ 业彻：指罪孽深重。

㊻ 参辰：参星和辰星（又名商星），分别在西方和东方，出没各不相见。比喻彼此隔绝。

㊼ 双轮辗四辙：比喻一女嫁二夫。

㊽ 七出：《唐律义疏》及《元典章》等文献载，中国封建时代休妻有七项条件，如妻子有其中一条，丈夫即可将其休弃，号曰"七出"，包括无子、淫佚、不事公婆、爱吵闹、盗窃、妒忌、有恶疾等。拼舍：拼命。

㊾ 三从：妇女在家从父，出嫁从夫，夫死从子，谓之"三从"。"七出""三从"，皆为封建礼教对妇女的禁锢。

㊿ 信拖拖：不放心的样子。

51 简帖：信件。

52 拆：原作"折"，据孟称舜《古今名剧合选·柳枝集》所收本改。

53 题柱胸襟：《太平御览》引《华阳国志》载，司马相如初入长安，题升仙桥桥柱曰"不乘高车驷马，不过汝下也"。这里是李千金鼓励裴少俊要有司马相如的志向。当垆的志节：用卓文君立志追随司马相如的典故，表露李千金愿为裴少俊守节。

54 干（gān）：徒劳地。会香车：指卓文君与司马相如同驾香车私奔。

【导读】

《墙头马上》是一部爱情喜剧，为白朴的杂剧代表作之一。

全剧四折。该剧叙述青年男女裴少俊与李千金勇于冲破封建家长束缚，自由恋爱、结合的故事。裴少俊为裴尚书之子，李千金为洛阳李总管之女。剧写裴尚书命裴少俊前往洛阳购买花苗，顺便通过游历增长自己的社会阅历和见识。裴少俊骑马到了洛阳,经过李总管宅院之外,看到李千金正在墙头张望自己,二人一见钟情,私定终身。千金遂与少俊私奔到长安裴尚书府第,在裴府后花园藏匿七年,生下一双儿女,后被裴尚书无意中撞见。裴尚书命少俊休掉千金,少俊不得已只得从命。少俊将千金送回洛阳后考中状元。裴尚书得知少俊考中,又得知千金为李总管之女,且未改嫁,便同意少俊将千金接回。千金先是不肯,后虑及儿女,便答应回到裴府团聚。

这里选的是第三折,为剧中矛盾冲突最为激烈的部分。写清明节这天,裴尚书畏惧风寒,令少俊代己陪老夫人到郊外祖茔祭扫,自己信步到了后花园,遇到少俊的一双儿女,先是吃惊,后是愤怒,最后命少俊休妻。

在这折戏中,四位主要人物个性都很鲜明。裴尚书,专横跋扈,不可一世,是具有封建礼教卫道士色彩的家长形象。李千金,直率倔强,据理力争,勇于反抗封建礼教,且又是对夫君、儿女充满温情的光彩女性。老院公,喜爱自夸,同情年轻人,是善良忠厚的可爱仆人。裴少俊,是不满礼教束缚,而又无法与封建家长彻底斗争,性格有些软弱的宦门子弟。人物思想与性格的关联较大,其中李千金与裴尚书之间的对抗性也较大,从而形成了矛盾冲突展开的张力。

喜剧性,是此折戏的语言特色。尤其在老院公与端端、重阳两个孩子的打闹,以及与裴尚书的误会中,表现得尤为明显。而裴尚书引经据典的说辞也有一定的滑稽成分,作者让裴尚书用玉簪中折和井底引银瓶这两个典故来故意刁难李千金,并让李千金实际模拟这两个典故的相关动作,则实在是写尽了这位封建家长的迂腐之态,令人捧腹不已。

从曲词上讲,此折填词的当行性很好。人物的唱词与人物的身份、地位、性格都特别吻合。如李千金唱【豆叶儿】一曲:"接不着你哥哥,正撞见你爷爷。魄散魂消,肠慌腹热,手脚獐狂去不迭。相公把拄杖掂详,院公把扫帚支吾,孩儿把衣袂掀者。"没有做作的掉书袋气,也没有不必要大家小姐的娇气,完全契合李千金作为洛阳军政长官李总管之女的独特身份以及泼辣直率的个性特点。

在套曲使用上,采用【双调】之【新水令】【驻马听】【乔牌儿】【幺篇】【豆叶儿】【挂玉钩】【沽美酒】【川拨棹】【七弟兄】【梅花酒】【收江南】【雁儿落】【得胜令】【沉醉东风】【甜水令】【桂枝令】【鸳鸯煞】之套,为现存元杂剧作品所用北曲【双调】套曲规模最大者,在最大程度上为后世北曲【双调】的使用提供了范例。

李逵负荆

康进之

第二折

（宋江同吴学究、鲁智深领卒子上）（宋江诗云）旗帜无非人血染，灯油尽是脑浆熬。鸦衔肝肺扎煞尾，狗啃骷髅抖搜毛①。某乃宋江是也。因清明节令，放众头领下山踏青赏玩去了，今日可早三日光景也。在那聚义堂上，三通鼓罢，都要来齐。小偻偻寨门首觑者，看是那一个先来。（卒子云）理会得。（正末上，云）自家李山儿的便是。将着这红搭膊，见宋江走一遭来。（唱）

【正宫·端正好】抖搜着黑精神，扎煞开黄髭髯②，则今番不许收拾③。俺可也磨拳擦掌，行行里，按不住莽撞心头气。

【滚绣球】宋江哝，这是甚所为，甚道理？不知他主着何意，激的我怒气如雷。可不道他是谁，我是谁，俺两个半生来岂有些嫌隙；到今日却做了日月交食④。不争几句闲言语，我则怕恶识多年旧面皮，展转猜疑⑤。

（云）小偻偻报复去，道我李山儿来了也。（卒子做报科，云）喏，报的哥哥得知，有李山儿来了也。（宋江云）着他过来。（卒子云）着过去。（做见科）（正末云）学究哥哥，喏！帽儿光光，今日做个新郎；袖儿窄窄，今日做个娇客⑥。俺宋公明在那里？请出来和俺拜两拜。俺有些零碎金银在这里，送与嫂嫂做拜见钱。（宋江云）这厮好无礼也！与学究哥哥施礼⑦，不与我施礼。这厮胡言乱语的，有甚么说话。（正末唱）

【倘秀才】哎！你个刎颈的知交庆喜⑧，（宋江云）庆什么喜？（正末唱）则你那压寨的夫人在那里？（指鲁智深科，云）秃驴，你做的好事来！（唱）打干净球儿不道的走了你⑨。（宋江云）怎么？智深兄弟，也有你那？（正末唱）强赌当⑩，硬支持，要见个到底。

（宋江云）山儿，你下山去，有什么事，何不就明对我说？（正末做恼不言语科）（宋江云）山儿，既然不好和我说，你就对学究哥哥根前说波⑪。（正末唱）

【滚绣球】俺哥哥要娶妻，这秃厮会做媒。（宋江云）智深兄弟，说你曾做什么媒来？（鲁智深云）你看这厮，到山下去噇了多少酒[12]，醉的来似踹不杀的老鼠一般，知他支支的说甚么哩。（正末唱）元来个梁山泊有天无日。（做拔斧斫旗科）（唱）就恨不斫倒这一面黄旗！（众做夺斧科）（宋江云）你这铁牛，有甚么事，也不查个明白，就提起板斧来，要斫倒我杏黄旗，是何道理？（学究云）山儿，你也忒口快心直哩！（正末唱）你道我忒口快，忒心直，还待要献勤出力。（做喊科，云）众兄弟们，都来！（宋江云）都来做甚么？（正末唱）则不如做个会六亲庆喜的筵席。（宋江云）做甚么筵席？（正末唱）走不了你个撮合山师父唐三藏[13]，更和这新女婿郎君，哎，你个柳盗跖[14]，看那个便宜。

  （宋江云）山儿，你下山在那里吃酒，遇着甚人？想必说我些甚么，你从头儿说，则要说的明白。（正末唱）

【倘秀才】不争你抢了他花朵般青春艳质[15]，这其间抛闪杀那草桥店白头老的[16]。（宋江云）这事其中必有暗昧[17]。（正末唱）这桩事分明甚暗昧，生割舍，痛悲凄，（带云）宋江唻，（唱）他其实怨你。

  （宋江云）元来是老王林的女孩儿，说我抢将来了。休道不是我，便是我抢将来，那老子可是喜欢也是烦恼？你说我试听。（正末唱）

【叨叨令】那老儿，一会家便哭啼啼在那茅店里[18]，（带云）觑着山寨，宋江，好恨也！（唱）他这般急张拘诸的立[19]。那老儿，一会家便怒吽吽在那柴门外[20]，（带云）哭道：我那满堂娇儿也！（唱）他这般乞留曲律的气[21]。（宋江云）他怎生烦恼那？（正末唱）那老儿，一会家便闷沉沉在那酒瓮边，（带云）那老儿，拿起瓢来，揭开蒲墩[22]，舀一瓢冷酒来汩汩的咽了[23]。（唱）他这般迷留没乱的醉[24]。那老儿，托着一片席头，便慢腾腾放在土坑上，（带云）他出的门来，看一看，又不见来，哭道，我那满堂娇儿！（唱）他这般壹留兀渌的睡[25]。似这般过不的也么哥，似这般过不的也么哥。（宋江云）这厮怎的？（正末唱）他道俺梁山泊水不甜人不义！

  （宋江云）学究兄弟，想必有那依草附木，冒着俺家名姓，做这等事情的，也不可知。只是山儿也该讨个显证，才得分晓。（正末云）有有有，这红褡膊不是显证？（宋江云）山儿，我今日和你打个赌赛。若是我抢将他女孩儿来，输我这六阳会首[26]；若不是我，你输些甚么？（正末云）哥，你与我赌头？罢，您兄弟摆一席酒。（宋江云）摆一席酒到好了，你须要配得上我的。（正末云）罢罢罢，哥，倘若不是你，我情愿纳这颗牛头。（宋江云）既如此，立下军状，学究兄弟收着。（正末云）难道花和尚就饶了他？（鲁智深云）我这光头不赌他罢，省的你叫不利市[27]。（做立状科）（正

◎　明万历刻本《元曲选》所收《李逵负荆》插图

末唱)

【一煞】则为你两头白面搬兴废，转背言词说是非。这厮敢狗行狼心，虎头蛇尾。不是我节外生枝，囊里盛锥㉘。谁着你夺人爱女，逞己风流，被咱都知。(宋江云)你看黑牛这村沙样势那㉙。(正末唱)休怪我村沙样势，平地上起孤堆㉚。

(宋江云)若不是我呵，我不道的饶了你哩！(正末唱)

【黄钟尾】那怕你指天画地能瞒鬼，步线行针待哄谁。又不是不精细，又不是不伶俐。(宋江云)我和你就下山去。(正末唱)下山寨，到那里，李山儿，共质对，认的真，觑的实，割你头，塞你嘴。(宋江云)这铁牛怎敢无礼？(正末唱)非铁牛敢无礼，既赌赛，怎翻悔？莫说这三十六英雄，一个个都是弟兄辈。(云)众兄弟每，都来听着！(宋江云)你着他听什么？(正末云)俺如今和宋江、鲁智深同到那杏花庄上，只等那老王林道出一个"是"字儿，你那做媒的花和尚，休要怪我，一斧分开两个瓢㉛，谁着你拐了一十八岁满堂娇！单把宋江留将下，待我亲手伏侍哥哥这一遭。(宋江云)你怎生伏侍我？(正末云)我伏侍你！我伏侍你！一只手揪住衣领，一只手搭住腰带㉜，滴溜扑摔个一字；阔脚板踏住胸脯，举起我那板斧来，觑着脖子上，可叉㉝！

(唱)便跳出你那七代先灵㉞,也将我来劝不得。(下)

　　(宋江云)山儿去了也。小偻儸备两匹马来,某和智深兄弟亲下山寨,与老王林质对去走一遭。(诗云)老王林出乖露丑,李山儿将没做有。如今去杏花庄前,看谁输六阳魁首。(同下)

(臧懋循辑《元曲选》壬集下,明万历刻本)

【校注】

　　① "旗帜无非人血染"四句:这四句上场诗极写梁山泊阴森可怖的强盗本色,可能是作者接受封建统治思想影响的结果。扎煞,张开。抖搜毛,抖落身上的毛。

　　② 髭(zī)髯(rǎn):胡子。

　　③ 不许收拾:不能罢休。

　　④ 日月交食:用日月的相触来比喻冤家对头。

　　⑤ 展转:反复。

　　⑥ "帽儿光光"四句:宋元时婚礼上嘲弄新郎的话。娇客,女婿。

　　⑦ 施礼:行礼。

　　⑧ 刎颈的知交:同生死共患难的朋友。

　　⑨ 打干净球儿:用打球的利落来比喻做了坏事又把罪责推得一干二净。不道的:不见得。

　　⑩ 强赌当:勉强抵挡。

　　⑪ 波:吧。

　　⑫ 噇(chuáng):吃、喝。

　　⑬ 撮合山师父唐三藏:撮合山,媒人;唐三藏,唐僧玄奘,这里借指花和尚鲁智深。

　　⑭ 盗跖(zhí):相传为春秋末期强盗,名跖,柳下屯(今山东西部)人。《庄子·盗跖篇》认为是柳下惠弟,不实。

　　⑮ 不争:只为。

　　⑯ 抛闪:抛撇。

　　⑰ 暗昧:内情。

　　⑱ 一会家:一会儿。

　　⑲ 急张拘诸:焦急不安的样子。下面几句是李逵模仿老王林的表演。

　　⑳ 怒吽吽(hōng):怒气冲冲。

　　㉑ 乞留曲律:原形容弯弯曲曲的样子,这里指有怨气。

　　㉒ 蒲墩:盖酒瓮的蒲包。

　　㉓ 汩汩(gǔ):水流声。

　　㉔ 迷留没乱:昏迷烦乱的样子。

㉕ 壹留兀渌:咿哩乌芦,睡不安稳时发出的声音。

㉖ 六阳会首:古代医书说手三阳脉,足三阳脉,总会于头部,因此称头为六阳会首或六阳魁首。

㉗ 不利市:不吉利。

㉘ 囊里盛锥:比喻好出头露面。

㉙ 村沙样势:愚蠢可笑的样子。

㉚ 平地上起孤堆:比喻无事生非。孤堆,土堆。

㉛ 一斧分开两个瓢:一斧劈开鲁智深的光头,成了两个瓢,是贴切剧中人物的警句。

㉜ 揝:同"攥",握。

㉝ 可叉:形容砍头的声音。

㉞ 七代先灵:历代祖先。

【导读】

康进之,生平不详,棣州(今山东惠民县)人。元代前期杂剧作家,作杂剧《梁山泊李逵负荆》《黑旋风老收心》二种,前者尚存。另存散曲《武陵春》一篇,见于明郭勋辑《雍熙乐府》。

《李逵负荆》共四折。写李逵在清明节下山到老王林酒店喝酒。老王林哭诉宋江和鲁智深抢了其女儿满堂娇,并拿出红裌膊作证。李逵怒不可遏,立即上山大闹聚义堂。宋江估计有人冒名,便同鲁智深、李逵一同下山对质。经老王林辨认,发现满堂娇是被两个冒充宋江、鲁智深的坏人抢去的。李逵便向宋江负荆请罪,并请立功赎罪。最终,抓到破坏梁山泊名誉的坏人,为老王林报了仇。该剧用喜剧表现手法,成功地塑造了李逵、宋江等梁山泊英雄形象,是元杂剧水浒戏中著名的剧目。

这里所选的第二折,写李逵上山大闹聚义堂的过程。李逵心直口快,嫉恶如仇,尽显英雄本色;宋江知己知彼,深机应变,能展领袖风度。两人性格形成对比,这就为喜剧手法的运用提供了条件。有两处喜剧效果最突出。

一是,李逵上山与宋江、鲁智深一见面,就讥笑、数落宋江的一段曲词和说白:"帽儿光光,今日做个新郎;袖儿窄窄,今日做个娇客""俺有些零碎金银在这里,送与嫂嫂做拜见钱""俺哥哥要娶妻,这秃厮会做媒""则不如做个会六亲庆喜的筵席"。先设迷雾,再逐层展现,喜剧气氛自出。

二是,在宋江已经洞悉事情真相,知道李逵搞错时,并未气恼,反而提出老王林是否因此高兴的问题,从而引发李逵一段精彩【叨叨令】的演唱。李逵有说有唱,一会儿作为第三者复述,一会儿代老王林哭诉,绘声绘色,五大三粗的汉子,惟妙惟肖的表演,情感悲愤而又滑稽好笑。当然,喜剧若没有主题,便会流为闹剧。本折戏中"他道俺梁山泊水不甜人不义"一语,作为本折乃至全剧的"戏眼"就使李逵的所有言行有了深刻的意义。从而使他的每一个可笑的语言动作无不蕴含着丰富而深刻的主题。

此外,本折的绝大部分曲子都在演唱之中加带说白和动作,不仅具有喜剧性,而且有唱念,有身段,有动作,易于表演,这也是该剧直到今天一直演出不衰的一个重要原因。

西厢记

王实甫

第四本　第三折

（夫人长老上①，云）今日送张生赴京，十里长亭②，安排下筵席。我和长老先行，不见张生、小姐来到。（旦、末、红同上③）（旦云④）今日送张生上朝取应，早是离人伤感，况值那暮秋天气，好烦恼人也呵！悲欢聚散一杯酒，南北东西万里程。

【正宫】【端正好】碧云天，黄花地，西风紧。北雁南飞。晓来谁染霜林醉⑤？总是离人泪。

【滚绣球】恨相见得迟，怨归去得疾。柳丝长玉骢难系⑥，恨不倩疏林挂住斜晖⑦。马儿迍迍的行⑧，车儿快快的随。却告了相思回避，破题儿又早别离⑨。听得道一声"去也"，松了金钏⑩；遥望见十里长亭，减了玉肌。此恨谁知？

◎　明末凌濛初刻朱墨套印本《西厢记》插图

（红云）姐姐，今日怎么不打扮？（旦云）你那知我的心里呵！

【叨叨令】见安排着车儿、马儿，不由人熬熬煎煎的气。有甚么心情花儿、靥儿⑪，打扮的娇娇滴滴的媚。准备着被儿、枕儿，则索昏昏沉沉的睡。从今后衫儿、袖儿，都揾做重重叠叠的泪。兀的不闷杀人也么哥⑫！兀的不闷杀人也么哥！久已后书儿、信儿，索与我恓恓惶惶的寄⑬。

（做到）（见夫人科）（夫人云）张生和长老坐，小姐这壁坐⑭，红娘将酒来。张生，你向前来，是自家亲眷，不要回避。俺今日将莺莺与你，到京师休辱末了俺孩儿，挣揣一个状元回来者。（末云）小生托夫人余荫，凭着胸中之才，视官如拾芥耳⑮。

（洁云⑯）夫人主见不差，张生不是落后的人。（把酒了，坐）（旦长吁科）

【脱布衫】下西风黄叶纷飞，染寒烟衰草萋迷⑰。酒席上斜签着坐的⑱，蹙愁眉死临侵地⑲。

【小梁州】我见他阁泪汪汪不敢垂⑳，恐怕人知。猛然见了把头低，长吁气，推整素罗衣㉑。

【幺篇】虽然久后成佳配，奈时间怎不悲啼㉒。意似痴，心如醉，昨宵今日，清减了小腰围。

（夫人云）小姐把盏者！（红递酒，旦把盏长吁科）请吃酒！

【上小楼】合欢未已，离愁相继。想着俺前暮私情，昨夜成亲，今日别离。我谂知㉓，这几日，相思滋味；却元来，此别离，情更增十倍。

【幺篇】年少呵轻远别，情薄呵易弃掷。全不想腿儿相挨，脸儿相偎，手儿相携。你与俺崔相国做女婿，妻荣夫贵，但得一个并头莲，煞强如状元及第㉔。

（红云）姐姐不曾吃早饭，饮一口儿汤水。（旦云）红娘，甚么汤水咽得下！

【满庭芳】供食太急，须史对面，顷刻别离。若不是酒席间子母每当回避，有心待与他举案齐眉㉕。虽然是厮守得一时半刻㉖，也合着俺夫妻每共桌而食㉗。眼底空留意，寻思起就里㉘，险化做望夫石。

（夫人云）红娘把盏者！（红把酒科）（旦唱）

【快活三】将来的酒共食，尝着似土和泥；假若便是土和泥，也有些土气息，泥滋味。

【朝天子】暖溶溶玉醅㉙，白泠泠似水㉚，多半是相思泪。眼面前茶饭，怕不待要吃㉛，恨塞满愁肠胃。蜗角虚名㉜，蝇头微利㉝，拆鸳鸯在两下里。一个这壁，一个那壁，一递一声长吁气㉞。

(夫人云)辆起车儿㉟，俺先回去，小姐随后和红娘来。(下)(末辞洁科)(洁云㊱)此一行别无话儿，贫僧准备买登科录看㊲，做亲的茶饭少不得贫僧的。先生在意，鞍马上保重者! 从今经忏无心礼，专听春雷第一声。(下)(旦唱)

【四边静】霎时间杯盘狼籍，车儿投东，马儿向西，两意徘徊，落日山横翠。知他今宵宿在那里? 有梦也难寻觅。

张生，此一行，得官不得官，疾便回来。(末云)小生这一去，白夺一个状元。正是：青霄有路终须到，金榜无名誓不归。(旦云)君行别无所赠，口占一绝，为君送行：弃掷今何在，当时且自亲。还将旧来意，怜取眼前人㊳。(末云)小姐之意差矣，张珙更敢怜谁? 谨赓一绝㊴，以剖寸心：人生长远别，孰与最关情? 不遇知音者，谁怜长叹人? (旦唱)

【耍孩儿】淋漓襟袖啼红泪，比司马青衫更湿㊵。伯劳东去燕西飞㊶，未登程先问归期。虽然眼底人千里，且尽生前酒一杯。未饮心先醉，眼中流血，心里成灰。

【五煞】到京师服水土，趁程途节饮食，顺时自保揣身体㊷。荒村雨露宜眠早，野店风霜要起迟! 鞍马秋风里，最难调护，最要扶持㊸。

【四煞】这忧愁诉与谁? 相思只自知，老天不管人憔悴。泪添九曲黄河溢，恨压三峰华岳低㊹。到晚来闷把西楼倚，见了些夕阳古道，衰柳长堤。

【三煞】笑吟吟一处来，哭啼啼独自归。归家若到罗帏里，昨宵个绣衾香暖留春住㊺，今夜个翠被生寒有梦知。留恋你别无意，见据鞍上马，阁不住泪眼想眉。

(末云)有甚言语，嘱付小生咱? (旦唱)

【二煞】你休忧"文齐福不齐"㊻，我则怕你"停妻再娶妻"。休要"一春鱼雁无消息"! 我这里青鸾有信频须寄㊼，你却休"金榜无名誓不归"㊽。此一节君须记：若见了那异乡花草㊾，再休似此处栖迟。

(末云)再谁似小姐，小生又生此念? 小姐放心，小生就此拜别㊿。(旦唱)

【一煞】青山隔送行，疏林不做美，淡烟暮霭相遮蔽。夕阳古道无人语，禾黍秋风听马嘶。我为甚么懒上车儿内，来时甚急，去后何迟?

(红云)夫人去好一会。姐姐，咱家去! (旦唱)

【收尾】四围山色中，一鞭残照里。遍人间烦恼填胸臆㉛，量这些大小车儿，如何载得起㉜? (红、旦下)

（末云）仆童赶早行一程儿，早寻个宿处。泪随流水急，愁逐野云飞。（下）

（王实甫《西厢记》卷四，明末凌濛初刻朱墨套印本）

【校注】

① 长老：指普救寺的法本长老。

② 十里长亭：古代驿路上约隔十里设一长亭，五里设一短亭，都是供行人休息的亭子，送别的人也总是在这里分手。

③ 红：底本脱，据王骥德《新校注古本西厢记》补。

④ 旦云：底本脱，据王骥德《新校注古本西厢记》补。

⑤ 霜林醉：比喻经霜的树叶像喝醉了酒一样红。

⑥ 玉骢：毛色青白相间的马。

⑦ 恨不倩：恨不能使。倩，使。

⑧ 迍迍（zhūn）：行动迟缓的样子。

⑨ 却告了相思回避，破题儿又早别离：意谓刚刚结束了相思，又开始别离了。唐宋人叫诗赋的起首为破题，引申为事情的开首。

⑩ 金钏（chuàn）：金镯子。这里用金镯子松来形容人瘦。

⑪ 靥（yè）：面颊上的酒窝。古代妇女有在这里施朱粉的习惯。

⑫ 兀的：这。也么哥：衬词，无意义。

⑬ 索：必须。恓恓（xī）惶惶（huáng）：惊慌烦乱的样子。

⑭ 这壁：这边。

⑮ 拾芥：拣起一株小草。

⑯ 洁：戏剧中扮演僧人角色。

⑰ 凄迷：形容凄清的景象。凄，通"凄"。

⑱ 斜签着坐的：古时晚辈侍坐的一种姿态，这里指张生。签，插。

⑲ 死临侵地：死气沉沉的样子。

⑳ 阁：搁置，停辍。

㉑ 推：这里是假装的意思。

㉒ 奈时间：无奈眼前这个时候。时间，目前。

㉓ 谂（shěn）：深知，熟知。

㉔ 煞强如：远胜过。

㉕ 待：要。

㉖ 底本此句前衍曲牌名【么篇】，据曲谱及王骥德《新校注古本西厢记》删。

㉗ 也合：也应该。

㉘ 就里：内中的实情。

㉙ 玉醅(pēi)：好酒。醅，底本作"杯"，据王骥德《新校注古本西厢记》改。

㉚ 白泠泠(líng)：形容清淡的样子。

㉛ 怕不待：难道不想。

㉜ 蜗角虚名：空虚的名誉，《庄子·则阳篇》说蜗牛的两条触角上有两个国家，为争夺地盘，互相厮杀。

㉝ 蝇头微利：微不足道的利益。

㉞ 一递一声：一声接一声。

㉟ 辆起车儿：套起车子。

㊱ 洁云：底本脱，据上下文补。

㊲ 登科录：科举考试后录取的姓名录。

㊳ "弃掷今何在"四句：这是元稹《会真记》中莺莺谢绝张生的一首诗，意说当时那么亲热，现在为什么会抛弃了呢？你还是把原来爱我的心，去爱你眼前的人吧。

㊴ 赓(gēng)：续。

㊵ 司马青衫：指唐代诗人白居易，曾做江州司马，叫歌女弹琵琶，泪湿青衫，后作《琵琶行》诗。

㊶ 伯劳东去燕西飞：比喻离别。乐府诗《东飞伯劳歌》："东飞伯劳西飞燕，黄姑织女时相见。"伯劳，一种小鸟，亦叫鵙。

㊷ 顺时自保揣身体：根据气候的变化，自己保重身体。揣身体，文弱的身体。揣，囊揣，软弱的意思。

㊸ 扶持：当心。

㊹ "泪添九曲黄河溢"二句：黄河从积石山到龙门的一段弯曲很多，有九曲黄河之称。华山有三个著名的高峰，即莲花峰、毛女峰、松桧峰。此二句比喻泪、恨之多。

㊺ 衾(qīn)：被子。

㊻ 文齐福不齐：古时成语，意说文章写得好，运气却不济。

㊼ 青鸾：古代传说中能报信的鸟。据说汉武帝时，西王母降临，青鸾先来报信。

㊽ 你却休：底本脱，据《元本题评西厢记》补。

㊾ 花草：借指女子。

㊿ 小姐放心，小生就此拜别：底本脱，据《元本题评西厢记》补。

51 遍：满。胸臆：心胸，心怀。

52 大小车儿：意即小车儿。

【导读】

　　《西厢记》共五本二十折。写唐德宗时，进京赶考的书生张珙(字君瑞，下称张生），经过蒲关闲游普救寺时，遇见已故崔相国女儿崔莺莺，两人一见钟情。张生借故住进普救寺。夜晚莺莺焚香，二人隔墙联吟，互致情意。后叛军孙飞虎兵围普救寺，意在掠莺莺为妻。情急之下，崔母宣布能献计解围者，以莺莺妻之。张生写信请好友白马将军相救。崔母在围解之后食言，以莺莺自小许给内侄郑恒为由赖婚，命莺莺以兄妹之礼与张生相见。张生忧愤成疾，后在莺莺婢女红娘热心帮助下，与莺莺私下结合。崔母发觉，拷问红娘。崔母无奈，只好答应婚事，但逼张生求取功名。莺莺送张生于十里长亭分别。张生最后中得状元，与莺莺团圆。《西厢记》故事源于唐元稹传奇小说《莺莺传》，但比《莺莺传》更为进步："愿天下有情的都成了眷属"的主题，不仅反映了封建时代青年男女要求婚姻自由的愿望，而且激励了一代又一代的青年为争取婚姻自主而斗争，也正因为此，该剧本在封建时代一直被作为诲淫之书而遭禁。但在舞台上，该剧则是最富生命力的剧目，为广大人民群众所喜欢。

《西厢记》在剧本结构上打破了元杂剧一本四折的惯例，而用五本二十一折的鸿篇巨制细致地演说崔张故事。

《西厢记》虽有大团圆结局，但其实质精神不在喜而在悲。故金圣叹批西厢，只到张生草桥惊梦止，而全不留第五本的张生荣归等折。他认为第五本为狗尾续貂。其意即在强调《西厢记》的悲剧精神。这里所选的一折，一名"长亭送别"，又名"哭宴"，就是悲剧色彩最浓厚的一折戏，由抒情主人公莺莺独唱。其最突出的特点是，写景、抒情高度结合，营造"总是离人泪"的悲凉气氛。

在脍炙人口的名曲【端正好】里，作者把读者带到一个情景交融的诗的意境中去。这支曲子化用了范仲淹【苏幕遮】（"碧云天，黄叶地"）词的意象，碧云、西风、归雁、霜叶、黄花，既是富有特征的暮秋景物，又渗透着主人公的别泪和离愁，二者浑然一体，强烈地感染着读者。而【滚绣球】【叨叨令】两曲，则继承我国古典叙事诗的表现手法，既抒情又叙事，叙事中有抒情，抒情中有叙事，把莺莺那缠绵宛转、难分难舍的离情主动地表现出来。明朱权评曰："王实甫之词，如花间美人，铺叙委婉，深得骚人之趣，极有佳句，若玉环之出浴华清，绿珠之采莲洛浦。"（《太和正音谱》）王实甫词曲的确优美，在本折中得到集中体现。

倩女离魂

郑光祖

第二折

（夫人慌上，云）欢喜未尽，烦恼又来。自从倩女孩儿在折柳亭与王秀才送路，辞别回家，得其疾病，一卧不起。请的医人看治，不得痊可，十分沉重，如之奈何？则怕孩儿思想汤水吃，老身亲自去绣房中探望一遭去来。（下）（正末上，云）小生王文举，自与小姐在折柳亭相别，使小生切切于怀，放心不下。今夜舣舟江岸①，小生横琴于膝，操一曲以适闷咱②。（做抚琴科）（正旦别扮离魂上，云）妾身倩女，自与王生相别，思想的无奈，不如跟他同去，背着母亲，一径的赶来。王生也，你只管去了，争知我如何过遣也呵！（唱）

【越调·斗鹌鹑】人去阳台，云归楚峡③。不争他江渚停舟④，几时得门庭过马。悄悄冥冥，潇潇洒洒，我这里踏岸沙，步月华⑤。我觑这万水千山⑥，都只在一时半霎。

【紫花儿序】想倩女心间离恨，赶王生柳外兰舟，似盼张骞天上浮槎⑦。汗溶溶琼珠莹脸，乱松松云髻堆鸦⑧，走的我筋力疲乏。你莫不夜泊秦淮卖酒家⑨，向断桥西下。疏剌剌秋水菰蒲⑩，冷清清明月芦花。

（云）走了半日，来到江边，听的人语喧闹，我试觑咱。（唱）

【小桃红】我蓦听得马嘶人语闹喧哗，掩映在垂杨下。唬的我心头扑扑那惊怕，原来是响珰珰鸣榔板捕鱼虾⑪。我这里顺西风悄悄听沉罢，趁着这厌厌露华⑫，对着这澄澄月下，惊的那呀呀呀寒雁起平沙。

【调笑令】向沙堤款踏，莎草带霜滑。掠湿湘裙翡翠纱，抵多少苍苔露冷凌波袜⑬。看江上晚来堪画，玩冰壶潋滟天上下⑭，似一片碧玉无瑕。

【秃厮儿】你觑远浦孤鹜落霞⑮，枯藤老树昏鸦⑯。听长笛一声何处发，歌欸乃⑰，橹咿哑。

（云）兀那船头上琴声响，敢是王生？我试听咱。（唱）

【圣药王】近蓼洼，缆钓槎，有折蒲衰柳老兼葭⑱。傍水凹，折藕芽，见烟笼寒水月笼沙⑲,茅舍两三家。

(正末云)这等夜深,只听得岸上女人音声,好似我倩女小姐,我试问一声波。(做问科,云)那壁不是倩女小姐么?这早晚来此怎的?(魂旦相见科,云)王生也,我背着母亲,一径的赶将你来,咱同上京去罢。(正末云)小姐,你怎生直赶到这里来?(魂旦唱)

【麻郎儿】你好是舒心的伯牙⑳,我做了没路的浑家㉑。你道我为甚么私离绣榻㉒?待和伊同走天涯。

(正末云)小姐是车儿来?是马儿来?(魂旦唱)

【幺】险把咱家走乏。比及你远赴京华㉓,薄命妾为伊牵挂,思量心几时撒下。

【络丝娘】你抛闪咱比及见咱,我不瘦杀多应害杀㉔。(正末云)若老夫人知道,怎了也?(魂旦唱)他若是赶上咱待怎么?常言道做着不怕!

(正末做怒科,云)古人云:聘则为妻,奔则为妾㉕。老夫人许了亲事,待小生得官,回来谐两姓之好㉖,却不名正言顺?你今私自赶来,有玷风化,是何道理?(魂旦云)王生!(唱)

【雪里梅】你振色怒增加,我凝睇不归家㉗。我本真情,非为相唬,已主定心猿

◎ 明万历刻本《元曲选》所收《倩女离魂》插图

意马。

（正末云）小姐，你快回去罢！（魂旦唱）

【紫花儿序】只道你急煎煎趱登程路㉒，元来是闷沉沉困倚琴书，怎不教我痛煞煞泪湿琵琶。有甚心着雾鬏轻笼蝉翅㉓，双眉淡扫宫鸦㉔。似落絮飞花，谁待问出外争如只在家。更无多话，愿秋风驾百尺高帆，尽春光付一树铅华。

（云）王秀才，赶你不为别，我只防你一件。（正末云）小姐，防我那一件来？（魂旦唱）

【东原乐】你若是赴御宴琼林罢㉕，媒人每拦住马，高挑起染渲佳人丹青画，卖弄他生长在王侯宰相家。你恋着那奢华，你敢新婚燕尔在他门下？

（正末云）小生此行，一举及第，怎敢忘了小姐！（魂旦云）你若得登第呵，（唱）

【绵搭絮】你做了贵门娇客，一样矜夸。那相府荣华，锦绣堆压，你还想飞入寻常百姓家？那时节似鱼跃龙门播海涯㉖，饮御酒，插宫花，那其间占鳌头、占鳌头登上甲。

（正末云）小生倘不中呵，却是怎生？（魂旦云）你若不中呵，妾身荆钗裙布，愿同甘苦。（唱）

【拙鲁速】你若是似贾谊困在长沙㉗，我敢似孟光般显贤达㉘。休想我半星儿意差，一分儿抹搭㉙。我情愿举案齐眉傍书榻，任粗粝淡薄生涯，遮莫戴荆钗、穿布麻。

（正末云）小姐既如此真诚志意，就与小生同上京去，如何？（魂旦云）秀才肯带妾身去呵，（唱）

【么篇】把稍公快唤咱，恐家中厮捉拿。只见远树寒鸦，岸草汀沙，满目黄花，几缕残霞。快先把云帆高挂，月明直下，便东风刮，莫消停，疾进发。

（正末云）小姐，则今日同我上京应举去来。我若得了官，你便是夫人、县君也㉚。

（魂旦唱）

【收尾】各剌剌向长安道上把车儿驾㉛，但愿得文苑客当时奋发。则我这临邛市沽酒卓文君，甘伏侍你濯锦江题桥汉司马㉜。（同下）

（臧懋循辑《元曲选》戊集上，明万历刻本）

【校注】

① 夜：底本脱，据孟称舜《古今名剧合选·柳枝集》所收本补。

② 适闷:解闷。咱:语气词,犹言罢了。

③ 人去阳台,云归楚峡:比喻二人的离别。阳台,传说中楚怀王与巫山神女欢会之处。楚峡,巫峡。

④ 不争:且不说。

⑤ 月华:月光。

⑥ 觑:瞧。

⑦ 张骞天上浮槎(chá):张华《博物志》载,汉武帝令张骞穷溯河源,张骞乘木筏而去,过了一个月,到一城郭人家所在,见室内有女子织布,室外有男子牵牛饮河,实即到了天河。槎,木筏。

⑧ 堆鸦:形容女子发黑而美。

⑨ 夜泊秦淮卖酒家:化用唐杜牧《泊秦淮》“夜泊秦淮近酒家”之意。

⑩ 疏剌剌:稀稀拉拉。菰(gū)蒲(pú):生长在水边的两种多年生草本植物,借指湖泽。

⑪ 响珰珰:响当当。榔板:船板。渔人捕鱼时,以敲击船板来赶鱼入网。《警世通言》卷八《崔待诏生死冤家》云“谁家稚子鸣榔板,惊起鸳鸯两处飞”。这里即化用此意。

⑫ 厌厌:形容露水的浓重。

⑬ 凌波袜:美女的袜子。语出三国魏曹植《洛神赋》:“凌波微步,罗袜生尘。”

⑭ 潋(liàn)滟(yàn):形容水波流动的样子。

⑮ 浦:水边。孤鹜落霞:化用王勃《滕王阁序》中“落霞与孤鹜齐飞,秋水共长天一色”的句子。

⑯ 枯藤老树昏鸦:直接引用马致远《天净沙·秋思》小令中的句子。

⑰ 欸乃:本为象声词,为划船时的歌唱之声。

⑱ 蒹(jiān):没长穗的荻。葭(jiā):初生的芦苇。

⑲ 烟笼寒水月笼沙:直接引用唐杜牧《泊秦淮》诗句。

⑳ 伯牙:春秋战国时期晋国大夫,精通琴艺。这里指王文举。《列子·汤问》载,伯牙善鼓琴,钟子期善听。伯牙鼓琴,志在高山,钟子期曰:“善哉,峨峨兮若泰山!”志在流水,钟子期曰:“善哉,洋洋兮若江河!”伯牙所思,钟子期必得之。子期死后,伯牙谓世再无知音,遂破琴绝弦,终身不再弹琴。

㉑ 浑家:对妻子的俗称。

㉒ 榻:指狭长而较矮的床形坐具,泛指床。

㉓ 比及:等到。

㉔ 害杀:犹言害煞,害苦之意。

㉕ 聘则为妻,奔则为妾:《礼记·内则》:“二十而嫁……聘则为妻,奔则为妾。”

㉖ 谐两姓之好:指结婚。

㉗ 凝睇(dì):凝视。

㉘ 趱(zǎn):赶(路)。

㉙ 雾鬓:浓密秀美的头发。蝉翅:蝉鬓,指妇女梳理成如蝉翼般缥缈动人的鬓发。

㉚ 宫鸦：栖息在宫苑中的乌鸦，形容眉黛颜色。

㉛ 御宴琼林：宋代皇帝于琼林苑设宴款待进士，后泛指在礼部宴请新科进士的宴会。

㉜ 鱼跃龙门："鲤鱼跳龙门"，中国古代神话传说称指黄河鲤鱼跳过龙门，就会变化成龙。比喻获得功名或地位高升。

㉝ 贾谊困在长沙：西汉贾谊少有才名，汉文帝时任博士，迁太中大夫，后受周勃、灌婴排挤，谪为长沙王太傅，三年后被召回长安，为梁怀王太傅。梁怀王坠马而死，贾谊深自歉疚，抑郁而亡，时仅三十三岁。这里是说王文举暂未发达。

㉞ 孟光般显贤达：这里是用孟光不嫌丈夫梁鸿穷困的故事，表示自己愿意效仿孟光，敬重丈夫王文举。

㉟ 抹搭：变心。

㊱ 夫人、县君：古代赠与官员妻子的封号。汉代以后王公大臣之妻称夫人，唐至清代各朝对高官母亲或妻子加封，称诰命夫人。汉武帝封其同母异父姊金俗为修成君。修成为当时县名。后世用"夫人""县君"代指朝廷命妇。

㊲ 各剌剌：车轮滚动的声音。

㊳ 临邛市沽酒卓文君，甘伏侍你濯锦江题桥汉司马：汉临邛富商卓王孙女卓文君寡居在家，司马相如以琴挑之，文君夜奔相如，卓王孙与卓文君断绝关系，卓文君与司马相如到成都当垆卖酒。司马相如初入长安，曾题升仙桥桥柱"不乘高车驷马，不过汝下也"之句，以示务求功名的决心和信心。这里将卓文君沽酒与司马相如题桥两个典故结合起来，表示倩女愿意效仿卓文君伏侍司马相如，去伏侍王文举，使王文举全心用于科考，一举获得功名。

【导读】

《倩女离魂》是郑光祖杂剧作品的代表作，也是元后期优秀的杂剧之一。

《倩女离魂》共四折。剧写张倩女与王文举幼时订婚。文举成人后前往京师应举，出发前去倩女家探望岳母，岳母有悔婚之意，文举启程赴考，倩女相思成疾，卧床不起，其灵魂遂脱离躯体，前去追寻文举，与文举结为夫妇，一同赴京，而文举始终不知与自己结伴的是倩女的灵魂。文举高中状元后，寄书张家，告知将与夫人双双回家，而在病床上的倩女闻说文举写夫人回来，误认为文举高中之后另娶新人，气厥过去。文举得官后，携倩女灵魂回到张家，倩女灵魂在进门前先行附体，病榻上的倩女痊愈而起，众人和文举至此恍然大悟。这是一个浪漫动人的爱情故事。其本事来源于唐传奇小说陈玄祐的《离魂记》。另外，金代董解元《西厢记诸宫调》提及当时已有此故事的说唱本。可见，郑光祖的《倩女离魂》杂剧是在前人传奇小说和说唱文学的基础上改编而成。

　　这里选的是第二折,写文举赴考后,倩女灵魂追赶文举,文举见后,不知真相,先是责怪倩女不该与家人不告而别,私奔而来,倩女告知自己的思念之苦和对文举考中之后可能另娶佳人的担忧,文举为倩女的深情所打动,表示自己对倩女的至诚之心,并愉快地答应携倩女一同赴京应试。其重点表现的是倩女对文举的至深爱情及其大胆追求幸福生活的勇气。

　　在古代文学史中,离魂故事是一道独特的叙事风景。其主题的独特意义在于,女性通过离魂让自己进入一个完全自由的灵魂世界,在这个灵魂世界中,女性可以完全自主地实现自己所有的美好愿望。女性在封建社会中备受压迫,不得自由,尤其是婚姻不得自主,如《倩女离魂》杂剧中倩女母亲有悔婚之意时,倩女无可奈何。而她的灵魂一旦脱离躯体去追寻文举,她就可以和自己心爱的人自由地主宰自己的命运和未来,就会拥有自己的幸福。相反,没有灵魂的躯体静卧在床,只能无奈地被动接受残酷现实的无情打击。从这意义上讲,女性离魂情节中的肉体象征着中国古代社会千千万万个饱受封建礼教戕害的女性,而脱离肉体后的灵魂则象征着中国古代社会中另一批为数不多的敢于追求自由幸福且享受着自由幸福的女性。如此看来,《倩女离魂》一剧主题的深刻性已经突破了故事本身的荒诞不经,而其第二折所写倩女追寻文举的急切心情和追赶上之后向文举所表达的追求自由爱情和幸福婚姻的强烈愿望,恰是揭示全剧离魂主旨的最重要的转捩点和关键节点。

　　与主题表达相匹配,在塑造人物性格上,剧作把张倩女作为性格塑造的重点对象。倩女为了追求幸福,突破现实藩篱的羁绊,表现出热情、敢为的一面,而王文举虽也对爱情至诚不改,但一见面就拿出"聘则为妻,奔则为妾"的所谓古训劝说倩女回转。作者这样安排意在用文举与倩女作对比,以反衬倩女对爱情的坚定和大胆追求。

　　首先,情景交融是该剧艺术上的最突出特点。该剧为旦本戏,由旦扮张倩女主唱。倩女在第二折中所唱,除了应景地描绘在追赶文举的途中所见,以烘托倩女彷徨急切的心情外,还有大量的文人绘景之句,如这套曲的前五支曲【斗鹌鹑】【紫花儿序】【小桃红】【调笑令】【秃厮儿】【圣药王】等,每一支曲子单独摘出来,俨然就是独立写景小令。当然,这些看似独立的写景小令放在剧中,则又统一服务于写倩女之情。这正反映了作为能够让"词坛老将输伏"(天一阁本《录鬼簿》【凌波仙】吊词)的郑光祖杂剧填词的独特成就。

　　其次,引用和化用前人文学作品中的经典成句,以及传统文学意象,增强了曲词的文采。如【秃厮儿】"你觑远浦孤鹜落霞,枯藤老树昏鸦。听长笛一声何处发,歌欸乃，橹咿哑"，就化用唐代王勃《滕王阁序》"落霞与孤鹜齐飞"、元代马致远【天净沙】《秋思》、柳宗元古诗《渔翁》，并用"远浦归帆"的文学意象，营造了优游山林的意境，很好地烘托了张倩女心目中王文举的脱俗超拔的气质魅力，也很好地感染了读者。再如【调笑令】一曲"掠湿湘裙翡翠纱，抵多少苍苔露冷凌波袜"，乃为化用曹丕《洛神赋》中描写洛神形象的经典意象。这都提高了剧作语言的文学成就。正如天一阁本《录鬼簿》【凌波仙】吊词评价郑光祖所云："乾坤膏馥润肌肤，锦绣文章满肺腑，笔端写出惊人句。"

再次，该剧的整体艺术风格在元杂剧中属于典型的清丽婉约派。明人孟称舜将其列入《古今名剧合选》之《柳枝集》中，也是基于此。而明人何良俊《四友斋丛说》说："郑德辉《倩女离魂》【越调·圣药王】内'近蓼花，缆钓槎，有折蒲衰柳老兼葭。过水洼，傍浅沙，遥望见，烟笼寒水月笼沙，我只见茅舍两三家'，如此等语，清丽流便，语入本色，然殊不称郁，宜不谐于俗耳也。"虽然何氏所引【圣药王】曲词与《元曲选》本约略有别，但其评价此曲"清丽流便，语入本色，然殊不称郁，宜不谐于俗耳"，确为的论。

最后，曲词的当行化，也是该剧的一大特色。元人杂剧的曲词，就其功能而言，基本都是写景抒情，而将推动剧情发展的任务交给了宾白科介。相比较，郑光祖的《倩女离魂》杂剧却能够做到使曲词担当一定程度的宾白作用，从而推动剧情发展。如第二折写到倩女追上文举，二人见面后的【麻郎儿】【么】【络丝娘】【雪里梅】【紫花儿序】【东原乐】【绵搭絮】【拙鲁速】【么篇】等唱曲，就是倩女对文举的道白的词曲化和诗化的表达，从而兼具了抒情与叙事的双重功能。能够做到这点，反映了作者填词的当行化成就。这绝非一般作家所能做到的。天一阁本《录鬼簿》称郑光祖"名誉天下，声彻闺阁，伶伦辈称'先生'者"，在一定程度上应该与郑光祖的剧作能够做到曲词的当行化有关。

需要特别指出的是，《倩女离魂》一剧的离魂情节对后世影响颇为深远，尤其对明代汤显祖《牡丹亭》产生了直接的影响。孟称舜评《倩女离魂》时，就强调该剧"酸楚哀怨，令人断肠。昔时《西厢记》，近日《牡丹亭》，皆为传情别调，兼之者其此剧乎？《牡丹亭》格调原祖此，读者当自见也"（《古今名剧合选·柳枝集》评语）。

（二）南曲戏文

拜月亭

施 惠

第三十二出 幽闺拜月

【齐天乐】(旦①)恹恹捱过残春也②,又是困人时节③。景色供愁,天气倦人,针指何曾拈刺④。(小旦⑤)闲庭静悄,琐窗潇洒⑥,小池澄澈⑦。(合)叠青钱⑧,泛水圆小嫩荷叶。

[浣溪沙⑨](小旦)阶前萱草簇深黄,槛外榴花叠绛囊⑩,清和天气日初长。(旦)懒去梳妆临宝镜,慵拈针指向纱窗,晚来移步出兰房⑪。(小旦)姐姐,当此良辰美景,正好快乐,你反眉头不展,面带忧容,为甚么来?

【青衲袄⑫】(旦)我几时得烦恼绝,几时得离恨彻。本待散闷闲行到台榭,伤情对景肠寸结。(小旦)姐姐,撇下些罢。(旦)闷怀些儿,待撇下怎忍撇⑬,待割舍难割舍。倚遍阑干⑭,万感情切,都分付长叹嗟⑮。

【红衲袄】(小旦)姐姐,你绣裙儿宽褪了褶⑯,为伤春憔悴些。近日庞儿瘦成劳怯⑰。莫不是又伤夏月?姊妹每休见撇⑱,斟量着你非为别。(旦)你量着我甚么?(小旦)多应把姐夫来萦牵,别无些话说。

【青衲袄】(旦怒科)你把滥名儿将咱引惹,直恁的情性乖,心意劣。女孩儿家多口共饶舌,爹娘行快活,要他做甚的⑲?要妆衣满篋,要食珍羞则盛设。和你宽打周折⑳。(走科)(小旦)姐姐,到那里去?(旦)到父亲行先去说。(小旦)说些甚么?(旦)说你小鬼头春心动也。

【红衲袄】(小旦)我特地错赌别。(跪科)姐姐,望高抬贵手,饶过些。一句话儿,伤了俺贤姐姐。(旦)起来,且饶你这次,今后再不可如此。(小旦)若再如此呵,瑞莲甘痛决㉑。姐姐闲耍歇,小的妹先去也。(旦)你那里去?(小旦)只管在此闲行,忘收了针线帖。

(旦)也罢,你先去。(小旦)推些缘故归家早,花阴深处遮藏了;热心闲管是非多,冷眼觑人烦恼少。(下)(旦)这丫头果然去了。天色已晚,只见半弯新月,斜挂柳梢㉒;几队花阴,平铺锦砌。不免安排香案,对月祷告一番。[卜算子㉓]款把桌儿抬㉔,轻揭香炉盖,一炷新香诉怨怀,对月深深拜。(拜科)

【二郎神】(旦)拜新月,宝鼎中把明香满爇㉕。(小旦潜上听科)(旦)上苍,这一炷香呵!愿我抛闪下男儿疾效些㉖,得再睹同欢同悦。(小旦)悄悄轻将衣袂拽。姐姐,却不道小鬼头春心动也。(走科)(旦)妹子到那里去?(小旦)我也到父亲行去说。(旦扯科)(小旦)放手,我这回定要去。(旦跪科)妹子,饶过了姐姐吧!(小旦)姐姐请起。那乔怯㉗,无言俯首红晕满腮颊。

【莺集御林春】(小旦)恰才的乱掩胡遮㉘,事到如今漏泄。姊妹每心肠休见别,夫妻每是有些周折。(旦)教我难推怎阻。罢罢,妹子,我一星星对伊仔细从头说㉙。(小旦)姐姐,他姓甚么?(旦)姓蒋。(小旦)他也姓蒋,叫甚么名字?(旦)世隆名。(小旦)呀!他家住在那里?(旦)中都路是家㉚。(小旦)姐姐,你怎么认得他,他是甚么样人?(旦)是我男儿受儒业。

【前腔】(小旦悲介)听说罢姓名家乡,这情苦意切,闷海愁山,将我心上撇㉛,不由人不泪珠流血!(旦)我恓惶是正理㉜,只合此愁休对愁人说㉝。妹子,你啼

◎　明万历容与堂刻本《李卓吾批评幽闺记》插图

哭为何因,莫非是我男儿旧妻妾?

【前腔】(小旦)他须是瑞莲亲兄。(旦)呀! 元来是令兄。为何散失了?(小旦)为军马犯阙^㉞。(旦)是我晓得了。散失忙寻相应者。那时节只争个字儿差迭^㉟。妹子,和你比先前又亲,自今越更着疼热。你休随着我跟脚,久已后是我男儿那枝叶^㊱。

【前腔】(小旦)我须是你妹妹姑姑,你是我的嫂嫂又是姐姐。未审家兄和你因甚别^㊲,两分离是何时节?(旦)正遇寒冬冷月,恨爹爹把奴拆散在招商舍。(小旦)如今还思量着我哥哥么?(旦)思量起痛辛酸,那其间他染病耽疾。(小旦)那时怎割舍得撇了?(旦)是我男儿,教我怎割舍?

【四犯黄莺儿】(小旦)他直恁太情切,你十分恁软怯,眼睁睁怎忍相抛撇。(旦)枉是怨嗟,无可计设,当不过他抢来推去望前扯。(合)意似虺蛇^㊳,性似蝎螫^㊴,一言如何诉说!

【前腔】(小旦)流水也似马和车,倾刻间途路赊^㊵。他在穷途逆旅应难舍。(旦)那时节呵,囊箧又竭,药饵又缺,他那里闷恹恹难捱过如年夜。(合)宝镜分破^㊶,玉钗断折^㊷,甚日重圆再接。

【尾声】自从别后音书绝,这些时魂惊梦怯,莫不是烦恼忧愁将人断送也。

(旦)往时烦恼一人悲,(小旦)从此凄凉两下知。

世上万般哀苦事,无过死别共生离。

(施惠《李卓吾批评幽闺记》卷下,明万历容与堂刻本)

【校注】

① 旦:这里扮演王瑞兰。

② 恹(yān)恹:形容精神疲乏。

③ 困人:使人困乏。

④ 针指何曾拈刺:指不曾做任何针线活。

⑤ 小旦:这里扮演蒋瑞莲。

⑥ 琐窗:镂刻有连环形花纹的窗子。

⑦ 澈:底本作"彻",据《六十种曲》所收本《幽闺记》改。

⑧ 青钱:这里指荷叶。

⑨ 浣溪沙:词牌名,双调,每句七字,上片三句,下片三句,过片二句例用对仗。

⑩ 榴花叠绛囊:形容榴花的簇簇花瓣。

⑪ 兰房：妇女的闺房。

⑫ 衲：底本作"纳"，据《六十种曲》所收本《幽闺记》改。本出戏下同，不另出校记。

⑬ 待：想要。

⑭ 阑干：栏干。

⑮ 分付：吩咐。

⑯ 绣裙儿宽褪了褶：指变瘦。

⑰ 庞儿：脸庞。

⑱ 每：们。休见撇：不要撇开，这里指休要被隐瞒。

⑲ "爹娘行快活"二句：意思是我在父母家生活得很好，要丈夫做什么。

⑳ 宽打周折：绕圈子说话的意思。

㉑ 甘痛决：甘受重罚。

㉒ 梢：底本作"稍"，据《六十种曲》所收本《幽闺记》改。

㉓ 卜算子：词牌名。双调，这里只用半阕。

㉔ 款：慢慢地。桌：底本作"棹"。抬：底本作"台"。此二字皆据《六十种曲》所收本《幽闺记》改。

㉕ 满蓺(ruò)：满满地点燃。

㉖ 疾效些：病好些。效，病愈。

㉗ 乔怯：惊恐。元剧《对玉梳》第三折："吓的我意慌张，心乔怯。"

㉘ 恰才：刚才。

㉙ 一星星：一点点地。

㉚ 中都路：中都，金代京城，即今北京。路是宋金时期地方行政区域的称谓。中都路即今北京、河北一带。

㉛ 撒：底本作"瞥"，据《六十种曲》所收本《幽闺记》改。

㉜ 恓(xī)惶：形容惊慌烦恼。

㉝ 只合：只该。

㉞ 犯阙：侵犯宫门，攻打首都的意思。

㉟ 只争：只因。

㊱ "你休随着我跟脚"二句：意即不要再作我的妹妹了，以后你就是我丈夫的亲属了。随着我跟脚，排在我后面，即做我妹妹的意思。久已后，将来。

㊲ 未审：不清楚，不知道。

㊳ 虺(huǐ)：古书上说的一种毒蛇。

㊴ 蝎(xiē)螫(shì)：蝎子蜇。

㊵ 赊(shē)：远。

㊶ 宝镜分破：陈朝将亡，徐德言把镜子分为两半，和其妻乐昌公主各执一半，作为失散后彼此

设法相会的信物。后来,陈亡,乐昌公主为杨素所获,她派人到市上卖镜,徐德言打听清楚,会见乐昌公主,破镜得以重圆。

⑫ 玉钗断折:唐代白居易《井底引银瓶》诗开头:"石上磨玉簪,玉簪欲成中央折。"托物比兴,用"玉钗断折"比喻爱情受到封建礼教的摧残,婚姻中道决裂。

【导读】

南戏《拜月亭》的作者,前人多说是元代杭州商人施惠(字君美),施惠生平不详。

该剧题目全称为《幽闺怨佳人拜月亭》,故又名《幽闺记》,是在元代关汉卿杂剧《拜月亭》基础上改编的。全剧四十出。剧叙金末,蒙古入侵,金主听信主和派谗言,杀了主战派大臣陀满海牙。海牙子兴福在逃亡中与书生蒋世隆结为兄弟。蒙古兵侵占中都,金迁都汴梁。蒋世隆与妹瑞莲,尚书王镇之妻与女儿瑞兰在战乱中各自失散。世隆与瑞兰相遇,在患难中结为夫妻。瑞莲与瑞兰母亲相遇,被收为义女。后王镇出使蒙古回朝,在旅店中遇见瑞兰,不认世隆为婿,强将瑞兰带走。战争结束,世隆应举中了文科状元,兴福中了武科状元,王镇奉旨为二女招亲。至此,世隆与瑞兰始得团圆。该剧歌颂青年男女在患难中建立起来的深挚爱情,鞭挞了封建家长嫌贫爱富的婚姻观念。南戏《拜月亭》历来被认为是堪与王实甫《西厢记》媲美的优秀戏剧。明代李贽说:"此记关目极好,说得好,曲亦好,真元人手笔也。首似散漫,终至奇绝,以配《西厢》,不妨相追逐也。自当与天地相终始,有此世界,即离不得此传奇。"推崇可谓备至。

这里所选的《幽闺拜月》一出,是该剧的"剧眼",写王镇一家团聚,瑞兰在后园拜月祷告,透露了她对蒋世隆的思念。瑞莲在旁窃听,乃知她们姐妹间又有姑嫂之亲。这是一出关目巧致、紧凑的戏,瑞兰与瑞莲间的互问、互责与互谑,不但推动了情节的发展,而且有利于揭示封建家长制对青春与爱情的压制,有力地表现了主题。在演唱上,打破了关汉卿剧由瑞兰一人独唱对瑞莲性格塑造的限制局面,而安排瑞兰、瑞莲两人分唱、对唱、合唱,不仅充分展现了瑞莲的伶俐乖觉,而且营造相互辉映、流光溢影的抒情氛围。因此,后来的折子戏,有的将该出改名为《双拜月》。在曲辞韵律上,该出戏集中体现了南戏《拜月亭》"宫调极明,平仄极叶,自始至终,无一板一折,非当行本色语"的特点,显示了雅美和本色兼具的双重曲辞风格,如【齐天乐】【青纳袄】之一等曲,便可收雅俗共赏之效。明万历间容与堂刻《李卓吾批评幽闺记》该出末尾总批,称"此出关目妙绝,曲亦妙",不为过誉。

琵琶记

高　明

第二十一出　糟糠自厌

【南词过曲·山坡羊】①(旦唱②)乱荒荒不丰稔的年岁③,远迢迢不回来的夫婿,急煎煎不耐烦的二亲④,软怯怯不济事的孤身体。苦!衣尽典⑤,寸丝不挂体。几番拼死了奴身己⑥,争奈没主公婆,教谁看取。思之,虚飘飘命怎期?难捱,实丕丕灾共危⑦。

【前腔⑧】滴溜溜难穷尽的珠泪,乱纷纷难宽解的愁绪,骨崖崖难扶持的病身⑨,战兢兢难捱过的时和岁。这糠,我待不吃你呵,教奴怎忍饥?我待吃你呵,教奴怎生吃?思量起来,不如奴先死,图得不知他亲死时。思之,虚飘飘命怎期?难捱,实丕丕灾共危。

　　奴家早上安排些饭与公婆,岂不欲买些鲑菜⑩?争奈无钱可买。不想婆婆抵死埋冤⑪,只道奴家背地自吃了甚么东西。不知奴家吃的是米膜糠粃。又不敢教他知道,便做他埋冤杀我,也不敢分说。苦!这糠粃怎的吃得下。(吃吐科)

【双调过曲·孝顺歌】(旦唱)呕得我肝肠痛,珠泪垂,喉咙尚兀自牢嗄住⑫。糠那!你遭砻被舂杵⑬,筛你簸扬你,吃尽控持。好似奴家身狼狈,千辛万苦皆经历。苦人吃着苦味,两苦相逢,可知道欲吞不去⑭。(外、净潜上⑮,探觑科)

【前腔】(旦唱)糠和米本是两相依倚,被簸扬作两处飞。一贱与一贵,好似奴家与夫婿,终无见期。丈夫,你便是米呵,米在他方没寻处。奴家,恰便似糠呵,怎的把糠来救得人饥馁?好似儿夫出去,怎的教奴供膳得公婆甘旨⑯?(外、净潜下科)

【前腔】(旦唱)思量我生无益,死又值甚的!不如忍饥死了为怨鬼。只一件,公婆老年纪,靠着奴家相依倚,只得苟活片时。片时苟活虽容易,到底日久也难相聚。谩把糠来相比。这糠呵,尚兀自有人吃。奴家的骨头,知他埋在何处?

　　(外、净上)(净云)媳妇。你在这里吃甚么?(旦云)奴家不曾吃甚么。(净搜夺科)(旦云)婆婆,你吃不得。(外云)咳!这是甚么东西?

◎ 明万历二十五年(1597)玩虎轩刻本《琵琶记》插图

【前腔】(旦唱)这是谷中膜,米上皮。(外云)呀!这便是糠,要他何用?(旦唱)将来糇糇堪疗饥⑰。(净云)咦!这糠只好将去喂猪狗,如何把来自吃?(旦唱)尝闻古贤书,狗彘食人食⑱,也强如草根树皮。(外、净云)恁的苦涩东西,怕不噎坏了你!(旦唱)啮雪吞毡,苏卿犹健⑲;餐松食柏,到做得神仙侣⑳。这糠呵,纵然吃些何虑?(净云)阿公,你休听他说谎,糠粃如何吃得?(旦唱)爹妈休疑,奴须是你孩儿的糟糠妻室㉑!

　　(外、净看哭科)媳妇,我元来错埋冤了你㉒。兀的不痛杀我也!(外、净倒,旦叫哭科)

【仙吕入双调·雁过沙】(旦唱)苦,沉沉向冥途,空教我耳边呼。公公婆婆!我不能够尽心相奉事,反教你为我归黄土,教人道你死缘何故?公公婆婆,怎生割舍得抛弃了奴㉓!

　　(外醒科,旦云)谢天谢地,公公醒了。公公你阐阄㉔。

【前腔】(外唱)媳妇,你担饥事姑舅。媳妇,你担饥怎生度?(旦云)公公,且自宽心,不要烦恼。(外云)媳妇,我错埋冤了你,你也不推辞,到如今始信有糟糠妇。媳妇,料应我不久归阴府,也省得为我死的,累你生的受苦。

（旦扶外起科）公公，且在床上安息。待我看婆婆如何？（旦叫不醒介）呀，婆婆不济事了㉕，如何是好？

【前腔】（旦唱）婆婆气全无，教奴怎支吾㉖？咳，丈夫呵，我千辛万苦，为你相看顾，如今到此难回护。我只愁母死难留父，况衣衫尽解，囊箧又无。

（外云）媳妇，婆婆还好么？（旦云）婆婆不好了。

【前腔】（外唱）天哪！我当初不寻思，教孩儿往帝都，把媳妇闪得苦又孤，把婆婆送入黄泉路。算来是我相耽误。不如我死，免把你再辜负。

（旦云）公公休说这话，请自将息。（外云）媳妇，婆婆死了，衣衾棺椁，是件皆无㉗，如何是好？（旦云）公公宽心，待奴家区处㉘。（末云）福无双降犹难信，祸不单行却是真。老夫为何道此两句？为邻家蔡伯喈妻房赵氏五娘，他嫁得伯喈，方才两月，伯喈便出去赴选。自去之后，连遭饥荒，公婆年纪皆在八十之上，家里更没个相扶持的。甘旨之奉，亏杀这五娘子，把些衣服首饰之类，尽皆典卖，办些粮米，供给公婆。却背地里把糠秕䉣䭔充饥。这般荒年饥岁，少甚么有三五个孩儿的人家㉙，供膳不得爹娘。这个小娘子，真个今人中少有，古人中难得。那婆婆不知道，颠倒把他埋冤。适来听得他公婆知道，却又痛心，都害了病。如今不免到他家里探望则个。呀！五娘子，你为甚的荒荒张张？（旦云）公公，天有不测风云，人有旦夕祸福。奴家婆婆死了！（末云）咳，你婆婆既死了，你公公如今在那里？（旦云）在床上睡着。（末云）待我看一看。（外云）太公休怪，我起来不得了。（末云）老员外，快不要劳动。（旦云）太公，我婆婆衣衾棺椁，是件皆无，如何是好？（末）五娘子，你不要愁烦，我自有区处。

【仙吕入双调·玉抱肚】（旦唱）千般生受㉚，教奴家如何措手？终不然把他骸骨㉛，没棺椁送在荒丘。（合）相看到此，不由人不泪珠流。正是不是冤家不聚头。

【前腔】（末唱）五娘子不必多忧，资送婆婆，在我身上有。你但小心承直公公，莫教他又成不救。（合前）

【前腔】（外唱）张公护救，我媳妇实难启口。孩儿去后，又遇饥荒，把衣衫典卖无留。（合前）

（末云）老员外，你请进里面去歇息，待我一霎时叫家僮讨棺木来，把老安人殡敛了，选个吉日，送在南山安葬去。

（外）如此，多谢太公周济。

（旦）只为无钱送老娘。

（末）须知此事有商量。

（合）归家不敢高声哭，惟恐猿闻也断肠^②。

（高明《琵琶记》卷中，明万历二十五年玩虎轩刻本）

【校注】

①【山坡羊】这曲以四个俳句对起调，淋漓尽致地描绘了赵五娘处境的艰苦；中间以三、五、七言的参差句调，抒发赵五娘在艰苦处境中的矛盾心情；最后以四个隔句对作结，进一步形容她在灾荒年月的绝望心情，与起调遥遥相应。曲调词情，密相配合。后来传奇家写【山坡羊】，大都从此曲取法。

② 旦：这里扮演赵五娘。

③ 丰稔（rěn）：庄稼成熟。

④ 二亲：这里指公婆。

⑤ 典：抵押。

⑥ 身己：身体。

⑦ 实丕丕：实实在在。

⑧ 前腔：底本脱，据明末汲古阁刻本补。本出"前腔"皆脱，皆据汲古阁刻本补。

⑨ 骨崖崖：瘦骨嶙峋的样子。

⑩ 鲑菜：鱼菜的总称。

⑪ 抵死：拼死，极度。埋冤：同"埋怨"。

⑫ 尚兀自：还是。嗄（á）住：喉咙卡住。嗄，本为语助词，表示惊讶，这里作动词用。

⑬ 砻（lóng）：磨碾。

⑭ 可知道：难怪。

⑮ 外：扮演蔡伯喈父。净：扮演蔡伯喈母。

⑯ 甘旨：美味的食物。

⑰ 饆饠（bìluó）：饽饽。这里作动词用，即捏成饽饽的意思。

⑱ 狗彘食人食：语出《孟子·梁惠王》"狗彘食人食而不知检"。意思是说，用人吃的食物饲养牲畜，对这浪费的行径国王却不知道应该纠正。赵五娘截取句子前面五个字，意思变成了猪狗吃的东西，人也可以吃。这种"断章取义"的办法，恰切地表现出五娘为了安慰翁姑急于辩解掩饰的神情。

⑲ "啮（niè）雪吞毡"两句：苏卿，指汉朝的苏武。汉武帝时，苏武出使匈奴，匈奴逼他投降。苏武不屈，被拘至北海（今贝加尔湖）牧羊。他渴则吃雪，饥则餐毡，得以不死。事见《汉书·苏武传》。

⑳ "餐松食柏"两句:相传神仙不食烟火,以松柏的籽为食。

㉑ 糟糠妻室:指贫贱时的妻子。《后汉书·宋弘传》载:光武帝想把其姊湖阳公主嫁给宋弘,宋婉却,说:"臣闻贫贱之交不可忘,糟糠之妻不下堂。"以上一曲,写赵五娘想方设法安慰公公。

㉒ 元来:原来。

㉓ 怎生:怎么能够。

㉔ 阐(zhèng)䦷(chuài):"挣揣",挣扎之意。

㉕ 不济事:不顶事,不行了。

㉖ 怎支吾:怎么办。

㉗ 是件:件件。

㉘ 区处:处理。

㉙ 少甚么:不少。

㉚ 生受:这里是为难的意思。

㉛ 终不然:终不能。

㉜ 猿闻也断肠:化用北魏郦道元《水经注·三峡》所引渔歌"巴东三峡巫峡长,猿鸣三声泪沾裳"之意,极言悲伤。

【导读】

高明(约1305—1370?),字则诚,号菜根道人,永嘉平阳(今浙江温州瑞安)人,后人称其为东嘉先生。元顺帝至正五年(1345)进士,在处州、杭州等地做小官,并曾在镇压方国珍的元军中任都事。明洪武元年(1368)后,为避兵乱,隐居于宁波城东的栋社,在此写作南戏《琵琶记》。朱元璋召其做官,托辞不赴,不久病逝。

该剧是在南宋戏文《赵贞女蔡二郎》基础上改编的。全剧四十二出。剧情梗概:陈留人蔡伯喈婚后两月,在其父督促下去赴试。妻赵五娘在家吃糠咽菜,侍奉公婆。公婆死后,她卖唱乞讨,赴京寻夫。蔡伯喈中了状元后,牛丞相看中了他,要招他为婿。伯喈辞官、辞婚,均不为皇帝所允,逼赘牛府。他往家捎信、钱,信、钱被骗子骗去。牛小姐见他终日苦闷,经盘问,得知实情,表示愿同他回乡探亲。伯喈在街上偶遇五娘,便携五娘、牛小姐一同回家祭扫父母。牛丞相奏知皇帝,皆受感动,为蔡伯喈一门加官封赠,团圆同庆。蔡伯喈的"三辞"(辞试、辞官、辞婚)与"三不从",是导致悲剧的主要原因,从而揭示了深刻的主题。在情节安排上,一边写牛府的荣华富贵,一边写蔡家的饥寒交迫,场面交错对比,十分感人。

《糟糠自厌》一出,用赵五娘在灾荒之年瞒着公婆吃糠充饥的典型事件,塑造赵五娘善良、淳厚、温顺、勤劳、坚强、尽责等高尚品德。唱辞悲怆、苍凉,抒情气氛浓厚;而且曲白通俗,本色为行,极富动作性与表演性,与赵五娘、公公、婆婆在饥寒交迫中挣扎的境况相一致。其中四支【孝顺歌】以糠与米比赵五娘自己与丈夫蔡伯喈,以糠被磨碾、簸扬比喻赵五娘自己的遭遇,不仅与戏中特定的情景十分吻合,而且情景合一,互相映衬,一方面烘托了悲剧气氛,另一方面又推动了情节的自然演进,因此,这几支曲子历来被誉为"神来之笔",不可多得。

近代著名戏曲《秦香莲》是由该剧演变而来的。

明代剧曲

明代剧曲的发展

明代的剧曲沿着元代北曲杂剧和南曲戏文的两条线继续发展。

北曲杂剧在明初的创作,顺着元末杂剧创作的惯性,能够坚持元代北曲杂剧的体制规范。重要的作家如罗贯中、朱权、贾仲明、朱有燉等,其北曲杂剧作品在体制上与元末杂剧相同,在内容和主旨上又抛弃了元末的屠羸之气,表现得较为阳刚。但是明前期,由于受到南戏北移的冲击,北曲杂剧逐渐衰落。

虽然在明嘉靖年间仍然有很好的北曲杂剧作品问世,如康海的《中山狼》杂剧,但是与此同时,王九思的同题材一折杂剧《中山狼院本》的出现,则宣誓了北曲杂剧到了明中叶在杂剧花园中已不再一枝独秀了。从此,杂剧形制厘而二之为南曲杂剧和北曲杂剧。明后期,创作杂剧者选择北曲还是南曲,在数量上二者大致平分秋色。而就南曲杂剧而言,明后期最突出的作品是徐渭的《雌木兰替父从军》。

南曲戏文在经历了明前期的文人改本戏文阶段之后,到明代中叶发展为南曲传奇,简称"明传奇"。

明传奇在宋元南戏和明初文人改本戏文的基础上,内容更加复杂,形式更加规整,脚色分工更加细致,曲牌使用更加丰富,并积极吸收最早出现在元后期的"南北合套"之法,不仅使演唱的音域更加扩展,而且更有利于利用唱词声情塑造人物、表达情感。

在从明初戏文到明中叶传奇转变的过程中,李开先的《宝剑记》首次扭转明初以来"以时文为南曲"的逆流,开了传奇创作的现实主义风气,相传为王世贞门人所作的《鸣凤记》则进一步发扬了这一风气,而梁辰鱼的《浣纱记》作为第一部成功地用魏良辅改革后的"水磨调"昆曲演唱的传奇剧本,皆影响一时。此后,明代南曲剧曲的创作掀开南曲传奇发展的新篇章。

明传奇主要形成三个创作流派:

一是以梁辰鱼为代表的"昆山派"。强调文字(包括曲词和宾白)典雅,曲词合乎音律。梁辰鱼代表作《浣纱记》,写春秋时吴越争雄的历史和范蠡、西施的爱情故事,对此后的传奇创作具有一定的示范性。这一派的优秀作品尚有张凤翼的《红拂记》《祝发记》、屠隆的《彩毫记》、陈与郊的《灵宝刀》、孙柚的《琴心记》等。

二是以汤显祖为代表的"临川派"。主张以华美的歌词抒写人的真情实感,不受格律限制。明万历时期,汤显祖的"四梦"(即《牡丹亭》《紫钗记》《南柯记》《邯郸记》)标志着明代传奇创作的高潮。《牡丹亭》通过杜丽娘与柳梦梅生生死死的爱情故事,揭露了封建礼教对青年男女精神上的摧残,传达了呼唤个性解放、婚姻自主的美好愿望。与这一主题一致,高濂的《玉簪记》也塑造了陈妙常和潘必正两个封建叛逆者的形象,同时,该剧也很重视文辞的文采美。明后期临川派的代表作家作品还有梅鼎祚的《玉合记》《长命缕》、吴炳的《绿牡丹》、阮大铖的《燕子笺》、孟称舜的《娇红记》等。

三是以沈璟为代表的"吴江派"。主张唱辞首先要通俗,合乎格律,以便演唱的流畅。代表作家作品主要有沈璟的《义侠记》、顾大典的《青衫记》、史槃的《樱桃记》、叶宪祖的《鸾鎞记》等。

需要指出的是,临川派与吴江派曾有过一场激烈的论战,双方一开始各执一端,言辞激烈。到了论战的后期,像王骥德、吕天成等人便意识到,其实二者主张都各有其优劣所在,如能取其二者的合理之处,即可实现"兼美"。

明末毛晋编刊的《六十种曲》集中辑刊了明初明人改本戏文和明中后期传奇的优秀剧目。

（一）南曲传奇

宝剑记

李开先

第三十七出

（生上^①，唱）

【点绛唇】数尽更筹^②，听残银漏^③。逃秦寇^④，好教我有国难投，那搭儿相求救^⑤？

（白）欲送登高千里目，愁云低锁衡阳路。鱼书不至雁无凭，几番欲作悲秋赋^⑥。回首西山日又斜，天涯孤客真难度。丈夫有泪不轻弹，只因未到伤心处。念我一时忿怒，杀死奸细，幸得深夜无人知觉，密投柴大官人庄上隐藏^⑦。昨闻故人公孙胜使人报知^⑧：今遣指挥徐宁领兵，沧州地界捉拿。亏承柴大官人，怜我孤穷，写书荐达，径往梁山逃命。日里不敢前行，今夜路经济州地界^⑨，恰才天明月朗，霎时雾暗云迷，况山路崎岖，高低不辨，教我怎生行蕡！那前边黑洞洞的，想是村店，只得紧行几步。呀！原来是一座禅林^⑩。夜深无人，我向伽蓝殿前，暂憩片时^⑪。（生作睡介）（净扮神上，白）生前能护国，没世号伽蓝；眼观十万里，日赴九千坛。吾乃本庙护法之神。今有上界武曲星受难^⑫，官兵追急，恐伤他性命。兀那林冲，休推睡梦，今有官兵过了黄河，咫尺赶上，急急起来逃命去罢！吾神去也。凡人心不昧，处处有灵神。但愿人行早，神天不负人。（生醒白）唬死我也！刚才合眼，忽见神像指着道："林冲急急起来，官兵到了！"想是伽蓝神圣指引迷途。我林冲若得一步之地^⑬，重修宝殿，再塑金身。撒开脚步去也！（唱）

【新水令】按龙泉血泪洒征袍^⑭，恨天涯一身流落。专心投水浒，回首望天朝。急走忙逃，顾不的忠和孝。

【驻马听】良夜迢迢，投宿休将门户敲。遥瞻残月，暗度重关，急步荒郊。身轻不惮路迢遥^⑮，心忙只恐人惊觉。魄散魂消，魄散魂消，红尘误了武陵年少^⑯。

◎ 明嘉靖二十六年（1547）刻本《宝剑记》书影

【水仙子】一朝谏诤触权豪，百战勋名做草茅，半生勤苦无功效。名不将青史标，为家国总是徒劳。再不得倒金樽杯盘欢笑，再不得歌【金缕】筝琶络索⑰，再不得调金门环珮逍遥⑱！

【折桂令】封侯万里班超⑲，生逼做叛国的红巾⑳，背主的黄巢㉑。恰便似脱扣苍鹰㉒，离笼狡兔，摘网腾蛟。救急难谁诛正卯㉓？掌刑罚难得皋陶㉔！鬓发萧骚，行李萧条。这一去博得个斗转天回㉕，须教他海沸山摇㉖。

【雁儿落】望家乡去路遥，想妻母将谁靠？我这里吉凶未可知，他那里生死应难料。

【得胜令】呀！唬的我汗浸浸身上似汤浇㉗，急煎煎心内类油调。幼妻室今何在？老尊堂恐丧了！劬劳㉘，父母恩难报；悲嚎，英雄气怎消。

【沽美酒㉙】怀揣着雪刃刀，行一步哭号咷。拽长裾急急蓦羊肠路绕㉚，且喜这灿灿明星下照。忽然间昏惨惨云迷雾罩，疏喇喇风吹叶落，振山林声声虎啸，绕溪涧哀哀猿叫。吓的我魂飘、胆消，百忙里走不出山前古庙。

【收江南】呀！又只见乌鸦阵阵起松稍，数声残角断渔樵。忙投村店伴寂寥。想亲帏梦杳㉛，空随风雨度良宵！

故国徒劳梦㉜，思归未得归。

此身无所托，空有泪沾衣。

（李开先《新编林冲宝剑记》卷下，明嘉靖二十六年刻本）

【校注】

① 生：这里扮演林冲。

② 更筹：古代夜间报更的竹签，这里指更声。

③ 银漏：银做的漏壶。古代计时器。

④ 秦寇：秦兵。这里指高俅的追兵。

⑤ 那搭儿：哪里。

⑥ "欲送登高千里目"四句：写思亲的痛苦。登高望不到家乡，久久接不到家信。湖南衡阳有回雁峰，传说雁南飞到这里就要回头。鱼书，书信，见古乐府《饮马长城窟行》。雁无凭，收不到书信。古人称送信人为雁足，典出《汉书·苏武传》。悲秋赋，谓宋玉的《九辩》，其中有"悲哉秋之为气也"句。

⑦ 柴大官人：柴进，协助林冲投奔梁山的人物。

⑧ 公孙胜：戏中说他任参军，奉旨至沧州（今河北沧县）盘点粮草，曾在驿站与林冲相遇，搭救林冲性命，情事与《水浒传》不同。下文的徐宁，也见《水浒传》。但小说与戏曲所写徐宁的情事，也不大相同。

⑨ 济州：在今山东济宁县。

⑩ 禅林：指有寺庙处。

⑪ 伽蓝：佛教的护法神。憩（qì）：休息。

⑫ 武曲星：过去迷信认为世上的大人物都是天上的星宿下凡。武曲星代表武功的星宿，这里指林冲。

⑬ 得一步之地：指稍有发达的时候。

⑭ 龙泉：宝剑。传说晋张华见斗、牛二星之间有紫气，后使人于丰城狱中掘地得二剑，其中之一为"龙泉"。

⑮ 惮：怕。

⑯ 武陵年少：意即五陵少年。五陵为汉初高帝、惠帝、景帝、武帝、昭帝五人的陵墓，地近长安，为豪族聚居之地。

⑰ 再不得歌【金缕】筝琶络索：意谓再不能享受那轻歌曼舞的生活。金缕，曲调名。

⑱ 再不得谒金门环珮逍遥：意谓再不能向皇帝效忠。金门，汉代宫门名，泛指朝廷。环珮，古人衣带上所系的玉佩。

⑲ 班超：东汉著名外交家，曾出使西域。

⑳ 红巾：元代农民起义军。因发生在故事之后，故有人认为应为黄巾之笔误。

21 黄巢：唐末农民起义军首领。

22 脱扣：脱离羁绊。

23 正卯：少正卯。据《孔子家语》记载，他"心逆而险，行僻而坚，言伪而辩，记丑而博，顺非而泽"，为孔子所诛。

24 皋陶（yáo）：说中在虞舜时的正直法官，始撰律令者。

25 博得：换取。斗转天回：比喻翻天覆地的变化。

26 海沸山摇：同25"斗转天回"。

27 汤：热水。

28 劬（qú）劳：指父母养育子女的劳苦。《诗经·蓼莪》："哀哀父母，生我劬劳。"

29 沽美酒：按"忽然间昏惨惨云迷雾罩"句以下，应为【太平令】。

30 裾（jū）：衣服的大襟。

31 想亲帏：想念亲人。帏，帐。

32 故国：故乡。

【导读】

李开先《宝剑记》与梁辰鱼《浣纱记》、无名氏《鸣凤记》被后人并称为明中叶三大戏文或三大传奇。

《宝剑记》全剧五十二出。剧叙北宋末年，京都禁军教头林冲反对奸党蔡京、高俅为非作歹。这伙人便设计，通过卖剑、看剑，将林冲骗至白虎堂，扣上谋刺的罪名，发配沧州，途中又安排解差加害，幸得好友鲁达解救。林冲被派看守草料场。高俅的儿子高朋逼死林母，霸占林妻，又派陆谦、傅安去刺杀林冲，结果反被林冲杀死。林冲走投无路，被逼上梁山参加起义军。后来终于将高俅父子杀死，全家团聚。《宝剑记》将忠奸斗争与农民起义结合起来写，通过林冲的遭遇说明封建王朝的腐败黑暗及官逼民反的深刻社会现实。在艺术结构上，该剧已完全摆脱了杂剧体式的限制。

李开先于明嘉靖二十六年（1547）自刻本《新编林冲宝剑记》未标出目，其第三十七出后人称之《林冲夜奔》或简称《夜奔》。该出描写林冲夜奔梁山的悲壮情怀，表现了强烈的反封建精神。唱词悲壮浓郁，情景交融，将林冲夜奔梁山之际的紧张、悲愤、痛苦、矛盾的复杂心情极为生动地表现出来。作为戏曲名段，昆曲和京剧的舞台上至今仍经常上演这出"折子戏"，其中"叛国的红巾，背主的黄巢"等语所表露出来的对农民起义军的蔑视，是作者地主阶级立场的表现，应该以历史的眼光辩证分析。

这出戏是训练武生演员基本功，全方位展示其唱、念、做、打诸多舞台演技的经典剧目。梨园界的"男怕《夜奔》"之说，是指这出戏对昆曲武生有全面考验的作用。

牡丹亭

汤显祖

第十出　惊梦

【绕地游】(旦上)梦回莺啭,乱煞年光遍,人立小庭深院①。(贴上)炷尽沉烟,抛残绣线,恁今春关情似去年②?

[乌夜啼③](旦)晓来望断梅关④,宿妆残⑤。(贴)你侧着宜春髻子⑥,恰凭阑。(旦)剪不断,理还乱,闷无端⑦。(贴)已分付催花莺燕,借春看。(旦)春香,可曾叫人扫除花径?(贴)分付了。(旦)取镜台衣服来。(贴取镜台衣服上)云髻罢梳还对镜,罗衣欲换更添香。镜台衣服在此。

【步步娇】(旦)袅晴丝吹来闲庭院,摇漾春如线。停半晌,整花钿,没揣菱花,偷人半面,迤逗的彩云偏。(行介)步香闺怎便把全身现⑧?

(贴)今日穿插的好。

【醉扶归】(旦)你道翠生生出落的裙衫儿茜,艳晶晶花簪八宝填,可知我常一生儿爱好是天然⑨。恰三春好处无人见⑩。不堤防沉鱼落雁鸟惊喧⑪,则怕的羞花闭月花愁颤⑫。

(贴)早茶时了,请行。(行介)你看:画廊金粉半零星⑬,池馆苍苔一片青。踏草怕泥新绣袜⑭,惜花疼煞小金铃⑮。(旦)不到园林,怎知春色如许⑯!

【皂罗袍】(旦)原来姹紫嫣红开遍⑰,似这般都付与断井颓垣⑱。良辰美景奈何天,赏心乐事谁家院⑲。恁般景致,我老爷和奶奶再不提起⑳。(合)朝飞暮卷㉑,云霞翠轩;雨丝风片,烟波画船。锦屏人忒看的这韶光贱㉒。

(贴)是花都放了,那牡丹还早。

【好姐姐】(旦)遍青山啼红了杜鹃㉓,荼蘼外烟丝醉软㉔。春香呵,牡丹虽好,他春归怎占的先㉕!(贴)成对儿莺燕呵。(合)闲凝眄㉖,生生燕语明如剪㉗,呖呖莺歌溜的圆。

(旦)去罢。(贴)这园子委是观之不足也㉘。(旦)提他怎的!(行介)

【隔尾】(旦)观之不足由他缱㉙,便赏遍了十二亭台是惆然。到不如兴尽回家闲过遣㉚。

（作到介）（贴）开我西阁门，展我东阁床。瓶插映山紫㉛，炉添沉水香。小姐，你歇息片时，俺瞧老夫人去也。（下）（旦叹介）默地游春转，小试宜春面㉜。呵，得和你两留连，春去如何遣？咳，恁般天气，好困人也。春香那里？（作左右瞧介）（又低首沉吟介）天呵，春色恼人，信有之乎？常观诗词乐府，古之女子，因春感情，遇秋成恨，诚不谬矣。吾今年已二八㉝，未逢折桂之夫，忽慕春情，怎得蟾宫之客㉞？昔日韩夫人得遇于郎㉟，张生偶逢崔氏㊱，曾有《题红记》《崔徽传》二书㊲，此佳人才子，前以密约偷期，后皆得成秦晋㊳。（长叹介）吾生于宦族，长在名门，年已及笄㊴，不得早成佳配。诚为虚度青春，光阴如过隙耳。（泪介）可惜妾身颜色如花，岂料命如一叶乎？

【山坡羊】没乱里春情难遣㊵，蓦地里怀人幽怨㊶。则为俺生小婵娟㊷，拣名门一例里神仙眷㊸。甚良缘，把青春抛的远！俺的睡情谁见？则索因循腼腆㊹。想幽梦谁边，和春光暗流传？迁延，这衷怀那处言！淹煎，泼残生，除问天！

身子困乏了，且自隐几而眠。（睡介）（梦生介）（生持柳枝上）莺逢日暖歌声滑，人

◎ 清康熙梦园刻本《吴吴山三妇合评新镌绣像玉茗堂牡丹亭》插图（左），明泰昌刻朱墨套印本《牡丹亭》插图（右）

遇风情笑口开。一径落花随水入，今朝阮肇到天台㊺。小生顺路儿，跟着杜小姐回来，怎生不见？（回看介）呀，小姐，小姐！（旦作惊起介）（相见介）（生）小生那一处不寻访小姐来，却在这里！（旦作斜视不语介）（生）恰好花园内，折取垂柳半枝。姐姐，你既淹通书史，可作诗以赏此柳枝乎？（旦作惊喜，欲言又止介）（背云）这生素昧平生，何因到此？（生笑介）小姐，咱爱杀你哩！

【山桃红】则为你如花美眷，似水流年，是答儿闲寻遍㊻。在幽闺自怜。小姐，和你那答儿讲话去。（旦作含笑不行，生作牵衣介）（旦低问）秀才，那边去？（生）转过这芍药栏前，紧靠着湖山石边。（旦低问）秀才，去怎的？（生低答）和你把领扣松，衣带宽，袖梢儿揾着牙儿苫也㊼，则待你忍耐温存一晌眠。（旦作羞，生前抱，旦推介）（合）是那处曾相见，相看俨然，早难道这好处相逢无一言？（生强抱旦下）

（末扮花神束发冠，红衣插花上）催花御史惜花天㊽，检点春工又一年。蘸客伤心红雨下㊾，勾人悬梦彩云边。吾乃掌管南安府后花园花神是也。因杜知府小姐丽娘，与柳梦梅秀才，后日有姻缘之分。杜小姐游春感伤，致使柳秀才入梦。咱花神专掌惜玉怜香，竟来保护他，要他云雨十分欢幸也。

【鲍老催】（末）单则是混阳蒸变㊿，看他似虫儿般蠢动把风情扇。一般儿娇凝翠绽魂儿颤。这是景上缘，想内成，因中见。呀，淫邪展污了花台殿。咱待拈片落花儿惊醒他。（向鬼门丢花介）他梦酣春透了怎留连？拈花闪碎的红如片。

秀才，才到的半梦儿，梦毕之时，好送杜小姐仍归香阁。吾神去也。（下）

【山桃红】（生、旦携手上）（生）这一霎天留人便，草藉花眠。小姐，可好？（旦低头介）（生）则把云鬟点，红松翠偏。小姐，休忘了呀。见了你紧相偎，慢厮连，恨不得肉儿般团成片也，逗的个日下胭脂雨上鲜。（旦）秀才，你可去啊？（合前51）

（生）姐姐，你身子乏了，将息，将息。（送旦依前作睡，轻拍旦介）姐姐，俺去了。（作回顾介）姐姐，你好十分将息，我再来瞧你那。行来春色三分雨，睡去巫山一片云。（下）（旦作惊醒，低叫介）秀才，秀才，你去了也？（又睡介）（老旦上52）夫婿坐黄堂53，娇娃立绣窗。怪他裙衩上，花鸟绣双双。孩儿，孩儿，你为甚瞌睡在此？（旦作醒，叫秀才介）咳也。（老旦）孩儿怎的来？（旦作惊起介）奶奶到此！（老旦）我儿，何不做些针指54，或观玩书史，舒展情怀？因何昼寝于此？（旦）儿适花园中闲玩，忽值春暄恼人55，故此回房。无可消遣，不觉困倦少息。有失迎接，望母亲恕儿之罪。（老旦）孩儿，这后花园中冷静，少去闲行。（旦）领母亲严命。（老旦）

孩儿,学堂看书去。(旦)先生不在,且自消停。(老旦叹介㊱)女孩家长成,自有许多情态,且自由他。正是:宛转随儿女,辛勤做老娘。(下)(旦长叹介)(看老旦下介㊲)哎也,天那,今日杜丽娘有些侥幸也。偶到园中,百花开遍,睹景伤情。没兴而回,昼眠香阁。忽见一生,年可弱冠㊳,丰姿俊妍。于园中折得垂柳一枝,笑对奴家说:"姐姐既淹通书史,何不将柳枝题赏一篇?"那时待要应他一声,心中自忖,素昧平生,不知名姓,何得轻与交言。正如此想间,只见那生向前说了几句伤心话儿,将奴搂抱去牡丹亭畔,芍药阑边,共成云雨之欢。两情和合,真个是千般爱惜,万种温存。欢毕之时,又送我睡眠,几声"将息"。正待自送那生出门,忽值母亲来到,唤醒将来。我一身冷汗,乃是南柯一梦。忙身参礼母亲,又被母亲絮了许多闲话。奴家口虽无言答应,心内思想梦中之事,何曾放怀。行坐不宁,自觉如有所失。娘呵,你叫我学堂看书去,知他看那一种书消闷也?(作掩泪介)

【绵搭絮】雨香云片,才到梦儿边。无奈高堂,唤醒纱窗睡不便。泼新鲜冷汗粘煎,闪的俺心悠步軃㊴,意软鬟偏。不争多费尽神情,坐起谁忺㊵?则待去眠。

(贴上)晚妆销粉印,春润费香篝㊶。小姐,熏了被窝睡罢。

【尾声】(旦)困春心,游赏倦,也不索香熏绣被眠。天呵,有心情那梦儿还去不远。

春望逍遥出画堂(张说),间梅遮柳不胜芳(罗隐)。

可知刘阮逢人处(许浑),牵引东风一断肠(韦庄)㊷。

(汤显祖《吴吴山三妇合评新镌绣像玉茗堂牡丹亭还魂记》卷上,清康熙梦园刻本)

【校注】

①"梦回莺啭"三句:意谓春天到来,莺声惊醒迷梦,在小庭深院小站,觉得遍地是撩乱人心的光景。

②"炷尽沉烟"三句:意指百无聊赖,时光在沉香中默默过去,无心针线,今年春情的扰人,和去年一样厉害。沉烟,沉香。

③乌夜啼:词牌名。

④梅关:在大庾岭,宋代开设关城,据说因附近多梅树,故名。梅关为往来广东、江西的重要通道。

⑤宿妆残:晚妆凌乱。说明清晨尚未梳洗。

⑥宜春髻子:一种发式。相传立春那天,妇女剪彩色丝绸成燕子形,上贴宜春两字,戴在髻上。

⑦ "剪不断"三句：形象地写出那无端的愁闷，欲放放不下，欲理反更乱。"剪不断"二句，见李煜《乌夜啼》词。无端，无故。

⑧【步步娇】一曲：此曲写杜丽娘梳妆。头二句写妆前出神地凝视窗外春景，只见那晴空下袅袅柔丝，飘荡进院；"停半晌"五句，写对境梳妆的情景，料不到镜子偷看了自己半面，羞得她把头发也弄偏了；最后一句写妆罢步出闺房再回头照一下镜子。花钿，鬓发两旁的装饰物。没揣，料想不到。菱花，指镜子。彩云，美丽的发卷。

⑨ "你道翠生生"三句：意说她打扮得的确漂亮，这因为她的天性就是爱美的。"翠生生"句形容衣裙颜色的鲜艳。出落，显现。茜（qiàn），红色。"艳晶晶"句形容头饰，指那簪子用各种宝石嵌镶，光彩夺目。爱好（hào），爱美。天然，天性使然。

⑩ 恰三春好处无人见：意指自己青春美丽无人爱惜。这写出了当时深闺少女的共同苦闷。三春好处，晚春季节的美好景致，比喻青春美貌。

⑪ 沉鱼落雁：指自己貌美使鱼雁惊避。《庄子·齐物论》："毛嫱、丽姬，人之所美也；鱼见之深入，鸟见之高飞。"

⑫ 羞花闭月：花儿见到自己，感到羞惭；月儿见到自己，用云遮蔽起来，不敢同自己比美。

⑬ 零星：不完好。

⑭ 泥：作动词用，玷污。

⑮ 惜花疼煞小金铃：《开元天宝遗事》："天宝初，宁王……于后园中纫红丝为绳，密缀金铃，系于花梢之上。每有鸟鹊翔集，则令园吏掣铃索以惊之。盖惜花之故也。"

⑯ 如许：如此。

⑰ 姹紫嫣红：形容各种绚丽的鲜花。嫣，娇艳。

⑱ 断井颓（tuí）垣（yuán）：坏了的井，倒塌的墙，形容庭院破败。

⑲ 良辰美景奈何天，赏心乐事谁家院：意为美好的时光和景色对老天不作美是无可奈何的，我的家院中并没有使人称心如意的无聊。这里借用谢灵运《拟魏太子邺中集诗序》"天下良辰、美景、赏心、乐事，四者难并"的句意。

⑳ 老爷、奶奶：指杜丽娘父母。

㉑ 朝飞暮卷：形容轩阁的高旷。王勃《滕王阁》诗："画栋朝飞南浦云，朱帘暮卷西山雨。"

㉒ 忒（tè）：太。韶光：美好时光。这句是说，我这深闺女子过分辜负了美好的春光啊。

㉓ 啼红了杜鹃：用杜鹃鸟啼血的传说，形容杜鹃花的盛开。

㉔ 蘼（mí）：底本作"蘪"，据明末刻本毛晋《六十种曲》所收本改。荼（tú）蘼，落叶小灌木，晚春开花，黄白色，有香味。烟丝：柳丝。

㉕ "牡丹虽好"二句：牡丹为群花之冠，但春归时才开放，也占不得先了。暗喻自己迟迟不被人知。

㉖ 凝眄（miǎn）：注视。

㉗ 生生：脆生生，形容燕叫清脆。明如剪：明快如剪刀发出的声音。

㉘ 委是观之不足:实在是看不够。

㉙ 缱:缠绵、留恋。

㉚ 过遣:消磨时光。

㉛ 映山紫:又名山踯躅,形似杜鹃,但开花稍迟,色红紫。

㉜ 宜春面:指立春时节的化妆。

㉝ 二八:指十六岁。

㉞ 折桂之夫、蟾宫之客:皆指科举及第之人。

㉟ 韩夫人得遇于郎:据宋代刘斧《青琐高议》卷四所收《流红记》载,唐代僖宗时,宫女韩氏在红叶上题诗,从御沟中流出,被宫外的于佑捡到,于复题诗红叶放入御河流入宫中,再被韩氏捡的,后僖宗放宫女出宫,韩、于得成夫妇。

㊱ 张生偶逢崔氏:指《西厢记》张君瑞与崔莺莺的爱情故事。

㊲ 《崔徽传》:本是《丽情集》所载崔徽与裴敬中的爱情故事,此处误作崔张爱情故事。陈寅恪《元白诗笺证稿》第四章《艳诗及悼亡诗》附《读〈莺莺传〉》中指出:"《莺莺传》为微之自叙之作,其所谓张生即微之之化名,此固无可疑。"唐代诗人元稹,字微之,所撰传奇小说《莺莺传》为西厢故事的最早源头。西厢故事为元稹自叙传之说在宋代就已流行。汤显祖或用《崔徽传》指元稹与崔莺莺的情事,"徽"为"微"之讹。

㊳ 得成秦晋:意为结成夫妇。春秋时期秦国与晋国世代结姻,后世以"秦晋之好"指两姓通婚。

㊴ 及笄(jī):到了束发的年龄,指女子成年,可以婚配。笄,古代盘头发用的簪子。

㊵ 没乱里:谓胡乱地,指心烦意乱。

㊶ 蓦地里:突然地。

㊷ 婵娟:美人的代名词。

㊸ 拣名门一例里神仙眷:这是以封建家长的口吻说,找一个门当户对的人家结成神仙般美好的夫妻,带有不满和讽刺的意味。

㊹ 则索因循腼腆:只得按照别人的期待,外表装出矜持害羞的样子。

㊺ 阮肇到天台:南朝刘义庆《幽明录》载,刘晨和阮肇往天台山采药,被仙女邀至家中,这里指男女艳遇。

㊻ 是答儿闲寻遍:凡是地方都找遍了,意为到处寻找。答儿,地方。

㊼ 苫(shān):垫子。

㊽ 催花御史惜花天:据《说郛》卷一百十九《云仙散录》,唐穆宗时,"每宫中花开,则以重顶帐蒙蔽栏槛,置惜春御史掌上"。此处是花神自我标榜之词。

㊾ 蘸:沾着。

㊿ 单则是混阳蒸变:以下几句都是花神描绘现象中的杜丽娘与柳梦梅欢爱的情景。

51 合前:此处"合前"所唱的内容即前一同名曲牌【山桃红】的"合"唱内容,即"是那处曾相见,相看俨然,早难道这好处相逢无一言"。通常,南曲两支同名曲牌连用,第二支末句可以唱同第一支末句,标记的方式是在第一支被重唱的末句前标"合",在第二支重唱位置标"合前"。这里,由于两支【山桃红】曲之间夹一支【鲍老催】曲,所以,第二支【山桃红】末句的重唱部分不容易为读者了解。

(52) 旦:底本脱,据下文补。

(53) 坐黄堂:指做太守。

(54) 针指:针线活。

(55) 暄:底本作"喧",据明末刻本毛晋《六十种曲》所收本改。春暄,春暖。

(56) 旦:底本脱,据上文补。

(57) 旦:底本脱,据上文补。

(58) 弱冠:古代男子二十岁行冠礼,二十岁称为弱,三十岁称为壮。

(59) 踹(duǒ):本义为下垂,这里指脚步倾斜。

(60) 忺(xiān):高兴,适意。

(61) 香篝:熏香用的香笼。

(62) 牵引东风一断肠:《吴吴山三妇合评新镌绣像玉茗堂牡丹亭还魂记》眉批云:"末句坊刻作'回首东风一断肠',与'间梅遮柳'句同出昭谏一诗。窃意临川当不尔潦草。后见玉茗元本,果然!""间梅遮柳不胜芳"与"回首东风一断肠"二句皆为唐代诗人罗隐(字昭谏)《桃花》诗,评语故云。

【导读】

汤显祖(1550—1616),字义仍,号若士、海若,自称清远道人。临川(今江西抚州)人。明代最杰出的戏剧作家。万历十一年(1583)中进士,任南京太常寺博士,后改任南京礼部主事。万历十九年(1591)因上疏批评朝政,被贬为广东徐闻县典史,两年后迁往浙江遂昌知县。万历二十六年(1598),弃官还乡。戏曲创作强调形式为内容服务,反对一味注重格律。传奇代表作是"临川四梦"(又名"玉茗堂四梦"),即《紫钗记》《牡丹亭》《南柯记》《邯郸记》。诗文有《玉茗堂诗集》《玉茗堂文集》等。

《牡丹亭》是汤显祖的戏曲代表作。全剧共五十五出。剧情为:南宋时,南安太守杜宝的女儿杜丽娘,受古代恋歌的启发,又在丫鬟春香怂恿下到花园观赏春景,便产生了伤春的情思。游园时困乏而睡,在梦中,她与青年书生柳梦梅相爱。醒后相思成疾,忧郁而死。杜宝将丽娘葬于梅花观后,调往扬州。三年后,岭南书生柳梦梅赴考,经过南安,借住梅花观。并拾得杜丽娘画像,因爱慕而焚拜赏玩,从而感动杜丽娘幽魂,前来相会,彼此始知曾经梦中结缘。柳梦梅依杜丽娘嘱咐,掘坟开棺,救活杜丽娘,一起往临安。柳梦梅考中状元,到杜宝府中求婚,杜宝诬柳梦梅私掘女坟。最后,经杜丽娘解释,皇帝认可,夫妻、父母得以团聚。作品通过杜丽娘为了爱情生而死、死而生的执着追求,反映了封建礼教对自由爱情的压抑,表现了作者的民主精神。

《惊梦》一出戏,包括"游园"和"惊梦"两段情节。杜丽娘唱完【隔尾】曲子后,春香下场,之前写杜丽娘在春香的陪伴下游赏后花园,为"游园";之后写杜丽娘梦见自己与素昧平生的柳梦梅幽会,梦醒之后甚为伤感,为"惊梦"。通过杜丽娘在春香陪同下第一次偷游花园的描写,反映了她对深闺孤寂生活的不满和对自由幸福的向往,而梦醒之后,环顾四周,不仅现实中无可爱之人,而且梦中的情人也顿然而去,由伤春到伤情,为下文的寻梦、写真、幽媾、回生等重要情节张目。从这个角度说,《惊梦》一出是全剧的"剧眼"!

就表现手法而言,这一出情节虽简单,但描写细腻,尤其以曲词取胜。其中【步步娇】、【皂罗袍】、【山坡羊】、首支【山桃红】等,皆为名曲。【步步娇】写杜丽娘的梳妆,整个曲子曲文优美,刻画细腻,创造了诗一般的意境。【皂罗袍】则借姹紫嫣红的无人赏识,良辰美景在无可奈何中虚度,引起人们对美好事物被扼杀的悲怨与共鸣。曲辞的典丽深沉风格,更易于将杜丽娘的内心世界刻画得细腻恰切。优美而富有才情的曲辞,使作者汤显祖成为明代戏曲创作中文采派的突出代表。

义侠记

沈 璟

第四出 除凶

【商调过曲·水红花】(净、末扮猎户上)官司悬赏有明文①,捕山君②。看看着紧,咱们猎户受灾迍③。枉艰辛,徘徊难进。退则恐违严限,进又恐亡身。算来总是命难存也啰。

(末)我们是阳谷县猎户。只为景阳冈上有一吊睛白额虎为害,本县大爷立限与俺们,务要捉获。但此虎猛恶异常,俺们如何拿得。(净)哥,俺们只得穿着虎皮,伏在岭下,各处多摆些窝弓、药箭。待他自来纳命便了。(末)说得有理。正是:路狭难回避,(净)官差不自由。(隐下)(生上)道傍车马日缤纷,行路悠悠何足云。未知肝胆向谁是,令人却忆平原君④。俺武松,久住柴皇亲庄上,欲投宋公明去⑤,恐他到此,又等了几日。如今,只得别了皇亲,打听宋兄消息,就在阳谷县寻俺哥哥,走一遭去也呵。

【北双调·新水令】老天何苦困英雄,二十年一场春梦。不能勾奋云程九万里⑥,则落得沸尘海数千重。浪迹浮踪,任乌兔枉搬弄⑦。

说话中间,早来到景阳冈下。行路饥渴。这里有个酒肆。酒望子上写着"三碗不过冈"。这怎么说?且进去少坐一回。酒保那里?(丑应上)酒酒酒,有有有。赊赊赊,走走走。客官,里面请坐。(生)且问你,怎么唤做"三碗不过冈"。(丑)客官,俺这里造得好酒。人若吃了三碗,就醉倒了,上这景阳冈不得。因此唤做"三碗不过冈"。(生笑科)待俺吃上十来碗,看过得冈过不得冈。(丑斟酒介)我这里只有一样牛肉,只怕不中吃。(生)

【折桂令】又何须炙凤烹龙。(已下一句一碗⑧)鹦鹉,杯浮,琥珀,光浓。却不道五斗消醒⑨,三杯合道,自有神功?(丑)你吃过十二三碗了,就在此宿了罢。(生醉唱)何用你虚担怕恐。俺偏要去。(走科)(丑扯云)还了俺酒钱,俺有话对你说。(生背云⑩)前日柴大官人送的盘缠⑪,一路用来,剩不多了。酒保。连这包儿与你罢。**好教人羞杀囊空。**你还有什么话?(丑)你看前面榜文。为这冈上有一吊睛白额虎为害,但有单身客人,不许过冈,恐伤性命。(生做醒科)(怒云)不说猛虎,俺便不去也罢。若说有虎为害,不觉精神抖擞,毛发倒竖,一定要去拿他。(丑)看你不出,倒是一个吃老虎肉的。俺劝你性命还是直钱的,不去罢。(生走科)嗳,按不住**恶气冲冲**⑫。(丑扯科)(生推丑,一筋斗科)则是**行色匆匆**。(丑)他自要去送性命,干俺甚事。各人自扫门前雪,休管他家瓦上霜。(下)(生醉走,唱)趁着这**落日熹微,醉眼**的这**曚眬**。

已到冈子上。为何不见什么大虫⑬?这厮们都是胡说,连那官府榜文也是诨帐⑭。

酒涌上来,待俺少睡片时。(做要睡科)(内做虎啸,生醒科)呀,果然有个大虫来了。(虎跳上科)

【雁儿落】(生)觑泼毛团体势凶。(棍打在树上,折科)呀!这狼牙棍,先摧迸。(内鸣锣,生略住,口虎三扑,生三躲科)俺这里趋前退后忙。这孽畜舞爪张牙横。(内又鸣锣,生又住口,虎三扑,生三躲科)

【得胜令】呀,闪得他回身处,扑着空;转眼处,乱着踪。(拿住虎打科)这的是虎有伤人意,因此上冤家面逢。(内又鸣锣,生又住口,虎又扑,虎挣脱走科)你要显神通,便做道力有千斤重。(拿住虎打死科)你今日途也么穷,抵多少花无百日红⑮,花无那百日红。

虎已打死了。且乘这酒兴,往前去罢。(净、末穿虎皮跳上)(生)呀,又有两个来了。俺今番死也。

【沽美酒兼太平令⑯】则索逞余威斗晚风,逞余威斗晚风。(净、末行走科)(生)呀,则见双举步,两挪踪。(净、末)咄,你是人是鬼?敢在此独行。(生)俺是**盖世英豪唤武松**。(净、末)你曾遇虎么?(生)**试言他凶猛**。(净、末)你试说一遍。(生)**负隅处恁威风**。(净、末)咦。(生)**身一扑,山来般重**。(净、末)咦。(生)**尾一剪钢刀般横**。(净、末)咦。(生)**一声高,千人惊恐**。(净、末)咦。(生)**数步远,众生含痛**。(净、末)咦。你怎么不被他害了?(生)俺呵,**凭着这胆雄气雄**。**空拳儿结果了这大虫**。(净、末)咦。如此多谢了壮士。(生)呀,**教众口将咱称颂**。

(净、末)好教壮士得知。俺们是阳谷县猎户。官府立了限期,要拿这大虫,又近他不得,只得摆下窝弓、药箭,在此等候。既然壮士打死了他,如今在那里?(生)你们跟了来。(走回科)(净、末远望,怕科)

【鸳鸯煞】(生)早难道岩前虎瘦雄心横。(净、末)这等一个大虫,被你精拳头打死了,就是卞庄、存孝⑰,也不如你。(生)俺笑那**卞庄、存孝皆无用**。(净、末)如今你来得,去不得了。(生)怎么说?(净、末)少不得送你到县里去颂赏。(生)**俺本是逆旅经**

◎　明万历继志斋刻本《义侠记》插图

商。谁想着**奏绩呈功**。(净、末)一定要你同去。(生背云)少不得要往阳谷县寻俺哥哥。便同去罢。(转身云)俺去是要去,则怕那**六巷三街,前遮后拥,沸沸扬扬**。教人道阳谷县没人拿得这虎,被清河县人打死了。(净末相对)真个真个**羞羞**。(生)把阳谷人讥讽。(净、末)壮士,你是天下豪杰,也教阳谷人认你一认。(生)罢罢罢。(走科)**只得相从,怎当得他们恁趋捧**⑱。(下)

(净)壮士先走了。待俺打这虎几拳。(末)死的打他怎的?(净)我等只会打死虎的⑲。(抬虎下)

(沈璟《义侠记》,明万历四十年继志斋刻本)

【校注】

① 官司:官府、有司的简称,指官府。

② 山君:山中之君。《说文》:"虎,山兽之君。"《骈雅·释兽》:"山君,虎也。"旧以虎为山兽之长,故称虎为山君。

③ 灾迍(zhūn):灾祸。迍,困顿。

④ 平原君:战国四君子之一,赵国的赵胜,相赵惠文王及孝成王,封于东武城(今河北清河县东北),号平原君。喜宾客,养食客数千人。这里武松以平原君比作欲投奔之人,指下文提及的广

结天下豪杰的宋江。

⑤ 宋公明:《水浒传》中宋江,字公明。

⑥ 勾:同"够"。

⑦ 乌兔:中国神话传说,日中有乌,月中有兔,合称日月为乌兔。常用乌兔来比喻时间。

⑧ 已下:同"以下"。

⑨ 醒(chéng):酒后神志不清。

⑩ 背云:舞台上演员背对着同台的另一演员,面向观众说话。

⑪ 柴大官人:指《水浒传》中的柴进。

⑫ 忡(chōng)忡:郁闷不平。恶气忡忡:怒气冲冲的样子。

⑬ 大虫:老虎的俗称。

⑭ 浑帐:混账。

⑮ 花无百日红:犹言好景不长,这里指虎被打死。

⑯ 沽美酒兼太平令:为【沽美酒】与【太平令】组合的带过曲。

⑰ 卞庄:春秋鲁国大夫,著名勇士,食邑于卞,谥庄,人称卞庄子。曾经刺虎,一举而获两虎。存孝:李存孝,晚唐五代著名将领,传说其少年时为救父打死老虎。古代小说、戏曲言人之勇,常以卞庄、存孝二人作比,如冯梦龙《醒世恒言·大树坡义虎送亲》云"郎君之勇,虽昔日卞庄、李存孝不过是也"。

⑱ 恁(nèn):那样地。

⑲ 我等:底本作"是这等",据明末刻本毛晋《六十种曲》所收本改。

【导读】

《义侠记》为沈璟戏曲的代表作,全剧三十六出,根据《水浒传》中武松相关故事改编而成。主要情节有武松打虎、武松杀嫂、血溅鸳鸯楼、梁山入伙等。主要取材于施耐庵《水浒传》第二十三回至第三十二回,即号称"武十回"的内容。而之前的宋代《武行者》话本、高文秀《双献头武松大报仇》杂剧和红字李二《折担儿武松打虎》杂剧等也可能成为沈璟参考的对象。

这里所选第四出《除凶》,讲述武松打虎过程,表现了武松的英雄主义精神。剧作从三个角度描写武松的英雄形象:一是,英雄的胆气。剧作将英雄与常人作对比,常人"三碗不过冈",而武松则海喝过冈,可谓欲扬先抑。二是,英雄的斗志。与虎刚一交手,武松就打折了棍子,于是就改为用拳头打,最终两拳将虎打死。三是,英雄的打法。武松打虎不似李逵打虎,而是很有章法,"内鸣锣,生略住,口虎三扑,生三躲科""内又鸣锣,生又住口,虎三扑,生三躲科""拿住虎打科""内又鸣锣,生又住口,虎又扑,虎挣脱走科""拿住虎打死科",三次的"三扑三躲"表现出武松打虎时避实就虚的应对策略,再将虎拖疲后突发攻击,将虎打死。可见,武松不是一介莽夫,而是讲斗争策略的英雄。吕天成《曲品》评《义侠记》所说的"激烈悲壮,具英雄气色",在《除凶》一出戏中有着充分的呈现。

剧作很好地印证了沈璟反对案头之作,主张场上之作的戏曲创作主张。舞台上,打虎的过程十分耐看,这是该剧的此出戏在后世得以传世的主要原因之一。此外,该剧曲词的本色当行也从另一个方面体现了沈璟重场上演出效果的追求。除了【新水令】的唱词有亮相作用外,后面五支曲子的唱词都紧扣场上情节的推进而展开,可以说其曲词没有脱离舞台演出的需要,更不追求曲词的华丽,能够将舞台人物的动作、情绪讲清楚即可。

与上述注重场上之曲有关,曲牌的使用十分注重实用性。这出戏着重写武松打虎一事,前有猎户所唱【水红花】铺垫,后有武松所唱【沽美酒兼太平令】【鸳鸯煞】二曲作为打虎余绪,中间【新水令】【折桂令】写与酒保的斗气,真正写打虎的唱曲就是【雁儿落】【得胜令】二曲。共用七支曲子,所用曲子数量不多,却都有其合理的使用功能。这与明中后期传奇创作中动辄使用十多支曲子而有功能单一的情况相比,可谓是经济实用。

此折曲牌的组合结构也很有特色。全出戏的曲子由一支南曲和六支曲子组成的一套北曲所构成。【雁儿落】【得胜令】二曲通常作带过曲使用,所以【南商调】过曲【水红花】曲之后的这个【北双调】套曲实则相当于五支曲子,这是简约的。而开始使用南曲过曲,不用引子曲牌,以及使用曲中插入北套的方式等,都说明沈璟没有把这出戏作为纯粹的南曲传奇来写。

《除凶》一出的上述特点,体现了沈璟重视舞台表演的务实性的曲学观念。这是以沈璟代表的明万历时期的吴江派曲学流派的主要曲学主张。作为吴江派的重要代表,吕天成在其《曲品》中将《义侠记》列为"上上品"。

《义侠记》的本戏在清宫廷大戏《忠义璇图》中得以完整保存。而《义侠记》中所析出的折子戏,在后世的戏曲舞台上也得到了较多流传。如第四出《除凶》、第八出《叱邪》、第十出《委嘱》、第十二出《萌奸》、第十四出《巧媾》分别被改编为折子戏《打虎》《戏叔》《别兄》《挑帘》《做衣》,第十六出《中伤》被改编为两个折子戏《捉奸》《服毒》等七个折子戏,都收在清乾隆时期的《缀白裘》中,仍演于今之昆曲舞台。这就包括了这里所选的第四出《除凶》(《打虎》)。今之京剧及各地方戏也有根据《义侠记》改编的诸多武松题材剧剧目,其中《打虎》也是最重要的武戏保留剧目。

玉簪记

高　濂

第十六出　弦里传情①

【懒画眉】(生扮潘必正上)月明云淡露华浓，欹枕愁听四壁蛩②。伤秋宋玉赋西风③。落叶惊残梦，闲步芳尘数落红④。

　　小生看此溶溶夜月⑤，悄悄闲庭。背井离乡，孤衾独枕。好生烦闷。只得在此闲玩片时。不免到白云楼下，散步一番。多少是好⑥。(下⑦)

【前腔⑧】(旦⑨)粉墙花影自重重，帘卷残荷水殿风，抱琴弹向月明中。香袅金猊动⑩，人在蓬莱第几宫⑪。

　　妙常连日冗冗俗事⑫，未得整此冰弦⑬。今夜月明风静，水殿凉生。不免弹《潇湘水云》一曲⑭，少寄幽情，有何不可。(作弹科)(生上听琴科)

【前腔】(生)步虚声度许飞琼⑮，乍听还疑别院风。凄凄楚楚那声中。谁家夜月琴三弄，细数离情曲未终。

　　此是陈姑弹琴，不免到他堂中，细听一番。

【前腔】(旦)朱弦声杳恨溶溶⑯，长叹空随几阵风。(生)仙姑弹得好琴！(旦弹科)仙郎何处入帘栊⑰，早是人惊恐。(生)小生得罪了。(旦)莫不是为听云水声寒一曲中？

　　(生)小生孤枕无眠，步月闲吟。忽听花下琴声嘹呖，清响绝伦，不觉步入到此。(旦)小道亦见月明如洗，夜色新凉，故尔操弄丝桐⑱，少寄岑寂。欲乘此兴，请教一曲如何？(生)小生略知一二，弄斧班门，休笑休笑。(生弹科，吟曰)雉朝雏兮清霜⑲，惨孤飞兮无双，念寡阴兮少阳⑳，怨鳏居兮彷徨㉑。(旦)此曲乃《雉朝飞》也。君方盛年，何故弹此无妻之曲？(生)小生实未有妻。(旦)也不干我事。(生)敢请仙姑，面教一曲。(旦)既听佳音，以清俗耳。何必初学，又乱芳声。(生)休得太谦。(旦)污耳㉒，污耳。(作弹科，吟曰)烟淡淡兮轻云，香霭霭兮桂阴㉓。喜长宵兮孤冷，抱玉琴兮自温。(生)此《广寒游》也。正是仙姑所弹。争奈终朝孤冷㉔，难消遣些儿。(旦)相公，你听我道。

◎　明万历继志斋刻本《玉簪记》插图

【朝元歌】长清短清㉕，那管人离恨。云心水心㉖，有甚闲愁闷。一度春来，一番花褪㉗，怎生上我眉痕。云掩柴门，钟儿磬儿枕上听。柏子坐中焚㉘，梅花帐绝尘㉙。果然是冰清玉润。长长短短，有谁评论，怕谁评论。

【前腔】(生)更深漏深，独坐谁相问。琴声怨声，两下无凭准。翡翠衾寒，芙蓉月印，三星照人如有心㉚。露冷霜凝，衾儿枕儿谁共温。(旦作怒科)先生出言太狂，屡屡讥诮㉛，莫非春心飘荡，尘念顿起㉜？我就对你姑娘说来㉝，看你如何分解！(作背立科)(生)小生信口相嘲，出言颠倒，伏乞海涵！(作跪科)(旦扶科)(生)巫峡恨云深，桃源羞自寻㉞。你是个慈悲方寸㉟，望恕却少年心性、少年心性。

　　小生就此告辞。肯把心肠铁石坚，(旦背立科)岂无春意恋尘凡㊱。(生)今朝两下轻离别，一夜相思枕上看。(生作下科)(旦)潘相公，花阴深处，仔细行走。(生回转科)借一灯行如何？(旦急闭门科)(生暗云)陈姑十分有情，不免躲在此间，听他说些甚么，便知分晓。(旦)潘郎，

【前腔】你是个天生后生，曾占风流性㊲。无情有情，只看你笑脸来相问。我也心里聪明，脸儿假狠，口儿里装做硬。待要应承㊳，这羞惭，怎应他那一声。我见了他假惺惺㊴，别了他常挂心。我看这些花阴月影，凄凄冷冷，照他孤另，照奴孤另。

夜深人静,不免抱琴进去,安宿则个④。此情空满怀,未许人知道。明月照孤帏④,

泪落知多少。(下)(生)小生在此听了半晌,虽不明白,

【前腔】我想他一声两声,句句含愁恨。我看他人情道情,多是尘凡性。妙常,

你一曲琴声,凄清风韵,怎教你断送青春。那更玉软香温④,情儿意儿,那些

儿不动人。他独自理瑶琴,我独立苍苔冷,分明是西厢形境④。(揖科)老天

老天!早成就少年秦晋④,少年秦晋!

诗:闲庭看明月,有话和谁说。

榴花解相思,瓣瓣飞红血。

(高濂《重校玉簪记》下卷,明万历继志斋刻本)

【校注】

① 弦里传情:底本正文此出无目,据底本卷首目录补。

② 欹(qī)枕:倾倚在枕上。蛩(qióng):蟋蟀。

③ 宋玉:战国时楚国著名辞赋家。他对秋色的描写,开辟了后世文学中"悲秋"的主题领域。

④ 芳尘:散发着芳香气味的土地。数(shǔ):作动词用。落红:落花。

⑤ 溶溶:形容月光荡漾。

⑥ 多少是好:岂不是好。

⑦ 下:底本脱,据明末刻本《六十种曲》补。

⑧ 前腔:底本作"又",据明末刻本《六十种曲》改。下同,不赘。

⑨ 旦:这里扮演年轻道姑陈妙常。

⑩ 金猊:狮形的香炉。猊,底本作"霓",据明末刻本《六十种曲》改。

⑪ 蓬莱:传说中神仙居住的地方。

⑫ 冗冗(rǒng rǒng):繁杂琐碎。

⑬ 冰弦:琴弦。传说杨贵妃所用的琵琶弦为绿冰蚕丝所制,后称琴弦为冰弦。

⑭ 潇湘水云:琴曲名。描写洞庭水光云彩,抒发思乡之情。

⑮ 步虚声度许飞琼:意指像仙人许飞琼演奏步虚词一样优雅。步虚声,步虚词,乐府杂曲歌

名。《乐府题解》:"步虚词,道家曲也,备言众仙缥缈轻举之美。"度,度曲,按曲谱演唱。许飞琼,

传说中仙女名,善音乐。《汉武内传》:"王母乃命侍女许飞琼鼓震灵之簧。"

⑯ 朱弦:琴弦。声杳:声音清细而悲远。溶溶:形容感情像水波一样荡漾开去。

⑰ 入帘枨:进屋内。枨,窗户。

⑱ 丝桐:琴。琴多用桐木制成,上安丝弦,故称。

⑲ 雊(gòu):雄鸡叫。《诗·小雅·小弁》:"雉之朝雊,尚求其雌。"

⑳ 寡阴兮少阳：比喻女子没有丈夫。

㉑ 鳏(guān)：男子长而无妻。

㉒ 污耳：玷污了耳朵，自谦之词。

㉓ 香霭霭(ǎi)：香气缭绕的样子。

㉔ 争奈：怎奈。

㉕ 长清短清：琴曲有《长清短清》《长侧短侧》，见《琴历》。《长清短清》曲，写白雪的清洁无尘，比喻厌世途超空明的情趣。

㉖ 云心水心：道士以云、水比喻自己心境的清静、淡泊。

㉗ 褪：减色。

㉘ 柏子：香名。

㉙ 梅花帐：一种用梅花纸制成的帐子。

㉚ "翡翠衾寒"三句：形容妙常的孤眠无聊。翡翠衾，绣有翡翠鸟的被子。芙蓉月印，月光照在绣着芙蓉花的被子上。《诗·唐风·绸缪》有"三星在天"句，过去认为是"婚姻不得其时"之作。

㉛ 讥讪(shàn)：讥笑。

㉜ 尘念：指男女之情。

㉝ 姑娘：姑母。

㉞ "巫峡恨云深"二句：意指潘必正见陈妙常对爱情态度暧昧，使自己不敢唐突了。巫峡恨云深，用宋玉《高唐赋》事。

㉟ 方寸：指心。

㊱ 尘凡：凡尘，即人世间的生活。

㊲ 占：具有。

㊳ 应承：应允、答应。

㊴ 假惺惺：假装正经。

㊵ 则个：语尾词，相当于"了罢"。

㊶ 帏：床帐。

㊷ 玉软香温：又作"软玉温香"，指女子身体。

㊸ 西厢形境：像《西厢记》中张君瑞和崔莺莺恋爱的一样。

㊹ 秦晋：春秋时秦国与晋国世代结为姻缘，以后便用"秦晋之好"来指联姻结亲。

【导读】

高濂(约1527—约1603)，号瑞南，钱塘(今浙江杭州)人。活动时间约在万历中，曾任鸿胪寺官，"才誉腾于仕籍"。善词曲，有《芳芷楼词》《遵生八笺》传世。作传奇两种：《玉簪记》《节孝记》，均存。

　　《玉簪记》是高濂戏曲代表作品。全剧三十四出。写书生潘必正和女道士陈妙常的恋爱故事：北宋时，遭战乱，陈妙常落入金陵女贞观为道。潘必正科举不第，无颜回家，也到女贞观投奔其已做女贞观主持的姑母。陈妙常和潘必正在经常接触中，相互了解，渐生爱慕之意。后终得冲破寺院清规与封建礼教的束缚，私自结合。他们的爱情被必正姑母发现，潘必正被迫赴临安投考。陈妙常毅然乘船追赶，二人交换信物而别。最后，潘必正一举及第，到女贞观迎娶陈妙常，有情人终成眷属。该剧着意赞颂他们的真挚坚贞的爱情与矢志不渝的品格，体现了强烈的反封建精神。剧中人物陈妙常性格鲜明突出，她才貌出众，出身大家闺秀，对爱情审慎而大胆，坚毅而忠贞，给观众和读者留下了深刻印象。该剧戏剧冲突的处理也比较巧妙，富有喜剧色彩。在该剧产生之后的三百多年时间里，该剧的《茶叙》《琴挑》《偷诗》《秋江》等折子戏，一直在舞台上盛演。

　　这里所选的《弦里传情》一出，即著名的《琴挑》，写潘必正、陈妙常二人借琴曲传情，彼此试探心意，曲辞与意境都很优美，心理刻画极为细腻。如【懒画眉】曲，写潘必正在云淡月明、蛩鸣叶落的秋夜，无法成眠，步出庭院排解愁闷。作者纯熟地运用中国诗词情景交融的写法，刻画人物心理，一开始就把观众与读者引入诗情画意的境界中。在潘必正说明"实未有妻"之后，陈妙常赶紧接上"也不干我事"一句，可谓"此地无银"，她越是声称与己无关，越反映了其对潘必正婚姻状况的留意和关心，欲盖弥彰，令人忍俊不禁。而第三支【朝元歌】，陈妙常在对潘必正发了一顿脾气之后，却背着他唱了"我也心里聪明，脸儿假狠，口儿里装做硬"，这又生动细致地刻画了陈妙常在封建礼教约束下的矛盾心理状态。

绿牡丹

吴 炳

第十八出　帘试

（场上先摆试桌）（净上①）不是一番寒彻骨，怎得梅花扑鼻香？我柳五柳为小姐亲事，只得早来听考。出的题目，原是"绿牡丹"，已付苍头叫小谢做去了②。只恐小姐利害，一双娇滴滴的秋波，端端只射着帘外③，不比前次，会长老人家④，凭我朦胧。若再叫苍头传送⑤，可不自露破绽？不免就叫车大做这件事⑥，小姐定不疑心。好计，好计！（叫介）车大！（丑应上⑦）若要娶妻皆面考，今生情愿再无妻。你做文字罢了，叫唤怎的？（净）有事奉央。少停，苍头拿一络纸来，烦你悄悄送来与我。（丑笑介）这是传递了。（净）不要则声⑧，恐令妹听见。（丑）还不曾出来。（净）没奈何，只得央及，成就此事，沈家的亲，准准让与你了。（丑笑介）也罢，将就帮衬你一遭儿。（净望介）帘内影动，想是令妹来了。（丑闪下）

【双调·北新水令】（旦同老旦上⑨）今日个绛帏高揭，新创的女开科⑩，颤金钗至公堂坐。主司推姐姐⑪，少不得巡绰⑫，就是你老婆婆。这帘影低那⑬，可便似贡举院花阴锁⑭。

【南步步娇】（净）只见他珠翠香风都在我身旁里，坐起真无那⑮。（窥介）偷凭扇底瞅。（起介）待我走个俏步儿，扭捏身躯，也做得风魔过⑯。（老旦出帘高叫介）兀那生员，不归号房⑰，出外闲走，不怕瞭高的拿犯规么⑱？（净急坐介）生员在，规矩敢言苛？告宗师⑲，初犯从轻可。

（老旦）相公用心做。（净）晓得。（老旦入介）（净大声吟哦介）

【北折桂令】（旦）学蚊声聚夜成讹。（笑介）保母，你看他日里影儿，笑映日虬髯⑳，弄影婆娑。（老旦笑介）真是好笑，倒好像羊子吃草。（净揉眼、捶腰、磨腹，作倦态介）（旦）为甚的把深眼频摩，围腰虚簸，伟腹轻那㉑？（老旦）这等光景，像是要睡了。（旦）再休想东床稳卧㉒，一凭你梦到南柯。（净睡，作鼾声介）（旦）你听鼻息如何？试问，江郎彩笔㉓，可送到他哦？（老旦出帘拍案介）

（净惊介）苍头，谢相公文字可完了？（老旦高叫介）柳相公，不要睡，起来作文！

◎ 民国初年暖红室刻本《汇刻传剧》所收《绿牡丹》插图

（净）学生原不曾睡，正在此静想题神。

【南江儿水】隐几穷非想，那里是弯肱惹睡魔㉔？妈妈，不是我文心一霎能灰堕㉕，则我这春心一点难安妥，怎能够把琴心一谜都猜破㉖？（老旦）快做完了罢！（净）少不得还你今朝功课，掌号、筛锣，免费催场烦琐。

（末上）文章已就催誊录，关节难通怕内帘㉗。谢相公的诗，催完在此，不免传将进去。（老旦）分付门上，闲人不许放入。（作入帘介）（末）怎么处？（丑上，手招末介）这里来！相公与我说过了，传递的东西，待我转送。（末）如此甚好。做文章的说，叫俺相公凭他盘问，只要认定自家做的。（作付文与丑介）眼望捷旌旗，耳听好消息。（下）（丑进净桌边介）柳兄，可得意么？（净）也想在肚里了，尚未写出。（各丢眼色做照会介）

【北雁儿落带得胜令】（旦）为甚的眉梢故打睃㉘？（净、丑耳语介）（旦）为甚的耳畔频相撮㉙？（丑近净作私付文介）（旦）为甚的殷勤直靠他？（净一面收文，一面望帘内介）（旦）为甚的忙遽来瞧我㉚？（丑仍立开，作看草稿介）这草稿头一个字就妙起了。（净假谦介）（旦）保母，他两个唧唧哝哝像是传递了。（老旦作搴帘大叫介㉛）小姐说有人传递！（丑急下介）（净）那个传递？方才就是你家大官人在此看文。（老旦）

小姐，难道大官人到替他传递？（旦）**不提备自家哥**^㉜，怕反打入他家伙。保母，你出去搜他一搜，莫怪我简点用心多^㉝，看不的机关当面做。摩挲，休指望针眼里轻偷过。（老旦）怎好去搜他？（旦）保母，你也好啰呵，**则怕你懒巡拦自犯科，懒巡拦自犯科。**

（老旦出帘介）柳相公，方才真个像有弊病。（净）若疑有弊，请搜。（作伸袖解衣与老旦看介）（老旦）不见有些甚。（高报介）搜简无弊^㉞。（入介）（旦）明明是有弊的，既搜不出，且看他诗，就是果佳，还要再考。（净私抄，低唱介）

【南侥侥令】任你清官能挣扎^㉟，**怎当得猾吏巧腾那**^㊱。**无赃只恐难悬坐**^㊲。**你看我扫千军快写波**^㊳，**扫千军快写波。**

（作写完，大叫介）生员交卷！（丑上）尊作完了？（看赞介）（净作得意介）小弟自家也觉得这次文字不十分出丑，只怕难入令妹尊目。（丑）待小弟袖进去看。（净）小弟拱听发落。（丑入送旦看介）（旦大笑介）

【北收江南】呀！看来是这般精妙呵，可知道破工夫直得费延俄^㊳。（丑）是用心做的了。（旦）**也亏他善抄誊一字不差讹。**（丑）果然誊得清。（旦）**比前番佳制好还多。**（丑）前番已考案首，这次该超等了。（旦）好便好，只怕不是他自己做的。（丑）妹子，你亲自监场，见谁与他传递来？（旦）**你且把真情问他，把真情问他，是何人代做这首打油歌？**

（丑出介）舍妹见了尊作，只管哈哈的笑。（净）想是欢喜了。可说道好？（丑）一头笑，一头说，比前番的更好。（净）这等着实中意了？（丑）只是疑心你央人做的。（净）小弟这样才学，人不来央也够了，反去央人？（旦笑介）他只道真正称赏，抵死承认。保母，你出去问来。（老旦出介）柳相公，若不是亲做的，也要直说。（净）你们三个人，六只眼看的，搜又搜过了，难道文章会平空里飞进来？（丑）你若没有弊病，赌一咒何如？（净）我就赌咒。（作罚誓介）我晓得了。

【南园林好】假言词无端诮诃^㊵，**可是要赖婚姻生端撒科**^㊶？妈妈，我实对你说，亲事是赖不成的。（老旦）柳相公，不要这等焦燥^㊷。（净）不是我要来考，是你家小姐约我来的。文章不好也罢了，既拙作蒙加许可，**为甚的重勤揢起风波**^㊸？**重勤揢起风波？**

（丑）待我进去，替你恳求。（丑、老旦入帘介）（老旦）你可听见他发作么？（旦笑介）

【北沽美酒带太平令】他只道真个值千金七字吪^㊹，**便恁般弄筋两轻颠簸**^㊺。**只怕不辨璋獐笔底讹**^㊻，**惹胡卢满坐**^㊼。**详诗意果如何？**（丑）这等说起来，不当好了。妹子,你实说怎么样的?(旦笑介)他被代笔的人骗了,跳猴狲随人牵磨,演傀儡借机挑拨。受骗的,忒糊涂没些裁夺;那骗人的,太聪明也难辞罪过。(老旦)小姐只说好笑,怕他不服。明把好笑的缘故,说与大官人知道,也好回复他去。(旦笑念介)"牡丹花色甚奇特"。(丑)也明白。(旦)"非红非紫非黄白"。(丑)不是红紫,又不是黄白,准是绿的了。切题,切题。(旦)后面二句好笑得紧,说"绿毛乌龟爬上花,恐怕娘行看不出",分明自骂是乌龟了。(丑、老旦俱笑介)(旦)**呵呵,真么,假么?但由他认么。细思量,还认作倩人犹可**㉘。(同老旦下)(丑出介)

(净)令妹想没得说了。(丑笑介)我且问你,这首诗怎么样解?(净)总是极妙的了,何消解得?(丑)舍妹说你被人哄了,诗中把乌龟骂你。(净)那有此话?(丑)方才听舍妹念了一遍,还略有些影响㉙,大家念一念看。(作共念介)(丑笑介)已后只叫你柳乌龟便了㉚。这卷子是你自家供状,待我收好在那里。(净作夺破介)

(丑)这头亲事,替你费了多少心机,在中说合,今日又相帮传递,大段是成的了。谁著你抄这样诗,自打破鬼!不要说你没面,连我也没面了。请了!正是:任教挽尽西江水,难洗今朝满面羞。(下)(净)小谢这个畜生,吃了我的饭,得了我的束脩㉛,倒来捉弄我!立时就赶他出门了!早晨来赴考时,何等兴头,如今冷冷淡淡,教我怎生回去?不免唱只曲儿消遣则个。

【南清江引】俏娘行强占了文昌座㉜,举子才一个。夸扬识鉴精,做作威风大。只怕不中得我这俊门生也是错。(下)

(吴炳《绿牡丹》,民国初年暖红室刻本《汇刻传剧》所收本)

【校注】

① 净:这里扮演柳希潜。柳希潜号五柳,剧中称柳五柳,与工尺谱的"六五六"谐音。

② 小谢:谢英,柳五柳的塾师。

③ 端端:直直地。

④ 会长:指翰林学士沈重,沈婉娥之父,被推为诗社会长。

⑤ 苍头:老年奴仆,因头发苍白,故名。

⑥ 车大:指车静芳之兄车本高。车本高,号尚公,剧中称车尚公,与工尺谱的"尺上工"谐音。

⑦ 丑:这里扮演车本高。

⑧ 则声:出声。

⑨ 旦:这里扮演车静芳。

⑩ 女开科:古代开科取士都由男的主持,这次由车静芳主持,故称女开科。

⑪ 主司:主持事务的官员。

⑫ 巡绰：巡逻监考。

⑬ 那（nuó）：同"挪"。

⑭ 贡举院：贡院，科举时代乡试或会试的场所。

⑮ 无那（nuò）：无奈，不知如何是好。

⑯ 风魔：风流潇洒的样子。

⑰ 号房：贡院的号子，即士子们考试时所居的单独房间。《明史·选举志二》："试士之所，谓之贡院；诸生席舍，谓之号房。"

⑱ 瞭高的：指在高处瞭望，监考的人。

⑲ 宗师：本指在思想或学术上受人尊崇而可奉为楷模的人，这里是对科举考试中主考官的谐称。

⑳ 虬髯：连鬓的拳曲胡须。

㉑ 那（nuó）：同"挪"。

㉒ 东床稳卧：刘义庆《世说新语·雅量》载，王羲之年轻时有才华，太尉郗（chī）鉴欲将女儿嫁给他，派人向王羲之伯父王导求亲。王导领来人到东厢房去看，只有王羲之独自敞着衣服，露着肚子躺在东床上。后世以"东床"代指女婿、夫婿。

㉓ 江郎彩笔：《南史·江淹传》载，南朝人江淹，小时梦见有人赠他五色笔，此后文藻日新。后世称有文采或有才华的人为"江郎"。

㉔ 肱（gōng）：胳膊上从肩到肘的部分，泛指胳膊。

㉕ 文心：为文之用心，文思。

㉖ 琴心：以琴声表达情意，用司马相如向卓文君弹琴示爱的典故。

㉗ 内帘：古代科举考试时，称主司以下阅卷诸官为内帘。

㉘ 睃（suō）：斜着眼睛看。

㉙ 耳畔频相撮：交头接耳。

㉚ 遽（jù）：急速。

㉛ 褰（qiān）帘：揭开帘子。

㉜ 提备：提防。

㉝ 简点：检点，检查。简，同"检"。

㉞ 搜简：搜检。

㉟ 任：底本作"在"，据明崇祯间金陵两衡堂刻《槃花斋乐府》所收本改。

㊱ 腾那：腾挪，指做舞弊的小动作。

㊲ 难悬坐：难以凭空定罪。坐，坐罪，定罪。

㊳ 扫千军：指行文酣畅。典出杜甫诗《醉歌行》"词源倒流三峡水，笔阵横扫千人军"。

㊴ 延俄：耽搁片时。

㊵ 诮（qiào）诃（hē）：责备训斥。

㊶ 生端撒科：意为制造事端，赖掉婚事。

㊷ 焦燥：同“焦躁”。

㊸ 重（chóng）：再次。勒（lēi）措（kèn）：故意刁难。

㊹ 七字吪（ē）：指吟哦七言诗。吪，同“哦”。

㊺ 筋两：犹言“斤两”。

㊻ 不辨獐獐笔底讹：意思是不能辨别“獐”“獐”二字，写了错别字。

㊼ 胡卢满坐：满座哄堂大笑。胡卢，笑的样子。《孔丛子·抗志》：“卫君乃胡卢大笑。”一说，喉间发出的笑声。

㊽ 倩：请，请托。

㊾ 影响：根据，证据。

㊿ 已后：同“以后”。

(51) 脩（xiū）：干肉。束脩，本意为十条干肉称为束脩，后引申为馈赠的礼物，通常指学生送给老师的教学酬金。这里是对贿赂之物的婉称。

(52) 娘行：娘们。文昌：星名，古代认为是主持文运功名的星宿。

【导读】

吴炳（1595—1648），字石渠，号粲花主人。宜兴（今属江苏）人。明万历四十七年（1619）进士。崇祯年间出任江西提学副使。南明永历王朝时，出任礼部尚书兼内阁大学士，后为清兵俘虏，绝食而死。撰有传奇《情邮记》《绿牡丹》《疗毒羹》《西园记》《画中人》等五种，合称《粲花别墅五种》，又名《石渠五种曲》，今存明崇祯年间金陵两衡堂刻本。

《绿牡丹》传奇是明末清初戏曲家吴炳的喜剧代表作。全剧共三十出。剧叙才子谢英家贫，寄身于同学柳希潜家为塾师。柳不学无术，与车本高游手好闲。谢生与好友顾粲诗文相和。翰林院学士沈重隐居在家，欲为其女婉娥择婿。便设诗会选才，邀请柳、车、顾三生前来以“绿牡丹”为题会诗。柳生遣人请谢生代作，车生则令其妹静芳代作，结果柳、车二生分得前两名，顾生反名列第三。静芳因见柳生诗而爱其才，静芳乳母为静芳前去考察柳生，适柳生不在而谢生在，遂误将谢生认作柳生，并告以实情。谢生爱慕静芳之才，又恐代诗之事败露，便顺势冒认作柳生。车生为打压顾生的名士之气，特意请顾、柳二生来家宴会，以奚落顾生。静芳窥视柳生，发现其貌丑态俗，不似乳母所描绘的风流倜傥，便再遣乳母前往柳宅弄清真假。这次谢生不在，无从弄清。车、柳二生各欲娶沈婉娥，车生抄静芳诗稿，柳生抄谢生诗稿，俱称为己作，乞求沈重评判。顾生亦前来呈现己作。三人争婚不已。沈重托词等登科后再议婚。柳生与车生商量,愿得静芳,以婉娥相让。车生欣喜,并游说静芳,静芳心中不愿,却说愿意面试柳生。这次仍以"绿牡丹"为题作诗。柳生再次密遣人请谢生代作。谢生写歪诗戏弄柳生,而柳生不识,照抄无疑,结果在静芳面前败露,被静芳嘲讽,终不被选。柳生回家驱逐谢生。婉娥见柳、车二生所呈诗稿的诗意口吻不类其人,私告其父,沈重亦心生疑窦,遂决定开文会以辨明真假,出题《辨真论》,令柳、车、顾三生作文,并严格监考,柳、车二生无法作弊,只能称病退出,顾生文章深得沈重称赏。顾生向沈重揭露此前柳、车二生所投诗稿为谢生和静芳所作。沈重招静芳来与婉娥为伴,共读诗书。谢生、顾生乡试高中。沈重为静芳与谢生做媒,并把婉娥配给顾生。两对新人同时举行婚礼。柳、车二生自惭形秽。剧情跌宕起伏,<u>丝丝入扣</u>,引人入胜。

表面上看,这是一场闹剧,实际上该剧的寓意十分深刻。柳、车二位劣生,为了达到自己的目的,尽行欺骗,结果丑态百出,最终露馅,以徒闹收场。欺骗这样的事情在现实生活中并不乏例,古今同然。所以,剧作通过展示柳、车二生的欺骗行径,揭示一种普遍的社会现象,给读者、观众以警醒,作者的用意并非停留在闹剧本身,而是借助嘲讽闹剧中的行骗者来鞭挞社会问题。

这里所选的是该剧的第十八出《帘试》。该出戏是整个《绿牡丹》剧本的高潮之一,也是该剧最精彩的出目,充分体现了吴炳喜剧传奇创作的以下特点。

其一,反语误会之法。古代传奇剧作情节多用误会之法,最典型的是阮大铖和吴炳。他们都属于明末清初阶段的戏曲家,误会之法反映了这一时期的戏曲叙事的独特技巧。在《帘试》一出中,最典型的是车家兄妹对话。静芳已经看出诗文的破绽,其兄车生却还蒙在鼓中,并不断地探试静芳的看法,当车静芳大笑着唱【北收江南】,嘲笑柳生"看来是这般精妙呵,可知道破工夫直得费延俄"时,车生竟误将静芳的反语作赞语,傻乎乎地附和道:"是用心做的了。"而当静芳又讥讽柳生"也亏他善抄誊一字不差讹"时,车生再附和:"果然誊得清。"静芳再三讥嘲柳生"比前番佳制好还多"时,车生依然完全迷惑于误解中,得意道:"前番已考案首,这次该超等了。"读者、观众因为看懂了静芳的每句反语的真实意思,所以很觉车生可笑,车生却因误会而完全不晓。这种误会通过隐藏在问答之中的反语来实现,确实具有很大的迷惑性,戏剧冲突的包袱如同被盲目吹起的气球,因为误会而越吹越大,最终彻底破灭。

其二,漫画式的讽刺风格。该出戏的讽刺手法极为夸张,具有漫画般的风格特点。如柳生明明做不出诗,却故作"大声吟哦"的姿态。困倦了,竟当场睡着,甚至还"打鼾",当被喝醒时,却不忘狡辩道:"学生原不曾睡,正在此静想题神。"一旦"传递"得手,便又换为一副得意洋洋的脸色,自吹道:"小弟这样才学,人不来央也够了,反去央人?"前后反差之大,可谓是极其夸张的,喜剧效果跃然纸上。

其三,引而不发的蓄势叙事之法。喜剧是将无价值的东西撕破给人看。而不同的喜剧其"撕破"的进展有快慢之别。慢慢地"撕破",将嘲讽的势能蓄满蓄足,后面就会更有利于"撕破"时酣畅淋漓地展现。这里,静芳早已识破了柳生的真面目,作者却没有让她立即说出,只是写她忍俊不禁"哈哈的笑",并让身边的乳母走出帘外,协助静芳,不断地对柳生加以嘲弄,可谓步步为营,步步蓄势,最后静芳一旦点破真相,便让柳生羞无地洞可钻。读者、观众也觉得十分畅快。

其四,南北合套的曲牌组合使用。全出戏采用规模较大的南北合套,且有自己的特色。其中所有的南曲都由旦扮车静芳演唱,而所有的北曲则由净扮柳生演唱。这样的安排可以很好地增强静芳对柳生的揭露、批判力度,并烘托出作为被批判对象的柳生身上软弱无赖的神情,从而起到意想不到的讽刺效果。曲体使用与作品风格之间的关系,在很多剧中不太容易表现出来,但在本折戏中由于作者巧妙地将南北曲曲情风格与人物塑造的特殊性完美地结合起来,所以能够起到很好的艺术效果。这是一种很好的曲体写作技巧,值得重视。

《帘试》一出戏正是通过上述四种喜剧表现手法,达成了作为"文雅的滑稽剧"(青正木儿《中国近代戏曲史》)的独特艺术风格,在明末清初的剧坛上具有典型的代表性。

（二）北曲、南曲杂剧

中山狼

康 海

第四折

（冲末拄杖上）则俺杖藜老子的是也①。俺逃名晦迹②，在这深山里隐居，真个无是无非。每日间到那溪边林下，闲步逍遥。只今暮秋天气，景致煞是佳也。只索倚杖散步一回者。（末同狼上）天那！着谁人救俺东郭先生也。呀！远远望见的小桥流水，茅舍疏篱，敢是人家的村落。俺只索向前去者。

【双调·新水令】看半林黄叶暮云低，碧澄澄小桥流水。柴门无犬吠，古树有乌啼，茅舍疏篱。这是个上八洞闲天地③。

　　呀，那林子里有个老儿，扶杖走来，求他救俺者。（做拜科）丈人④，蚤些儿救掩咱⑤。（老）兀那先生为着甚来？（末）这中山狼被赵卿所射⑥，带箭走了。他赶的来，上天无路，入地无门，向俺求救。想起俺墨者以兼爱为道⑦，只得把书囊救他一命。才出囊来，反要吃俺。苦苦求他，不肯相饶。俺和他说问个三老，可道是该吃不该吃。打头来遇着株老杏，那无知的朽木，道是该吃俺；再来遇着个老犇⑧，那个泼禽兽，又道是该吃俺，险些断送了性命也。今来遇着丈人，这是俺命儿里该有救星。天幸得逢丈人，望赐一言，救俺则个⑨！

【驻马听】枉煞心痴，向猛虎丛中来救你。无端负义，这鬼门关上诉凭谁？遇着顽禽蠢木总无知，道是屠牛伐树都差异。这搭儿难回避⑩。丈人呵！俺不道救星儿恰撞你。

　　（老举杖打狼科）哎，世上有你这般负恩的！他好意儿救得你，便要吃他。那有你这没天理的畜生！你快走！迟呵，俺便杖杀你也！（狼）丈人不可听信他！这都是虚言。他见俺被箭射伤，把俺缚了足，踡曲在囊中受了多少苦楚。他又支吾赵卿，说俺恁的贪狼，延捱了这一会⑪。他假意儿救俺，却是要囊中谋害了，自己独受其利。这般欺心的，道是该吃那不该吃？（老）这般说来，先生你也有些不是处。

（末）哎哟，丈人不知。俺只因救他，险被赵卿看出破绽来，几乎送了一命。这是俺的热心儿，图他甚么来！

【雁儿落】俺为他冲寒忍肚饥，俺为他胆颤心惊碎。把他来无情认有情，博得个冷气淘热气。

（狼）丈人莫信他！俺被他缚在囊里，好不苦也！（老）你俩个说来都难凭信。如今依旧缚在囊中，把那受苦的模样使俺亲见一番。若是果然受苦呵，先生，你也说不得，只索与老狼吃了者。（狼）恁的说得有理。俺肚里饿的慌了，快些缚起来，看可是苦也那不苦么。丈人，俺定是要吃那先生的，你莫哄俺来。（末缚狼置囊中科）（老）先生，你可有佩刀么？（末）俺带得有佩刀也。（出刀科）（老）如今怎的还不下手么？（末）虽然是他负俺，俺却不忍杀了他也。

【得胜令】光灿灿匕首雪花吹，软咍咍力怯手难提⑫。俺笑他今日里真狼狈，悔从前怎噬脐⑬。须知，跳不出丈人行牢笼计。还疑，也是俺先生的命运低。

丈人，只都是俺的晦气。那中山狼且放他去罢！（老拍掌笑科）这般负恩的禽兽，还不忍杀害他。虽然是你一念的仁心，却不做了个愚人么？（末）丈人，那世上负恩的尽多，何止这一个中山狼么！

◎　明崇祯刻本《古今名剧合选·酹江集》所收《中山狼》插图

【沽美酒】休道是这贪狼反面皮⑭，俺只怕尽世里把心亏，少什么短箭难防暗里随。把恩情番成仇敌⑮，只落得自伤悲。

（老）先生说的是，那世上负恩的，好不多也：那负君的，受了朝廷大俸大禄，不干得一些儿事，使着他的奸邪贪佞，误国殃民，把铁桶般的江山，败坏不可收拾；那负亲的，受了爹娘抚养，不能报答，只道爹娘没些挣挫⑯，便待拆骨还父，割肉还母⑰，才得亨通，又道爹娘亏他抬举，却不思身从何来？那负师的，大模大样，把个师父做陌路人相看，不思做蒙童时节，教你读书识字，那师父费他多少心来！那负朋友的，受他的周济，亏他的游扬⑱，真是如胶似漆，刎颈之交，稍觉冷落，却便别处去趋炎赶热，把那穷交故友，撇在脑后。那负亲戚的，傍他吃，靠他穿，贫穷与你资助，患难与你扶持，才竖得起脊梁，便颠番面皮，转眼无情，却又自怕穷、忧人富、划地的妒忌⑲，暗里所算他。你看世上那些负恩的，却不个个是这中山狼么！

【太平令】（末）怪不得那私恩小惠，却教人便叫唱扬疾⑳。若没有个天公算计，险些儿被么么得意㉑。俺只索含悲忍气，从今后见机，莫痴。呀，把这负心的中山狼做傍州例。

（杀狼科）业畜，这回死了，你如今还想吃俺么？把他撇在路上罢。多幸遇着丈人救俺，索谢了你去也㉒。（同下）

（孟称舜辑《古今名剧合选·酹江集》，明崇祯刻本）

【校注】

① 杖藜：拄着藜木拐杖。

② 逃名晦迹：隐姓埋名，不露踪迹。

③ 上八洞：天界神仙住的洞府。

④ 丈人：古代对男性长者的尊称。

⑤ 蚤：同"早"。

⑥ 赵卿：晋国正卿赵鞅，世称赵简子。

⑦ 墨者以兼爱为道：先秦诸子百家中的墨家主张"兼爱""非攻"。

⑧ 牸（zì）：母牛。

⑨ 则个：宋元时期白话中的句末语气助词，意为"便了"。

⑩ 这搭儿：这里，这边。

⑪ 延捱（ái）：延挨，意为拖延。

⑫ 软咍（hāi）咍：有气无力地笑着的样子。哈哈，欢笑的样子。

⑬ 噬脐：用口咬脐。比喻难以办到的事。

⑭ 反面皮：翻脸不认人。

⑮ 番：翻。

⑯ 挣挫：挣扎，用力支撑。

⑰ 拆骨还父，割肉还母：佛教传说昆沙门天王的儿子哪吒因杀魔过多，惹恼魔兵，受到父亲谴责，哪吒受不了，于是拆骨还父，割肉还母，另以荷菱为骨，连藕为肉而再生。

⑱ 游扬：宣扬。

⑲ 划（chàn）地：平白地，无端地。

⑳ 叫唱扬疾：高声喊叫，故作张扬。

㉑ 么么：细小的东西，又是"妖魔"二字的俗写，这里指中山狼。

㉒ 索：要。

【导读】

康海《中山狼》杂剧是中国古代戏曲史上著名的寓言故事剧。剧叙东郭先生独自骑驴负囊行于中山地面，途遇中箭而逃的中山狼前来求救。东郭先生信奉墨家"兼爱"思想，遂将狼藏于书囊。中山狼脱险之后，欲吃东郭先生。东郭先生与狼约定，寻问三老，三老如说该吃便吃。先问老杏树、老牛，皆答曰该吃。再问杖藜老丈，老丈设计将狼骗入书囊中，让东郭先生将其毙命。

寓言剧的故事和剧中人物，通常是对某些社会现象的概括。据《明史·康海传》，同为文坛"前七子"的康海与李梦阳为好友，李梦阳被宦官刘瑾陷害入狱后，曾向康海求救。康海遂以同乡关系向刘瑾说情，梦阳得以释放。后刘瑾败，康海坐刘党落职。明人何良俊《四友斋丛说》载，李梦阳得康海营救脱险后，康海获罪，而李梦阳"议论稍过严刻"，故"马中锡作《中山狼传》以诋之"。后人亦多认为康海此剧为刺李梦阳负恩的泄愤之作。其实，此说难以成立。康海于正德五年（1510）被罢官时，李梦阳闲居在家，不应参与朝议。而康海和李梦阳此后亦互有赠诗，不似有过间隙。虽然康海《读〈中山狼传〉》诗云："平生爱物未筹量，那计当时救此狼。笑我救狼狼噬我，物情人意各无妨。"但看不出康海曾被类似中山狼的何人所噬。鉴于明代以中山狼故事为题材创作的文学作品还有马中锡《中山狼传》小说（一说为宋代谢良所作）和王九思《中山狼院本》、陈与郊《中山狼》、汪廷讷《中山救狼》等杂剧多种，我们可以将这一创作现象理解为是对不同历史阶段的社会现象的共同批判，而不宜将康海的《中山狼》杂剧理解为旨在为指斥某一人而作，它的社会批判意义更为广泛和深刻。正如晚明陈继儒评此剧为"救世仙丹""使无义男儿见之不觉毛骨颤战"（《盛明杂剧》本眉批）。

　　该剧为北曲杂剧,共四折。这里选的是第四折。该折的排场安排很紧凑,有利于矛盾冲突的集中展开和彻底解决。在此折开演之前,舞台上的东郭先生已经在中山狼的逼迫下先后问过老杏树和老牛,并得到应该被吃的回答。三老中只剩一老可问了,如果第三老也是如此回答,那么东郭势必被吃。第四折正是在这样的万分危急时刻展开故事的,一开始就气氛紧张。在紧张的气氛中,老丈故意站在狼的立场上,诱导狼重新钻进书囊,然后果断地敦促东郭先生将狼杀死。叙事有起伏,情节走势的预料之中与意想之外过渡自然流畅。

　　人物性格在如此巧妙的排场中也得到了充分体现。东郭先生是一个迂腐的读书人,虽然一直信奉"墨者以兼爱为道",但最终在残酷的事实面前分清是非,抛弃无谓的泛爱思想。这一变化过程对广大的受众有很好的教育作用。中山狼狡诈、凶恶而又愚蠢的性格特征也十分鲜明。杖藜老丈是非分明,沉着老练,智慧地诱狼入毂,尤其最后帮助东郭先生分析、认识社会上如中山狼一样的各种恩将仇报之人,给人留下深刻的印象。

　　第四折用六支曲词组成一套,每支曲子都与宾白、科介勾连紧密。第一支【新水令】看似文人的泛泛写景抒情,实则真实而细腻地表达了东郭先生得到人救助的急切心情。"看半林黄叶暮云低,碧澄澄小桥流水。柴门无犬吠,古树有乌啼,茅舍疏篱。这是个上八洞闲天地"的唱词,不是可无可有的闲来之笔,而是写东郭先生在看到小桥流水、柴门古树、茅舍疏篱后感觉到了人烟,并意识到可能给自己带来希望,故唱出希望奇迹出现的"这是个上八洞闲天地"的曲词。【驻马听】【雁儿落】二曲写东郭先生向老丈的倾诉和诉求,"冷气淘热气"一句集中体现了其不解和愤懑。【得胜令】【沽美酒】【太平令】书写东郭先生在如何处置中山狼问题上的纠结和不断提高认识的过程。

　　本色当行是康海《中山狼》杂剧的特点。剧中无论东郭先生、老丈还是中山狼,其语言和科介都各悄其性格。晚明祁彪佳《远山堂剧品》对此极为肯定,认为该剧:"曲有浑灏之气,白多醒豁之语,位置于元剧,在《朱砂担》《乔踏碓》间。三剧中,以此为最。"而20世纪的日本汉学家青木正儿在其《中国近世戏曲史》也指出,该剧"四折均排场紧张,宾白无寸隙,曲辞语语本色,直摩元人之垒"。

　　在中国戏曲史上,康海的《中山狼》杂剧有其独特的地位。元及明初时期是北曲杂剧创作的高峰,到了明中叶的康海时代,北曲杂剧创作虽不乏其作,但此时已经出现了文人借鉴南曲戏文、传奇而创作的南杂剧。最早产生较大影响的文人南杂剧是与康海《中山狼》杂剧创作同时期的王九思的《中山狼院本》。王氏的《中山狼》杂剧为一折剧，且说教成分明显，形象不甚鲜明，而康氏的《中山狼》杂剧则为典型的北曲杂剧，一本四折，坚守着元杂剧北曲创作的传统。可以说，在明中叶，王氏《中山狼》杂剧作为创新之作，开启了南杂剧创作的新时代，而康氏《中山狼》杂剧则是坚持北曲杂剧创作传统的"守正"之作，为晚明乃至整个清代的北曲杂剧创作展示了部分明人的创作态度和方法。

雌木兰替父从军

徐 渭

第二折

(外扮主帅上)下官征东元帅辛平的就是。蒙主上教我领十万雄兵,杀黑山草贼,连战连捷。争奈贼首豹子皮①,躲住在深崖坚壁不出。向日新到有二千好汉②,俺点名试他武艺。有一个花弧,像似中用。俺如今要辇载那大炮石③,攻打他深崖,那贼首免不得出战。两阵之间,却令那花弧拦腰出马,管取一鼓成擒④。叫花弧与众新军那里?(木同众上,跪见介)(外)花弧,俺明日去攻打黑山,两阵之后,你可放马横冲,管取生擒贼首。俺与你奏过官里,你的赏可也不小。违者处斩。(木)得令。(外)就此起兵前去。

【清江引】黑山小寇真见浅,躲住了成何干? 花开蝶满枝,树倒猢狲散。你越躲着,我越寻你见。

【前腔】(众)黑山小寇真高见,右右他输得惯。一日不害羞,三餐吃饱饭,你越寻他,他越躲着看。

(众禀)主帅,已到贼营了。(外)叫军中举炮。(放炮介)(净扮贼首三出战)(木冲出擒介)(外)就收兵回去。

【前腔】(众)咱们元帅真高见,算定了方才干。这贼假的是花开蝶满枝,真的是树倒猢狲散。凯歌回,带咱们都好看。

【前腔】(帅)众军士们,好消息时下还伊见,每月钞加一贯,又不是一日不害羞,管教伊三餐吃饱饭。论成功是花弧居多半。

(到京,内鸣钟鼓作坐朝介,帅奏云)征东元帅臣辛平谨奏:昨蒙圣恩,命征讨黑山巨寇,今悉已荡平。贼首豹子皮,的系军人花弧临阵亲擒⑤,见解听决⑥。其余有功人员,各具册书,分别功次,均望上裁⑦。(丑扮内使捧旨上,云)奉圣旨:卿剿贼功多,特封常山侯,给券世袭⑧。花弧,可授尚书郎⑨,念其劳役多年,令驰驿还乡,休息三月,仍听取用。就给与冠带⑩,一同辛平谢恩。豹子皮就决了⑪。其余功次,候查施行。(木换冠带介)(帅、木谢恩介,受诏书,丑下)(木)花弧感蒙主帅的提拔，叨此荣恩⑫。只因省亲心急，不得到行台亲谢⑬，就此叩头，容他日效犬马之报。(帅)此是足下力量所致，于下官何预。匆忙中我也不得遣贺序别了⑭。(木)今日得君提挈起，(帅)下官也是因船顺水借帆风。(帅先别下)

【前腔】(木)万般想来都是幻，夸什么吾成算。我杀贼把王擒，是女又将男换。这功劳得将来不费星儿汗。

(二军追上云)花大爷，你偌咱就这等样好了。(木)二位怎么这样来迟？(二军)咱两个次候查功，如今也讨得个百户⑮，到本伍到任⑯，望大爷携带。(木)可喜，正好同行。

【前腔】(二军)想起花大哥真希罕，就拉溺也不教人见。(伴)这才是贵相哩，天生一贵人，倖幸三同伴。咱两个呵，芝麻大小官儿，抬起眼看一看。

【前腔】(木)我花弧有什么真希罕，希罕的还有一件。俺家紧隔壁那庙儿里，泥塑一金刚，忽变做嫦娥面。(二军)有这等事？(木)你不信到家时我引你去看。(下)

(爹、娘、小鬟上)自从孩儿木兰去了，一向没个消息。喜得年时王司训的儿子王郎，说木兰替爷行孝，定要定下他为妻。不想王郎又中上贤良、文学那两等科名⑰，如今见以校书郎省亲在家⑱。木兰又去了十来年，两下里都男长女大得不是耍。却怎么得他回来，就完了这头亲，俺老两口儿就死也死得干净。(二军同木上)(二军)花大爷，且喜到贵宅了，俺二人就告辞家去。(木)什么说话，请左厢坐下，过了午去。(二军应，虚下)(木进见亲介)(娘)小鬟，快叫二姑娘、三哥出来，说大姑娘回了。(小鬟叫弟、妹上介)(木对镜换女装，拜爹娘介)

【耍孩儿】孩儿去把贼兵剪，似风际残云一卷。活拿贼首出天关，这乌纱亲递来克汗⑲。(娘)你这官是什么官？(木)是尚书郎，奶奶。我紧牢拴，几年夜雨梨花馆，交还你依旧春风豆蔻函⑳。怎肯辱爷娘面？(娘)我儿，亏杀了你！(木)非自奖真金烈火，倘好比浊水红莲。(拜弟、妹介)

【二煞】去时节只一丢㉑，回时节长并肩，像如今都好替爷征战。妹子，高堂多谢你扶双老；兄弟，同辈应推你第一班。我离京时，买不迭香和绢，送老妹只一包儿花粉，帮贤弟有两匣儿松烟㉒。

(二军忙跑上)花大爷，你元来是个女儿。俺们与你过活十二年，都不知道一些儿。元来你路上说的金刚变嫦娥，就是这个谜子，此岂不是千古的奇事，留与四海扬名，万人作念么㉓。

【三煞】(木)论男女席不沾，没奈何才用权㉔。巧花枝稳躲过蝴蝶恋。我替爷

◎ 明崇祯刻本《古今名剧合选·酹江集》所收《雌木兰》插图

呵,似叔援嫂溺难辞手㉕;我对你呵,似火烈柴干怎不瞒。鸳鸯般雪隐飞才见。算将来十年相伴,也当个一半姻缘。

> (二军)他们这般忙,俺们不好不达时务,且不别而行罢。(先下)(矗报云)王姑夫来作贺。(娘)这个就是前日寄你书儿上说的这个女婿,正要请将他来与你成亲,来得恰好。(生冠带扮王郎上,相见介)(娘)王姑夫且慢拜,我才子看了日子了,你两口儿似生铜铸赖象,也铁大了㉖。今日成就了亲罢。快拜快拜!(木作羞背立介)(娘)女儿,十二年的长官,还害什么羞哩。(木兰回身拜介)

【四煞】甫能个小团圆㉗,谁承望结契缘㉘?乍相逢怎不教羞生汗。久知你文学朝中贵,自愧我干戈阵里还。配不过东床眷。谨追随神仙价萧史㉙,莫猜疑妹子像孙权㉚。

【尾】我做女儿只十七岁,做男儿倒十二年。经过了万千瞧,那一个解雌雄辨?方信道辨雌雄的不靠眼㉛。

黑山尖是谁霸占,木兰女替爷征战。

世间事多少糊涂,院本打雌雄不辨㉜。

(孟称舜辑《古今名剧合选·酹江集》,明崇祯刻本)

【校注】

① 争奈：怎奈。

② 向日：前几天。

③ 辇载：用人力车运载。

④ 管取：管保。

⑤ 的：的确。

⑥ 见(xiàn)：同"现"。解(jiè)：押送犯人。听决：听候处置。

⑦ 上裁：皇上裁决。

⑧ 给券世袭：赐予可以让子孙世袭做官的券证。

⑨ 授：底本脱，据《盛明杂剧》所收本补。尚书郎：东汉时，从孝廉中选取有才能的入尚书台，在皇帝左右处理政务，工作满一年则称尚书郎。魏晋后，尚书分为若干曹，如吏部、屯田、水部等，有侍郎、郎中等官，综理各曹曹务，统称为尚书郎。

⑩ 冠带：与其官职相应的衣帽、腰带。

⑪ 决：处决。

⑫ 叨：沾光。

⑬ 行台：主帅的行营。

⑭ 遣贺序别：赠送贺礼，叙别离情。序，同"叙"。

⑮ 百户：元代军制，武官名，为百夫之长。

⑯ 本伍：本队伍。

⑰ 贤良、文学那两等科名：贤良、文学，为西汉初年推行的举荐人才两科，被举的人可获得很高官位。

⑱ 校书郎：东汉始设校书郎中，北魏起改名校书郎，专管校勘典籍。

⑲ 克汗：即"可汗"，古代通常指北方匈奴、突厥、回纥、蒙古等族最高统治者的称号。这里借指此剧第一折提及的木兰所在政权统治者。

⑳ 春风豆蔻函：含苞未放的花朵，比喻少女。

㉑ 只一丢：只一点点儿，指身体小。

㉒ 松烟：指墨。

㉓ 万人作念：万人颂扬。

㉔ 用权：用权宜之计。

㉕ 叔援嫂溺：虽然按礼教，男女授受不亲，但当嫂子溺水时，小叔子可伸出援助之手，不必受礼教束缚。这里意为木兰替父从军也是不得已的变通之法。

㉖ 似生铜铸赖象，也铁大了：明代谚语，用生铜铸成黄色的大象，日久则会变为铁黑色，与铁

铸无异。这里意为木兰与王郎均已长大成人,到了该完婚之时。

㉗ 团圞:团圆,指与亲人团聚。

㉘ 结契缘:指结为夫妻。

㉙ 萧史:西汉刘向《列仙传》载,秦穆公时人萧史,善吹箫。穆公以女弄玉妻之。萧史每日教弄玉吹箫,箫声似凤鸣,有凤凰止于其屋。穆公为之筑凤台,萧史、弄玉居其上数年后,随凤凰飞去。

㉚ 妹子像孙权:用三国吴国孙权之妹好武之典。

㉛ "那一个"二句:化用《木兰诗》"雄兔脚扑朔,雌兔眼迷离。双兔傍地走,安能辨我是雌雄"句。

㉜ 院本:宋元时期行院所演的戏剧形式,以科诨打逗为主要表演手法,故表演院本又称"打院本"。

【导读】

徐渭(1521—1593),初字文清,后更字文长,号天池、天池山人、天池渔隐、天池漱生、天池生、鹏飞处人、青藤道士、青藤山人、青藤居士、漱老人、山阴布衣、白鹇山人、鹅鼻山侬、田水月、田丹水、海笠、佛寿、金垒、金回山人等,山阴(今浙江绍兴)人。著名文学家、书画家、戏曲家、军事家。曾入总督胡宗宪幕府,为胡宗宪剿灭倭寇屡出奇计。胡宗宪下狱,徐渭惧祸发狂,自戕不死。后又因以嫉妒杀继室而系狱七年。晚年乡居,以诗文书画糊口,恣情山水。撰有杂剧五种,皆为南杂剧,即《狂鼓史渔阳三弄》《玉禅师翠乡一梦》《雌木兰替父从军》《女状元辞凰得凤》《歌代啸》。前四者合称《四声猿》,取"巴东三峡巫峡长,猿鸣三声泪沾裳"之意,用"猿鸣四声"之意强调剧作所表达的慷慨愤懑的主旨。《歌代啸》共四折,每折叙述一个独立的故事,即"没处泄愤的是冬瓜走去拿瓜子出气,有心嫁祸的是丈母牙痛灸女婿脚根;眼迷曲直的是张秃帽子教李秃去戴,胸横人我的是州官放火禁百姓点灯"。并撰有南戏研究专著《南词叙录》,以及诗文集《徐文长三集》《徐文长逸稿》《一枝堂逸稿》等。

《雌木兰替父从军》为南曲杂剧,简名《雌木兰》,根据北朝乐府《木兰诗》改编而成。剧叙北魏花弧之女木兰自幼知文习武。时黑山贼作乱,朝廷征兵,花弧在应征之列。木兰念及父亲年老体弱,家中弟妹尚小,便女扮男装,替父从军。木兰以父亲花弧之名入伍,武艺出众,转战十年,英勇杀敌,最后生擒黑山贼首豹子皮。朝廷特封木兰为尚书郎,让其衣锦还乡,与王郎成婚。剧作热情地歌颂了一个普通女子非凡的军事才能和无畏的英雄精神。

　　该剧共二折,这里所选的是第二折,主要写两大情节。一是,写征东元帅辛平组织兵力对黑山贼众发起总攻,并授计给木兰对黑山贼首豹子皮采取突袭,最后木兰擒拿豹子皮,彻底平定了黑山之乱。二是,写战争结束之后,木兰受官还乡,到家换了女装之后,同行战友才知道木兰原来是个女儿郎。剧作对于生擒豹子皮的战斗过程描写较少,而将更多的笔墨用来写敌我双方的军事实力和战争的进展气氛,以及战争结束后木兰返乡时激动而复杂的心情。

　　剧作的叙事虽然受《木兰诗》的影响很大,但作为戏剧,必须对人物的经历有善始善终的交代,所以,该剧的叙事较《木兰诗》更为完整,尤其结尾补写王司训之子王郎来与木兰婚配,是《木兰诗》所原无的。对此,清代焦循《剧说》卷五有专门的讨论:"徐文长本古乐府《木兰歌》演为《雌木兰》杂剧,与《狂鼓史》《翠乡梦》《女状元》为《四声猿》。然《木兰歌》不详木兰之所终,而徐文长则有王郎成亲之科白。考《商丘志》,有孝烈将军祠,在城东南营郭镇北,一名木兰祠。元人侯有造作《孝烈将军祠像辨正记》云:'将军魏氏,本处子,名木兰,亳之谯人也。世传:可汗募兵,孝烈痛父耄羸,弟妹皆稚呆,慨然代行。服甲胄鞬囊,操戈跃马,驰神攻苦,钝剉戎阵,胆气不少衰,人莫窥非男也。历年一纪,交锋十有八战,策勋十二转。天子喜其功勇,授以尚书。隆宠不赴,恳奏省亲。拥兵还谯,造父室,释戎服,复闺妆,举皆惊骇,咸谓自有生民以来,盖未见也。以异事闻于朝,召复赴阙。欲纳宫中,将军曰:"臣无媲君礼制。"以死誓拒之。势力加迫,遂自尽,所以追赠有"孝烈"之谥也。……'按,此考辨精确,而所传木兰之烈,则未尝适人者;传奇虽多谬悠,然古忠孝节烈之迹,则宜以信传之。因文长有郎成亲之科白,而详之于此。"其实,未有文献记载,徐渭《雌木兰》剧的创作乃据《商丘志》。剧作增出木兰与王郎婚配的大团圆结局,应是遵循中国古代戏曲创作的传统体例,不足为怪。至于焦循《剧说》之考证,则可理解为作为考据学家的焦循的惯性的学术思维使然。

　　剧作的曲词内容受《木兰诗》的影响很大,但比《木兰诗》更形象化,也更符合人物的性格特征。晚明祁彪佳《远山堂剧品·妙品》称该剧语言"具千钧力,将脂腻词场,作虚空粉碎"。20世纪上半叶的日本青木正儿在《中国近世戏曲史》中高度称赞该剧的曲词,谓其"藻彩焕发,可歌可诵"。

清代剧曲

清代剧曲的发展

清代的剧曲延续着明代南曲与北曲的两条线。

南曲传奇到了清代，主要表现形式是昆曲，其他弋阳、余姚、海盐等腔降于次要地位。昆曲由原根据地苏州、松江一带，扩展到全国各大城市。各地出现了许多民间剧团，为了演出需要，涌现出大批专业剧曲作家。

康熙中叶以前出现了中国剧曲史上又一个鼎盛时期。这一时期重要作家是以李玉为代表的"苏州派"，以及李渔、洪昇和孔尚任。

清初的苏州地区，以工商业为主体的城市经济发达，市民阶层壮大；苏州市民的民主意识突出，有着反抗暴力统治的斗争传统；苏州的戏曲创作与理论研究异常活跃。在这些因素的共同作用下，清初出现了戏曲创作的苏州派现象。苏州派戏曲作家群，主要有李玉、朱素臣、朱佐朝、张大复（一名彝宣）、叶时章、邱园、毕魏、薛旦、盛际时、刘方、马佶人、朱云从、陈二白、陈子玉、王续古、邹玉卿等作家。苏州派传奇创作有以下特点：

一是，作家多为不得志、专靠写戏度日的专业戏曲家，与元代书会才人有许多相似之处。

二是，其传奇剧作多取材于苏州地区的重大时事、历史故事、民间传说，具有强烈的现实性、明显的地方性。如李玉《清忠谱》即写苏州市民反抗魏忠贤的斗争。

三是，传奇作品具有突出的舞台演出特点。如为了适合在当地演出，剧作的宾白多用苏州方言即"苏白";为了演出时间需要,剧作的篇幅一般不太长,多在三十出左右。

四是,形成了集体创作风气,如《清忠谱》由李玉主创,毕魏、叶时章、朱素臣等人共同参与编定。

苏州派对中国戏曲史的发展影响深远。首先,促使清初其他剧作家的戏曲创作注重剧作的舞台演出效果,对扭转当时戏曲创作的案头化趋势有一定的积极意义。其次,促进了清初戏曲尤其传奇创作的繁荣,使传奇创作明万历年间的繁盛之后,到了清初出现新的创作高潮,其历史剧创作更是直接影响着"南洪北孔"的历史剧作品的问世。如吴伟业《清忠谱序》中所指出该剧"事俱按实,其言雅驯,虽云填词,目之信史可也"的"曲史"创作原则直接影响了孔尚任的《桃花扇》创作。

李渔除了有剧曲理论《闲情偶寄》外,还创作《笠翁十种曲》,其中代表作是《风筝误》。李渔传奇剧本巧设关目,很好地实践着他自己所提出的"立主脑""减头绪""密针线"等创作观念,极易搬演。

洪昇《长生殿》是李、杨爱情剧中的佼佼者。孔尚任《桃花扇》则是"以离合之情,写兴亡之感"的优秀历史剧。"南洪北孔"的剧作将清代剧曲推向了现实主义的高峰。

清中叶以后,随着商业经济的繁荣,市民文化需求不断增长,"花部"戏曲即地方戏逐渐兴起,并最终取代了昆曲一统天下的地位。"花部"是与"雅部"昆曲对称的概念。花部唱腔剧种,主要有梆子腔(晋剧、秦腔、河北梆子、豫剧等)、高腔(川剧、湘剧、婺剧等)、皮黄腔(汉剧、闽剧、滇剧、粤剧等)。此外,还有许多民间小戏,如两湖地区花鼓戏、川滇地区花灯戏、赣地采茶戏和皖地黄梅戏等。乾隆末年,徽班进京,在各剧种互相融合的基础上,以徽剧的二黄调为主,吸收汉剧的西皮调,再结合北京方言,形成了京剧。花部戏曲的唱曲以板腔体为主,与古典曲体的南曲、北曲曲牌联缀演唱不同,不具有古典曲体文体的意义,所以不在本书的讨论和介绍范畴。

但是,需要指出的是,在花部戏曲兴盛阶段,古典曲体仍然存在。表现在南曲传奇方面,其创作依旧按照本戏的形式,但演出时难以全本扮演,在搬演其中某些出目时,逐渐形成了折子戏。可以说,折子戏是花部流行时期古典曲体的宝贵的舞台遗存。像邱园《虎囊弹》中的《山门》、方成培《雷峰塔》中的《水斗》《断桥》,以及无名氏《孽海记》中的《思凡》等,都是晚清戏曲舞台上经常搬演的古典折子戏。

在北曲杂剧和南曲杂剧的选择中,清代剧作家并没有特别的倾向。换言之,清代的北曲杂剧和南曲杂剧都有不少较为优秀的作品，这在清初邹式金所编的反映清初杂剧创作面貌的《杂剧三集》中可以看出。但是无论清初还是清中后期，又都出现了对南曲因素持谨慎借鉴态度的南化之北曲杂剧。这些杂剧的最大特点是曲体采用北曲套曲形式，并坚持安排一脚主唱，只在脚色名称和剧作篇幅规模上使用南曲杂剧的形式。而特别需要指出的是，清代的杂剧无论北曲还是南曲或是南曲化的北曲，都特别注重个人抒怀，不在乎能否搬演，很类似文人的抒情诗，如杨潮观的《吟风阁杂剧》作为短剧集，所收剧本都是每剧一折，其抒情性就特别强。

此外，清代宫廷大戏也是清代新出现的戏曲创作现象。但从曲体形态上看，清代宫廷大戏基本是对南曲传奇的扩展版，也有从南曲杂剧拓展而来的承应戏。这些都不具有经典的曲体学意义，姑且不论。

（一）南曲传奇

风筝误

李　渔

第二十九出　诓美

【传言玉女前】(小旦带副净上①)儿女温柔，佳婿少年衣绣，问邻家娘儿炉否？

妾身柳氏。前日老爷寄书回来，教我赘韩状元为婿。我想，梅夫人与我各生一女，他的女婿是个白衣白丁，我的女婿是个状元才子；我往常不理他，今日成亲，偏要请过来同拜，活活气死那个老东西！叫梅香，去请二夫人过来，好等状元拜见。

(副净应下)

【传言玉女后】(生冠带②，末随上)姻缘强就，这恶况怎生经受？冤家未见，已先眉皱！(见介)

(副净上)夫人，二夫人说，他晓得你的女婿是个状元，他命轻福薄，受不得拜起，他不过来。(生)既是二夫人不来，今日免了拜堂罢。(小旦)说的甚么话？小女原不是他所生，尽他一声③，不来就罢。叫宾相赞礼。(净扮掌礼上，请介)(副净、老旦扶旦上，照常行礼毕，共坐饮酒介)

【画眉序】(生闷坐不开口，众唱)配鸾俦，新妇新郎共含羞。喜两心相照，各自低头。合欢酒未易沾唇，合卺杯常思放手④。状元相度该如此⑤，端庄不轻开口。

【滴溜子⑥】笙歌沸，笙歌沸，欢情似酒。看银烛，看银烛，花开似斗。冬冬鼓声传漏⑦，早些撤华筵，停玉盏，好待他一双双归房聚首。

(小旦)掌灯送入洞房。(行介)

【双声子】新人幼，新人幼，看一捻腰肢瘦⑧。才郎秀，才郎秀，看雅称宫袍绣。神祐祐⑨，神祐祐；天辐辏⑩，天辐辏。问仙郎仙女，几世同修？

【隔尾】这夫妻岂是人间偶？是一对蓬莱小友，谪向人间作好逑⑪。(众下)

(生、旦对坐⑫，旦用扇遮面介)(内发鼓毕，打一更介)(生背介)他今日一般也良心发动⑬,无颜见我⑭,把扇子遮住了脸。(叹介)你这把小小扇子,怎遮得那许多恶状来!

【园林好】(生)我笑你背银灯,难遮昨羞,隔纨扇,怎藏旧丑?他当初露出那些轻狂举止,见我厌恶他,故此今日假装这个端庄模样。(叹介)你就端庄起来也迟了!一任你把娇涩态千般妆扭,怎当我愁见怪,闭双眸!愁见怪,闭双眸!

我若再一会不动,他就要手舞足蹈起来了。趁此时拿灯去睡。双炬台留孤烛影,合欢人睡独眠床。(持灯下)(旦静坐介)(内打三更介)(旦觑生不见介)呸!我只说他坐在那边,只管遮住了脸,方才打从扇骨里面,张了一张,才晓得是空空的一把椅子!(向内偷觑,大惊介)呀!他独自一个竟去睡了,这是甚么缘故?

【嘉庆子】莫不是醉似泥,多饮几杯堂上酒?莫不是善病的相如体态柔⑮?莫不是昨夜酣眠花柳⑯,因此上神倦怠,气休囚⑰;神倦怠,气休囚?

他如今把我丢在这边,不偢不保⑱,难道我好自己去睡不成?独自个冷冷清清,又坐不过这一夜,不免拿灯到母亲房里去睡。檀郎不屑松金钏⑲,阿母还堪卸翠翘⑳。(敲门介)母亲开门。(小旦持灯上)眼前增快婿,脚后失娇儿。(开门见旦,惊介)呀!我儿,你们良时吉日,正好成亲,要甚么东西,只该叫丫鬟来取,为甚自己走出来?(旦)孩儿不要甚么东西,来与母亲同睡。(小旦大惊介)怎么不与女婿成亲,反来与我同睡?

【尹令】你缘何黛痕浅皱㉑?缘何擅离佳偶?缘何把母阃重叩㉒?莫不是娇痴怕羞,因此上抱泣含愁把阿母投?

(旦)他不知为甚么缘故,进房之后,身也不动,口也不开,独自一个竟去睡了。孩儿独坐不过,故此来与母亲同睡。(小旦呆介)怎么有这等诧异的事?我看他一进门来,满脸都是怨气,后来拜堂饮酒,总是勉强支持㉓。这等看起来,毕竟有甚么不惬意处㉔?我儿,你且坐一坐,待我去问个明白,再来唤你㉕。叫梅香掌灯。(旦下)(副净上,持灯行介)只道欢娱嫌夜短,谁知寂寞恨更长。来此已是。梅香,请他起来。(副净向内介)韩老爷,请起来,夫人在这里看你。(生上)令爱不堪偕伉俪㉖,老堂空自费调停㉗。夫人到此何干?(小旦)贤婿请坐了,有话要求教。(坐介)贤婿,舍下虽则贫寒,小女纵然丑陋,既蒙贤婿不弃,结了朱陈之好㉘,就该俯就姻盟。为甚的愁眉怨气,全没些燕尔之容㉙?独宿孤眠,成甚么新婚之体?贤婿自有缘故,毕竟为着何来?(生)下官不与令爱同床,自然有些缘故。明人不须细说,岳母请自参详。(小旦)莫非为寒家门户不对么?(生)都是仕宦人家,门户有甚么不对？（小旦）这等，为小女容貌不佳？（生）容貌还是小事。（小旦）哦，我知道了。是怪舍下妆奁不齐整⑩？老身曾与戚年伯说过㉛，家主不在家，无人料理，待老爷回来，从头办起未迟。难道这句话，贤婿不曾听见？（生微笑介）妆奁甚么大事，也拿来讲起？

【品令】便是荆钗布裙，只要德配也相投。况如今珠围翠绕，还堪度春秋。（小旦）这等为甚么？（生）只为伊家令爱有声扬中冓㉜。我笑你府上呵，妆奁都备，只少个扫茨除墙的佳甭㉝。我只怕荆棘牵衣，因此上刻刻堤防不举头。

（小旦大惊介）照贤婿这等说起来，我家有甚么闺门不谨的事了㉞？自古道：眼见是实，耳闻是虚。贤婿所闻的话，焉知不出于仇口？（生）别人的话，那里信得？是我亲眼见的。（小旦大惊介）我家闺门的事，贤婿怎么看见？是何年何月？那一桩事？快请讲来。（生）事到如今，也就不得不说了。去年清明，戚公子拿个风筝，来央我画。我题一首诗在上面，不想他放断了线，落在贵府之中。（小旦）这是真的。老身与小女同拾到的。（生）后来着人来取去，令爱和一首诗在后面。（小旦）这也是真的，是老身教他和的。（生）后来我自己也放风筝，不想也落在府上，及至着小价来取㉟，谁知令爱教个老姬，约我说起话来。（小旦惊介）这就是他瞒我做的事了。或者是他怜才的意思，也不可知。这等贤婿来了不曾？（生）我当晚进来，只说面订婚姻之约，待央媒说合过了，然后明婚正娶的。不想走进来的时节，我手还不曾动，口还不曾开，多蒙令爱的盛情，不待仰攀，竟来俯就。如今在夫人面前，不便细述，只好言其大概而已。我心上思量，妇人家所重在德，所戒在淫；况且是个处子㊱，怎么"廉耻"二字全然不顾？彼时被我洒脱袖子，跑了出去，方才保得自己的名节，不曾敢污令爱的尊躯。

【豆叶黄】亏得我把衣衫洒脱，才得干休。险些做了个轻薄儿郎，险些做了个轻薄儿郎，到如今这个清规也难守。（小旦）既然如此，贤婿就该别选高门，另偕优俪了，为甚么又来聘这个不肖的东西？（生）我在京中，哪里知道是戚老伯背后聘的。如今悔又悔不得，只得勉强应承。不敢瞒夫人说，这一世与令爱只好做个名色夫妻，若要同床共枕，只怕不能够了。名为夫妇，实为寇仇，若要做实在夫妻，若要做实在夫妻，纵掘到黄泉，也相见还羞㊲。

（小旦）这等说起来，是我家的孽障不是了。怪不得贤婿见绝。贤婿请便，待老身去拷问他。（生）慈母尚难含忍，怎教夫婿相容？（下）（小旦）他方才说的话，字字顶真，一毫也不假。后面那一段事，他瞒了我做，我那里知道？千不是、万不是，是我自家的不是！当初教他做甚么诗！既做了诗，怎么该把外人拿去？我不但治家

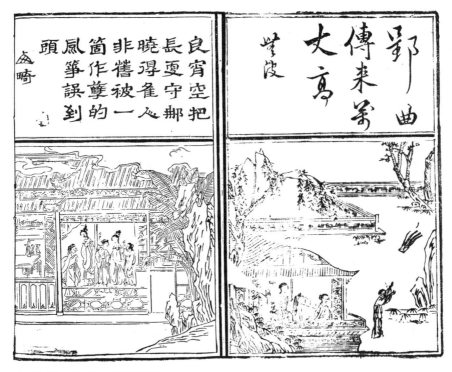

◎　清康熙世德堂刻本《风筝误》插图

不严，又且诱人犯法了。日后老爷回来知道，怎么了得！（行到介）不争气的东西在那里！（闷坐气介）（内打四更介）

【玉交枝】（旦上）呼声何骤？好教人惊疑费筹。（见小旦介）母亲为何这等恼？（小旦）你瞒了我做得好事！（旦惊介）孩儿不曾瞒母亲做甚么事。（小旦）去年风筝的事，你忘了？（旦背想介）是了，去年风筝上的诗，拿了出去，或者韩郎看见，说我与戚公子唱和，疑我有甚么私情，方才对母亲说了。（对小旦介）去年风筝上的诗，是母亲教孩儿做的；后来戚家来取，又是母亲把还他的，干孩儿甚么事？（小旦）我把他拿去，难道教你约他来相会的？（旦大惊介）怎么，我几时把人约黄昏后®？向母亲求个分剖®。（小旦）你还要赖！起先戚家风筝上的诗是韩郎做的；后来韩郎也放一个风筝进来，你教人约他相会，做出许多丑态，被他看破，他如今怎么肯要你！（旦大惊，呆视介）这些话是那里来的？莫非他见了鬼！（高声哭介）天那！我和他有甚么冤仇，平空造这样的谤言来玷污我！今生与伊无甚仇，为甚的擅开含血喷人口！（小旦掩旦口介）你还要高声，不怕隔壁娘儿两个听见？今日喜得那老东西不曾过来，若过来看见，我今晚就要吊死！我细思量，如何盖羞！细思量，如何盖羞！

（内打五更介）料想今晚做不成亲了，你且去睡，待明日再做道理。粪缸越搂越臭⑩。(旦)奇冤不雪不明。(下)(小旦)这桩事好不明白。照女婿说来,千真万真;照他说来,一些影响也没有⑪。就是真的,他自己怎么肯承认? 我有道理,只拷问是哪个丫鬟约他进来的就是了。(对副净介)是你引进来的么?(副净)阿弥陀佛! 我若引他进来,教我明日嫁个男子,也象这样不肯成亲。(小旦)掌灯! 我再去问。(行介)(副净请介)(生上)说明分散去,何事又来缠?(小旦)方才的事,据贤婿说,确然不假;据小女说,影响全无。这"莫须有"三字也难定案。请问贤婿去年进来,可曾看见小女么?(生)怎么不曾见?(小旦)这等还记得小女的面貌么?(生)怎么不记得? 世上那里还有第二个像令爱的尊容?(小旦)这等方才进房的时节,可曾看看小女不曾?(生)也不消看得,看了倒要难过起来。(小旦)这等待我教小女出来,请贤婿认一认;若果然是他,莫说贤婿不要他为妻,连老身也不要他为女了。恐怕事有差讹,也不见得。(生)这等就教出来认一认。(小旦)叫丫鬟,多点几枝蜡烛,去照小姐出来。(丑应下)(生)只怕认也是这样,不认也是这样。(小旦背介)天那! 保祐他眼睛花一花,认不出也好。(老旦、副净持灯,照旦上)请将见鬼疑神眼,来认冰清玉洁人。(小旦)小女出来了,贤婿请认。(老旦、副净掌灯高照。生遥认,惊背介)呀! 怎么竟变做一个绝世佳人? 难道是我眼睛花了?(拭目介)

【六么令】把双睛重揉。(近身细认,又惊,背介)逼真是一个绝世佳人! 那里是幻影空花⑫,眩我昏睐。谁知今日醉温柔? 真娇艳,果风流! 不枉我铁鞋踏破寻佳偶,铁鞋踏破寻佳偶!

(小旦)贤婿,可是去年那一个么?(生摇手介)不是不是,一些也不是!(小旦)这等看起来,与我小女无干,是贤婿认错了人了。(生)岂但认错了人,竟是活见了鬼! 小婿该死一千年了!(小旦)这等老身且去,你们成了亲罢。(生)岳母快请回。小婿且告罪,明日还要负荆⑬。(小旦笑介)不是一番疑彻骨,怎得千重喜上眉?(老旦、副净随下)(生急闭门,向旦温存介)小姐,夜深了,请安置罢。(旦不理介)(生)是下官认错了人,冒犯小姐,告罪了。(长揖介)(旦背立,不理介)

【江儿水】(生)虽则是长揖难辞谦,须念我低头便识羞。我劝你层层展却眉间皱,盈盈拭却腮边溜⑭,纤纤松却胸前扣。请听耳边更漏,已是丑末寅初⑮,休猜做夜半三更时候。

(内做鸡鸣介)(生慌介)小姐,鸡都鸣了,还不快睡! 下官没奈何,只得下全礼了。

(跪介)(旦扶起介)

【川拨棹⑯】(生)蒙慈宥⑰,把前情一笔勾。霁红颜⑱,渐展眉头;霁红颜,渐展眉头。也亏我屈黄金,先陪膝头^㊾。请宽衣,莫怕羞,急吹灯,休逗留。

【尾声】良宵空把长更守,那晓得佳人非旧,被一个作孽的风筝误到头!

鸳鸯对面不相亲,好事从来磨杀人。

临到手时犹费口,最伤情处忽迷神。

(李渔《风筝误》卷下,清康熙世德堂刻本)

【校注】

① 小旦:这里扮演詹淑娟的母亲柳氏。副净:这里扮演丫鬟梅香。

② 生:这里扮演韩世勋。

③ 尽他一声:叫他一声。

④ 合卺(jǐn)杯:过去婚礼时新婚夫妇合饮的酒杯。

⑤ 相度:指举止、风度。

⑥ 溜:底本作"留",据清康熙间书联屋刻本改。

⑦ 传漏:传递着漏滴的声音。漏,滴水计时器。

⑧ 一捻:一把。形容腰细。

⑨ 祜(hù)祐:祜,福荫;祐,保佑。

⑩ 辐辏(fú còu):这里比喻人或物聚集在一起。辐,辐条,车轮半径上的直木。辏,指辐条集中在车轮圆心。

⑪ "是一对蓬莱小友"二句:他俩原为蓬莱仙子,被贬谪到人间做了夫妻。蓬莱,传说中的海上仙山。谪(zhé),神仙被贬到人间。好逑(qiú),好配偶。《诗经·周南·关雎》:"窈窕淑女,君子好逑。"

⑫ 生:这里扮演韩世勋,底本作"小",据下文改。旦:这里扮演詹淑娟。

⑬ 良心发动:良心发现。

⑭ 颜:底本作"言",据清康熙间书联屋刻本改。

⑮ 善病的相如体态柔:相如,即司马相如,汉代著名文学家。据说他患有消渴病,即糖尿病。

⑯ 酣眠花柳:指嫖宿娼妓。

⑰ 气休因:神气不足。

⑱ 不偢(chǒu)不保:不理睬。

⑲ 檀郎:晋代潘岳,小名檀奴,他姿仪美好,很受妇人喜欢,后来就用檀郎代指美男子或情郎。

⑳ 翠翘:翠鸟尾上的长毛叫翘,这里指形似翠尾的头饰。

㉑ 黛:画眉用的青黑色颜料,代指眉。

㉒ 阍(hūn):原指守门人,这里代指门。

㉓ 勉:底本作"免",据清康熙间书联屋刻本改。

㉔ 不慊(qiàn)意:不满意。

㉕ 唤:底本作"回",据清康熙间书联屋刻本改。

㉖ 伉俪(kàng lì):夫妻。

㉗ 老堂:指母亲。

㉘ 朱陈:古村名,在今徐州丰县。村内只有朱、陈两姓,世代联姻。代指婚姻。

㉙ 燕尔:指新婚夫妻和美的样子。

㉚ 妆奁(lián):指嫁妆。

㉛ 年伯:对同榜登科者的父辈的尊称,这里尊称丈夫的友人。

㉜ 菁:底本作"簀",据文意改。中菁(gòu):内室。《诗经·鄘风·墙有茨》:"中菁之言,不可道也。"这里讥讽闺门名声不好。

㉝ 扫茨除墙:整肃闺门的意思。

㉞ 闺门:女子居所的别称,这里指对女儿的管束。

㉟ 小价:自家奴仆的谦称。这里"价"音"介",与价值之价不同。

㊱ 处子:处女。

㊲ "纵掘到黄泉"两句:这里借用郑庄公掘地见母的故事。郑庄公与母姜氏不和,他发誓说:"不及黄泉,无相见也!"这里韩生表示誓死不与詹家女儿相好。

㊳ 人约黄昏后:欧阳修《生查子》词:"月上柳梢头,人约黄昏后。"相传这是一首描写男女幽会的词。

㊴ 分剖:分明。

㊵ 搂:底本作"掉",据中国艺术研究院藏清刻本改。

㊶ 影响:影子。

㊷ 幻:底本作"幼",据中国艺术研究院藏清刻本改。

㊸ 负荆:负,背着。荆,荆条,古时用作打人的器具。战国时,蔺相如和廉颇是赵国的文臣和武将,廉颇因官位在蔺之下,心中不服,扬言见到蔺便要羞辱他。而蔺相如为了国家利益,处处谦避。后来廉颇知道,就背上荆条到蔺家去请罪。(见《史记·廉颇蔺相如列传》)后人便用"负荆请罪"表示认错。

㊹ 盈盈:泪水充溢的样子。

㊺ 丑末寅初:地支计时法,相当于现在凌晨三时左右。

㊻ 棹:底本作"掉",据《康熙曲谱》改。

㊼ 宥(yòu):恕罪。

㊽ 霁(jì):原指雨过天晴。这里用来比喻怒气消释,脸色转和。

㊾ 屈黄金,先陪膝头:俗语"男儿膝下有黄金",表示男人不能轻易下跪。这里化用其意。

【导读】

李渔(1611—1680),字笠鸿,号笠翁,兰溪(今属浙江省)下李村人。他自蓄戏班,常到各地达官贵人门下演出,积累了丰富的表演经验。晚年移居杭州西湖。写过《风筝误》《蜃中楼》《玉搔头》等十个剧本,合称《笠翁十种曲》。著有《闲情偶寄》,其中《词曲部》论述戏曲创作,《演习部》论述舞台艺术,对古典戏曲理论有所丰富和发展。另有小说集《无声戏》《十二楼》。

《风筝误》为喜剧,共三十出。剧情梗概:詹烈侯娶了梅氏、柳氏两位夫人。梅氏所生爱娟,无才又貌丑;柳氏所生淑娟,貌美而有才学。梅、柳二人一向不和,分居两院。詹的朋友戚补臣,生子戚友先,另有养子韩世勋。戚、韩二生于清明节先后放风筝。韩生题了一首诗在戚生的风筝上,不料风筝线断,落在柳氏院中。柳氏强要女儿淑娟和诗一首,书于风筝上,由书僮送回,恰逢戚生午睡,风筝便给了韩生。韩生便题诗作答,并故意放风筝断线落到詹家,却被爱娟得到。爱娟使乳母约韩生私会,误以为是戚生。相会之时,爱娟举止粗野,不欢而散。自此,阴差阳错,爱娟以为韩生是戚生,与戚生终成夫妻。韩生以为爱娟便是淑娟,中状元后,由戚补臣订婚,在奇巧中与淑娟结合。该剧迎合官僚豪绅的审美趣味,立意不高,但在艺术上却达到了相当的高度。从总体上说,它以一只"作孽的风筝"为线索,结构完整,情节紧凑,关目奇巧,语言生动,擅制噱头。整个戏从头至尾,始终笼罩在喜剧气氛之中。具体地说,该剧很好地体现了作者所一贯主张的结构上"立主脑""减头绪""密针线"和语言上"贵浅不贵深"。很适合演出。

长得漂亮的人必然才华出众,而长相丑陋者则必定空虚无知,这是剧作者的观点。郎才女貌,丑妇拙夫,全剧的冲突就是建立在这样美丑观之上的。所谓风筝之误,其实质便是才郎、丑妇之间的美丑之误。《诧美》一出,又称《后亲》。写韩世勋误把詹淑娟当詹爱娟,新婚之夜,引出一场风波,终于冰释。这是全剧的高潮。因世勋、淑娟各自题诗其上的风筝误落爱娟之手,而引起的种种误会性的戏剧冲突终得消除;淑娟的美因爱娟的冒名顶替,被世勋误以为奇丑不堪,也终得真相大白。这就使《风筝误》的两方面的"误"得以解决:前者是组织喜剧情节的误会巧合;后者暗指当时社会中美丑混淆、黑白颠倒的错误现象。本出关目安排之巧妙,曲词宾白之贴切,喜剧气氛之浓厚,都堪为全剧的代表。

清忠谱

李 玉

第十一折　闹诏

(贴青衣、小帽上)苦差合县有,惟我独充当。自家吴县青带便是①。北京校尉来捉周乡宦②,该应吴县承值。校尉坐在西察院,本县老爷要拨人去听差,这些大阿哥③,都叮嘱了书房里,不开名字进去。竟拿我新着役、苦恼子公人④,点去承值,关在西察院内。那些校尉动不动叫差人,叫差人,要长要短,偶然迟了,轻则靴尖乱踢,重则皮鞭乱打。一个钱也没处去赚,倒受了无数的打骂!方才攒了一肚子烧酒⑤,如今在里边吆吆喝喝,又走出来了。不免躲在厢房,听他说些什么。(暗下)(付扮差官,丑、小生扮二校喝上)

【梨花儿】(付)驾上差来天也塌,推托穷官没钱刮,恼得咱家心性发,喏!拿到京中活打杀。

李老爷呢?(小生)李老爷睡在那里。(付)快请出来。(校向内介)张老爷请李老爷。(净内应介)来了!(净扮差官上)

【前腔】(净)久惯拿人手段滑,这番差事差了瞎⑥。自家干儿不设法,喏!一把松香便决撒⑦。

(付)李老爷,咱们奉了驾帖,差千差万,到处拿人,不知赚了多少银子。如今差到苏州,又拿一个吏部⑧。自古道:上说天堂,下说苏杭。岂不晓得苏州是个富饶的所在,况且吏部是个美官,值不得拿万把银子,送与咱们?开口说是个穷官,一个钱也没有。你道恼也不恼!难道咱们三千七百里路来到这里,白白回去了不成?(净)可笑那毛一鹭⑨,做了咱家的官儿,咱们到来,他也该竭力设法,怎么丢咱们住在冷屋里边,自己也不来?哥阿,若是周顺昌弄不出,咱们一定要倒毛一鹭的包哩!(付)李老爷说的是!差人那里?(连叫介)(丑)差人差人!(贴走出,跪介)老爷有何分付?(付)差你在这里伺候,脸面子也不见,不知躲在那里?(净)连连叫唤,才走出来,要你这里做什么!(付)李老爷不要与他说,只是打便了。(净)拿皮鞭来!(贴磕头介)小的在这里伺候,求老爷饶打。(付)你快去与毛一鹭说:俺老爷们,奉了皇爷的圣旨、厂爷的钧旨⑩,到此拿人,你做那一家的官儿,不值得在犯官身上弄万把银子送俺们！若有银子，快快抬来，若没有银子，咱们也不要周顺昌了。咱们自上去，教他自己送周顺昌到京便了。快去说，就来回复。（贴）小的是个县差，怎敢去见都老爷⑪？怎敢把许多言语去禀？（净、付大怒介）唗！你这狗头，不走么？（贴拜介）小的委实不敢说。（付）要你这狗头何用？（将皮鞭乱打介）（净乱踢介）（贴在地乱滚，叫痛哀求介）（付）这样狗攮的⑫，不中用。（贴爬下）（付向丑介）你照方才的言语，快去与毛一鹭说！俺们立等回话。（内众声喧喊介）（丑望介）呀！门外人山人海，想是来看开读的。这般挨挤，如何走得？（付又与小生说介）你把皮鞭打开了路，送他出去便了。（向净介）咱家到里边喝杯凉酒，少不得毛一鹭定然自来回复。（净）有理。（付）只等飞廉传信去⑬，（净）管教贯索就擒来⑭。（同下）（小生）咄！百姓们闪开闪开！咱家奉旨来拿犯官，什么好看，什么好看！（丑）闪开闪开！让咱走路！（将皮鞭乱打下）（旦、贴扮二皂喝上。外黑三髯、冠带扮寇太守上⑮）

【西地锦】（外）民愤雷呼辕下，泪飞血洒尘沙。（内众乱喊介）周吏部第一清廉乡宦，地方仰赖，众百姓专候太老爷做主，鼎言救援哩⑯！（大哭介）（末短胡髯、冠带扮陈知县急上⑰）（向内摇手介）众百姓休得啼哭，休得啼哭！**上司自有公平话。且从**

◎ 民国四年(1915)富华图书馆刻本《改良全图缀白裘十二集全传》九集所收《清忠谱》插图

容，莫用喧哗。

（内众又喊介）陈老爷是周乡宦第一门生，益发坐视不得的呢！爷爷嘎[18]！（又哭介）（末见外介）老大人，众百姓执香号泣者，塞巷填街，哀声震地，这却怎么处？（外）足见周老先生平日深得人心，所以致此。贵县且去分付士民中一二老成的上前讲话。（末）是！（向内介）众百姓听着！寇太爷分付：士民中老成的，止唤一二人上前讲话。（小生、老旦扮生员上）（作仓惶状介）（小生）生、生、生员王节[19]。（老旦）生、生员刘羽仪。（小生、老旦）老、老、老公祖，老、老、老父母在上，周、周、周铨部居官侃侃[20]，居乡表表。如此品行，卓然千古。蔓罹奇冤[21]，实实万姓怨恫[22]。老公祖，老父母，在地方亲炙高风[23]，若无一言主持公道，何以安慰民心？（净急上跪介）青天爷爷阿！周乡宦若果得罪朝廷，小的们情愿入京代死。（丑喊上）不是这样讲，不是这样讲！让我来说。青天爷爷阿！今日若是真正圣旨来拿周乡宦，就冤枉了周乡宦，小的们也不敢说了。今日是魏太监假传圣旨，杀害忠良，众百姓其实不服。就杀尽了满城百姓，再不放周乡宦去的！（大哭介）（内齐声号哭介）（外）众百姓听着！这桩事非府县所能主张。少刻都老爷到了，你百姓齐声叩求，本府与吴县自然极力周旋。（内齐声应介）太爷是真正青天了。（内敲锣、喝道声介）（净、丑）都老爷来了！列位，大家上前号哭去！（喊介）（小生、老旦）全赖老公祖、老父母鼎力挽回[24]。（外、末）自然，自然！（小生、老旦下）（外、末在场角伺候，打恭迎接介）（内喊介）（付胡髯、冠带扮毛抚台，歪带纱帽，脱带撒袍，众百姓乱拥上）（众喊介）求宪天爷爷做主[25]，出疏保留周乡宦呢！（外、末喝退众下介）（付作大怒，乱喘乱喘大叫介）反了反了！有这等事！皇上拿人，百姓抗拒，地方大变了，大变了！罢了罢了！做官不成了！（外、末跪介）老大人请息怒。周宦深得民心，也是平日正气所感。或者有一线可生之路，还望老大人挽回。（付大怒介）咳！逆党聚众，抗提钦犯[25]，叛逆显然了，有什么挽回？有什么挽回？（作怒状，冷笑介）

【风入松】呼群鼓噪闹官衙，圣旨公然不怕。你府县有地方干系[27]，可晓得官旗是那一家差来的[28]？天家缇骑魂惊唬[29]，（作手势介）若抗拒，一齐搭咤[30]。（外、末拱介）是！（付低说介）且住了！逆了朝廷，还好弥缝。今日逆了厂公，（皱眉介）咦！比着抗圣旨，题目倍加。头颅上，怎好戴乌纱！

（内众又乱喊介）宪天爷爷，若不题疏力救周乡宦，众百姓情愿一个个死在宪天台下。（外、末又跪介）老大人，卑职不敢多言，民情汹汹如此，还求老大人一言抚慰才是。（付）抚慰些什么来？抚慰些什么来？拿几个进来打罢了！（外、末又跪介）老大人息怒。众百姓呵，

【前腔】(外、末)哭声震地惨嗟呀！卑职呵，不敢施威喝打。倘一言激变，难禁架㉛，定弄出祸来天大。(末又跪介)老大人若无一言抚慰，就是周宦在外，卑职也不敢解进辕门。(付)为何？(末)人儿拥，纷如乱麻，就有几皂隶㉜，也难拿。

(付沉思介)嘎，也罢！既如此，快去传谕百姓且散。若要保留周宦，且具一公呈进来，或者另有商量。(外、末起介)是！领命！(即下)(付)哈哈哈！好个骇官儿㉝，苦苦要本院保留，这本儿怎么样写？怎么样写？且待犯官进来，再作道理。(向内叫介)张爷那里？张爷那里？(叫下)(小生扮校尉上，扯住付立定介)毛老爷，不要乱叫。我们的心事，怎么样了？到京去，还要咱们在厂爷面前讲些好话的哩！(付)知道了，知道了！自然从厚。(携手下)(生青衣小帽，旦、贴扮皂押上)(生)平生尽忠孝，今日任风波。(净、丑、末拥上)周老爷且慢。我们众百姓已禀过都爷，出疏保留了。(生拱谢介)列位素昧平生，多蒙过爱。我周顺昌自矢无他㉞，料到京师，决不殒命。列位请回。(净、丑、末)当今魏太监弄权，有天无日，决不放周爷去的。(哭唱)

【前腔】(净、丑、末)权珰势焰把人挃㉟，到口便成肉鲊㊱。周老爷呵，死生交界应非耍，怎容向鬼门占卦㊲？(老、小生急上)周老先生，好了好了！晚生辈三学朋友㊳，已具公呈，保留台驾且回尊府。晚生辈静候抚公批允便了。(生)多谢诸兄盛情。咳！诸兄，小弟与兄俱读圣书，君命召，驾且不俟㊴。今日奉旨来提，敢不趋赴？顺昌此去，有日还苏，再与诸兄相聚，万分有幸了。(小生、老旦)老先生，说出此言，晚生辈愈觉心痛了。(大哭介)(净、丑、末各抱生哭介)(小生、老旦)老先生，你看被逮诸君，那一个保全的？还是不去的是。投坑阱都成浪花，见那个得还家？

(生)列位休得悲哀，我周顺昌呵！

【前腔】(生)打成草稿在唇牙，指佞庭前拼骂㊵。迭成满腹东林话㊶，苦挣着正人声价。诸兄日后，将我周顺昌呵，姑苏志休教谬夸㊷。我只是完臣节，死非差。(外扮中军上)都老爷分付开读且缓，传请周爷快进商议。(净、丑、小生、老旦、末)有何商量？(外)列位既具公呈，自然要议妥出本的。(众)出本保留，是士民公事，何消周爷自议？不要听他！(生)列位，还是放学生进去的是。(众)不妨，料无后门走了。(外扶生入介)(内)分付掩门。(内、付掩门介)(众)奇怪！为何掩起门来？列位，大家守定大门，听着里边声息便了。(作互相窥听介)(内念诏介)跪听开读。(众惊介)列位，不是了！为何开读起来？(又听介)(内高声喊介)犯官上刑具。(众怒介)益发不是了！列位，拼着性命，大家打进去！(打门介)(付扮差官执械上)咄！砍头的，皇帝也不怕！敢来抢犯人么？叫手下拿几个来，一并解京去砍头！

【前腔】(付)妖民结党起波查㊸，倡乱苏城独霸。抢咱钦犯思逆驾，擒将去千刀万剐。（众）咳！你传假旨，思量吓咱！（拍胸介）我众好汉，怎饶他！

　　（付）嘎！你这班狗头，这等放肆，都拿来砍！都拿来砍！（作拔刀介）（净）你这狗头，不知死活！可晓得苏州第一个好汉颜佩韦么？（末）可晓得真正杨家将杨念如么？（丑、旦、贴）可晓得十三太保周老男、马杰、沈扬么？（付）真正是一班强盗！杀杀杀！（将刀砍介）（净）众兄弟，大家动手！（打倒付介）（付奔进介）（众赶入打介）天花板上还有一个。（众打进打出三次介）（二旦扛一死尸上）打得好快活！这样不经打的，把尸骸抛在城脚下喂狗便了。（下）（外扮寇太守扶生上）（生）老公祖，此番大闹，我周顺昌倒无生路了。怎么处？怎么处？（外）老先生休虑。且到本府衙内，再有商量。（扶生下）（末扮陈知县扶付上）（付）这等放肆！快走快走！各执事不知那里去了，怎么处？（末）执事都在前面，只得步行前去。知县护送老大人。（付）走走走！（同末下）（净、丑、旦、贴内大喊。众复上）还有几个狗头，再去打，再去打！（作赶入介）（即出介）一个人也不见了，官府也去了，连周乡宦也不知那里去了！怎么处？快寻快寻！（各奔介）

【前腔】（合）凶徒打得尽成祖㊹，倒地翻天无那㊺。遁逃没影真奇诧㊻，空察院止堪养马。周乡宦，深藏那家？细详察，觅根芽。（共奔下）

（李玉《清忠谱》，清顺治苏州树滋草堂原刻本）

【校注】

①　青带：青色腰带是旧时衙役的用物，借指衙役。

②　周乡宦：指周顺昌。

③　大阿哥：吴语兄弟称大哥为大阿哥。这里指上等衙役。

④　苦恼子：吴语，意为辛苦。子，语助词，无义。

⑤　攘（nǎng）：犹言灌，意为拼命喝。

⑥　差了眼：意为落空。

⑦　松香：松树脂，可作燃料。舞台上燃烧松香以取得烟火效果。决撒：败露，完蛋。"自家"三句是说，毛一鹭是自家干儿，如不设法的话，咱就大闹一场，好比放一把火，让他彻底完蛋。

⑧　吏部：周顺昌原任吏部员外郎，这里指周顺昌。

⑨　毛一鹭：魏忠贤死党，当时的应天府巡抚。

⑩　厂爷：指魏忠贤，明熹宗时任司礼秉笔太监，并掌管特务组织东厂，下文称"厂公"。

⑪　都老爷：指毛一鹭。明代巡抚皆由都察院副都御史或佥都御史外放，故称都老爷。

⑫　攘：常与贬义词合成詈词。

⑬　飞廉：风神，又是传说中的神鸟，故借指急使。

⑭ 贯索：星座名，一名天牢。《晋书·天文志》："贯索九星在其(七公)前，贱人之牢也。"这里借指犯人周顺昌。

⑮ 寇太守：寇慎，时任苏州太守，为官清正。

⑯ 鼎言：恭维之词，谓寇太守说话的分量如鼎一般重。

⑰ 陈知县：陈文瑞，时任吴县县令。

⑱ 嗄(á)：同"啊"。

⑲ 王节：与下文的刘羽仪都是当时的秀才。下文事件中出现的颜佩韦、杨念如、周老男、马杰、沈扬等五义士，也都是历史真实人物。周老男即周文元。

⑳ 铨部：对吏部的尊称。侃侃：正直不阿。

㉑ 蓦罹：突然遭遇(不幸)。蓦，突然。罹，遭遇。

㉒ 怨恫(tōng)：怨痛。恫，病痛。

㉓ 亲炙高风：意为亲自感受到其高尚的风格。

㉔ 鼎力：大力。恭维之词。

㉕ 宪天爷爷：明代对都察院官员的尊称。

㉖ 钦犯：奉旨逮捕的人。

㉗ 干系：能引起责任的关系。

㉘ 官旗：官方的武士。

㉙ 天家缇骑：朝廷派来捕人的锦衣卫军人。

㉚ 搿咤：模拟杀头的声音，这里代指杀头。

㉛ 禁架：犹言招架。

㉜ 皂隶：喝道执刑杖的衙役。

㉝ 骇(ái)：傻。

㉞ 自矢：自誓。

㉟ 珰：汉代宦官充武职者的服饰。后以"珰"作为宦官的代称。

㊱ 肉鲊(zhǎ)：肉酱。

㊲ 向鬼门占卦：在死路上占卜吉凶，意谓必死无疑。

㊳ 三学朋友：指当时苏州府学、吴县县学和长洲县学中的秀才们。

㊴ "君命"二句：语出《论语·乡党》："君命召，不俟驾行矣。"意思是，国君召唤，等不及车马准备好就立刻动身。俟，等待。

㊵ 指佞：草名，又名屈轶草。相传尧时有屈轶草，奸臣入朝，草就指向他。这里周顺昌以屈轶草自比，表示要与魏忠贤进行坚决的斗争。

㊶ 东林：东林党。宋代杨时在无锡建东林书院。明代顾宪成、高攀龙等人重修东林书院，作为讲学基地，激烈抨击以魏忠贤为首的政治集团，赢得许多进步知识分子和士大夫的支持与同情，这群人被称为东林党。

㊷ 姑苏志：苏州地方志。吴王夫差曾建姑苏台于苏州，故后世称苏州为姑苏。

㊸ 波查：口舌纠纷。

㊹ 柤(zhā)：果名，这里意为渣滓。

㊺ 无那：奈何不得。《通俗编·语辞》："那与奈何一也。直言曰那，长言曰奈何。"

㊻ 逋(bū)逃：逃亡者。杜甫《遣遇》诗："奈何黠吏徒，渔夺成逋逃。"

【导读】

李玉(约 1591—1671 后)，字玄玉，一作元玉，号苏门啸侣、一笠庵主人。吴县(今属江苏苏州)人。其出身为万历权相申时行家人。勤于自学，富有才华，初为主人所抑，不得应科举。申时行死后，应试，连厄于有司，崇祯间举于乡。入清后绝意仕进，以度曲自乐，标帜词坛，并以之为中心形成了包括朱素臣、朱佐朝、毕魏、叶时章、盛际时、朱云从、邱园等人在内的"苏州派"作家群。所作传奇四十二种，总题《一笠庵传奇》。早期最为知名的作品是《一笠庵四种曲》即《一捧雪》《人兽关》《永团圆》《占花魁》(简称"一人永占")，后期成就最高的作品是《清忠谱》。

李玉思想具有浓厚的民主精神，作剧讲求声律，注重舞台需要，其传奇作品或写历史，或写时事，都能积极地反映现实生活；形式短小精悍，语言通俗自然，文采与本色兼备。《清忠谱》全剧二十五出，代表了李玉及苏州派戏曲创作的特点。该剧由李玉主笔，毕魏、叶时章、朱素臣共同参与编写。剧叙魏忠贤专权，网罗党羽，以建生祠为名，四处搜刮民财，铲除异己。致仕乡宦周顺昌不畏强暴，痛斥魏党罪行，被逮毒打。苏州人民努力救周顺昌，在颜佩韦等五人领导下砸碎官府。奸党一面密斩周顺昌，一面扬言屠城。颜佩韦等五人为救全城人民，主动承担责任，结果被处极刑。魏党垮台后，苏州人民捣毁魏祠，为死难者复仇。该剧揭露了魏党祸国殃民的历史真实，歌颂了东林党人和苏州人民的正义斗争及其牺牲精神。

《闹诏》为《清忠谱》第十一折，写逮捕周顺昌的诏书下达后，苏州百姓群情激愤，大闹都察院。人物形象鲜明，场面热闹宏阔，曲辞本色，宾白通俗且具有强烈的戏剧性，使其成为全剧的优秀出目之一。从曲体文学发展的角度看，以该剧为代表，清初以李玉为代表的苏州派戏曲作家已经将曲体文学与戏剧剧本写作有机地结合起来，唱词与宾白、科介协同完成对人物形象的塑造及主题思想的表达，同时，舞台表演的特征十分突出。

长生殿

洪　昇

第二十四出①　惊变

(丑上)玉楼天半起笙歌，风送宫嫔笑语和。月殿影开闻夜漏，水晶帘卷近秋河②。咱家高力士③，奉万岁爷之命，着咱在御花园中安排小宴，要与贵妃娘娘同来游赏，只得在此伺候。(生、旦乘辇④，老旦、贴随后，二内侍引，行上)

【北中吕·粉蝶儿】天淡云闲，列长空数行新雁。御园中秋色斓斑：柳添黄，苹减绿，红莲脱瓣。一抹雕阑⑤，喷清香桂花初绽。

(到介)(丑)请万岁爷、娘娘下辇。(生、旦下辇介)(丑同内侍暗下)(生)妃子，朕与你散步一回者⑥。(旦)陛下请。(生携旦手介)(旦)

【南泣颜回】携手向花间，暂把幽怀同散。凉生亭下，风荷映水翩翩。爱桐阴静悄，碧沉沉并绕回廊看。恋香巢秋燕依人，睡银塘鸳鸯蘸眼⑦。

(生)高力士，将酒过来，朕与娘娘小饮数杯。(丑)宴已排在亭上，请万岁爷、娘娘上宴。(旦作把盏，生止住介)妃子坐了。

【北石榴花】不劳你玉纤纤高捧礼仪烦⑧，子待借小饮对眉山⑨。俺与你浅斟低唱互更番，三杯两盏，遣兴消闲。妃子，今日虽是小宴，倒也清雅。回避了御厨中，回避了御厨中烹龙炰凤堆盘案⑩，咿咿哑哑乐声催趱⑪。只几味脆生生，只几味脆生生蔬和果清肴馔⑫，雅称你仙肌玉骨美人餐⑬。

妃子，朕与你清游小饮，那些梨园旧曲⑭，都不耐烦听他。记得那年在沉香亭上赏牡丹，召翰林李白草《清平调》三章⑮，令李龟年度成新谱⑯，其词甚佳。不知妃子还记得么？(旦)妾还记得。(生)妃子可为朕歌之，朕当亲倚玉笛以和。(旦)领旨。(老旦进玉笛，生吹介)(旦按板介⑰)

【南泣颜回】花繁，秾艳想容颜。云想衣裳光璨⑱。新妆谁似，可怜飞燕娇懒⑲。名花国色，笑微微常得君王看。向春风解释春愁，沉香亭同倚阑干。

(生)妙哉，李白锦心，妃子绣口，真双绝矣。宫娥，取巨觞来⑳，朕与妃子对饮。

(老旦、贴送酒介)(生)

【北斗鹌鹑】畅好是喜孜孜驻拍停歌㉑,喜孜孜驻拍停歌,笑吟吟传杯送盏。妃子干一杯,(作照干介)不须他絮烦烦射覆藏钩㉒,闹纷纷弹丝弄板。(又作照杯介)妃子,再干一杯。(旦)妾不能饮了。(生)宫娥每㉓,跪劝。(老旦、贴)领旨。(跪旦介)娘娘,请上这一杯。(旦勉饮介)(老旦、贴作连劝介)(生)我这里无语持觞仔细看,早子见花一朵上腮间㉔。(旦作醉介)妾真醉矣。(生)一会价软咍咍柳嚲花㪫㉕,软咍咍柳嚲花㪫,困腾腾莺娇燕懒。

> 妃子醉了,宫娥每,扶娘娘上辇进宫去者。(老旦、贴)领旨。(作扶旦起介)(旦作醉态呼介)万岁!(老旦、贴扶旦行)(旦作醉态介)

【南扑灯蛾】态恹恹轻云软四肢㉖,影蒙蒙空花乱双眼,娇怯怯柳腰扶难起,困沉沉强抬娇腕,软设设金莲倒褪㉗,乱松松香肩嚲云鬟,美甘甘思寻凤枕,步迟迟倩宫娥挽入绣帏间㉘。

> (老旦、贴扶旦下)(丑同内侍暗上)(内击鼓介)(生惊介)何处鼓声骤发?(副净急上)渔阳鼙鼓动地来,惊破霓裳羽衣曲㉙。(问丑介)万岁爷在那里?(丑)在御花园内。(副净)军情紧急,不免径入。(进见介)陛下,不好了。安禄山起兵造反,杀

◎ 民国初年暖红室《汇刻传剧》所收《长生殿》插图

过潼关,不日就到长安了㉚。(生大惊介)守关将士何在?(副净)哥舒翰兵败㉛,已降贼了。(生)

【北上小楼】呀,你道失机的哥舒翰,称兵的安禄山,赤紧的离了渔阳㉜,陷了东京㉝,破了潼关。唬得人胆战心摇,唬得人胆战心摇,肠慌腹热,魂飞魄散,早惊破月明花粲㉞。

卿有何策,可退贼兵?(副净)当日臣曾再三启奏,禄山必反,陛下不听,今日果应臣言。事起仓卒,怎生抵敌?不若权时幸蜀㉟,以待天下勤王㊱。(生)依卿所奏。快传旨,诸王百官,即时随驾幸蜀便了。(副净)领旨。(急下)(生)高力士,快些整备军马。传旨令右龙武将军陈元礼,统领羽林军士三千㊲,扈驾前行㊳。(丑)领旨。(下)(内侍)请万岁爷回宫。(生转行叹介)唉,正尔欢娱,不想忽有此变,怎生是了也!

【南扑灯蛾】稳稳的宫庭宴安,扰扰的边廷造反。冬冬的鼙鼓喧,腾腾的烽火飏㊴。的溜扑碌臣民儿逃散㊵,黑漫漫乾坤覆翻,砢磕磕社稷摧残㊶,砢磕磕社稷摧残。当不得萧萧飒飒西风送晚,黯黯的一轮落日冷长安。

(向内问介)宫娥每,杨娘娘可曾安寝?(老旦、贴内应介)已睡熟了。(生)不要惊他,且待明早五鼓同行。(泣介)天那,寡人不幸,遭此播迁㊷,累他玉貌花容㊸,驱驰道路。好不痛心也!

【南尾声】在深宫兀自娇慵惯㊹,怎样支吾蜀道难㊺!(哭介)我那妃子啊,愁杀你玉软花柔,要将途路趱㊻。

宫殿参差落照间(卢纶),渔阳烽火照函关(吴融)。

遏云声绝悲风起(胡曾)㊼,何处黄云是陇山(武元衡)㊽。

(洪昇《长生殿》卷上,清康熙稗畦草堂刻本)

【校注】

① 第二十四出:底本正文未标,据底本目录补。

② 秋河:银河。

③ 高力士:唐玄宗最宠幸的太监,曾任左肩门大将军知内侍省事、骠骑大将军等职。对玄宗时代的政局有过很大的影响。

④ 生:这里扮演唐明皇李隆基。旦:这里扮演杨贵妃杨玉环。辇(niǎn):皇帝乘坐的专车。

⑤ 一抹:一片。

⑥ 朕(zhèn):秦朝以后,皇帝自称曰朕。

⑦ 银塘：银白色池塘。蘸眼：触眼。

⑧ 玉纤纤：指女性的手指。

⑨ 子待：只待。眉山：过去有些女性把眉毛描成远山模样，称远山眉。这里泛指眉毛。

⑩ 烹龙炰(páo)风：形容珍贵的肴馔。烹、炰，指烧煮食物。

⑪ 催趱(zǎn)：催赶。

⑫ 肴(yáo)馔(zhuàn)：精美的饭菜。

⑬ 雅：很。

⑭ 梨园：唐玄宗时在宫中训练演员的地方，设在蓬莱宫旁边的宜春院内。《新唐书·礼乐志》："玄宗既知音律，又酷爱法曲，选坐部伎弟子三百，教于梨园。"

⑮ 李白草《清平调》三章：《清平调》是乐曲宫调中的一种调名。李白在长安供奉翰林时，曾奉命写了《清平调》词三首：其一"云想衣裳花想容"，其二"一枝红艳露凝香"，其三"名花倾国两相欢"。在这出戏里，杨贵妃所唱【南泣颜回】，就是根据《清平调》词句变化而成的。

⑯ 李龟年度成新谱：李龟年，唐代著名的音乐家，善演奏，能作曲，在玄宗的梨园供职。度成新谱，即作成新曲。

⑰ 按板：用云板敲节奏。

⑱ "花繁"三句：化用李白《清平调》"云想衣裳花想容"之句，描写杨贵妃的美丽。

⑲ 飞燕：指汉成帝妃子赵飞燕，后作为美人的代称。

⑳ 觞(shāng)：盛酒器。

㉑ 畅好是：正好是。

㉒ 絮烦烦射覆藏钩：絮烦烦，啰啰嗦嗦招人厌烦的意思。射覆，古时酒令的一种，类似猜字谜。藏钩，一种游戏，猜物品藏在谁那儿。

㉓ 每：们。

㉔ 子见：只见。

㉕ 一会价软咍(hāi)咍柳軃(duǒ)花欹(qī)：这里是以柳垂花斜形容杨贵妃的醉态。一会价，一会儿。软咍咍，软绵绵。柳軃，垂下的样子。欹，歪斜。

㉖ 恹(yān)恹：软弱无力的样子。

㉗ 软设设金莲倒褪：软设设，也是软绵绵的意思。金莲，形容妇女纤细之足。

㉘ 倩：请。

㉙ "渔阳鼙鼓动地来"两句：这是白居易《长恨歌》中的两句。渔阳，在今河北蓟州一带。这两句叙述安禄山起兵。

㉚ 不日：用不了几天。

㉛ 哥舒翰：(？—757)唐玄宗时将领，突厥人，被封为平西郡王。安禄山叛乱时，他统军二十万守潼关，兵败被俘。

㉜ 赤紧：吃紧。

㉝ 东京:唐时称洛阳为东京。

㉞ 月明花粲:这里用以表示和平安乐的环境。

㉟ 权时:暂时。幸:皇帝专用词,指到达。

㊱ 勤王:起兵援救皇帝。

㊲ 羽林军士:羽林军,皇帝的近卫军。

㊳ 扈驾:随从皇帝车驾。

㊴ 黰(yān):黑色。

㊵ 的溜扑碌:亦可写作"滴溜扑",形容摔跌的声音。

㊶ 碜(chěn)磕(kē)磕:或作"碜可可""惨可可",凄惨的意思。

㊷ 播迁:东奔西跑的样子。

㊸ 累:连累。

㊹ 兀自:还是。

㊺ 支吾:应付。

㊻ 趱(zǎn):赶。

㊼ 遏云:响遏行云,指高亢而响亮的乐声,能使行云停顿。遏,止。

㊽ 陇山:在陕西、甘肃一带。

【导读】

　　洪昇(1645—1704),字昉思,号稗畦,浙江钱塘(今杭州)人。出身于官宦之家,曾祖父曾在明朝以右都御史巡抚南赣,入清后,遭了"家难",父亲被充军。洪昇一生未做官,只做了二十多年的国子监的监生。撰写《长生殿》三易其稿,历十余年始成,和孔尚任的《桃花扇》并为清代戏曲史上的双峰,并因此而有"南洪北孔"之称。康熙二十八年(1689)上演《长生殿》,适在佟皇后丧葬期间,遂引起轩然大波。洪昇因此被革去国子监生,返乡隐居。后出游道经吴兴浔溪,饮客舟中,醉后失足落水而死。存世作品,除传奇《长生殿》外,还有杂剧《四婵娟》、诗集《稗畦集》等。

　　唐玄宗李隆基与贵妃杨玉环的故事传说,流传已久。作为题材,许多艺术品种都有这方面的作品。洪昇的《长生殿》就是在唐代白居易《长恨歌》、陈鸿《长恨歌传》和元代白朴《梧桐雨》的基础上创作而成。

　　《长生殿》全剧共五十出。剧写唐玄宗李隆基宠幸杨贵妃玉环,花前月下,情意缠绵,沉湎于歌舞酒醉之中,不理朝政;并放任杨氏的哥哥杨国忠为宰相,专横误国,政治日趋腐败。安禄山率叛军攻入长安,逼得李隆基仓皇出逃。走到马嵬时,将士哗变,杀死了杨国忠,杨玉环受赐自缢而死。唐玄宗只得把帝位让与儿子肃宗。安史之乱平息,玄宗返回长安,十分怀念杨玉环,终于游月宫,和杨玉环在天上团圆。

在主题上,《长生殿》给人们的认识是多方面的。作者既有对李杨爱情的赞扬,对他们悲剧遭遇的同情,又有对他们因"占了情场"而"弛了朝纲",导致爆发安史之乱,以致祸国殃民的批判。该剧在结构上分两部分,前半部分写李杨的爱情发展和安禄山、杨国忠的叛国、误国,后半部分写马嵬兵变之后李隆基对杨玉环的思念及他们的天宇相会。前半部情节紧凑,惊心动魄,后半部悲凉凄惨,结构稍显松散。

《惊变》是前半部中最具代表性的一出,也是最杰出的一出。它是在白居易《长恨歌》"渔阳鼙鼓动地来,惊破霓裳羽衣曲"诗意,和白朴《梧桐雨》杂剧第二折的基础上加工而成的。它高度集中地把李隆基、杨玉环的乐极悲来搬上舞台,为后世的封建王朝提供了一面历史镜子。在关目安排上,本出如同全剧一样也分为两个部分,【南扑灯蛾】之前写李杨的缠绵情意,【北上小楼】之后写李隆基在情怆之下的慌张。戏剧气氛也由富丽舒缓转为悲怆激切。而有一点是始终不变的,那就是李隆基对杨玉环一如既往的关爱与依恋,这也正是全剧的悲剧根源所在。本出曲词文雅优美,景情融合,并通过男女主人公交替演唱推动了剧情的发展。在舞台演出中,本出与《埋玉》《弹词》《闻铃》等出,一直深受观众喜爱。

桃花扇

孔尚任

第七出　却奁①

癸未三月②

(杂扮保儿掇马桶上③)龟尿龟尿,撒出小龟;鳖血鳖血,变成小鳖。龟尿鳖血,看不分别;鳖血龟尿,说不清白。看不分别,混了亲爹;说不清白,混了亲伯④。(笑介)胡闹,胡闹!昨日香姐上头⑤,乱了半夜;今日早起,又要刷马桶,倒溺壶,忙个不了。那些孤老、表子,还不知搂到几时哩⑥。(刷马桶介)

【夜行船】(末)人宿平康深柳巷⑦,惊好梦门外花郎。绣户未开,帘钩才响,春阻十层纱帐。

下官杨文骢⑧,早来与侯兄道喜。你看院门深闭,侍婢无声,想是高眠未起。(唤介)保儿,你到新人窗外,说我早来道喜。(杂)昨夜睡迟了,今日未必起来哩。老爷请回,明日再来罢。(末笑介)胡说!快快去问。(小旦内问介⑨)保儿!来的是那一个?(杂)是杨老爷道喜来了。(小旦忙上)倚枕春宵短,敲门好事多。(见介)多谢老爷,成了孩儿一世姻缘。(末)好说。(问介)新人起来不曾?(小旦)昨晚睡迟,都还未起哩。(让坐介)老爷请坐,待我去催他。(末)不必,不必。(小旦下)

【步步娇】(末)儿女浓情如花酿,美满无他想,黑甜共一乡⑩。可也亏了俺帮衬,珠翠辉煌,罗绮飘荡。件件助新妆,悬出风流榜。

(小旦上)好笑,好笑!两个在那里交扣丁香⑪,并照菱花⑫,梳洗才完,穿戴未毕。请老爷同到洞房,唤他出来,好饮扶头卯酒⑬。(末)惊却好梦,得罪不浅。(同下)

(生、旦艳妆上⑭)

【沉醉东风】(生、旦)这云情接着雨况,刚搔了心窝奇痒,谁搅起睡鸳鸯。被翻红浪,喜匆匆满怀欢畅。枕上余香,帕上余香,消魂滋味,才从梦里尝。

(末、小旦上)(末)果然起来了。恭喜,恭喜!(一揖,坐介)(末)昨晚催妆拙句⑮,可还说的入情么?(生揖介)多谢!(笑介)妙是妙极了,只有一件。(末)那一件?(生)香君虽小,还该藏之金屋⑯。(看袖介)小生衫袖,如何着得下?(俱笑介)

（末）夜来定情，必有佳作。（生）草草塞责，不敢请教。（末）诗在那里？（旦）诗在扇头。（向袖中取出扇介⑰）（末接看介）是一柄白纱宫扇⑱。（嗅介）香的有趣。（吟诗介）妙，妙！只有香君不愧此诗。（付旦介）还收好了。（旦收扇介）

【园林好】（末）正芬芳桃香李香，都题在宫纱扇上；怕遇着狂风吹荡，须紧紧袖中藏，须紧紧袖中藏。

（末看旦介）你看香君上头之后，更觉艳丽了。（向生介）世兄有福，消此尤物⑲。（生）香君天姿国色，今日插了几朵珠翠，穿了一套绮罗，十分花貌，又添二分，果然可爱。（小旦）这都亏了杨老爷帮衬哩。

【江儿水】送到缠头锦，百宝箱，珠围翠绕流苏帐⑳，银烛笼纱通宵亮，金杯劝酒合席唱。今日又早早来看，恰似亲生自养，赔了妆奁，又早敲门来望。

（旦）俺看杨老爷，虽是马督抚至亲㉑，却也拮据作客㉒，为何轻掷金钱，来填烟花之窟㉓？在奴家受之有愧，在老爷施之无名；今日问个明白，以便图报。（生）香君问得有理，小弟与杨兄萍水相交，昨日承情太厚，也觉不安。（末）既蒙问及，小弟只得实告了。这些妆奁酒席，约费二百余金，皆出怀宁之手。（生）那个怀宁？（末）曾做过光禄的阮圆海。（生）是那皖人阮大铖么㉔？（末）正是。（生）他为何这样周旋？（末）不过欲纳交足下之意。

【五供养】（末）羡你风流雅望，东洛才名，西汉文章㉕。逢迎随处有，争看坐车郎㉖。秦淮妙处，暂寻个佳人相傍，也要些鸳鸯被、芙蓉妆；你道是谁的，是那南邻大阮㉗，嫁衣全忙㉘。

（生）阮圆老原是敝年伯㉙，小弟鄙其为人，绝之已久。他今日无故用情，令人不解。（末）圆老有一段苦衷，欲见白于足下。（生）请教。（末）圆老当日，曾游赵梦白之门，原是吾辈。后来结交魏党，只为救护东林，不料魏党一败，东林反与之水火㉚。近日复社诸生㉛，倡论攻击，大肆殴辱，岂非操同室之戈乎？圆老故交虽多，因其形迹可疑，亦无人代为分辩。每日向天大哭，说道："同类相残，伤心惨目，非河南侯君，不能救我。"所以今日谆谆纳交㉜。（生）原来如此，俺看圆海情辞迫切，亦觉可怜。就便真是魏党，悔过来归，亦不可绝之太甚，况罪有可原乎。定生、次尾㉝，皆我至交，明日相见，即为分解。（末）果然如此，吾党之幸也。（旦怒介）官人是何说话，阮大铖趋附权奸，廉耻丧尽；妇人女子，无不唾骂。他人攻之，官人救之，官人自处于何等也？

【川拨棹】不思想，把话儿轻易讲。要与他消释灾殃，要与他消释灾殃，也堤

◎ 民国初年暖红室《汇刻传剧》所收《桃花扇》插图

防旁人短长。官人之意,不过因他助俺妆奁,便要徇私废公;那知道这几件钗钏衣裙,原放不到我香君眼里。(拔簪脱衣介)脱裙衫,穷不妨;布荆人^㉞,名自香。

　　(末)阿呀!香君气性,忒也刚烈。(小旦)把好好东西,都丢一地,可惜,可惜!(拾介)(生)好,好,好! 这等见识,我倒不如,真乃侯生畏友也^㉟。(向末介)老兄休怪,弟非不领教,但恐为女子所笑耳。

【前腔】(生)平康巷,他能将名节讲;偏是咱学校朝堂,偏是咱学校朝堂,混贤奸不问青黄。那些社友平日重俺侯生者,也只为这点义气;我若依附奸邪,那时群起来攻,自救不暇^㊱,焉能救人乎? 节和名,非泛常;重和轻,须审详。

　　(末)圆老一段好意,也还不可激烈^㊲。(生)我虽至愚,亦不肯从井救人^㊳。(末)既然如此,小弟告辞了。(生)这些箱笼,原是阮家之物,香君不用,留之无益,还求取去罢。(末)正是"多情反被无情恼,乘兴而来兴尽还^㊴。"(下)(旦恼介)(生看旦介)俺看香君天姿国色,摘了几朵珠翠,脱去一套绮罗,十分容貌,又添十分,更觉可爱。(小旦)虽如此说,舍了许多东西,倒底可惜。

【尾声】金珠到手轻轻放,惯成了娇痴模样,辜负俺辛勤做老娘。

　　(生)些须东西^㊵,何足挂念,小生照样赔来。(小旦)这等才好。

（小旦）花钱粉钞费商量㊶，（旦）裙布钗荆也不妨。

（生）只有湘君能解佩㊷，（旦）风标不学世时妆㊸。

（孔尚任《桃花扇》卷上，清康熙戊子刻本）

【校注】

① 却奁（lián）：拒绝妆奁。

② 癸未：明崇祯十六年（1643）。

③ 保儿：妓院的佣人。掇（duō）：用手端。

④ "龟尿龟尿"十二句：这是一段科诨，笑骂那些嫖客是王八。俗称龟、鳖为"王八"，也指那些不识"孝弟、忠信、礼义、廉耻"的人。这里龟、鳖指嫖客。

⑤ 香姐：李香君。上头：指结婚。旧时女子未出嫁时梳辫子，临出嫁才把头发拢上去，结为发髻，叫上头。

⑥ 孤老、表子：妓女称长期固定的客人为孤老。表子，指妓女。

⑦ 平康深柳巷：平康、柳巷均指妓馆。平康，唐代长安里名，妓女聚居的地方，后因称平康为妓家。柳巷，俗称妓馆聚集的地方为花街柳巷。

⑧ 杨文骢：杨文聪，字龙友，贵阳人，崇祯时任知县，被劾贪污，罢官候审。福王时，任常、镇二府巡抚。清兵南下，从明宗室唐王起兵援衢州，兵败被杀。他善书画、有文才，为人豪侠自喜，颇推奖名士。

⑨ 小旦：扮李香君假母李贞丽。李贞丽，字淡如，明末秦淮名妓，和复社著名人物陈贞慧最要好。缪荃孙《秦淮广记》："李贞丽，字淡如，桃叶妓。有侠气，一夜博输千金略尽，所交接皆当世豪杰，尤与阳羡陈贞慧善。李香君之假母也。"

⑩ 黑甜共一乡：一齐熟睡。苏轼《发广州》诗："一枕黑甜余。"苏轼自注："俗谓睡为黑甜。"

⑪ 丁香：丁香结，本是丁香的花蕾，这里指衣服的纽扣。

⑫ 菱花：妆镜。

⑬ 扶头卯酒：扶头，姚合《答友人招游》诗："赌棋招敌手，沽酒自扶头。"王禹偁《回襄阳周奉礼同年因题纸尾》诗："扶头酒好无辞醉，缩项鱼多且解馋。"所以扶头有两种解释，一是振奋头脑之意，一为美酒名。这里应指前者。卯酒，早晨卯时前后饮的酒。

⑭ 生、旦艳妆上：生扮侯方域，旦扮李香君。侯方域（1618—1655），字朝宗，河南商丘人，明末清初著名的作家，与方以智、冒襄、陈贞慧合称"晚明四公子"。二十二岁游金陵，阮大铖愿与交，不肯往。后阮大铖得志时，兴党人狱，欲杀侯方域，侯往依高杰得免。入清后，应河南乡试，中副榜。著有《壮悔堂文集》《回忆堂诗集》。事迹详见田兰芳、贾开宗、胡介祉所作传记。李香君，秦淮名妓，李贞丽之养女。事迹见侯朝宗《壮悔堂文集·李姬传》。《桃花扇》对香君形象的塑造，特别是《传歌》《却奁》《守楼》等出的创作，都是以《李姬传》作素材加工而成的。这里强调香君、侯生

出场时"艳妆上",固然符合新婚时的装束,但也为下文"却奁"作伏笔,足见作者针线之密。

⑮ 催妆拙句:上出《眠香》写杨文骢送给侯、李二人催妆诗,其中有"怀中婀娜袖中藏"句,因此下文有"小生衫袖,如何着得下"的说白。

⑯ 藏之金屋:用汉武帝"金屋藏娇"典故。汉武帝少时曾向姑母长公主表示:"若得阿娇作妇,当作金屋贮之也。"(班固《汉武故事》)后世多用以指纳妾。

⑰ 向袖中取出扇介:底本"向"前衍"旦"字,据上下文删。

⑱ 宫扇:团扇,圆形扇子。

⑲ 尤物:出色的人物,常用以指绝色美女。

⑳ 流苏:和丝绦类似的一种装饰品。流苏帐:用流苏装饰四边的帐子。

㉑ 马督抚:马士英,字瑶草,贵州贵阳人,当时任凤阳督抚。马士英因拥戴福王有功,累升为南明东阁大学士兼兵部尚书,权倾一时。他贪鄙无远略,引用阮大铖等奸佞,朝政日非。清兵大举下江南时,从前线调回黄得功、刘良佐等主力,对付左良玉,加速了南明的覆灭。顺治三年(1646),马士英被清兵俘虏后杀死。

㉒ 拮(jié)据:手头不宽裕。

㉓ 烟花之窟:指妓院。

㉔ 阮大铖:字圆海,安徽怀宁人。《明史》说他"机敏猾贼,有才藻"。初依附同乡东林名士左光斗得官,不久投靠魏忠贤。魏党败露,他也被废斥。南明时,与马士英拥立福王有功,任兵部尚书,督兵江上。清兵南下时投降,从攻仙霞岭,触石死。

㉕ "东洛才名"二句:这是比喻侯方域的才名大,文章写得好。东洛才名,晋左思花了十年时间写成《三都赋》,大受欢迎,传抄的人很多,使洛阳纸贵。西汉文章,指西汉司马迁、司马相如等人的作品。

㉖ 争看坐车郎:这是以晋潘岳典故比喻侯方域的风流美貌。相传潘岳貌美,每次坐车出游,妇女争着看他,以果掷之盈车。

㉗ 南邻大阮:晋代有南北阮,南阮指阮籍、阮咸叔侄等(见《晋书·阮咸传》)。大阮,即阮籍,这里借指阮大铖。

㉘ 嫁衣全忙:暗用秦韬玉《贫女》"为他人作嫁衣裳"诗意。

㉙ 阮圆老:《桃花扇》雪兰堂本评"改称圆老,已有左袒之意"。

㉚ "圆老当日,曾游赵梦白之门"七句:阮大铖最初依附左光斗,后因不满赵南星等不让他担任吏科给事中,转而投靠魏忠贤,反对东林党人。杨龙友这一番话,明显是为阮大铖说项,歪曲事实真相。赵南星,字梦白,明末高邑人。天启初拜吏部尚书,公忠强直,扶正祛邪,尽黜当路之私人,因得罪魏忠贤,遣戍大同,卒于戍所。魏党,明末宦官魏忠贤及其爪牙一党。东林,东林党,明末以东南文人为主体的政治团体,主张改革朝政,与魏党斗争。水火,水火不相容。

㉛ 复社:明末文人政治团体,属于东林党的后余力量。

㉜ 谆谆:诚心诚意地。

㉝ 定生：陈贞慧字。次尾：吴应箕字。二人与侯方域、冒襄(辟疆)为复社"四公子"。

㉞ 布荆人：穿布衣戴荆钗的女人，穷家妇。

㉟ 畏友：严守正义、正直相交的人，常使朋友又怕又尊敬。

㊱ 自救不暇：来不及自救。

㊲ 激烈：这里指将事情弄僵。

㊳ 从井救人：跳下井去救人，白白害了自己。

㊴ "多情反被无情恼"二句：上句是苏轼《蝶恋花·花褪残红》的词句；下句是东晋王子猷访问戴安道时说的话，原文是"乘兴而来，兴尽而返"。

㊵ 些须：些许，少许之意。

㊶ 花钱粉钞：指花费在花粉装饰等上面的钱钞。

㊷ 湘君能解佩：《楚辞·九歌·湘君》："遗余佩兮澧浦。"这里借来形容香君的却奁。湘君，谐音"香君"。解佩，解去衣带上的玉饰物。

㊸ 风标：风度、仪态。

【导读】

孔尚任(1648—1718)，字聘之，又字季重，号东塘、岸堂。自称云亭山人，山东曲阜人，孔子第六十四代孙。清初著名戏曲家，与洪昇有"南洪北孔"之称。早年隐居曲阜石门山中。康熙南巡经曲阜祭祀孔庙，请他出来讲经，特授国子监博士，又做过户部员外郎。不久，派往淮安、扬州二府参加治水工作。其间他访问明末遗老，凭吊民族英雄史迹，对南明弘光王朝的覆亡有了更翔实的了解。他用十余年时间撰写传奇《桃花扇》，三易其稿，于康熙三十八年(1699)写成。次年被免官回曲阜。剧作尚有和顾彩合写的传奇《小忽雷》。其诗文有《湖海集》和《岸堂文集》。

《桃花扇》全剧分为上下两本。上本二十出，前有"试一出"，后有"闰二十出"；下本二十出，前有"加二十一出"，后有"续四十出"。共计四十四出。剧情为：明末，复社"四公子"之一的侯方域，在南京与秦淮名妓李香君相爱。曾投靠魏党的文人阮大铖，为摆脱复社文人的进攻，竭力纳结侯方域，托杨文骢示意，愿出钱为侯、李结合筹办妆奁。侯方域初有允意，但李香君不为利诱，因此作罢。不久，阮大铖、马士英等拥福王为南明弘光帝，武昌总兵左良玉闻讯，扬言要领兵来南京"借粮"，进行威逼。朝野震动。侯方域和左良玉为世交，便写信劝其不要东下，在左良玉罢兵后，阮大铖却借此构陷侯方域，侯方域只好投靠江北督师史可法。马、阮等继续迫害复社文人，并欲强迫李香君做马、阮死党田仰之妾。香君誓死不从，昏倒伤额，血流在侯方域所赠定情物宫扇之上。杨文骢将其点染成桃花图，是为桃花扇。香君之假母李贞丽代为出嫁。清兵南下,史可法扬州兵败,沉江自尽,福王与马士英、阮大铖出走,南京陷落。后侯方域与李香君都到栖霞山避难,相会于白云庵。经道士张瑶星点拨,双双出家。《桃花扇》"借离合之情,写兴亡之事",以侯方域、李香君的爱情故事为线索,反映了明末腐朽、动荡的社会现实及南明王朝内部的矛盾和斗争。结构上双线交错推进:一为侯、李爱情发展,一为政治斗争进展。戏剧中爱情与政治的结合叙写,非始自孔尚任,白朴的《梧桐雨》、马致远的《汉宫秋》、洪昇的《长生殿》都作了有益的尝试,但皆不如孔尚任的《桃花扇》那样将二者有机而完美地结合起来。剧中主要人物大多在真人真事的基础上经艺术加工而成,做到了在生活真实基础上的艺术真实,为历史剧创作树立了极好的榜样。剧情关目富于悬念,波澜起伏,前后呼应,曲辞优美。

《却奁》一出,是根据侯朝宗《李姬传》的有关情节点染而成,突出地表现了李香君的卓识远见和不因利废义的高贵品德。在艺术手法上,主要采用比较映衬的方法。如【江儿水】曲及之前的对白,就是通过李贞丽、李香君、侯方域等人对阮大铖所助妆奁的不同看法,不但刻画了各个人物的鲜明性格,而且表现了李香君的慧眼卓识。李香君强烈的爱憎和大义凛然的气概,在"(旦怒介)"以下一段说白和【川拨棹】曲中得到了集中的表现。与香君相比,侯方域在妆奁问题上,缺乏政治敏锐力、立场不坚定。作者驾驭语言的功力在本出中也有突出的反映。如【川拨棹】曲之后的一段宾白,将杨文骢的尴尬、李贞丽的心痛和侯方域的转变,活脱脱地表现出来。

《却奁》一出戏对于《桃花扇》全剧情节、主题与人物塑造起到绾结的作用。正如康熙戊子刻本该出末批语所说:"秀才之打也,公子之骂也,皆于此折结穴。侯郎之去也,香君之守也,皆于此折生隙。五官咸凑,百节不松,文章关捩也。"

雷峰塔

方成培

第二十六出　断桥①

【商调·山坡羊】(旦、贴上②)(旦)顿然间鸳鸯折颈③,奴薄命孤鸾照镜④。好教我心头暗哽,怎知他一旦多薄倖⑤。(贴)娘娘,吃了苦了。(旦)青儿,不想许郎听信法海言语,竟不下山。我和他争斗,奈他法力高强,险被擒拿。幸借水遁⑥,来到临安。哎呀,不然险遭一命。(贴)娘娘,仔细想将起来,都是许宣那厮薄倖!若此番见面,断断不可轻恕!(旦)便是。(贴)如今我每往那里去藏身才好?(旦)我向闻许郎有一姐姐,嫁与李仁,在此居住。我和你且投奔到彼。(贴)只是从未识面,倘不相留,如何是好?(旦)我每到彼,再作区处⑦。(贴)如此,娘娘请。(旦行作腹痛介)哎哟!(贴)娘娘为甚么呵?(旦)青儿,我腹中疼痛,寸步难行,怎生捱得到彼。(贴)只怕要分娩了。前面已是断桥亭,待我且扶到亭内,少坐片时,再行便了。(旦)咳,许郎呵,我为你恩情非小,不想你这般薄倖。阿呀,好不凄惨人也!(贴)可怜。(旦)歹心肠铁做成,怎不教人泪雨零。奔投无处形怜影,细想前情气怎平?(合)凄清,竟不念山海盟;伤情,更说甚共和鸣。(同下)

(生随外上)(外)许宣,你且闭着眼。

【前腔】一程程钱塘将近⑧,蓦过了千山万岭。锦重重遥望层城,虚飘飘到来俄顷。许宣,来此已是临安了。(生惊介)果然是临安了。奇啊!(外)你此去若见此妖,不必害怕。待他分娩之后,你可到净慈寺来,付汝法宝收取便了。(生)是。待弟子相送到彼。(外)不消。你可作速归家,方才之言不可忘了!记此行漏言祸匪轻。(下)(生)前情往事重追省,只怕他怨雨愁云恨未平。萍梗⑨,叹阽危命欲顷⑩;伤情,痛遭魔心暗惊。

(旦、贴内)许宣,你好狠心也!(生跌介)阿呀,吓,吓死我也。你看那边,明明是白氏、青儿。哎哟,我今番性命休矣!

【仙吕宫引·五供养】今朝蹭蹬⑪。(旦、贴内)许宣,你好薄情也!(生)忽听他怒喊连声,遥看妖孽到,势难撄⑫。空叫苍天,更没处将身遮隐。怎支撑?不知

◎ 民国四年(1915)富华图书馆刻本《改良全图缀白裘十二集全传》七集所收《雷峰塔》插图

拼命向前行。(奔下)

【仙吕过曲·玉交枝】(贴扶旦上)(旦)轻分鸾镜⑬,那知他似狼心性。思量到此真堪恨,全不念伉俪深情。(贴)娘娘,你看许宣,见了我每,略不回头⑭,潜身逃避。咦,好不可恨!(旦)不必多言,我和你急急急赶上前去!恶狠狠裴航翻欲绝云英,喘吁吁叹苏卿倒赶不上双渐的影⑮。(闪介)(贴)娘娘看仔细。(旦)哎哟,望长堤疾急前征,顾不得绣鞋帮褪。(同下)

(生上)阿呀!阿呀!

【川拨棹】真不幸,共冤家狭路行。吓得我气绝魂惊,吓得我气绝魂惊。且住,方才禅师说:此去若遇妖邪,不必害怕。那那那,看他紧紧追来,如何是好? 也罢,我且上前相见,生死付之天命便了!我向前时,又不觉心中战兢。(旦、贴上)(旦)谢伊家曩日多情⑯,恨奴家平日无情。

(见生扯住介)许宣,你还要往那里去? 你好薄幸也!(哭介)(生)阿呀,娘子,为何这般狼狈?(旦、贴)你听信谗言,把夫妇恩情,一旦相抛,累我每受此苦楚,还来问甚么?(生)娘子,请息怒。你且坐了,听卑人一言相告。(贴)那那,他又来了。(生)那日上山之时,本欲就回,不想被法海那厮,将言煽惑,一时误信他言,致累娘子受此苦楚，实非卑人之故嘘！（哭介）（贴）啐！你且收了假慈悲。走来，听我一言。（生）青姐，有何说话？（贴）我娘娘何等待你？（生）娘子是好的阿。（贴）可又来，也该念夫妻之情，亏你下得这般狠心！（生）阿呀冤哉！（贴）于心何忍呢？（生）青姐，这都是那妖僧不肯放我下山。（贴回头不理介）（生）娘子，望恕卑人之罪！（旦）咳，许郎呵！（贴代旦挽发介）

【商调集曲·金落索】[金梧桐]（旦）我与你嗌嗌弋雁鸣⑰，永望鸳交颈。不记当时，曾结三生证。如今负此情，[东瓯令]背前盟。（生）卑人怎敢？（旦）贝锦如簧说向卿⑱，因何耳软轻相信？（拭泪起唱介）[针线箱]摧挫娇花任雨零⑲。[解三酲]真薄倖。[懒画眉]你清夜扪心也自惊。（生）是卑人不是了。[寄生子]（旦）害得我飘泊零丁，几丧残生，怎不教人恨恨！

（转坐哭介）（贴揉旦背介）娘娘，不要气坏了身子。

【前腔】（生）愁烦且暂停，念我诚堪悯。连理交枝，实只愿偕欢庆。风波意外生，望委曲垂情。（旦）你既知夫妇之情，怎么听信秃驴言语？（生）叵耐妖僧忒煞狠⑳，教人怎不心儿惊。听他一划胡言㉑，我合受惩。（旦）阿哟，气死我也。（生）只看平日恩情呵，求容忍。（旦）啐！（贴）这时候赔罪，可不迟了？（生）善言劝解全赖你娉婷㉒，蹙眉山泪雨休零，且暂消停。

（跪介）（旦）下次可再敢如此？（生）再不敢了。（旦）起来，起来，起来耶。（生）多谢娘子。（贴气介）咳！（旦）只是如今我每向何处安身便好？（生）不妨，请娘子权且到我姐丈家中住下，再作区处。（旦）此去切不可说起金山之事，倘若泄漏，我与你决不干休！（贴）与你定不干休！（生）谨依尊命。青姐，我和你扶娘娘到前面去。（贴不应介）（生）娘子，你看青姐，总是怨着卑人，怎么处？（旦）青儿，青儿！（贴）娘娘。（旦）我想此事，非关许郎之过，多是法海那厮不好，你也不要太执性了。（贴）娘娘，你看官人，总是假慈悲，假小心，可惜辜负娘娘一点真心。（旦）咳。（生）娘子请。（旦）哎哟，只是我腹中十分疼痛，寸步难行。（生）不妨，我和青姐且扶到前面，唤乘小轿而行便了。

【尾声】（旦）此行休似东君泄漏柳条青㉓，（生）还学并蒂芙蓉交映，（合）再话前欢续旧盟。

（旦）还恐添成异日愁（温庭筠），（贴）朝成恩爱暮仇雠（翁绶）。

（生）当年顾我长青眼（许浑）㉔，纵杀微躯未足酬（方干）。

（方成培改本《雷峰塔》卷四，清乾隆水竹居刻本）

【校注】

① 断桥：在杭州西湖白堤上。

② 旦：这里扮演白娘子。贴：这里扮演小青。

③ 鸳鸯折颈：比喻夫妻被拆散。

④ 镜：底本作"命"，据下文改。孤鸾照镜：相传罽宾王获彩鸾鸟，对镜睹影，悲鸣而死。后因以喻夫妇分离。

⑤ 薄倖：薄情，负心。

⑥ 借水遁：借水逃遁去。

⑦ 区处：处置。

⑧ 钱塘：临安。

⑨ 萍梗：飘萍断梗，比喻亲人离散。

⑩ 阽（diàn）危：危险。

⑪ 蹭蹬：失势难进。

⑫ 撄（yīng）：迫近。

⑬ 轻分鸾镜：比喻夫妻分离。

⑭ 略：丝毫。

⑮ "裴航翻欲绝云英"二句：翻用裴航遇云英及双渐赶苏卿的故事，意说许宣虽狠心绝情，自己仍要追赶他。传说裴航下第，遇云翘樊夫人，写一首诗："一饮琼浆百感生，玄霜捣尽见云英。兰桥便是神仙窟，何必驰驱上玉京。"后来裴航经兰桥驿，求浆于老妪，妪呼云英持浆。航饮后为捣药百日，娶云英而成仙。又，宋元民间传说，庐州歌妓苏小卿和书生双渐相爱，双渐出外谋官，茶商冯魁将她骗买而去。她不愿意，便乘机月夜在金山寺题诗明志，双渐做官回来见此诗追上苏小卿，两人结合。

⑯ 伊：你。曩（nǎng）日：往日。

⑰ 嘤嘤：鸟和鸣声。弋雁：黑色的雁。

⑱ 贝锦：比喻诬陷人的谗言，《诗经·巷伯》："萋兮斐兮，成是贝锦。彼谮人者，亦已大甚。"如簧：巧舌如簧。

⑲ 摧：底本作"催"，据文意改。

⑳ 叵（pǒ）耐：怎奈。

㉑ 一划（chǎn）：一派。

㉒ 娉（pīng）婷：形容女子姿态美。

㉓ 东君：春神。柳条青：指春意。这句说，这一次再也不要泄露真情。

㉔ 青眼：对人喜爱的眼色。

【导读】

方成培,生卒年不详,字仰松,别署岫云词逸,安徽歙县人。体弱多病,曾学医多年,出外游历,死于汉口。乾隆三十六年(1771)前后,根据黄图珌、陈嘉言父女各自写的《雷峰塔》传奇,"曲改其十之九,宾白改十之七"重新改编,成为《雷峰塔》传奇中最好的剧本。他另有《香研居词麈》《香研居谈咫》等书,均不见。

雷峰塔故事,早在南宋《西湖三塔记》中就有其雏形。后来,在民间的长期流传中,不断演变。方成培的《雷峰塔》传奇,是该故事演变中的突出代表。

全剧共三十四出。剧写由白蛇修炼变成的白娘子,美丽多情,勇敢而坚贞,为了追求幸福生活,由青蛇炼化的青儿陪伴来到人间。在一次避雨舟中,她与青年店员许宣相遇,两相心许,结成夫妻。端阳节时,白娘子因饮雄黄酒,露出原形,将许宣吓死。白娘子不避艰险,亲上窝山觅取仙草,把许宣救活。许宣去金山寺拈香,被法海和尚拘押。白娘子来寻夫,法海不还,与法海斗法,水漫金山,不胜而走。到西湖断桥,与许宣相遇,经过波折,再续旧盟。法海追踪不放,将白娘子收服,压在雷峰塔下。许宣与白娘子之子许士麟中状元后,祭塔,与母相见。白娘子升入天界。这是富有神话色彩的悲剧。白娘子勇于追求自由幸福的生活,被代表着封建势力的法海和尚镇压,引起了人们的深切同情。正因为如此,雷峰塔故事在戏曲舞台上一直盛演不衰。

《断桥》一出,写白娘子与小青于金山寺战败后,退经西湖断桥时,遇上受法海指使返家的许宣。白娘子责备许宣不该听信法海谗言,辜负了自己对他的一片赤诚,许宣却花言巧语,虚与应酬。白娘子劝止小青的怒气,三人一同返家。白娘子为许宣受尽磨难,而许宣却屡屡变心,这当然使白娘子伤心,"怨雨愁云恨未平",怨恨许的薄幸;但是,在怨恨中仍然饱含着她的痴情。一旦许宣表示悔改,便"再话前欢续旧盟"。这些又恨又爱的矛盾心理,极微妙,作者描写得很真实,把这位悲剧主人公内心世界的纯洁、多情深刻地表现出来。此外,像小青的正直、爽朗,许宣的懦弱、虚假,都写得很传神。唱词与宾白,也都符合三个处境、心情不同的人的人物性格。这出戏由于矛盾冲突比较集中,人物性格鲜明,所以成为许多剧种经常上演的折子戏。

孽海记

无名氏

思凡

（贴上①）

【佛曲】昔日有个目连僧，救母亲临地狱门②。借问灵山多少路③？十万八千有余零。南无佛，阿弥陀佛！

> 削发为尼实可怜，禅灯一盏伴奴眠。光阴易过催人老，辜负青春美少年。小尼赵氏，法名色空；幼入空门，早年披剃④。咳！朝参暮拜，念佛看经，何时得了！正是：禅房寂静无人伴，鸟啼花落有谁知？好不伤感人也！

【山坡羊】小尼姑年方二八，正青春被师傅削去了头发。每日里在佛殿上烧香换水，见几个子弟游戏在山门下。他把眼儿瞧着咱，咱把眼儿觑着他⑤。他与咱，咱共他，两下里多牵挂。冤家！怎能个成就了姻缘⑥，就死在阎王殿前，由他！把那碓来舂，锯来解，磨来挨，放在油锅里去炸，由他！只见那活人受罪，那曾见死鬼带枷？由他！火烧眉毛，且顾眼下！火烧眉毛，且顾眼下！

> 想我在此出家，元非本心。

【前腔】只因俺父好看经，俺娘亲爱念佛。暮礼朝参，每日里在佛殿上烧香供佛。生下我来疾病多。因此上，把奴家舍入在空门为尼过活。与人家追荐亡灵，不住口的念着弥陀。只听得钟声法鼓，不住手的击磬摇铃；击磬摇铃，擂鼓吹螺。平白地与地府阴司做功课！《多心经》⑦，多念过；《孔雀经》，参不破⑧；惟有那《莲经》七卷是最难学⑨，俺师父在眼里梦里多教过。念几声南无佛，哆吧哆，萨嘛呵的般若波罗⑩。念几声弥陀，咮，恨一声媒婆！念几声娑婆诃，叫，叫一声没奈何！念几声哆吧哆，怎知我感叹还多！

> 吓！不免到回廊下闲步一回，少遣闷怀则个⑪。（下）（场上锣鼓，烟火，杂扮罗汉觔斗上，觔斗下）（内奏细乐，老旦扮观音，小生善财，旦龙女，生韦驮上）（老旦）

【新水令】孤云出岫下瑶天，笑拈花飞来千片。金镜开觉路，宝筏渡迷川。法

思凡贴上

佛曲昔日有個目連僧救母親臨地獄門借問靈山
多少路十萬八千有餘零南無佛阿彌陀佛
削髮為尼實可憐禪燈一盞伴奴眠光陰易過催
人老辜負青春美少年小尼趙氏法名色空幼入
空門早年披剃咳朝泰慕拜念佛看經何時得了
正是禪房寂靜無人伴鳥啼花落有誰知好不傷
感人也

山坡羊 小尼姑年方二八王青春被師父削去了頭

◎ 民国四年(1915)富华图书馆刻本《改良全图缀白裘十二集全传》六集所收《孽海记·思凡》插图(左),清乾隆三十五年(1770)金阊宝仁堂重校本《缀白裘新集合编》六集所收《孽海记·思凡》书影(右)

力无边,法力无边。慈悲愿普渡迷津汉。

> 救苦慈悲法力强,竹林鹦鹉弄笙簧。慧眼微开遍宇宙,眉间放出白毫光。我乃南海落伽山观音大士是也。今日登座说法,你看众罗汉鼓舞而来也。(老旦坐枙上,小生、旦立两旁,生立正中,众罗汉跳上,各参见,装严坐介)(贴上)

【接前】绕回廊,散闷则个;绕回廊,散闷则个。呀!你看两旁罗汉塑得来好不庄严也!又则见两旁罗汉塑得来有些傻角。一个儿抱膝舒怀,口儿里念着我;一个儿手托香腮,心儿里想着我;一个儿眼倦眉开,朦胧的觑着我。惟有那布袋罗汉笑呵呵⑫:他笑我时光错,光阴过,有谁人,有谁人肯娶我这年老婆婆?降龙的,恼着我;伏虎的,恨着我。那长眉大仙愁着我:他愁我老来时有甚么结果⑬?佛前灯,做不得洞房花烛;香积厨,做不得玳筵东阁⑭;钟鼓楼,做不得望夫台;草蒲团,当不得芙蓉软褥。我本是女娇娥,又不是男儿汉,为何腰系黄绦,身穿直裰⑮?见人家夫妻们洒乐⑯,一对对着锦穿罗?阿呀!天呀!不由人心热如火!不由人心热如火!吓,也罢,今日趁师父师兄多不在家,不免逃下山去。倘有些机缘,亦未可知。有理吓有理。奴把袈裟扯破,埋了藏经,弃了木鱼,丢了铙钹。学不得罗刹女去降魔⑰;学不得南海水月观音座。夜深沉,独自卧;起来时,独自坐。有谁人,孤恓似我⑱? 是这等削发缘何?恨只恨,说谎的僧和俗:那里有天下园林树木佛? 那里有枝枝叶叶光明佛? 那里有江河两岸流沙佛? 那里有八万四千弥陀佛? 从今后,把钟楼佛殿远离却,下山寻一个年少哥哥。凭他打我,骂我,说我,笑我。一心不愿成佛,不念弥陀般若波罗!

好了! 且喜被我逃下山来了!

【尾声】但愿生下一个小孩儿,却不道是快活杀了我! (笑下)

(老旦)善哉! 善哉! 赵尼凡心顿起,逃下山去。这孽报何日得了也! 众罗汉收拾装严者⑲。(下)(众跳下)

（钱德苍编《缀白裘新集合编》六集,清乾隆三十五年金阊宝仁堂重校本）

【校注】

① 贴:这里扮演尼姑色空。

② "昔日有个目连僧"二句:传说青提私藏设斋供佛的财宝,堕入地狱。其子目连成正果后,至其冥间找寻,于阿鼻狱见母受苦,乃请如来帮忙,终把青提救出地狱。

③ 灵山:佛家称灵鹫山为灵山。《五灯会元·释迦牟尼佛》:"世尊在灵山会上,拈花示众。"

④ 披剃:披袈裟,剃度。

⑤ 觑(qù):看。

⑥ 怎能个:怎么能够。

⑦ 《多心经》:全称《般若波罗蜜多心经》,历代汉文翻译有七种,通行唐玄奘译本。主要宣扬"般若"(智慧)观察宇宙万有,彻底否定客观世界的存在。

⑧ 《孔雀经》:三卷,唐不空译,全名《佛母大孔雀明王经》,说孔雀明王的神咒。

⑨ 《莲经》:全名《妙法莲华经》,有三种汉译本,通行后秦鸠摩罗什译本,共七卷。内容主要宣扬人人皆能成佛。

⑩ 罗:底本作"啰",据下文改。"南无佛"以下三句为口中所念之词。

⑪ 少(shāo):稍微。则个:语助词,无义,加重语气。

⑫ 布袋罗汉:世传为弥勒菩萨之化身,常以杖荷布袋,见物即乞,故人称布袋和尚。

⑬ "降龙的"五句:降龙、伏虎、长眉大仙,均为佛教传说中神态各异的罗汉。

⑭ "香积厨"二句:指寺院里的厨房做不了迎宾喜筵。香积厨,佛寺的食厨。玳筵东阁,这里指迎宾喜筵。《汉书·公孙弘传》:"于是起客馆,开东阁以延贤人。"注:"阁者,小门也,东向开之,避当庭门而引宾客,以别于掾史属官也。"后人因以东阁为招致宾客的地方。玳筵,丰美的筵席。

《西厢记》第二本第三折:"今日个东阁玳筵开。"

⑮ "为何腰系黄绦"二句:黄绦,黄色的丝带。直裰,僧袍。因直裰也是古代士大夫的便服,所以说自己不是男儿汉,不应系黄绦,穿直裰。

⑯ 洒乐:洒落,无拘无束之意。

⑰ 罗刹女:又名罗刹婆,状凶恶,食人血肉,或飞空或地行,疾捷可畏。

⑱ 恓(xī):寂寞。

⑲ 收拾:解除、摆脱。

【导读】

明清时期昆曲所演《思凡》《下山》是民间艺人创作出来的俗创戏,后被明代郑之珍创作的目连戏《目连救母劝善记·尼姑下山》和清代张照所编的宫廷大戏《劝善金科·动凡心空门水月》所吸收。《缀白裘》收录《思凡》《下山》时,将之归在剧名《孽海记》之下。《孽海记》不见此前的文献著录,当为《缀白裘》编者自拟。演色空尼姑下山故事的《思凡》和演本无和尚下山故事的《下山》这两个折子戏,迄今仍活跃于戏曲舞台,连演时被并称《双下山》,又称《僧尼会》。

《思凡》,又名《尼姑思凡》。剧情是:年轻的尼姑色空自幼多病,被父母送进佛门。她不堪"禅灯一盏伴奴眠"的寂寞,希望过上人间幸福的夫妻相爱的生活。经过一番思想斗争之后,她趁着师父师兄多不在寺的机会,终于扯破袈裟,逃下山来。

色空是一个不信佛、不信神、敢于冲破佛寺清规的束缚追求幸福的叛逆形象。由于从小体弱,虔信佛教的父母将她送入空门。而那些"说谎的僧和俗"又欺骗她,说那里有"天下园林树木佛",有"枝枝叶叶光明佛",有"江河两岸流沙佛",有"八万四千弥陀佛"。她"年方二八,正青春被师父削去了头发。每日里在佛殿上烧香换水"。我们看到的是青春与人性被扼杀,在觉醒了之后,她不断地将佛门与人间比较。最终表示:"从今后,把钟楼佛殿远离却,下山寻一个年少哥哥。凭他打我,骂我,说我,笑我。一心不愿成佛,不念弥陀般若波罗!""但愿生下一个小孩儿,却不道是快活杀了我!"为了突出人物天真活泼、可爱可怜的个性,作者用喜剧手法,并安排成近乎独脚戏的结构。同时,用大段大段的演唱来展示人物的冲动而复杂的内心活动。如【接前】曲中"又则见两旁罗汉塑得来有些傻角"一段,写在色空的眼中,绕廊两旁的泥塑罗汉,神态各异,感情丰富,个个都在关心她的幸福,鼓励她及早还俗。作者发挥中国古典戏曲善于在演唱中抒情的特长,在充分展现人物心理状态的同时,将人物形象豁然托出。这出折子戏在昆剧、京剧、徽剧、婺剧、秦腔中展演不衰。在情节关系上，《下山》为《思凡》之后的戏，写和尚本无也凡心不灭，逃到山门外闲逛，恰巧遇见尼姑色空，二人见而生情，于是约定在日落之后一起逃到山下。《思凡》与《下山》结合起来演，更受广大群众的喜爱。

与前文提及的"男怕《夜奔》"之说对应，戏曲梨园界又素有"女怕《思凡》"之说。《思凡》是昆曲旦行的独脚戏。大篇幅的独唱，对旦脚演员来说，的确是极大的考验和挑战。舞台演唱上耐听、耐看，是该出戏长期以来深受观众欢迎的又一重要原因。

（二）南化北曲杂剧

寇莱公思亲罢宴

杨潮观

【北中吕·粉蝶儿】(老旦扮刘婆扶杖上)白发青裙，画堂前尚蒙恩养。想当初独伴孤孀①，今日个受黄封②、膺紫诰③，惹大风光④！怎知道孟母先亡⑤，倒是咱贱残生，趁着他暮年安享。

梅花雪压深难见，谁道春来香已遍？绕树还依画栋飞，旧时王谢堂前燕⑥。自家寇丞相府中一个老婢子刘婆便是。我家相爷，官居一品，禄享千钟，才辞了军国平章⑦，又拜了相州节度⑧，出将入相，荫子封妻。你们只见他富贵当前，岂知他幼年孤露⑨。当日太夫人，青年守节，零丁孤苦，把他教养成名，不想今日荣华，太夫人早已辞世。如今府中，只有老婢子，还是当初服侍太夫人的，因此上，相爷夫人念其旧日，留养府中，多蒙另眼相看，倒也十分自在。只是咱酒星照命，最是贪杯，虽则相府存身，实乃醉乡度日，终日醺醺，不省人事，因此府中上下，都叫我是个女刘伶⑩，这也不在话下。明日是相爷的千秋大庆⑪，文武官僚，齐来上寿。听得今番的酒筵歌舞，比前异样丰华。你看笙歌醉饱僮奴队，罗绮光华婢妾身。眼见得咱又有一番侥幸了也！

【上小楼】清闲一向，幸衰鬓依然无恙。看到他贵子贤孙，兰桂齐芳⑫。春满华堂。只笑我靠糟床⑬，闻酒响，便喉咙搔痒。这是俺女刘伶，半边也那风样⑭。

(副净扮院子跑上⑮)宰相家人七品官。官不算，还要短一段。宰相肚里好撑船。船不软，还要转一转。(老旦)院子，为何这样慌张？(副净)老妈妈，你还不知道我的慌张，其实郎当。只因相爷庆寿，比前异样铺张。色色翻新换旧，差我前往苏、扬。广征水陆千品，妙选伎乐成行。舞女珠围翠绕，歌童玉琢金装。不是贵人夸耀，怎得奴辈猖狂。领了雪花一万⑯，嫖赌去了半方⑰。谁知干事停当，小伙恨未分赃。撺掇相爷火发⑱，带怒下了教场。回来就要发放⑲，险些性命存亡。妈妈，烦你通个内信,夫人解劝从旁㉑。但肯周旋则个,谢你手帕一方。(老旦)你是说些甚么?我已醉的胡涂,听不明白,等我醒过来,你再说罢。(副净)好话!你的酒也难醒,我的事也难等。(下)(老旦)你看那院子,仓皇而去。我想起来,相爷福禄齐天,如此豪华,怎生还不知足?虽则贵人性大,也不该十分忘怀。不免从回廊走将过去,看是如何?你看潭潭府第㉑,画栋珠帘,列幕张灯,如同白昼。别院笙歌乍起,满阶珠翠齐迎,想是相爷教场回来了。(作跌介)阿呀!是甚么将吾滑倒?一连跌了几交。

【幺篇】稳不住齐眉挂杖,猛将咱玉山颓放㉒。原来是歌舞连宵,蜡泪千行,堆遍回廊。滑溜溜扒的忙,跌的慌,几乎把老身停当。咱正要借因由,去把那旧情来讲。

听得相爷、夫人同在后堂,正好上前厮见㉓。只怕的酒逢知己千钟少,话不投机半句多。(下)(外扮寇莱公戎装拥众上)赤手擎天一着高,生平从此显英豪。澶州事业相州节㉔,不觉蝉冠已二毛㉕。下官莱国公寇准。现在节度相州。今日教场,合营大操,事毕回来,不觉已是上灯时候。退下!(众下)(更衣介)不如意事,十常八九。只因下官初度㉖,文武官僚,合当加礼酬答,欢宴军门。筵宴所需,都令翻新

◎　清嘉庆二十五年(1820)重刻本《吟风阁》卷四《寇莱公思亲罢宴》书影

换旧,不料为采办家奴所误,以致不能成礼,因此心中十分不快,已曾吩咐,将那厮绑出辕门,定当一顿处死。请夫人出堂!(旦扮寇夫人上)夫君镇大藩,象服称河山㉗。治国难而易,齐家易却难㉘。相公,当此千秋大庆,百福俱全,正该燕喜开怀㉙,缘何却生烦恼?就是家奴无礼,处治何难。今当家庆之辰,且请停刑造福。(外)夫人有所不知,下官入参朝政,出总兵权,无令不行,无人不服,今乃家奴贱才,玩纵如此,家之不齐,岂能治国乎?(内老旦哭介)(外)你听是何人啼哭?唤他过来。(老旦上)(旦)原来是这风婆子。你是风了,醉了?怎到此啼哭起来?(老旦)老迈龙钟,在回廊走过,被几堆蜡烛油滑倒,一连跌上两交。只为老婢子,是从不曾经过跌踔的,大意了些。(旦)想是跌痛了?(老旦)痛是不曾很痛。因此一跌,想起太夫人,不觉掉下泪来,失声一哭,刚被相爷、夫人听见,合该万死。(外)你是怎地想起太夫人来也?(老旦)相爷,你自然忘了。老婢子还记得你幼年时节,自从先太爷亡后,并无遗下田园,太夫人百般哀苦,把你教养成名,那时节灯火寒窗,停针课读㉚,就是你读书的灯油,都是太夫人十指上做出来供应你的,你如今功成名遂,富贵荣华,每夜府中辉煌灿烂,四壁厢高烧绛烛,遍地里蜡泪成堆,真那彼一时此一时,可怜当日太夫人的苦楚,竟不曾受享你一日!

【满庭芳】想当初辛勤教养,他挑灯伴读,落叶寒窗,那有余辉东壁分光亮㉛。单仗着十指缝裳,继膏油叫你读书朗朗㉜,拈针线见他珠泪双双。真恓怆,到如今,怎金莲银炬,照不见你憔悴老萱堂㉝?

想到其间,老婢子不觉的老泪交流,不能自止了。你休怪我。

【快活三】不由人遇繁华,更惨伤。不由人提往事,独凄凉。也只为小来看觑感恩长㉞,剩今生头白还相傍。

(外背立挥泪介)(旦)既是你为太夫人吊泪,也不怪你。只是今朝欢庆,你休说得相公感伤起来。你且到后厢自在去罢!(外)夫人且住。下官闻言悲感,烦恼顿消,倒要他把旧时甘苦,细细说一番也。左右,可将绑出那厮,暂且押回,听候另行发放者!(内应介)(外)老婆子你且说来,下官不嫌絮烦也。(老旦)当日太夫人守着孤孀,千辛万苦,如今已日久年深,连老婢子也渐渐相忘了。

【朝天子】则记得太夫人呵,抚孤儿暗伤,代先人义方㉟,为延师尽把钗梳当㊱。只要你成名不负十年窗,倚定门闾望㊲。怎知他独自支当,背地糟糠。要你男儿志四方,又怕你在那厢,我在这厢,眼巴巴,巴到你学成一举登金榜。

(旦)那年太夫人泥金报信㊳,可也欢喜?(老旦)他就此开颜一笑。争奈他筋力已枯,淹淹一病,空费了无限勤劬㊴,你后来的富贵,都不及见了。

【四边静】今日呵，他身先黄壤，博得你富贵夫妻同受享。你如今纵玉碗瑶觞，热腾腾亲捧着三牲养㊵，恁羹香酒香㊶，也滴不到泉台上。

老婢子语言颠倒，冲撞贵人，望乞恕罪。(外)呀，你说那里话！(老旦)老婢子还想起一事来，当日太夫人曾有一个遗念，留在老婢子处。(外)快去取来！(老旦下)(末、生扮院子上)(末)禀相爷，朝内王侯卿相，各路节将监司㊷，抬送寿山福海等物，礼单一一呈上。(生)禀相爷，合属文武官员，率领将吏耆民㊸，称觞制锦㊹，预祝千秋，明早都在辕门伺候。(外)正要吩咐中军，明日罢宴。一应贺仪贺客，俱免传宣。寿乐寿筵，概停伺候。(末、生应下)(老旦取画上)(旦)这画如何说？(老旦)挂起来看。你看这画中，母子二人，孤灯一盏，是那个来？可不太夫人音容如在！当初你在京新科及第，太夫人已得病在家，不起的了。记得他临危之际，特叫老婢子到跟前。(外挥泪介)那时有何说话来？(老旦)那时他也没多说话，就把这轴画儿交付于我，也不知甚么意思，他只说道：你的小官人，将来前程自然远大，只是没爹的孩儿，从小任性，我又失教，怕他一朝得志起来，就这一件，我做娘的放心不下。话犹未了，只见他几声呜咽，两泪分流，竟是回首了㊺。我的太夫人呵！你好苦也！

【耍孩儿】你眼穿但把孩儿望，怎知道临去也莫话衷肠。只这一幅旧形相，费他无限思量。则为你小来心性无拘检，反着我秃尾乌鸦教凤凰㊻。(指画介)你开图像，看这仪容萧瑟，怎禁仔细端详！

(外哭倒，众救介)感念亡亲慈训，画中之意，何敢刻忘！(旦)可将此像悬挂中堂，我夫妇好朝夕展拜。(外)正该如此。可奈下官忘亲纵欲。刘婆，怎生把我尽情数说一番，只当我自家怨艾也！(老旦)老婢子怎敢。

【五煞】则是你受君恩，恩可酬；受亲恩，亲已亡，故园攀柏真堪怆㊼。早知道鼎钟不逮团圞日㊽，反不如菽水亲供田舍郎㊾。你休回想，今日个朱门酒肉，(指画介)当日个白发糟糠。

(旦)先姑如此恩勤，怎生这般命苦？(外)树欲静而风不宁，子欲养而亲不逮。真是古今同此一恨也！(老旦)相爷，你富贵当身，原该享用，因此罢宴，足见你夫妇的孝思。

【四煞】一霎时，喜宴开，一霎时，怒气张，欢娱烦恼都劳攘㊿。他那里，亡亲骨冷荒郊草，你这里，贵子笙歌昼锦堂(51)。怎不成悲怆！亲在日，受不着你莱衣半彩(52)。亲亡后，消不尽那介酒千觞(53)。

(外)听你说来，令人不堪回首。下官真乃忠孝两亏也。(老旦)话到其间，教你如何不要痛苦。但似你的显亲扬名也就够了。

【三煞】他做慈亲愿已酬,他抚孤儿名已扬,一重重紫泥封诰来天上。虽则你含悲捧土情难塞,早知他含笑归泉恨已忘。人长往,毕竟是显扬为大,更何如忠孝成双。

(外)生前缺养,死后邀荣,瞻仰丰碑,令人徒增悲痛耳!(旦)每念先姑早亡,今得刘婆话旧,相公既不胜哀感,贱妾亦无限伤情。只是欲报无从,空悲何益,依妾愚见,既是明日寿辰,停筵罢宴,何不广延僧众,设醮修斋㊴,且慰孝思,庶资冥福。相公意下何如?(外)言之有理,就请过遗容,供在明日斋坛之上。(收画介)(旦)明日太夫人灵位前,换水添香,须得刘婆去者。(老旦)这个当得。

【二煞】净瓶儿佛座前,绣幡儿慈位傍,看源头一滴杨枝上。早知他尘根净处无磨劫,只怕你钟磬声中带惨伤。空悲仰,千钟粟盛来斋钵,一品衣披在灵床。

夫人,明日修斋设醮,自然合府中断酒除荤,但老婢子是一天断不得酒的,合先禀告。(旦)风婆子,你不比别人,不来管你。(外)能有几个旧人!诸凡由他适意便了。(老旦)感谢不尽。

【一煞】你则为念微劳,注意深㊶,感慈亲,遗爱长,恩波似酒俱无量。不嫌我趋承不入时人队,不嫌我老朽无知醉后狂。还只是含悲向,他抛我,似遗簪弃舄㊺,你怜我,知物在人亡。

(外、旦同哭介)(老旦)相爷、夫人,请且宽怀,凭仗佛筵,太夫人自当早生天界。老婢子唠叨了一会,口渴难熬,要到厨房下,讨三杯去也。

【煞尾】看家鸡,还绕廊。看飞雏,便远飏。问人生谁没有娘亲想,怎到头来,偏是有禄的人儿不逮养?

(老旦下)(外挥泪不止介)(旦)刘婆这番说话,听者都要伤心,只是子孝无穷,亲年有尽,相公若哀感伤和,反不是仰体先人的意儿了。(外)咳!教我心中如何过得也!夫人,我孤苦娘亲骨已寒,如今总荣华富贵也徒然。(旦)相公,我在家不敢常提起,也只怕你孺慕终朝泪不干㊿。

(杨潮观《吟风阁》卷四,清嘉庆二十五年屋外山房主人重刻本)

【校注】

① 孤孀:孤儿寡妇,这里指寇准母子。

② 黄封:宋代皇帝的封诰多用黄麻纸,故称黄封。

③ 膺:受。紫诰:谓诏书,以紫泥封之。这里指寇准接受皇帝的任命,做了大官。

④ 惹:同"偌"。偌,如此,这样。

⑤ 孟母:孟子母亲,这里指寇准母亲。

⑥ 旧时王谢:王谢两族,从晋以后,世代簪缨,至南朝而不衰,故云旧时王谢。刘禹锡《乌衣巷》诗:"旧时王谢堂前燕,飞入寻常百姓家。"

⑦ 平章:官名。宋承唐制,以"同中书门下平章事"为宰相的官称。

⑧ 相州:地名,今河南安阳。节度:唐时地方最高长官,宋时收回兵权,后成荣誉衔。宋真宗天禧四年(1020),寇准因劝真宗患风疾不能理政而禅让给太子一事,被贬为太常卿,知相州。这里的"相州节度"之说与史不尽相符。

⑨ 孤露:孤,指幼年丧父或母;露,指穷困无人庇护。

⑩ 刘伶:据《晋书·刘伶传》,刘伶字伯伦,西晋人,为竹林七贤之一,性放荡,嗜酒,尝携酒乘车,使人荷锸随之,曰:"死便埋我。"后世即以之代称酒徒。

⑪ 千秋大庆:指生日。

⑫ 兰桂:比喻好的子弟。

⑬ 糟床:古代榨酒的器具。杜甫《羌村》诗:"赖知禾黍收,已觉糟床注。"

⑭ 风样:风度。这两句是说,我刘婆嗜酒的程度抵得上半个刘伶了。

⑮ 院子:家人。

⑯ 雪花:白银的代称。

⑰ 半方:犹言半万。方、万形近,俗以方为万字的隐语。

⑱ 撺掇:挑唆。

⑲ 发放:处理。

⑳ 夫人:指寇准妻子。

㉑ 潭潭:深广貌。

㉒ 玉山:人的身体。

㉓ 厮见:相见。

㉔ 澶州事业相州节:澶州事业,指辽兵南侵,寇准请真宗亲征,北进至澶州(河南濮阳),杀辽大将挞览事。相州节,即指上文相州节度。

㉕ 蝉冠:即貂蝉冠,古时显贵者所戴。二毛:鬓发半黑半白,就是半老的人。潘岳《秋兴赋》:"晋十有四年,余春秋三十有二,始见二毛。"

㉖ 初度:生日。

㉗ 象服:袆衣,是一种华贵的绘着花文的画衣,为古时后妃、贵夫人的礼服。《诗·鄘风·君子偕老》:"象服是宜。"

㉘ 齐家:治理家庭。古人将修身、齐家、治国、平天下作为人生奋斗的几个重要层次。

㉙ 燕喜:宴饮欢庆。燕,通"宴"。

㉚ 停针课读：放下针线活，教导（寇准）读书。

㉛ 东壁分光亮：化用李白《陈情赠友人》诗句“愿假东壁辉，余光照贫女”。

㉜ 继膏油：增添灯油。

㉝ 萱堂：指母亲。

㉞ 小来看觑：指寇准小时候刘婆照看过他。

㉟ 先人：指寇准早逝的父亲。义方：行事应该遵守的规范和道理。《逸周书·官人》：“省其居处，观其义方。”《左传》隐公三年：“石碏谏曰：‘臣闻爱子教之以义方，弗纳于邪。’”后多指教子的正道。

㊱ 延：聘请。

㊲ 倚定门闾望：这里是说望子成名的殷切。

㊳ 泥金：金箔和胶水制成的金色颜料，用来书写登科的喜报。

㊴ 勤劬：勤劳辛苦。

㊵ 三牲养：指用猪、牛、羊的供养，极言供养的恭敬态度。

㊶ 恁（rèn）：任凭。

㊷ 监司：宋代诸路转运使兼掌按察使的职务称为监司，是州郡官的直属上司。

㊸ 耆民：父老。

㊹ 称觞：举杯。

㊺ 回首：指去世。

㊻ 秃尾乌鸦：刘婆自谓。

㊼ 攀柏：据《晋书·王裒传》，王裒痛父之死，筑庐墓侧，旦夕至墓拜哭，攀柏悲号，涕着树，树为之枯。

㊽ 鼎钟：谓丰富的祭祀。

㊾ 菽（shū）水：啜豆饮水，贫家的生活。菽，豆类的总称。《礼记·檀弓下》：“子路曰：‘伤哉贫也，生无以为养，死无以为礼也。’孔子曰：‘啜菽饮水尽其欢，斯之谓孝。’”此两句犹欧阳修《泷冈阡表》所言“祭而丰，不如养之薄”。

㊿ 劳攘：请排除。

(51) 昼锦堂：宋韩琦住宅中的堂名，在河南安阳县东南。琦以宰相出任镇安武胜军节度使、司徒兼侍中，并执管家乡相州，建此堂，反用项羽“富贵不归故乡，如衣锦夜行”语名其堂曰“昼锦”。

(52) 莱衣半彩：春秋楚国有个老莱子，性至孝，年七十还常穿五彩衣，在地上学婴儿玩耍，以博得父母高兴。

(53) 介酒：祝寿的酒。《诗经·豳风·七月》：“为此春酒，以介眉寿。”

(54) 设醮（jiào）修斋：请僧道做道场，为死者祷告神灵，以禳除灾祟。

(55) 注意深：想得周到。

(56) 舄（xì）：鞋子。

㊼ 孺慕：《礼记·檀弓下》："有子与子游立，见孺子慕者，有子谓子游曰：'予壹不知夫丧之踊也，予欲去之久矣，情在于斯，其是也夫。'"郑玄注："丧之踊，犹孺子之号慕。"后谓对父母的哀悼、悼念为"孺慕"。

【导读】

杨潮观（1710—1788），字宏度，号笠湖，金匮（今江苏无锡）人。十四岁有诗名。乾隆元年（1736）中恩科举人。初入京供职，后外放三十多年，担任州县地方官十六任，为政廉明有声。任四川邛州知州时，在传说中的卓文君妆楼遗址筑吟风阁一座，以延揽文士吟咏。后集所作戏曲，题为《吟风阁杂剧》。另著《笠湖诗稿》《左鉴》《古今治平汇要》《周礼指掌》《易象举隅》等。

《吟风阁杂剧》包括三十二种短剧，每剧一折，各演独立故事，内容多写文人遭遇、前人政绩、传说故事，远譬近指，反映百姓疾苦，针砭官吏贪暴，赞美廉洁勤俭，讽刺世态恶习，具有积极的现实意义。作者仿照《诗经》及白居易《新乐府》，于卷首为各剧分别作一小序，说明创作宗旨。艺术上，曲文充满诗意，清新优美；宾白平易流畅，风趣机警。

《宋史·寇准传》载，寇准，太宗朝举进士，累擢枢密院直学士。尝奏事殿中，语不合，帝怒起，准引帝衣使复坐，事决乃退。太宗嘉之，以比魏征。天禧时封莱国公，故《寇莱公思亲罢宴》剧中称寇莱公。剧写寇准在相州节度任上，准备为庆寿大摆筵宴。女佣刘婆为了劝阻，通过回忆寇准幼时所接受的母教和生活上的艰苦，巧妙地使寇准幡然悔悟，取消了寿宴。寇准思亲怀旧的事，史有记载。邵伯温《邵氏闻见前录》："寇莱公既贵，因得月俸，置堂上。有老媪泣曰：'太夫人捐馆时，家贫，欲绢一匹作衣衾不可得。不及公之今日也。'公闻之大恸。"司马光《涑水记闻》："寇莱公少时，不修小节，颇爱飞鹰走狗。太夫人性严，尝不胜怒，举秤锤投之，中足流血。由是折节从学。及贵，母已亡，扪其痕，辄哭。"杨潮观据此敷演，重点写寇准追忆早年生活的贫苦和寇母抚孤的艰辛上。作者撰小序云："《罢宴》，思罔极也。长言不足而嗟叹之，不自知其泪痕渍纸，哀丝急管，风木增声，恐听者与《蓼莪》俱废尔。"剧作表现了寇准在富贵之后不忘父母劬劳，能够及时止废克俭的良好品德。

剧作情节安排细腻，结构紧凑，排场合理，曲文和宾白皆能体现人物性格特征，具有很强的感染力。正如清焦循《剧说》所评："《寇莱公宴》一折，淋漓慷慨，音能感人。"

北曲南化的主要特征是打破北曲杂剧一本四折、一脚演唱的模式，采用南曲曲牌填词，借用南曲戏文、传奇的脚色体制等。该剧虽然依然使用北曲曲牌填词，且一脚（老旦）演唱，但只有一折，脚色借鉴了戏文、传奇的旦、老旦，其外脚也不再是北曲杂剧中的社会地位低下者。

后 记

书稿校对杀青之际，忽有一些感慨，在此与读者诸君分享。

我对曲体文学有一个基本认识，即曲体文学是中国古代与唐诗、宋词媲美的优秀传统文学形式，在元明清乃至民国时期占据着重要的文学史地位，且是一种自洽文体，有自己较为严格的格律规范和独具特色的风格面貌，非进行专门研读不能理解。一方面，曲体内部的二级文体散曲、剧曲可以实现最大限度的格律代换；另一方面，无论散曲还是剧曲，它们都是基于曲牌句格的内在规定和曲牌之间组合的逻辑关系而建构起来的文体，不可随意改造，也难以通过对其他韵文文体的学习得以借鉴理解。由于年代久远，古代曲体的格律规范几成绝学，然而，雪泥鸿爪，并非完全无迹可寻。诸君可在研读本书所提供的经典散曲、剧曲作品的基础上，借助明清至民国间形成的多种曲谱文献，诸如朱权《太和正音谱》、沈璟《南九宫十三调曲谱》、周祥钰等《九宫大成南北词宫谱》、王奕清等《康熙曲谱》、吴梅《南北词简谱》等，加以分析、概括，还可通过阅读俞师为民先生《中国古代曲体文学格律研究》（中华书局 2012 年版）这一专著来了解。为了凸显曲体复杂的文体特征，本书对曲体进行多级分类，并在同类作品前介绍了不同类型曲体的文体特征和风格，在校注和导读部分适当突出文体学角度的介绍。由此可以看出，本书编著的根本目的，是从与同为韵文文体的词体、诗体和骈赋体相区分的角度出发，试图为读者建立正确的曲体意识与认识。现有曲选读物，基本都是从曲体作品思想内容出发，或单做散曲选本，或单做戏曲选本。本书与之不同，将散曲与剧曲合并选辑，且刻意从文体表征角度选曲，而非仅仅介绍优秀散曲、剧曲作品的思想内容，其初衷便是上述的力求呈现曲之文体特征。

自 20 世纪 90 年代初我读古代文学元明清方向研究生起，曲体文学、曲学理论和曲学文献就成为我学术研究的主要领域，迄今已有三十余载。从对曲体作品逐渐产生浓厚兴趣，再到对它研究热情与责任的高涨，这是一个自然而然的历程。古代散曲、剧曲对古代社会生活和人性本质的揭示，都较诗文辞赋之类传统的雅文学来得直接和深刻；散曲中的小令和剧曲中文采派唱词的意境之美，超然物外、淋漓尽致，这些都深深地吸引着我。读者诸君通过阅读本书所选的篇目，或许也容易产生与我一样的感受，并开启与我类似的经历。曲体文学作为独具中国特色的文学形式，以其独特的中国式叙事讲述着中国独特的传统故事，展示着中国古代文化的独特魅力。对它的准确接受与传播，我总有一种责任感，甚至是急迫感，担心它有朝一日会从后人的认知世界中消失。

四年前的一个冬日，南京师范大学文学院围绕深入传统文化教育主题，希望我撰写一部有关中国戏曲文化通识教育的书稿。这是一个机会，可以通过与年轻读者、学人交流自己多年研习古代韵文学最后形态散曲、剧曲的心得，来介绍、传播曲学知识；让曲体文学所承载的中国传统文脉，在这个数字化、信息化飞速发展的新时代，得到更好的传承。于是，我欣然答应，并感谢他们对我的信任！

南京师范大学出版社对书稿的编审十分重视。感谢编审张春老师的精心策划和审稿，以及责编刘双双老师的细致编校！书稿中的相关插图和书影，是我在与张春老师商量后从古代曲籍文献中特别挑选的。挑选的原则是，首选底本自带的插图，其次选用参校本或其他版本上的插图，如果所有的现存版本均无插图，则选用底本中选曲所在的版面为书影。不同于剧曲文献有较多插图，古代曲籍文献中的散曲文献插图极少，所以对有特别风格的散曲作品则配以底本书影，或配以古代其他曲籍选本中与本书所选曲作内容和风格接近的插图，以增强读者对散曲风格的感知力和鉴赏力。

本书努力做到使普及读物具有学术性和可读性的双重特征。祈望诸君鉴之，并提宝贵意见。

孙书磊

2025 年 2 月 10 日于南京大学杨宗义楼